O DESPERTAR DOS
DRAGÕES

ANDRÉ GORDIRRO

O DESPERTAR DOS DRAGÕES

× LENDAS DE BALDÚRIA ×
LIVRO 2

FÁBRICA 231

Copyright © 2018 *by* André Gordirro

Ilustrações de miolo e mapas:
DANIEL LUSTOSA

Ilustração de capa:
JULIO ZARTOS

FÁBRICA231
O selo de entretenimento da Editora Rocco Ltda.

Direitos desta edição reservados à
EDITORA ROCCO LTDA.
Av. Presidente Wilson, 231 – 8º andar
20030-021 – Rio de Janeiro, RJ
Tel.: (21) 3525-2000 – Fax: (21) 3525-2001
rocco@rocco.com.br
www.rocco.com.br

Printed in Brazil/Impresso no Brasil

Preparação de originais
GUILHERME KROLL

CIP-Brasil. Catalogação na fonte.
Sindicato Nacional dos Editores de Livros, RJ.

G669d   Gordirro, André
    O despertar dos dragões/André Gordirro; ilustração de Daniel Lustosa. - 1ª ed. - Rio de Janeiro: Fábrica231, 2018.
    : il.   (Lendas de Baldúria; 2)

    ISBN 978-85-9517-043-8
    ISBN 978-85-9517-045-2 (e-book)

    1. Ficção brasileira. 2. Jogos de fantasia. I. Lustosa, Daniel. II. Título. III. Série.

	CDD: 869.3
18-50473	CDU: 82-3(81)

Leandra Felix da Cruz – Bibliotecária – CRB-7/6135

*Para minha noiva, Barbara (sem acento),
obrigado pela pausa em nossos planos para que
eu cuidasse dos meus seis filhos e de Baldúria.*

*Para o Irmão de Escudo Oswaldo Chrispim,
pelo suor masculino vertido naquele
capítulo que testou nossa macheza.*

PRÓLOGO

ANO 28 DO REINADO DO GRANDE REI KRISPINUS, O DEUS-REI

BOSQUE DO VALE DO SOBRO, CARAMÉSIA

A menina andava com cautela pelo bosque. Olhar atento, passos evitando, quando possível, as folhas caídas no chão, mãos seguras — para surpresa dela — no arco que era do tamanho do seu tronco. De tempos em tempos, verificava se não tinha perdido alguma flecha da aljava na cintura, que teimava em se prender em algum arbusto e atrapalhar o avanço. Mesmo sendo sua primeira caçada, Dale estava confiante de que levaria um cervo para casa. Ou um coelho, uma vez que ela já estava na mata havia mais tempo do que pretendia, e não tinha sinal de nenhum cervo.

Dale começou a culpar a própria altura por não ter encontrado a caça ainda. A menina tinha onze anos, e alguns arbustos eram mais altos do que ela; afastá-los fatalmente assustaria a presa. Dale tinha que dar muitas voltas, com risco de fazer mais barulho, para encontrar bons pontos de observação. Ela não deu sorte no córrego que abastecia o vilarejo em que morava, Leren, onde apostou que um cervo estaria bebendo água. Decidiu arriscar de novo no mesmo ponto, antes que se perdesse no bosque. Voltar sem caça já seria frustrante; ter que ser resgatada acabaria com a carreira de caçadora antes de sequer ter começado.

Já perto do córrego mais uma vez, em um retorno decepcionante sem ver um miserável cervo que fosse, Dale foi atingida na têmpora por alguma coisa. Alguma coisa *arremessada* contra ela, não caída da copa das árvores. Mesmo com o susto, a menina conseguiu girar o corpo e levar uma flecha ao arco. Entre a euforia diante da prontidão e o medo do que poderia ser a origem do ataque, Dale vasculhou o ponto no meio da folhagem de onde imaginava que o projétil tivesse vindo.

Ela viu a silhueta de um elfo.

A figura saiu dos arbustos sem fazer barulho, como se tivesse se desprendido das folhas e ganhado vida, tão natural naquele ambiente quanto a terra, a brisa e o bosque. O passo era confiante, silencioso como o resto do corpo vestido em trajes de caçador; as mãos estavam relaxadas perto da cintura, onde ficavam penduradas uma aljava e a bainha de uma kamba, a tradicional espada élfica. A expressão era jocosa e desafiadora.

Dale reconheceu o recém-chegado; não era um elfo, era um *meio-elfo*.

— Deu sorte de não ter sido uma flecha — disse o sujeito que arremessou a pequena baga. — Você faz mais barulho do que um javali no cio. Eu estou te ouvindo desde lá atrás.

Dale desmanchou a postura de combate, mas fechou a cara.

— Eu andei bem quietinha na mata, Carantir. Só essas suas orelhas grandes é que me ouviram! Nem os bichos me escutaram passando!

O meio-elfo deu uma risadinha e se aproximou de Dale.

— Orelhas grandes? Você é que tem orelhas minúsculas, saijin. — Carantir apontou para o bosque ao redor. — E os bichos ouviram, sim. Por que você acha que está procurando cervos sem encontrá-los? Já vi dois fugindo de você. Venha comigo, vou te ensinar de novo a andar na mata.

A menina humana se juntou ao meio-elfo, frustrada por não ter conseguido caçar sozinha e um pouquinho feliz por rever o mentor e melhor amigo.

— Vamos ver se essas orelhinhas escutam as minhas instruções desta vez — disse Carantir ao colocar a mão no ombro de Dale. — Você esqueceu várias vezes de pisar primeiro com o calcanhar. É ele que testa o terreno e controla a distribuição de peso; assim, o passo sai leve e silencioso, sem estalar gravetos ou folhas secas.

O meio-elfo demonstrou novamente a lição que já dera algumas vezes. Ele se afastou a uma pequena distância, sem que o bosque registrasse ou reagisse ao movimento. A menina observou com a mente dividida entre a chateação de ter que ouvir tudo aquilo de novo e a admiração de ver Carantir se mover com silêncio e graça inigualáveis. O olhar atento e arregalado de Dale pulou subitamente para a folhagem e atraiu a atenção de Carantir, que se voltou para a mesma direção.

Uma massa enorme se ergueu do chão, de um ponto onde nenhum dos dois havia visto, escondida pelo bosque fechado. O corpanzil do animal logo espantou os sinais de sono ao ver intrusos no ambiente e encarou com um misto de fome e raiva o corpinho frágil e carnudo de Dale.

Em menor número, o urso-cerval ficou de pé, exibiu seus três metros de altura e rosnou para intimidar as futuras refeições.

Dale reagiu com uma flechada que passou longe de um alvo tão grande. A de Carantir, porém, cravou-se certeira no pescoço do bicho. A massa de músculos e gordura do urso-cerval evitou que a flechada fosse letal, e a fúria fez com que ele ignorasse a dor. O animal ficou de quatro bem no momento em que uma segunda flecha de Carantir passou no vácuo deixado pelo tronco e avançou contra a minúscula humana.

— Corra para cá! — berrou o meio-elfo para Dale, que prontamente disparou para onde Carantir estava.

O urso-cerval deu uma patada poderosa no ponto em que a menina deixara e levantou praticamente meio bosque com a violência do golpe. Ele recuperou o equilíbrio e foi no encalço da presa, oferecendo apenas o crânio duro da cabeçorra e os ombros musculosos como alvos para Carantir.

O meio-elfo tinha que agir rápido; na próxima passada, o animal estaria em cima de Dale e a patada seguinte dividiria o corpo da menina ao meio. Flechas normais não deteriam um monstro daqueles. Só que Carantir não pretendia disparar uma flecha normal.

Ele tirou da aljava um projétil diferente, com uma pequenina gema vermelha embutida na ponteira de metal, levou-o perto da boca e sussurrou uma palavra de poder para acionar o sortilégio. Carantir colocou a flecha no batente do arco no momento em que a pata do urso-cerval se ergueu para matar Dale, puxou a corda, mirou e soltou.

O animal explodiu em chamas com o impacto da flecha mágica, o que fez a menina sair voando e cair aos pés de Carantir, coberta por restos do urso-cerval e terra. Suja, em choque... mas viva.

— Você está bem? — perguntou Carantir enquanto se abaixava para verificar.

Dale girou o corpo para cima e conseguiu assentir com a cabeça.

— Sim... ai... — respondeu ela quase inaudível.

— É por isso que não se deve falar alto na floresta. Nunca se sabe quem ou o que vai ouvir.

Dale achou a voz e conseguiu se sentar.

— Acho que não quero mais lições por hoje, Carantir — disse a menina, segurando o braço direito, muito dolorido. — Ai... Já basta eu continuar ouvindo o estrondo da sua flecha. - Porém Carantir estava de pé, de prontidão, com as orelhas compridas e pontudas voltadas para um ponto distante e uma expressão apreensiva no rosto delicado.

— Isso não é estrondo de flecha. O barulho vem de Leren. Venha, saijin.

Carantir saiu correndo pelo bosque. Desta vez, ele não se importou se estava fazendo barulho ou não.

A Vila de Leren era uma comunidade atípica no Grande Reino de Krispínia. Tinha sido fundada há muitas gerações por colonos humanos que descobriram veios de pedras preciosas nos morros da Caramésia, como a região viria a ser batizada muitos anos depois quando o Deus-Rei Krispinus despachou seu fiel amigo Caramir para conquistar o Oriente. Isolados no interior, os colonos de Leren passaram a fazer comércio com o pequeno povoado élfico dos bosques do vale, num caso raro de convivência entre as espécies. Os elfos da superfície descobriram o potencial mágico das gemas e, sem traquejo para a atividade mineradora, ofereceram madeira em troca, para que os colonos montassem casas e se aquecessem no inverno. Com o tempo, aqueles parceiros meramente comerciais estenderam os laços e passaram a coexistir como uma única comunidade que avançava até a mata, com um grande número de mestiços nascidos das relações entre humanos e alfares. A vida seguia pacata, afastada naquele interior ainda selvagem e esquecido pelo mundo ao redor, longe da campanha sangrenta de Caramir para domar o resto da região e descobrir o paradeiro do Salim Arel — o rei elfo que estava se refugiando em algum povoado alfar, de onde movia uma campanha de terror contra os reinos humanos unificados sob o governo de Krispinus.

A vila atípica de Leren permanecia sem ser afetada por tudo aquilo. Enquanto os humanos plantavam e criavam gado — outras atividades que os elfos da superfície não dominavam —, os alfares caçavam e faziam magias; as gemas eram usadas em sortilégios que iam do mundano ao fabuloso. E assim as duas raças iam convivendo, procriando e prosperando. O grande conflito e o ódio entre humanos e elfos eram questões de um mundo distante, sempre em guerra. Leren vivia dias de paz.

Esses dias chegariam ao fim hoje.

O estrondo do galope das éguas trovejantes ecoava enquanto a Garra Vermelha sobrevoava o vilarejo e supervisionava a invasão das tropas caramesianas. Do alto, os olhos metálicos de Caramir observavam a sistemática tomada do covil de rebeldes. Há tempos que ele ouvia rumores da existência de um enclave élfico isolado no vale, que poderia estar fornecendo abrigo para o Salim Arel. O rei elfo vinha se valendo de tais povoados como esconderijo, sempre em movimento, sempre vários passos à frente de Caramir, que tinha destruído muitas comunidades como aquela lá embaixo, sem piedade, atrás da presa — mas o alvo de hoje mostrou ser diferente de todos os anteriores.

De alguma forma, os elfos se aliaram a humanos traidores. Eles exploravam e comercializavam gemas mágicas que vinham sendo usadas em atos terroristas contra a Coroa. Pior ainda, aqueles humanos e elfos procriavam indignamente entre si, indo contra tudo que era natural.

Todos eles sofreriam a justiça de Krispinus, a quem Caramir servia como fiel agente e executor. Ele era o Flagelo do Rei, e hoje os rebeldes sentiriam o estalo no lombo até confessarem o paradeiro do salim.

— Ali — apontou Caramir para o garrano que voava ao lado dele. — Um grupo de humanos está correndo para as minas. Nossos soldados não os viram.

— Eu serei os olhos deles, Senhor Duque — despediu-se o homem, que desceu com a égua trovejante até as tropas mais próximas lá no solo, a fim de guiá-las.

Caramir não ficou para ver o resultado. Ele confiava em seus garranos — cada um selecionado pessoalmente entre os melhores caçadores e guerreiros que tivessem fortes motivos para odiar elfos — e nos soldados que arregimentou ao tomar o Oriente. O comandante meio-elfo continuou conduzindo a Garra Vermelha voando acima do combate, agora para dar um rasante sobre o bosque e a aldeia élfica sendo invadida. Os guerreiros caramesianos estavam prendendo alguns elfos para serem interrogados e reviravam as moradias atrás de um sinal do salim. Pelo baixo nível de resistência, e principalmente pelo conluio com os humanos, Caramir já considerava que a busca não fosse dar em nada. Dificilmente o rei elfo teria se abrigado ali, naquela situação de cumplicidade... Ou então seria o despiste perfeito. Arel era ardiloso e escorregadio. Jamais se podia confiar em um elfo, até mesmo que fizesse o que era esperado.

O Duque da Caramésia foi retirado do devaneio quando um garrano ao lado explodiu. Simplesmente *explodiu*. Caramir foi atingido por pedaços do homem, que ele nem conseguiu reconhecer. Deveria ter sido Blasius ou Klinn. Não, não era hora de pensar nisso.

— Espalhem-se! — berrou Caramir para a Garra Vermelha. — Estamos sendo atacados!

Os garranos executaram com perfeição uma manobra evasiva, como eram intensivamente treinados a fazer. O céu foi tomado pelo clarão dos cascos das montarias em velocidade; a trovoada ecoou forte pelo vale e abafou outra explosão — mais um integrante da tropa alada foi consumido por uma explosão de chamas.

— Ali na mata, senhor! — gritou um garrano para Caramir.

Era Klinn, que estava vivo, afinal de contas. O comandante meio-elfo nem conseguiu demonstrar alívio, pois acabara de perder outro homem para o agressor misterioso.

— É um mago, possivelmente o ancião da aldeia ou um dos agentes do salim — disse Caramir. — É uma grande presa. Capturem-no *vivo*!

Ele e os garranos ao redor começaram a descer para o ponto indicado por Klinn, bem afastados um do outro, para evitar que um feitiço abrangente colhesse toda a tropa. A investida contra a mata custou a vida de mais um integrante da Garra Vermelha, atingido pelo misterioso feitiço lançado do meio da folhagem. Os olhos metálicos de Caramir, cheios de raiva e determinação, localizaram a silhueta difusa de um arqueiro elfo escondido no bosque. O Duque da Caramésia irrompeu contra o inimigo, passou pela copa das árvores e surgiu diante do responsável pela morte de seus homens.

O sujeito era um meio-elfo. Como ele.

A armadura de Caramir conteve uma flecha atirada às pressas, porém com uma precisão impressionante. O projétil teria varado a loriga vermelha e o coração, se não fossem as propriedades mágicas das escamas de vero-aço. No tempo em que o duque levou para saltar da égua trovejante e avançar contra o arqueiro, ele já não estava mais ali. A folhagem mal registrava o avanço do adversário — mas Caramir caçava elfos há muito tempo, e não seria um meio-elfo que despistaria seu olhar treinado. As orelhas compridas captaram trovões ao redor; os demais garranos estavam entrando e pousando na mata, para cercar a presa.

De repente, o arqueiro surgiu mais adiante, provavelmente com a rota de fuga bloqueada por algum integrante da Garra Vermelha. Caramir optou pelo próprio arco e foi mais rápido no disparo do que o adversário, que hesitou entre escapar ou flechar. O projétil o pegou em cheio na perna, para detê-lo com vida — por mais que a vontade do duque fosse de matá-lo. Em seguida, a outra perna também ganhou uma flecha, disparada por Klinn, que surgiu entre a folhagem. O inimigo meio-elfo tombou, mas se manteve teimosamente agarrado ao arco e levou uma flecha perto dos lábios, em desespero visível.

Caramir fechou a distância entre os dois e deu um chute para desarmá-lo. Logo Klinn e mais três garranos apareceram ao lado.

— Prendam este filho da puta — ordenou o líder da Garra Vermelha. — Ele vai nos contar tudo que sabe.

— E depois, Excelência? — perguntou Klinn. — Podemos esquartejá-lo?

— Não.

A reação dos garranos foi de espanto e decepção, mas eles não ousariam contestar o Flagelo do Rei. Caramir pegou o rosto do outro meio-elfo, já erguido e devidamente contido pelos garranos.

— Ele vai passar o resto dos dias em Bron-tor — respondeu Caramir com um sorriso perverso.

A menção da temida masmorra da Morada dos Reis fez os garranos repetirem a expressão do líder. Eles empurraram e agrediram o prisioneiro enquanto recuperavam as montarias para tirá-lo dali e retomar o combate.

Sem ter a mínima noção do que "Bron-tor" significava, sofrendo com as agressões e sentindo a dor das flechadas nas pernas, Carantir só conseguiu lançar um olhar para trás, na direção do bosque fechado, e torcer que Dale tivesse escapado de toda aquela crueldade e loucura.

O DESPERTAR DOS DRAGÕES

ANO TRINTA DO REINADO DO GRANDE REI KRISPINUS, O DEUS-REI

CAPÍTULO 1

MATA DOS DOIS RIOS, CARAMÉSIA

Cruzar incógnito o mundo não estava sendo tarefa fácil. Ignorar os irmãos alfares, ver massacres de longe, não participar do combate com os humanos — tudo isso doía no coração do rei elfo. Era horrível não poder honrar seu título de salim — "aquele que guia" —, pois há muito tempo Arel se escondia da perseguição movida pelas forças de Krispínia. Mesmo no Oriente praticamente indomado, os espaços estavam ficando pequenos; o cerco movido por Caramir, o predador de estimação do rei dos humanos, se fechava cada vez mais. Por isso, o Salim Arel estava sempre em movimento e quase não parava para ajudar seu povo. A missão, naquele momento, era mais importante do que auxiliar a própria raça. Os alfares, a seu ver, já estavam condenados. Esta era a pior dor de todas: a dor da verdade como Arel a enxergava. Se ele tivesse a veia poética de tantos outros elfos da superfície, Arel estaria à beira de um precipício agora, com o dorso da mão na testa, declamando o sofrimento em versos intermináveis até se lançar no abismo, sobrepujado pela emoção. Seria a própria imagem do fatalismo lúdico tão comum aos alfares. Arel, porém, era um líder militar, praticamente forjado a fogo: um piromante, um mago que controlava chamas, adepto da feitiçaria considerara profana pelo resto de seu povo. O espírito rebelde e polêmico jamais lhe teria rendido o cargo de salim em outras eras, mas aqueles eram tempos de desespero, em que a ameaça dos humanos precisava ser erradicada rapidamente — e nenhuma poesia ou dança interpretativa teriam servido em combate. Naquele momento em sua história milenar, os alfares precisaram de um guia nos caminhos da violência, de um elfo que dominasse outro tipo de arte — a da guerra — e cujo fogo proibido fosse usado para expurgar da terra a raça humana. Arel acabou sendo escolhido como salim pelo manzil, o conselho dos anciões, para realizar aquilo que ia contra a própria natureza alfar. Ele exterminaria os humanos a qualquer preço.

E Arel teria conseguido, não fosse o Rei Krispinus ter salvado e unido a raça humana em um contra-ataque avassalador que virou o pêndulo da guerra para o lado dele. De caçados, os humanos passaram a caçadores. De algozes, os alfares passaram a vítimas.

A derrota ainda não fora concedida pelas forças élficas, mas já estava arraigada no coração de seu líder. O Salim Arel perdeu, os alfares perderam sob sua liderança, e agora só lhe restava garantir que os humanos também perdessem, que não gozassem a vitória e herdassem suas terras ancestrais para continuarem a profaná-las.

Era por isso que a fuga de Arel era tão importante. Por essa razão ele tinha que virar o rosto para os povoados alfares massacrados — e até causar esses mesmos massacres ao lançar rumores de sua passagem, para despistar os caçadores enviados a mando de Krispinus. O salim precisava garantir que os humanos acreditassem que continuava escondido no Oriente; muitos elfos da superfície estavam dando a vida para que o engodo lograsse êxito. A missão exigia sigilo completo, dedicação plena, sacrifício total.

E o pior estava por vir: ele teria que voltar aos chamados "reinos humanos", forjados a ferro e fogo às custas de sangue alfar, onde a presença do inimigo era avassaladora. Aquele grande território que o salim perdeu para Krispinus e seus aliados, o cenário onde Arel viu a vitória certa virar uma derrota impossível, cuja dor latejava até hoje dentro dele.

Aquela lembrança fez o líder elfo sentir raiva de si mesmo, e ele expulsou o pensamento sacudindo a cabeça com vigor.

— O que foi, pai?

A voz da filha terminou de tirar o salim dos devaneios. Ele olhou para Sobel, para o rosto delicado parcialmente desfigurado por queimaduras cruéis, e usou aquela imagem de sacrifício terrível — mais um entre tantos da parte de sua família, de todo o povo alfar — para se prender ao presente.

— Nada importante — respondeu Arel em tom seco. — Seu irmão já voltou?

Sobel vasculhou o solo da floresta com o olhar. Ela e o pai estavam no topo do arvoredo, em típicas redes élficas usadas para dormir à noite, longe de predadores, camuflados daquela maneira perfeita que só os alfares sabiam fazer em meio ao matagal. Os dois eram indistinguíveis da natureza ao redor.

— Não, ele continua tirando a patrulha humana do nosso caminho. — Sobel apontou com a mão, igualmente delicada e queimada como o rosto. — Deve emboscá-los lá pelos lados do braço do rio, como o senhor sugeriu.

Arel considerou a informação. Os caçadores humanos estavam em grande número e vinham em seu encalço há dias. Com o passar dos anos, os inimigos se tornaram cada vez melhores em rastrear alfares em uma floresta. Era mais um sinal de que a guerra fora irremediavelmente perdida. Mas Martel conseguiria dar cabo daquele destacamento humano; o jovem elfo saberia usar o terreno a seu favor, e os humanos já deviam estar impacientes e cansados após tanto tempo de perseguição. Mesmo em desvantagem numérica, com poucos guerreiros com ele, Martel venceria.

Ou Arel perderia mais um filho para a guerra.

Horas depois, Martel retornou, sorrateiro como um gato-das-matas, acompanhado por apenas dois outros guerreiros; um deles mancava, mas ainda assim fazia tanto barulho quanto um esquilo correndo por um galho de árvore. As letienas, armaduras de folhas alquimicamente endurecidas usadas pelos elfos da superfície, estavam em frangalhos e manchadas de sangue. O combate fora violento e impusera grandes baixas, mas os alfares aparentemente retornaram com a vitória. O filho do salim imitou o silvo de um tentilhão e recebeu a resposta do pai, ainda escondido no alto do arvoredo. Arel e a filha desceram para encontrar Martel e o que sobrou de seu grupo.

— Salim — Martel jamais o tratava como pai diante de alfares que não fossem da família —, os humanos foram emboscados e mortos, como ordenou, mas perdemos muitos irmãos.

Ele deu a lista de nomes para Arel, que ouviu com uma expressão impassível, ainda que cada alfar citado fosse como uma flechada nas costas. O salim tentou não pensar na linhagem de cada um que se sacrificou, na lealdade inflexível que todos os guerreiros alfares demonstraram quando ele, Sobel e Martel vieram pedir abrigo em Otin-dael, o povoado élfico da região. No momento em que o líder local — o salinde — cedeu os melhores combatentes da comunidade, eles já estavam mortos. Longas vidas interrompidas pelos humanos, uma raça cuja existência se media em punhados de estações.

Arel estendeu a mão. Imediatamente, Martel e os dois outros elfos se aproximaram e se ajoelharam — o que mancava foi ajudado pelo companheiro — para serem tocados pelo salim. Ele passou os dedos pelos piores ferimentos, levou-os ao rosto anguloso e marcou a pele com o sangue de seus fiéis guerreiros. Fez desenhos e símbolos das linhagens que se sacrificaram pelo salim. Entoou palavras arcanas que imbuiu os três alfares de novas forças.

— Levantem-se — disse Arel ao fim do ritual. — Descansem e cuidem das feridas. O que virá a seguir não será fácil para nenhum de nós, mas terá que ser feito.

Os outros dois elfos pegaram folhas do chão, jogaram aos pés do salim e se levantaram, olhando fixamente para os símbolos desenhados no rosto do líder, em sinal de respeito e reconhecimento. Martel fez o mesmo, mas lançou um olhar preocupado para a irmã, que permanecera um pouco atrás do pai, repetindo o encantamento em voz baixa.

Sobel retribuiu a expressão do irmão com um olhar duro, ciente do que se passava na mente de Martel. Os dois teriam — novamente — uma discussão acirrada a respeito do grande plano do pai.

Martel veio procurá-la bem mais cedo do que Sobel havia imaginado. Com certeza o assunto o incomodava mais do que os ferimentos ou a exaustão do combate. Sobel estava fazendo o melhor possível para remendar a letiena do irmão, sentada ao pé da mesma árvore onde esteve escondida no topo. Aquela teria sido uma tarefa para Etiel, mas o armeiro do salim havia morrido na estação passada, durante uma escaramuça com as forças humanas. Desde então, o suprimento de folhas alquimicamente tratadas para obter a rigidez de metal estava quase no fim, e Sobel tinha pouco material para produzir novas — além disso, alquimia era o forte de Etiel, não o dela, treinada para ser uma piromante como o pai. Sobel sabia como destruir, não como proteger.

O rosto e as mãos desfigurados eram testemunhas terríveis de sua vocação.

Ela largou o pote de cerâmica com poucas folhas em emulsão e interrompeu as palavras arcanas para se dirigir ao irmão.

— Você deveria estar descansando.

Martel vasculhou os arredores com o olhar afiado, sem responder à irmã, que continuou falando.

— Não, nosso pai não está aqui. Está recolhendo as coisas para partirmos... assim que você se *recuperar*, Martel. — Ela endureceu o olhar, ficou de pé e repetiu: — Você deveria estar descansando.

O irmão se aproximou, viu sua letiena no chão e subitamente sentiu a dor de cada golpe que a armadura aparou... e os que ela não conseguiu aparar, que doíam ainda mais. Ele endireitou o corpo o máximo possível, mas não conseguiu esconder o incômodo no rosto, tanto o provocado pelas feridas quanto pelo que precisava dizer.

— Eu vim falar exatamente sobre essa questão da nossa partida, Sobel. Estamos em fuga há muito tempo. — Ele fez uma longa pausa, temendo dar a sugestão a seguir. — Não seria melhor se...

— Se você disser algo que envolva a palavra *paz*, eu vou fazê-lo irromper em chamas aqui mesmo.

Para enfatizar, ela ergueu uma das mãos queimadas por anos de experiência com piromancia. Até que Sobel tivesse aprendido a controlar plenamente o mais perigoso e voluntarioso dos elementos da natureza, seu corpo e beleza pagaram um preço terrível.

Martel colocou uma expressão neutra no rosto, como se não acreditasse que a irmã levaria a cabo a ameaça; por outro lado, Sobel tinha tanto do espírito do pai, parecia ser feita daquele mesmo fogo que os dois manipulavam, que seria capaz de realizar qualquer atitude insensata e imprevisível

— como o plano do salim, por exemplo, ao qual ele se opunha ferrenhamente e pelo qual tinha vindo, novamente, tentar cooptar a irmã para seu lado.

— Estamos sacrificando tantos alfares para cobrir o nosso rastro. Famílias inteiras, povoados inteiros. Nosso irmão Larel...

A voz foi tomada por um sentimento forte quando Martel citou o irmão filósofo e ceramista, capturado há algumas estações por Caramir, o líder das tropas humanas que caçavam os alfares implacavelmente na região. Martel tinha jurado para si mesmo que aquele demônio meio-elfo pagaria pelo que fez.

— O Larel era um inútil — disse Sobel, secamente.

Martel não se conteve e esbravejou.

— Nosso irmão é lindo, assim como sua arte. Não fale do Larel no passado, nem o insulte. Ele tem que estar vivo. Eu jurei salvá-lo.

— Você devia jurar lealdade ao nosso pai, e não duvidar de seus planos.

A calma de Martel foi embora de vez como se tivesse sido lançada por um arco. Talvez o mesmo fogo do pai e da irmã morasse dentro de seu peito, de certa forma.

— Não ouse questionar minha lealdade ao *salim*. — Ele fez questão de chamá-lo pelo título de líder, e não apenas de pai. — O plano dele é uma loucura, Sobel. Eu disse isso para você quando ouvimos pela primeira vez, já falei outras vezes e repito agora. Não podemos levar essa ideia adiante. Não podemos destruir o mundo só porque estamos perdendo a guerra com os humanos.

— Nós *já* perdemos a guerra com os humanos, irmão.

Sobel começou a ficar sem paciência, deu as costas para Martel e se voltou para o conserto da letiena.

— Então tem que haver outra saída, mesmo que na derrota — insistiu ele. — Talvez se nós falássemos com a nossa tia Sindel...

Ao ouvir aquele nome, Sobel deu meia-volta e encarou o irmão novamente.

— Ela não moveu *uma folha* para ajudar o salim de *todos* os alfares. Será inveja por não sido escolhida pelo manzil? — Sobel soltou um muxoxo de desdém. — Nossa tia Sindel é fraca e omissa. Ela nunca ficou ao lado do nosso pai.

Martel preferiu não refutar esses argumentos, ou a discussão iria para outro lado — e o caráter da tia não era estava em jogo, mas, infelizmente, o do próprio pai.

— Não importa. Talvez, se eu fosse até Bal-dael e intercedesse junto a ela, nossa tia Sindel nos ajudasse. Aí o salim não precisaria soprar a Ka-dreogan. — Ele fez uma pausa. — Sim, eu farei isso. Ela nos ajudará e conversará com o nosso pai.

— Irmão...

Sobel ergueu a mão novamente. Tudo que ela menos queria na vida era matar o próprio irmão, mas o que ele estava se propondo a fazer era um ato de traição. Ao lado de Sobel, Martel era o último dos filhos de Arel que sobreviveram à guerra. Os demais foram baixas causadas pelo inimigo, mas não execuções pela mão de outro alfar. O feitiço, insidioso como uma fagulha ansiosa por queimar uma floresta inteira, surgiu na mente e foi para a ponta da língua, querendo se formar em palavras e ganhar uma forma física destruidora e incendiária.

Martel ofereceu o peito nu e endureceu a voz, ainda que pasmo pela intenção da irmã.

— Não tente me impedir, Sobel. É para o nosso bem, do Larel, do nosso pai e de todo o povo alfar. — Ele pensou no feitiço que a irmã obviamente estava prestes a evocar e completou: — O mundo não precisa terminar em chamas.

— O que é para "o nosso bem"? — perguntou Arel, saindo do matagal como se tivesse simplesmente sido formado pela folhagem.

— O senhor estava escutando — disse Martel, entre uma afirmação e uma indagação.

Sobel baixou a mão, e o feitiço voltou para um recôndito da mente, ainda que permanecesse a postos para qualquer emergência. Ela deu dois passos para trás e voltou os olhos para o chão.

— "Nenhuma verdade escapa do salim, pois ele é o caminho que todas as verdades percorrem" — declamou Arel. — Eu sabia que você discordava do plano desde o início, meu filho, mas tive esperanças de que os últimos meses mostrassem que eu tinha razão. A guerra acabou, e nós perdemos. É hora de fazermos os humanos perderem conosco. Mas, aparentemente, você ainda quer lutar e estender nosso sofrimento até que não possamos mais revidar e dar o golpe final que eles merecem. Eu não posso permitir que seu veneno se espalhe pelas fileiras, e muito menos que contamine minha irmã Sindel.

Arel fez um gesto e falou uma palavra de poder para convocar o fogo. Uma grande labareda saltou da mão do salim, um cone de chamas tão amplo que nem a pirueta que Martel executou para escapar do perigo foi capaz de desviar. O corpo seminu do guerreiro elfo foi colhido pelas chamas e ele morreu praticamente na mesma hora.

Diante do olhar estupefato de Sobel, Arel desmoronou. O feitiço tinha sido um dos mais poderosos de seu vasto repertório, para garantir que Martel não queimasse vivo lentamente. A floresta adiante virou um inferno, e a jovem elfa correu para amparar o pai.

— Eu não podia... deixar você fazer isso... por mim — balbuciou Arel, começando a se recompor. — Era minha responsabilidade. Ele... estava traindo a figura do salim, não a mim ou a você.

— E quanto aos outros dois? — perguntou Sobel, se referindo aos sobreviventes da incursão que retornaram com o irmão, agora morto.

— Eles executarão a missão que seria do Martel... ou vão queimar como ele.

O salim saiu do amparo da filha, empertigou-se e olhou intensamente para o incêndio na floresta.

— O mundo *vai* terminar em chamas.

CAPÍTULO 2

PALÁCIO DOS VENTOS, KRISPÍNIA

As crianças na grande zona rural em volta da Morada dos Reis, a capital de Krispínia, costumavam passar o tempo imaginando formas nas nuvens enquanto ajudavam os pais na lavoura. Às vezes, naquele exercício lúdico de imaginação, entre uma bronca e outra por estarem brincando em serviço, elas vislumbravam um cavalo no céu que soltava relâmpagos pelos cascos: a égua trovejante da Rainha Danyanna, saindo ou voltando para a capital. Ser o primeiro a avistá-la era motivo de aposta ou de bravata, ainda que a brincadeira pudesse custar uma surra dos pais. Hoje, quem se arriscasse a levar um corretivo por ficar olhando para o céu, aceitaria as cintadas de bom grado, pois teria visto um castelo voador no topo de uma rocha flutuante.

Este era o quarto voo na história recente do Palácio dos Ventos, o fortim ancestral criado pelos anões de Fnyar-Holl para ser usado na Grande Guerra dos Dragões, há 460 anos. O primeiro voo foi marcado por uma tentativa quase desastrosa de controlá-lo; o segundo, pela pressa de chegar aos Portões do Inferno para impedir uma invasão demoníaca; o terceiro, pela dor de uma vitória que custou a vida de tantos soldados, entre pentáculos e Irmãos de Escudo, a guarda pessoal do Grande Rei Krispinus.

O quarto voo agora era feito com calma e despreocupação, ainda que os habitantes do Palácio dos Ventos tivessem uma missão dada pela Coroa para cumprir. Mas não havia urgência para salvar o reino; ninguém ali estava correndo contra a passagem implacável das horas.

Era por isso que Kyle, dentro da gaiola redonda que servia para comandar toda aquela estrutura na chamada Sala de Voo, conduzia o castelo voador com um sorrisão no rosto, sem imaginar que outros garotos da sua idade estavam lá embaixo, olhando boquiabertos para seu feito.

— Na'bun'dak, você pode cuidar de tudo aqui enquanto pego um lanche para nós? — perguntou ele para o kobold na gaiola ao lado, que era efetivamente o copiloto do Palácio dos Ventos.

Diante da menção à comida, a criaturinha escamosa, uma espécie de réptil bípede, arregalou os olhos, que já eram imensos. A boca cheia de pequenas presas babou de alegria, e o kobold se agitou, já na expectativa da refeição.

— Calma, ou você vai quebrar um dos controles! — reclamou Kyle.

E vai dar razão a Kalannar, pensou ele. O svaltar não gostava quando Kyle se ausentava da Sala de Voo e deixava o kobold sozinho sendo responsável pelo castelo voador. Teoricamente, o Palácio dos Ventos só podia ser manobrado por dois condutores; na prática, apenas um indivíduo conseguiria pilotá-lo por um curto período de tempo, em situação de emergência, desde que não fosse necessário mudar de rumo ou alterar sua altitude. Era arriscado, mas o rapazote deixava Na'bun'dak assumir o voo desde que ninguém visse, especialmente o svaltar. Kalannar dizia que Na'bun'dak jogaria o Palácio dos Ventos no chão só para se livrar do cativeiro — o que era uma ideia idiota, pois assim o kobold também morreria. Mas não adiantava usar esse argumento com o svaltar, pois sempre respondia que kobolds eram estúpidos, traiçoeiros e vingativos. E Na'bun'dak também não estava sob cativeiro, pelo menos não aos olhos de Kyle; o rapazote sabia que havia escravos no fortim, gente tirada da prisão da Morada dos Reis — Bron-tor, pelo que Od-lanor falou — para trabalhar na fornalha, agora que Derek tinha ido embora e Baldur se tornara importante demais para atuar como carvoeiro.

E também havia uma *cozinha*, para grande alegria de Kyle. Na verdade, sempre houve, mas a cozinha original construída pelos anões para alimentar a tropa do castelete há quatro séculos estava desativada desde então. Nos voos anteriores, Kyle e os demais só comeram rações de viagem, mas agora havia empregados e provisões na despensa, como condizia ao fortim e aos heróis da Confraria do Inferno — como Baldur, Od-lanor e Derek estavam sendo chamados. Kyle só não concordava com o motivo de o termo não se aplicar a Agnor, Kalannar, Na'bun'dak e a ele próprio; todos tinham corrido os mesmos riscos que os outros três para fechar os Portões do Inferno. Agnor chegou a ficar de cama, moribundo! Porém, Od-lanor argumentou que Kyle foi considerado jovem demais, que Agnor vinha de uma nação inimiga e que Kalannar era um svaltar, a mesma raça dos culpados pela invasão ao Fortim do Pentáculo. E Na'bun'dak nem sequer fora citado! Kyle achava injusto. Ele queria ser um Confrade do Inferno; o título era mais bacana do que Irmão de Escudo ou Arquimago. Já não bastava ter sido prejudicado na hora da recompensa em Fnyar-Holl, quando os anões pagaram o peso em ouro de cada um por terem salvado o rei anão.

Como não havia conexão direta entre a Sala de Voo e os cômodos do térreo, onde ficava a cozinha, o rapazote teve que se arriscar a descer pela grande escadaria que levava ao salão comunal, onde os demais estavam reunidos, fazendo o que mais gostavam de fazer: discutindo em voz alta. O assunto dos últimos dias era a presença do Duque Dalgor no castelo voador, o menestrel do Grande Rei Krispinus, que pedira uma carona até Dalgória, o reino dele. O famoso bardo estava velho demais para fazer a longa viagem para casa e Dalgória seria um desvio rápido do destino final do Palácio dos Ventos: uma vila de pescadores na Beira Leste chamada de Praia Vermelha. Foi preciso um pouco de extrapolação por parte de Od-lanor, com o auxílio de Dalgor e de mapas mais recentes trazidos da Morada dos Reis, para localizá-la nas cartas feitas pelos anões na Sala de Voo, que ainda eram do tempo do Império Adamar, antes do surgimento dos reinos livres. Mas Kyle achava divertido e instigante todo aquele exercício de navegação feito para que pudesse conduzir o Palácio dos Ventos com Na'bun'dak. Ele observava, participava e sempre aprendia e se achava importante.

— Eu *sei* que você está aí, Kyle! — veio a voz de Kalannar lá do salão.

Era sempre difícil passar sorrateiramente pelo svaltar, mesmo com todo mundo distraído com a discussão. Ainda bem que Kalannar não chegou a trabalhar como guarda em Tolgar-e-Kol, a cidade onde Kyle cresceu como órfão e pivete. Sua carreira criminosa teria acabado bem antes do dia em que foi finalmente preso e conheceu Derek Blak.

— Só estou indo pegar um lanche! É rápido! — berrou o rapazote de volta.

Kalannar não respondeu. A discussão devia estar mesmo acalorada.

Por mais que quisesse ter examinado o castelo voador durante o voo até a Morada dos Reis, Dalgor havia ficado muito abalado após os eventos no Fortim do Pentáculo para dar vazão à curiosidade. Ele estava velho demais para participar de combates, enfrentar ataques de demônios e legiões de svaltares já teria sido um belo desafio na flor da idade, quanto mais agora que o corpo todo doía, mesmo com os elixires alquímicos que o Dalgor consumia para aplacar o avanço da idade. Só Danyanna havia perambulado pelo castelo, com Od-lanor a tiracolo, para ouvir as histórias sobre o lendário Palácio dos Ventos. O adamar era um sujeito fascinante, um bardo com vasta sabedoria, com quem Dalgor gostaria de ter conversado mais; porém, durante o retorno à capital, Caramir, que veio escoltá-los, trouxera notícias da guerra no Oriente, e Krispinus dera toda atenção ao assunto ao lado de seu menestrel. A rainha, cansada após anos ouvindo os três trocarem histórias de trincheiras, preferiu explorar o castelo voador ao lado do novo arquimago do reino. Aquele era um conceito engraçado, o Duque de Dalgória tinha que admitir. Um bardo no colegiado dos maiores feiticeiros do reino! Não era uma decisão que *ele* teria tomado, mas Dalgor imaginava que Danyanna tivesse seus próprios motivos. Talvez ela estivesse curiosa quanto aos conhecimentos e poderes do menestrel adamar, que certamente foi um achado raro da parte de Ambrosius. Dalgor também tinha que reconhecer que o velho manipulador misterioso reunira uma coleção de seres tão admirável quanto o seu próprio grupo original, formado por Krispinus, Danyanna, Caramir e ele, além de outros aventureiros que ficaram pelo caminho. Talvez até mais admirável.

Era hora de conhecê-los melhor.

Após alguns dias a caminho da Dalgória, quando a rota fora traçada em colaboração com o adamar, o duque resolveu convocar todos para degustar um vinho de Nerônia, o preferido de Danyanna. Ela deixara um barril de presente para a Confraria do Inferno — uma alcunha que Dalgor se orgulhava de ter criado na hora em que Baldur, Derek e Od-Ianor foram apresentados à corte como os heróis que ajudaram o Deus-Rei Krispinus a fechar os Portões do Inferno pela segunda vez. A bem da verdade, ele havia pensado no termo na *primeira* vez que a passagem dimensional fora selada, mas como aquele feito levou Krispinus e Danyanna ao Trono Eterno, Dalgor achou que "rei e rainha" já eram títulos suficientes para os salvadores do reino de trinta anos atrás. Porém, uma boa ideia sempre podia ser reaproveitada, como ele mesmo costumava dizer.

Todos estavam reunidos no imenso salão comunal, sentados à mesa redonda típica dos anões, sob o olhar perturbador das grandes cabeças de dragão e da imagem do Dawar Tukok, o rei anão que construiu o castelete em cima da rocha flutuante. A tapeçaria com a representação do antigo monarca estava em frangalhos, mas havia sido recolocada no lugar por Od-Ianor, que insistia no "valor histórico" da peça.

— Que pena que essa bela tapeçaria não resistiu à passagem do tempo — comentou Dalgor ao servir vinho para os demais, sem se importar com o protocolo de ter um status superior a todos os presentes.

Baldur e Od-Ianor lançaram um olhar discreto e zombeteiro para Kalannar, que fechou a cara.

— Só um humano para admirar o que os anões chamam de arte — resmungou o svaltar.

— Eu concordo que ela não é exatamente bonita — disse Dalgor ao servi-lo —, mas é o registro de um monarca visionário, que transformou essa pedra flutuante em uma arma de guerra contra os dragões.

— Só um humano para chamar um anão de visionário — retrucou Kalannar.

— O Dawar Tukok fez mais por Zândia do que qualquer svaltar — falou Agnor ao erguer a taça para ser servido pelo duque, que não tirava o sorriso do rosto.

Antes que Kalannar pudesse dar outra resposta malcriada, Od-Ianor se apressou a levantar a própria taça ao perceber que todos os presentes já tinham sido servidos.

— Acho que o Duque Dalgor merece um brinde pela gentileza de bancar o criado para esse grupo de broncos.

O menestrel do rei manteve o sorriso no rosto e não deixou de notar a diplomática intervenção do colega. Quantas vezes ele mesmo teve que fazer aquilo quando a notória impaciência e a grosseria de Krispinus quase colocavam tudo a perder.

— Krispínia está em dívida com a Confraria do Inferno e não me custa nada colocar o velho esqueleto para se mexer um pouco. Ademais, eu não confiaria a um criado a tarefa de servir o vinho predileto da Rainha Danyanna. Um brinde a todos vocês, heróis do reino.

— Eu não me lembro de ter sido sagrado "herói do reino" — disse Agnor olhando feio para Od-lanor. — Talvez pelos meus feitos terem sido *roubados* por outro.

O feiticeiro korangariano não perdoou o adamar por ter ficado com o crédito do fechamento dos Portões do Inferno. Naquele momento, ele esteve inconsciente, mortalmente ferido pelo demonologista dos svaltares, e, quando acordou, descobriu que Od-lanor havia sido sagrado arquimago às custas de seu encantamento. Anos de estudo, conhecimento e perseverança... colocados a serviço de outro, de um usurpador de glórias. Era como se Agnor não tivesse saído do Império dos Mortos. A falta de reconhecimento, as intrigas, as facadas nas costas nas Torres de Korangar...

Od-lanor ia retrucar, mas foi contido pela mão pesada de Baldur em seu pulso bronzeado. O cavaleiro sabia que aquilo podia degringolar para uma grande discussão — e possivelmente para uma troca de feitiços.

— Olhem os modos diante do duque — falou Baldur em tom grave, ao pousar a taça na mesa. — Não estamos em uma pocilga de Tolgar-e-Kol.

— Eu admito o pesar por não ter podido estender a honraria a você e ao Kalannar — falou Dalgor dirigindo-se a Agnor e ao svaltar —, mas havia uma *dificuldade* de reconhecer que a Coroa contou com a ajuda de um korangariano e de um elfo das profundezas na questão dos Portões do Inferno.

O duque fez a melhor expressão de arrependimento possível e emanou uma aura de sinceridade. A voz, sempre modulada, sempre no tom certo, geralmente atraía todas as atenções, era cativante e calmante, mas não parecia ter muito efeito naquela plateia arredia. Pelo menos o adamar, o korangariano e o svaltar tinham motivos para serem imunes ao charme de um bardo, fosse por treinamento ou resistência mística. Baldur era o único mesmerizado pela presença de Dalgor.

— Fico sentido por não conhecer vocês dois tão bem como já conheço o Arquimago Od-lanor e o Sir Baldur — continuou o duque, ainda para Agnor e Kalannar. — É uma falha que pretendo corrigir. Como disse o sábio, um bom vinho promove boas amizades, e basta um barril para conservá-las. Acredito que a Rainha Danyanna tenha nos presenteado com um barril justamente com esse objetivo.

Baldur deu um sorriso genuíno para Dalgor e não notou a expressão desconfiada de Od-lanor e de Kalannar. A cara emburrada de Agnor dispensava maiores atenções, pois essa era basicamente sua única expressão. O feiticeiro parou de lançar um olhar fulminante para o adamar e se voltou para o duque.

— Eu sou o *Arquimago* Agnor, de Korangar. É tudo que você precisa saber.

— Ah, mas Korangar é um reino fascinante, Arquimago Agnor. Tantos mistérios na região dominada pela Grande Sombra. — Dalgor se desviou da patada. — Eu achei que soubesse muita coisa sobre a Nação-Demônio, como, por exemplo, os símbolos das vestes da alta casta de feiticeiros. Talvez eu esteja enganado, e perdoe-me a eventual ignorância se for o caso, mas seu robe diz que você é *mestre* em geomancia do décimo segundo grau, e não arquimestre, ou nem sequer arquimago.

O rosto pálido de Agnor, de quem cresceu em uma região onde o sol não bate, ficou roxo em questão de segundos. O feitiço de petrificação veio à mente com a mesma rapidez que o rubor de raiva.

— Você pode provar da minha geomancia e dizer se sou arquimago ou não.

— AGNOR! — trovejou Baldur, que notou o indício de um gestual na mão do korangariano e se levantou.

Od-lanor e Dalgor, cada um à sua maneira, pensaram em algum sortilégio de proteção que contivesse um possível ataque de Agnor. Kalannar, por sua vez, se distraiu ao ouvir um leve movimento colado às sombras da escadaria, em direção ao corredor que levava para o interior do fortim, e perdeu a confusão.

— Eu *sei* que você está aí, Kyle! — gritou o svaltar para o corredor, mas nem prestou atenção à resposta do rapazote quando finalmente notou o clima tenso à mesa.

Ele se preparou para rolar da cadeira e se afastar da troca de feitiços.

— Só quero saber — disse Agnor parecendo desinflar ao ver todos de prontidão ao redor — se isto aqui é um interrogatório.

— Eu chamaria de conversa amigável — respondeu Dalgor abrindo um sorrisão falso —, a simples curiosidade de um menestrel.

Ele fez um gesto para incluir Kalannar novamente na conversa e passar a mensagem de que não estava perseguindo Agnor especificamente.

— Entendam que vocês dois não são naturais de Krispínia e que, por esse motivo, é normal querer conhecer melhor os novos habitantes do reino. — Dalgor fez a expressão mais inofensiva e cordial possível e tomou um gole de vinho, tentando passar naturalidade. — E eu, como duque e representante do Trono Eterno, tenho o dever de zelar pelos interesses do Grande Rei.

Os gestos de Dalgor não surtiram efeito em Agnor.

— E eu, como korangariano, estou defecando para o seu rei e não dou satisfações a bardos.

Ele se levantou de supetão, disparou um olhar cruel para os dois menestréis presentes e saiu do salão comunal ignorando o chamado de Baldur.

— AGNOR! — berrou o cavaleiro, que socou a mesa. — Mais respeito com o Deus-Rei! Retrate-se com o duque!

Dalgor ergueu a mão para que Baldur se acalmasse, com uma expressão de aceitação no rosto.

— Ele é sempre assim? — perguntou o velho bardo, não exatamente para alguém em especial.

— Um poço de simpatia — disse Od-lanor. — A alma de qualquer festa.

Baldur ouviu o duque rindo da resposta irônica do amigo e recuperou a calma. O cavaleiro voltou a se sentar, sorriu por educação para o menestrel do Deus-Rei, mas manteve na mente a ideia de que eles precisavam conversar com Agnor, sem a presença de Dalgor. O korangariano pareceu ter saído ainda mais intratável da experiência de quase ter morrido.

O silêncio ficou incômodo por alguns segundos. Od-Ianor já considerava dizer alguma amenidade sobre o vinho favorito da rainha, mas Dalgor subitamente se voltou para Kalannar.

— E quanto a você, svaltar? Eu também gostaria de conhecê-lo melhor — falou ele, todo sorrisos novamente, como se o incidente com Agnor nunca tivesse acontecido.

Kalannar deu um sorriso cruel para o duque e passou o dedo branco na borda da taça de vinho intocada diante de si. Humanos e seus jogos de palavras eram divertidos, ainda que infantis. Ele queria ver se o velho menestrel o acompanharia.

— Eu não pretendo defecar para seu rei, uma vez que essa expressão humana não faz sentido algum — o assassino olhou de lado para Baldur, que não pareceu se ofender —, mas infelizmente minha história não rende um bom conto para bardos, nem distrairia seu monarca por muito tempo. Sou apenas alguém que ficou sem espaço e resolveu mudar de caverna, como costumamos dizer.

A ausência de grosseria foi bem-vinda, mas Dalgor ficou preocupado com a calma e a frieza com que o svaltar falava. O temperamento de Agnor o tornava previsível e manipulável; já o svaltar parecia conversar dentro de sombras, mesmo estando claramente visível diante dos olhos do duque. Era um predador que sabia que estava sendo observado — e que observava de volta.

— Eu sei que você veio de Zenibar, pela semelhança de seus trajes com os uniformes dos svaltares que invadiram o Fortim do Pentáculo — disse Dalgor casualmente. — Por que não procurou outra cidade svaltar, como Ansara, se ficou "sem espaço" em Zenibar? Certamente seria uma opção melhor do que enfrentar a luz e a hostilidade da superfície...

Ansara? Kalannar tentou esconder a surpresa nos olhos totalmente negros. Quantas cidades svaltares os humanos conheciam, afinal? Ele podia ter apostado que Enoris ou Enzari seriam as primeiras citadas, mas a remota Ansara? Era melhor desconversar, aproveitando a deixa do próprio duque.

— Você já notou que a luz não é problema pra mim, duque. E eu lhe garanto que é a superfície que deve temer a minha hostilidade.

— O que aconteceu em Zenibar? — indagou Dalgor, sem rodeios.

Kalannar olhou para Baldur e Od-lanor e viu neles uma curiosidade que não haviam expressado até agora. O assassino tinha que encerrar aquele combate verbal antes que mais oponentes se juntassem à briga.

— Eu fui considerado dispensável — disse Kalannar.

— Pelos mesmos svaltares que atacaram os Portões do Inferno? — perguntou Od-lanor.

Foi mais cedo do que Kalannar previu. Dois bardos com enorme experiência, que em breve poderiam usar truques contra ele. Bem fez Agnor que saiu daquela arapuca.

— Aí foi a *minha* vez de considerá-los dispensáveis — respondeu Kalannar em tom enigmático. — Bem, usando uma expressão humana que ouvi muito em Tolgar-e-Kol , "o papo está bom", mas eu vi uma certa criança humana fugir de seus afazeres e nos deixar à mercê de um kobold. Vou cuidar disso antes que essa seja a viagem mais curta da história deste castelo voador. Duque, obrigado pelo vinho.

Ele cumprimentou Baldur e Od-lanor com a cabeça e se retirou do salão comunal, não sem antes lançar um olhar de ódio para a tapeçaria do Dawar Tukok ao passar por baixo dela.

Dalgor se voltou para os demais à mesa e continuou a conversar amenidades normalmente, sem indagar sobre Agnor ou Kalannar. Haveria mais tempo e oportunidades.

Especialmente durante a recepção em Dalgória.

CAPÍTULO 3

CORDILHEIRA DOS VIZEUS

Os anos em que o Salim Arel foi perseguido pelos humanos não foram tão difíceis para ele quanto encarar a vastidão montanhosa de Tal-dael — o nome élfico da Cordilheira dos Vizeus. Enquanto os alfares reinavam — ou reinaram, melhor dizendo — em um território vivo, verdejante e relativamente plano, Tal-dael era um império de pedras, uma fileira de gigantes rochosos que tentavam furar o céu, uma massa cinzenta e árida que sempre subia, com quase nenhuma vegetação. Da mata vinha vida, consideravam os elfos; dali, daquela imensidão pedregosa, só se podia esperar a morte. Era um cenário frio e implacável, digno dos habitantes de seus subterrâneos, os anões que só pensavam em ouro, em acumular riqueza.

E era também um cenário digno dos svaltares, que foram banidos por seus irmãos da superfície para as profundezas daquela gigantesca prisão sem vida.

Na floresta onde ele era caçado, Arel conseguia se esconder em qualquer arbusto; a natureza era sua aliada, fornecia abrigo e recursos para atacar e se defender. Ali, o ambiente era outro inimigo a ser vencido, onipresente e sobrepujante. A árvore era amiga e acolhia um alfar; a pedra era traiçoeira, só queria derrubá-lo e esmagá-lo. E não foram poucas vezes: o grande número de penedos, penhascos, morros, vales e gargantas de Tal-dael exigia um conhecimento de escalada e um preparo físico típicos de um anão; e, a cada avanço, o salim e sua filha Sobel achavam que não iriam sobreviver para dar o próximo passo. Arel, porém, tinha um plano a cumprir, e nem mesmo um monte de pedras — ainda que gigantesco — iria detê-lo. Enquanto os guerreiros que ficaram para trás na Caramésia despistavam os perseguidores humanos e davam a impressão de que o salim continuava na região, ele e Sobel arriscavam a vida em Tal-dael. Em uma noite, encolhidos em uma plataforma saliente de um paredão, diante de um abismo tão escuro quanto o céu acima, pai e filha comiam uma ave caçada anteriormente por Arel e assada no fogo evocado por Sobel. Era a melhor refeição que eles faziam em dias; os elfos da superfície, acostumados à abundância da floresta, não se entendiam com a escassez do rochedo sem vida.

Entre uma mordida voraz e outra, Sobel conseguiu puxar conversa com o pai.

— Será que passamos por cima de algum território svaltar?

Arel olhou em volta, como se conseguisse se localizar no breu da noite e naquele mar de silhuetas colossais e pontudas.

— Zenibar — respondeu o salim. — É o nome da cidade deles. Fica em algum lugar no subterrâneo de Tal-dael. Os svaltares às vezes saem à noite para a superfície, usando alguma caverna. É por isso que venho evitando que nos abriguemos em qualquer gruta; prefiro arriscar rolar de um despenhadeiro a ser capturado por um svaltar durante o sono... acredite, nós desejaríamos que isso acontecesse pelas mãos dos humanos, e não dos svaltares.

Sobel conteve um pouco da fúria com que devorava a ave e ficou pensativa.

— Eu nunca vi um svaltar — disse ela, finalmente. — E o senhor?

— Há muito tempo, meu pai... o seu avô Efel... capturou três svaltares com a ajuda de parentes e amigos. Eu estava junto, e na época mal vergava um arco ou conseguia acender uma tocha com magia. — Arel abriu um genuíno sorriso de nostalgia que iluminou as belas feições élficas. — Mas ele sempre fez questão de dizer que participei da captura. Eu me lembro de ter queimado os cabelos de um dos svaltares, ainda que ninguém fosse favorável à minha vocação para piromancia em Bal-dael.

Sobel arregalou os olhos, visivelmente empolgada com a história. Eles ainda eram lindos, mesmo no rosto parcialmente queimado. A nostalgia do salim ficou um pouco amarga quando pensou que o futuro da filha estava selado e que aqueles olhos jamais veriam a vitória que ele não conseguiu dar ao seu povo.

— E o que aconteceu com os svaltares? — perguntou ela. — Foram torturados e executados?

Arel voltou a sorrir.

— Só os fustigamos, na verdade. Mas o terror dos svaltares foi aumentando à medida que o dia raiava. A empáfia das primeiras horas, presos ali na escuridão, passou assim que nasceu o sol.

Os olhos do salim, na verdade tão lindos quanto os da filha, agora olhavam para o nada, para o passado distante. O sorriso aumentou.

— Os svaltares definharam com a claridade, gritando sem parar — concluiu.

A risada dos dois ecoou pelas montanhas.

CAMINHO DE BUKARA, CORDILHEIRA DOS VIZEUS

O risco de enfrentar as escarpas impiedosas diminuiu à medida que Arel e Sobel se aproximaram das colinas mais baixas e das vias que os anões de Fnyar-Holl usavam para comercializar com Dalínia. Nunca contentes em deixar um ambiente em seu estado natural, os anões converteram as passagens abertas pela ação do tempo em algo bem superior a uma mera trilha no cenário rochoso; chamadas tanto por eles quanto pelos humanos de Bukara — o termo anão para caravana —, as rotas comerciais que cortavam os Vizeus eram verdadeiras façanhas de arquitetura, longos caminhos sinuosos e nivelados para o tráfego de carroças e animais de tração, com degraus e rampas nos pontos onde havia alguma subida impossível de aplanar. Tudo ao estilo anão de esmero e engenhosidade dentro de um padrão inconfundível de solidez; era visível que as rochas gigantes, até então implacáveis, tinham sido domadas por uma raça que tinha pleno domínio de seu ambiente.

Aos olhos de Arel, perto da beleza da arte élfica e da sua comunhão com a natureza verdejante, aquilo tudo continuava sem vida e era tão feio e bruto quanto antes.

Mas, indiscutivelmente, a obra dos anões facilitou aquele trecho da jornada dos dois alfares foragidos. A questão naquele momento era evitar que fossem vistos; não que os eventuais anões transportando carga para cima e para baixo pelo Caminho de Bukara fossem algum problema, afinal a raça subterrânea não se importava com o conflito na superfície (pelo contrário, os humanos sempre precisavam de vero-aço para o esforço de guerra); porém, os anões eram notórios falastrões, e aqueles caminhos às vezes eram usados por comerciantes humanos entrando e saindo de Fnyar-Holl. O salim e a filha eram mais do que capazes de dar conta de meros mercadores e seus guardas mal treinados, mas correriam um risco desnecessário de exposição. Ninguém sabia que eles estavam ali — para todos os efeitos, o rei elfo ainda estava escondido em algum ponto da Caramésia, eternamente fugindo da perseguição das forças de Krispinus. Havia ações planejadas neste sentido, ataques de alfares a serem realizados em nome de Arel, com pistas suficientes de sua "presença", para continuar desviando a atenção da caçada movida por Caramir.

Enquanto isso, o salim estaria em outro canto do mundo, empenhado em destruí-lo.

As poucas caravanas anãs foram fáceis de evitar por conta da cantoria; os anões eram sempre ouvidos muito antes quando as canções ecoavam pelo Caminho de Bukara, e Arel e Sobel tiveram tempo suficiente para se esconder na irregularidade do terreno. O único comboio humano que passou por ali deu mais trabalho, mas os anos de experiência do salim não deixaram que ele fosse surpreendido por um encontro fortuito com uma caravana do inimigo. Um pouco de magia e improviso garantiram que ele e a filha não fossem vistos — bastou um feitiço bem lançado para soltar uma roda de carroça, e a comoção provocada serviu de cobertura para que os elfos sumissem de vista e passassem despercebidos, ainda que a vontade de Sobel fosse tê-los incinerado ali mesmo. Ela de fato tinha puxado ao pai.

FRONTEIRA DE DALÍNIA COM A CORDILHEIRA DOS VIZEUS

O salim e a filha precisaram sair do relativo conforto e isolamento do Caminho de Bukara para chegar ao objetivo final. A rota das caravanas entrava em pleno território de Dalínia e se fundia às estradas do reino, levando ao coração da civilização humana, estabelecida no território que fora tomado dos elfos e agora era dominado por vilarejos, cidades, guarnições, grandes fazendas e áreas abertas de pastoreio. Havia humanos demais e alfares de menos. Os focos de resistência élfica eram pequenos, muito isolados e não conseguiam manter contato com as forças de Arel no Oriente. Os poucos sobreviventes eram caçados de forma implacável pela força militar da Rainha-Augusta de Dalínia — as legiões de Damas Guerreiras.

Arel se lembrava de como era aquela região antes da reviravolta na guerra, antes que as derrotas para as forças de Krispinus no oeste permitissem que a então jovem Níssiria, a monarca de Dalínia, reorganizasse suas forças e atacasse os alfares abalados e enfraquecidos. Os elfos da superfície sofreram grandes perdas e precisaram recuar para o leste, porém deixaram para trás seu maior tesouro, que se recusou a sair dali — o manzil, o conselho de anciões. Talvez tenha sido por uma teimosia alimentada por uma existência milenar ou talvez por conhecimentos arcanos que lhes deram a certeza de que jamais seriam localizados, mas o fato era que os anciões alfares — os zelins — escolheram permanecer recolhidos em um vale perdido ali mesmo em Dalínia, ocultos dos olhos do mundo. Eles estavam escondidos no que os humanos daquele reino chamavam de "Floresta dos Sonhos", por causa do efeito entorpecente que a mata provocava. Era um local em que a mente ficava turva, o senso de direção se perdia e o corpo cedia a um enleio irresistível. Era a proteção mística de Manzil-dael, um enclave encantado ao pé dos Vizeus, na fronteira do noroeste de Dalínia com a terra devastada do Ermo de Bral-tor, que abrigava os Portões do Inferno.

Era o último local em Zândia que alguém poderia procurar o refúgio dos zelins. E por isso mesmo eles não saíram de lá quando a maioria dos alfares fugiu da guerra em Dalínia.

Arel e Sobel saíram do Caminho de Bukara e seguiram para o oeste; ao longe já eram visíveis os povoados humanos que ficavam na base da grande cadeia de montanhas e que se beneficiavam do comércio direto com os anões de Fnyar-Holl. Os olhos do salim sentiram a pontada da lembrança dolorosa dos bosques que um dia abrigaram Vas-dael, o antigo povoado onde os peregrinos alfares costumavam fazer a última pausa antes de visitar os zelins no vale. Nada daquilo existia mais. A pergunta de Sobel sobre que caminho os dois deveriam tomar naquele momento tirou o pai do devaneio e ele indicou a rota mais segura possível para chegar ao local onde, há muito tempo, Arel fora escolhido como salim pelos mais sábios de sua raça. Ele torcia para que toda aquela sapiência ancestral ajudasse os zelins a entender o plano.

Uma noite, durante o avanço sorrateiro pelo território inimigo, eles pararam ao ouvir guinchos perturbadores vindo do céu. A aguçada visão noturna de Arel e Sobel ajudou-os a distinguir silhuetas praticamente invisíveis contra o manto na noite, notáveis apenas por um brilho maligno que sugeria a presença de olhos nas formas escuras.

— O quê...? — começou Sobel, mas a mão do pai a deteve.

— Rushalins — explicou o salim em voz bem baixa. — Criaturas malignas que não pertencem ao nosso mundo. Temos que nos abrigar.

Ele mal terminou de falar e emendou com uma sequência de gestos e palavras arcanas para evocar um feitiço que, embora fosse fraco, pudesse ajudar a mascarar a presença de suas almas e enganar os demônios no céu. Arel era apenas um piromante, um feiticeiro que comandava o fogo, pouco versado em truques místicos mais abrangentes, porém sabia um ou outro sortilégio de proteção mais modesto. De qualquer forma, seria melhor do que apenas contar com o cenário e a sorte para que os demônios não os vissem.

Foram momentos de tensão até que a cacofonia terrível e perturbadora se afastasse na escuridão, indicando que as criaturas foram embora.

Quando sentiu que era seguro falar, Sobel disse:

— Eles vieram da direção para onde vamos. Será que o manzil corre perigo?

— Duvido — respondeu o salim, ainda que não tivesse como saber com plena certeza. — Manzil-dael fica perto da região que foi devastada pelos rushalins há tempos, mas, mesmo assim, naquela ocasião, os anciões não correram perigo. Na verdade... pelo que ouvi, as criaturas foram contidas pelos humanos.

— Será que a presença delas é algo de que poderíamos tirar vantagem? — perguntou Sobel, empolgada.

— Mesmo se isso fosse possível, já é tarde demais, minha filha. Uma horda de rushalins no máximo atrasaria a vitória dos humanos sobre nós. — Arel tocou no braço de Sobel com cansaço e afeto genuínos. — A verdadeira vantagem que teremos está à espera em Manzil-dael.

No dia seguinte, já próximos do longo caminho arborizado que os levaria ao vale escondido, o salim e a jovem elfa notaram o grande deslocamento de uma força militar humana, cujas armaduras de aço reluziam ao sol da manhã. Mesmo ao longe, Arel identificou os estandartes de Dalínia levados pela tropa.

— As fêmeas que defendem este reino humano — disse o salim em tom de desprezo.

Sobel franziu os belos olhos que se destacavam na ruína queimada do rosto e rangeu os dentes.

— Eu gostaria de assá-las dentro daquela carapaça de metal.

O salim concordou com a cabeça.

— Se fosse um destacamento menor, até poderíamos descontar as provações desta longa jornada naquelas humanas imundas. Mas é uma tropa grande, e estamos perto demais de nosso objetivo para arriscar tudo agora por um ato insensato de vingança.

Sobel percebeu a frustração na voz do pai e apontou para a vanguarda da força militar.

— Elas estão indo para a direção de onde vieram os rushalins. Será que há conflito naquela região?

Arel vasculhou o horizonte com o olhar afiado, depois se voltou para o comboio de suprimentos que acompanhava a tropa. Pelo tamanho, havia mais do que as guerreiras humanas precisariam para uma incursão rápida de combate. Talvez elas fossem se estabelecer onde quer que estivessem indo. De qualquer maneira, Sobel parecia ter feito a conexão correta de ideias: como não havia alfares no território devastado além da fronteira ao norte de Dalínia, então aquela força só podia estar indo responder a algum tipo de ameaça representada pelas criaturas que eles tinham visto na noite anterior.

— É o que parece — respondeu o salim. — De qualquer maneira, não podemos ficar aqui para descobrir. Talvez haja batedores ao redor da tropa, e não quero encontrá-los. Venha, vamos recuar para dentro do bosque e esperar antes de entrarmos no vale.

Os dois se embrenharam no arvoredo, mas Arel não parou de pensar no que estaria acontecendo além da fronteira de Dalínia. Se as tropas humanas estivessem comprometidas com outro conflito, aquilo tornaria mais fácil cruzar todo aquele território inimigo, chegar ao litoral e dar início ao fim do mundo.

Toda ajuda seria providencial, até mesmo vinda do que os humanos chamavam de inferno.

CAPÍTULO 4

PALÁCIO DOS VENTOS, CORDILHEIRA DOS VIZEUS

Não havia lugar melhor para conduzir o voo do Palácio dos Ventos do que a Cordilheira dos Vizeus. Foi ali que a imensa rocha flutuante surgiu, como símbolo de paz após uma guerra entre elementais do ar e da terra travada na cadeia de montanhas. A região também era a mais mapeada pelos anões que construíram o castelete em cima da pedra, o que facilitava o deslocamento. Por isso foi decidido que o Palácio dos Ventos chegaria a Dalgória pelos Vizeus, em vez de cruzar o Ermo de Bral-tor — cuja navegação era bem complicada, tanto pela ausência de marcos de terreno quanto pela obsolescência dos mapas na Sala de Voo, que eram da época em que a região devastada abrigava os prósperos reinos de Blakenheim e Reddenheim, e o norte de Dalínia. O castelo voador estava em seu elemento natural, passando por vales profundos e pelo céu acima de picos rochosos, como uma dança que celebrava o encontro do ar e da terra que o compunham.

Era apenas necessário ter atenção com o surgimento da cumeada, mas sempre que havia um longo espaço entre as montanhas — e quando Kalannar não estava no seu pé —, Kyle aproveitava para visitar a cozinha fora do horário das refeições e pegar algo a mais para comer, não somente para si e para o kobold, mas também para os escravos. O rapazote desconfiava que os demais não gostariam que ele fizesse isso — especialmente, de novo, o svaltar —, mas a curiosidade para saber mais a respeito deles era irresistível. Não era todo dia que se viam um ogro e um meio-elfo em cativeiro.

Kyle sabia que naquele momento todos estavam com outros afazeres pelo resto do fortim e aproveitou para visitar a caldeira. Pelo horário, o posto de carvoeiro deveria estar sendo ocupado pelo meio-elfo, que pelo menos sabia conversar. O ogro só se comunicava com grunhidos, mas parecia ficar grato pela refeição extra. Era sempre curioso vê-lo comer — visto que se alimentava de carne humana (e de elfos, anões e animais em geral) como todo ogro, o prisioneiro ganhou uma focinheira de ferro presa a uma coleira. O aparato permitia que o ogro ingerisse comida através dos espaços entre a grade grossa, mas impedia que mordesse alguém. Pelo que disseram, ele havia devorado um carcereiro assim que chegou à prisão na Morada dos Reis, um sujeito chamado Brutus, nome que o ogro herdou graças aos outros prisioneiros e carcereiros, que se referiam a ele assim por praticidade. Baldur considerou um absurdo chamar o monstro por um nome, assim como continuava achando no caso de Na'bun'dak.

O meio-elfo também tinha nome e se chamava Carantir. Assim que o viu no castelo, Kyle achou que fosse um elfo, mas Kalannar explicou que se tratava de um mestiço de alfar com humano. Os termos usados pelo assassino svaltar não foram gentis, mas o rapazote passou a perceber as características que ele pontuou: orelhas menos compridas e menos pontiagudas, rosto menos anguloso, presença de leve penugem facial. Elfos eram uma presença rara em Tolgar-e-Kol, de onde vinha Kyle, e agora ele desconfiava que talvez só tivesse visto meio-elfos por lá, e não elfos. O rapazote gostava de aprender coisas e todo encontro com Carantir era motivo para prestar atenção em mais detalhes que o diferenciavam de Kalannar, ainda que o svaltar fosse um elfo das profundezas. Essa parte toda ainda era meio confusa para o garoto.

Kyle desceu a escada para o grande salão que abrigava a caldeira, o imenso tonel metálico de onde saía o vapor que fazia funcionar o sistema de propulsão do castelo. Como a grande rocha elemental apenas flutuava, os anões criaram uma forma de movê-la através de sua tecnologia única e complicada de entender. Ele notou que o grilhão usado para manter o ogro preso estava vazio, o que significava que era Carantir que estava ali embaixo, como mandava o cronograma. Tirar Brutus dali era uma tarefa que envolvia a força de Baldur, a vigilância de Kalannar e o falatório mesmerizante de Od-lanor. Agnor, como sempre, não ajudava com nada no castelo, só fazia reclamar. Já a condução do meio-elfo para o cativeiro, um cômodo do subsolo do castelo adaptado com grades bem reforçadas, era responsabilidade apenas de Kalannar, que tinha um prazer especial em realizar aquela tarefa.

Carantir sempre ficava surpreso quando o saijin humano surgia ali embaixo, em sua nova prisão. O garoto pisava muito leve e era inaudível na escada, tanto quanto o svaltar, que regularmente vinha verificar o andamento do trabalho e fustigá-lo com ofensas e ameaças de torturas. Felizmente elas nunca se concretizavam — o cavaleiro humano havia proibido maus-tratos em relação aos prisioneiros, o que provocou várias discussões entre ele e o svaltar, ali mesmo no que seus novos algozes chamavam de "caldeira". Depois dos horrores de Bron-tor, onde foi inicialmente torturado para revelar segredos que desconhecia, e depois abandonado ao tédio enlouquecedor do esquecimento, aquele novo cativeiro era menos pior, porém igualmente inescapável. Em Bron-tor, a ilha-prisão na baía que banhava a Morada dos Reis, o mar e seus perigos eram o último carcereiro; aqui, em um castelo que voava, o céu atuava como a última muralha da masmorra.

Pelo menos por causa dos trabalhos forçados, Carantir estava recuperando o vigor físico que Bron-tor roubara. O meio-elfo estava sendo alimentado de forma decente, pois os feitores sabiam que ele precisava de forças para dar conta do serviço de carvoeiro e sobreviver aos rigores daquele ambiente quente. E toda a comida que o saijin humano trazia, claramente em segredo, contribuía para a reconquista da saúde. Carantir sentia que em breve seria novamente capaz de realizar encantamentos; o meio-elfo não era exatamente um mago, e sim um tipo especial de arqueiro élfico — um erekhe — que imbuía flechas com feitiços para aumentar o potencial de destruição dos projéteis, às vezes com gemas para potencializar a própria magia. Havia anos que Carantir não dava vazão a seus poderes, e ele duvidava que conseguisse improvisar uma flecha ali, na nova prisão, mas as chances eram maiores do que em Bron-tor. Talvez o rapazote prestativo e curioso fosse capaz de ajudá-lo.

— Ei, Carantir — chamou Kyle. — Eu trouxe comida.

O saijin humano se aproximou com um farnel contendo pães e um generoso naco de carne.

— Obrigado, Kyle — agradeceu Carantir ao abrir o saco de comida.

— Eu não posso ficar muito tempo, você sabe...

— Sua presença é breve, mas sempre bem-vinda, saijin — disse o meio-elfo. — E não só pela comida. É bom ter com quem conversar.

Desde as primeiras visitas, Carantir vinha contando sobre seu lugar de origem e como havia parado ali. A parte envolvendo Bron-tor foi um assunto desagradável que deixou o rapazote assustado ao saber o que o meio-elfo passou na masmorra real; Kyle confessou ter estado preso também, em um lugar chamado Tolgar-e-Kol. O vilarejo de Leren e seus costumes, porém, fascinavam o saijin, que não acreditava que pudesse existir um lugar em que humanos, alfares e seus mestiços convivessem harmoniosamente, isolados da guerra entre as raças. A cada vez que Kyle aparecia, Carantir falava mais detalhes sobre a vida lá, tentando não se deixar sufocar pela saudade e tristeza. O garoto lembrava Dale, a saijin humana que era sua protegida — e a quem o prisioneiro meio-elfo, no fim das contas, não conseguiu proteger de fato quando Leren foi atacada pelas forças cruéis de Krispínia. Não se passou um dia desde então que Carantir não pensasse nela e em seu destino.

Naquela visita, a conversa chegou exatamente ao papel que o meio-elfo exercia na sociedade de Leren. Ele explicou que treinava as crianças do vilarejo a se virar na floresta, ao mesmo tempo em que patrulhava os arredores para evitar incursões de feras e monstros.

— Você era um batedor ou um guerreiro? — perguntou Kyle, duvidando que Carantir tivesse físico para ser um espadachim como Derek.

— Eu agia como batedor, mas era um erekhe — esclareceu Carantir, querendo fisgar ainda mais a curiosidade do saijin humano.

— Um o quê?

— Um arqueiro dotado de habilidades especiais — disse o prisioneiro. — Eu disparava flechas mágicas.

Pelo olhar arregalado de Kyle, ele estava fisgado. Carantir deu um sorriso simpático e uma mordida no pão.

— Flechas mágicas? — falou o rapazote. — Eu nunca vi uma flecha mágica na vida. O que elas fazem?

Carantir terminou de mastigar e respondeu:

— Elas têm um poder de destruição bem maior do que flechas comuns, se disparadas por um erekhe. Eu poderia derrubar o Brutus com uma ou duas, era só fazer o encantamento correto.

Kyle continuava impressionado. A mente claramente imaginou o ogro, um monstro gigante de couro duro à prova de flechas comuns, sendo abatido por projéteis mágicos.

— Você teria vindo a calhar quando meu castelo foi atacado por demônios — disse o saijin.

Agora foi a vez de Carantir ficar curioso.

— Como assim, "demônios"?

— As criaturas que saíram dos Portões do Inferno, quando a gente foi lá fechá-lo — explicou Kyle com a maior naturalidade do mundo. — Você não ficou sabendo?

— Os carcereiros de Bron-tor se esqueceram de me contar as novidades — riu Carantir.

O rapazote riu também e saiu explicando o que aconteceu com o Palácio dos Ventos. A história era extraordinária demais, parecia saída da imaginação fértil de uma criança impressionável, e Carantir não acreditou que seus novos algozes fossem "heróis do reino", como Kyle alegava. Ainda assim, era hora de aproveitar a empolgação do saijin.

— Bem, se eu tivesse estado aqui, e não fosse prisioneiro de vocês, poderia ter ajudado contra esses demônios voadores que você falou. As criaturas nem teriam chegado perto se eu tivesse um arco e flecha comigo.

— Você não é meu prisioneiro — reclamou Kyle, ofendido.

Carantir percebeu que estava tocando nos pontos certos.

— Claro que não, Kyle. Você é meu amigo — falou ele com uma expressão desolada. — Mas *seus* amigos estão me mantendo preso.

Kyle fez uma cara triste, enquanto o olhar foi de um lado para o outro, como se procurasse uma saída do assunto. Carantir sabia que era melhor não forçar os argumentos todos de uma vez; infelizmente, ele teria muito tempo e muitas outras conversas para isso.

— De qualquer forma — continuou o meio-elfo —, como você disse, Kyle, eu teria ajudado muito nesse combate. Se me visse com um arco e flecha, você ficaria impressionado.

Carantir fez o gestual de sacar, apontar e disparar uma flecha, o mesmo que já tinha feito tantas vezes para cativar as crianças de Leren. Desta vez, porém, mostrou a corrente no tornozelo e deu um sorriso amarelo, mas sem grande tristeza. Ele tinha que andar na linha tênue entre provocar fascínio e remorso para ver como Kyle poderia ajudá-lo.

— Uma pena não ter um arco e flecha para mostrar para você — enfatizou Carantir.

O rapazote ficou pensativo e falou, finalmente:

— Quando os demônios atacaram, a gente não tinha essas coisas aqui. Mas depois vieram uns baús cheios de armas, armaduras e roupas da capital; com certeza vi arcos e flechas lá.

Carantir abriu um sorrisão esperançoso e apontou para o farnel, quase vazio.

— Bem, se você conseguisse trazer um arco e flecha para mim, da mesma forma que traz a comida, eu posso te mostrar o que faz um erekhe. — Ele baixou a voz em tom de cumplicidade. — Será um segredo só nosso.

— Não sei — respondeu Kyle novamente pensativo. — Acho que o Kalannar me mataria.

— Eu sou *prisioneiro* dele, mas seu *amigo* — argumentou Carantir, mantendo o sorriso. — Eu jamais faria algo que te prejudicasse.

O meio-elfo engoliu o último pedaço de comida como se fizesse a prova do crime desaparecer.

Kyle ainda parecia meio perdido, dividido entre várias decisões, até que tomou uma.

— Bem, eu já fiquei tempo demais aqui embaixo e daqui a pouco vai dar merda. Aí não vai ter nem comida, quanto mais arco e flecha.

— Bem pensado, Kyle — disse Carantir. — Na próxima vez, conto como salvei uma amiga minha, com mais ou menos a sua idade, de um urso-cerval com uma flecha mágica de erekhe!

O saijin humano se levantou, deu um sorriso e saiu rapidamente, porém mantendo o mesmo passo leve de quem estava acostumado a fugir pelas sombras.

Fuga, por acaso, também começou a fazer parte dos planos de Carantir, mesmo com todo aquele céu lá fora.

As risadas de Baldur ecoavam pelo salão comunal como se as cabeças de dragão expostas nas paredes tivessem ganhado vida e rugissem novamente. O riso estridente de Kyle se juntou à gargalhada do cavaleiro, e até Kalannar deixou escapar um sorriso genuíno diante da história absurda contada por Od-lanor, sobre uma expedição que confiou seu rumo em um integrante que, no fim das contas, não tinha a menor experiência como mateiro. Por causa do sujeito inepto, o grupo de aventureiros se perdeu em uma ilha e matou o que eles julgaram ser um monstro fluvial, quando na verdade era o protetor de uma tribo ribeirinha indefesa. E, ainda assim, o aspirante a guia continuou jurando de pés juntos que fez a coisa certa ao se voluntariar como batedor dos exploradores.

— Eu achava que só o Baldur era capaz de ser tão teimoso assim — provocou Kalannar.

— Ora, vamos! — respondeu o cavaleiro, ainda rindo. — Eu nunca aleguei que sabia fazer uma coisa sem saber de fato!

— Eu tenho que admitir — disse o bardo adamar tocando no ombro de Baldur — que aquele sujeito realmente faz nosso amigo aqui parecer sensato.

O comentário provocou mais gargalhadas, inclusive de Baldur, que não se ofendeu. Desde que eles saíram da Morada dos Reis, coube a Dalgor entreter o grupo com histórias antes do jantar; naquela noite, porém, o duque alegou cansaço e se recolheu mais cedo, e Od-lanor retomou o papel de menestrel enquanto a comida era servida. A criadagem era composta por velhas cozinheiras e suas filhas moças, pessoas humildes que aceitaram a tarefa de trabalhar em um castelo voador rumo ao outro lado do mundo. Como serviçais cedidas pela Coroa para Sir Baldur, elas deviam lealdade ao Irmão de Escudo e jamais revelariam o que acontecia no Palácio dos Ventos, especialmente a presença de um korangariano e um svaltar naquele pequeno arremedo de corte.

O que não queria dizer que as serviçais gostassem de se aproximar de Kalannar.

O svaltar era um arguto observador de reações e posturas de indivíduos de outras espécies; fazia parte de seu trabalho como assassino conhecer a presa, e o período em que atuou em Tolgar-e-Kol serviu para ensinar muitas coisas sobre os humanos. A linguagem corporal das criadas diante de Baldur e Od-lanor — e a respectiva reação dos dois — indicava que elas eram íntimas do cavaleiro e do bardo. A troca de olhares lascivos e o tapa que Baldur deu na bunda de uma delas confirmaram as suspeitas de Kalannar. As moças serviram Od-lanor, Kyle e o cavaleiro alegremente, mas houve uma disputa tensa e silenciosa entre elas para ver quem levaria a comida e a bebida para o svaltar.

Toda noite era assim, e toda noite aquilo divertia Kalannar, que fazia questão de encarar com os olhos completamente negros a criada escolhida pelas colegas como se fosse devorá-la viva. Possivelmente aquelas humanas simplórias acreditavam que ele fosse realmente capaz de comê-las.

— O Agnor não vem jantar de novo? — perguntou Kyle tirando Kalannar de sua pequena diversão.

— Aquele rabugento tem evitado esbarrar com o Duque Dalgor — explicou Baldur ainda de olho na serviçal, que foi pegar mais vinho para ele — desde que os dois se desentenderam.

— E quando é que o Agnor não se desentende com alguém? — brincou Od-lanor.

— Mas o duque não está aqui, a gente podia chamá-lo — argumentou Kyle. — É triste comer sozinho.

— Falando no duque — disse Kalannar, aproveitando a deixa —, vocês sabem que ele está aqui para nos espionar, não?

— Você também notou? — disse Od-lanor com um sorriso irônico para o svaltar.

— Do que vocês dois estão falando? — perguntou Baldur de boca cheia.

— O Duque Dalgor quer saber como serão seus futuros vizinhos — respondeu o adamar. — Se tudo der certo, logicamente.

— Vizinhos? — perguntou Kyle. — Nós vamos morar em Dalgória?

— Não, Kyle — disse Od-lanor. — Mas há uma chance de virarmos administradores da Praia Vermelha, caso o responsável pela vila pesqueira não se explique a contento por que não usou os recursos enviados pelo Grande Rei para montar uma tropa contra a atividade élfica no local. E se formos ocupar a área vizinha ao reino dele, o duque está aproveitando a ocasião para nos observar.

— É o que eu também teria feito — falou Kalannar. — Informação vale mais do que ouro. Planejamento, então, vale mais do que o tesouro de um rei. Falando nisso, me pergunto se o Dalgor está nos espionando sob ordens do Krispinus ou se a iniciativa partiu do próprio duque.

Baldur largou a comida e fez uma expressão indignada.

— Peraí, vocês estão insinuando... — disse o cavaleiro. — O Grande Rei me conhece. Ele *confia* em mim. Eu sou seu Irmão de Escudo!

— Sim, pode ser, mas você, Baldur, tem um svaltar e um korangariano sob custódia — argumentou Od-lanor.

Kalannar deu um muxoxo de desdém ao ouvir a expressão, mas o bardo adamar ignorou a reação e continuou, ainda voltado para Baldur:

— Ele certamente quer conhecer mais sobre os dois.

O svaltar apontou para Od-lanor com a faca que estava usando para comer.

— E um adamar virou o novo queridinho da esposa dele — retrucou Kalannar. — Eu também ficaria de olho em você, se fosse o Krispinus.

Baldur largou o prato de comida e ergueu as mãos, novamente indignado.

— Vocês dois são desconfiados demais — falou ele. — O duque só pediu uma carona a um fiel seguidor do Deus-Rei. É natural que queira saber mais sobre todos nós.

— Baldur, você não pode ser tão ingênuo assim — disse o svaltar. — Naquele dia, o Dalgor estava realmente conduzindo um *interrogatório*, como falou o Agnor.

— Eu ouvi meu nome? — veio uma voz do corredor.

A figura do feiticeiro de Korangar passou por baixo da tapeçaria. Ele observou a grande mesa circular de ferro fundido, como se confirmasse que Dalgor não estava ali, e pegou a cadeira mais distante possível de Od-lanor. As criadas, que haviam se recolhido ao entorno do salão, se aproximaram para servir o recém-chegado.

— Oi, Agnor! — exclamou Kyle, aparentemente o único feliz por ver o mago ali.

— Estávamos falando do Dalgor — respondeu Kalannar. — Eu concordo com você, Agnor: ele está aqui para nos espionar.

— É o que bardos fazem — disse o korangariano, que se voltou para Od-lanor. — São espiões e traidores.

O adamar revirou os olhos, mas não se deixou fisgar pela provocação. Isso renderia mais uma discussão em altos brados, e para variar, Od-lanor gostaria de fazer uma refeição em paz naquele castelo voador. No entanto, Agnor só saía da clausura do seu quartinho apertado para reclamar e semear a discórdia. Ele era um sujeito difícil, mas inegavelmente poderoso — melhor mantê-lo por perto do que à solta pelo reino. E, assim como Dalgor, Od-lanor também queria saber mais sobre o korangariano. Ambrosius possuía um dom para escolher pessoas com históricos peculiares, e um foragido de Korangar certamente teria um motivo interessante para ter escapado da Nação-Demônio. Quando eles se envolveram com o resgate do rei anão em Fnyar-Holl, e posteriormente com o fechamento dos Portões do Inferno, tudo havia sido muito urgente, uma coisa levou a outra rápido demais. As conversas foram superficiais, práticas ou informativas em relação às missões. Od-lanor só conhecia bem Baldur, graças à jornada pela Faixa de Hurangar, mas, em relação aos outros, ele possuía um conhecimento apenas superficial. Era hora de aproveitar a deixa do maior menestrel do reino e usar a viagem para saber mais sobre os companheiros.

— Eles são espiões e traidores em Korangar? — perguntou Od-lanor.

— Os bardos são a voz do Triunvirato. E os olhos e ouvidos também — respondeu Agnor secamente. — Mas isso não vem ao caso. Uma vez que o reconhecimento pelos meus feitos nos Portões do Inferno foi usurpado, eu quero garantir que isso não se repita nesta tal Praia Vermelha.

O feiticeiro fez uma pausa dramática, bebeu um gole do vinho servido pelas criadas, e se voltou para Baldur.

— Eu presumo que você vá assumir o controle da região aonde estamos indo, caso resolva o problema do administrador incompetente. Pois bem: eu preciso de uma torre para me dedicar aos estudos sobre magia.

— Não está nada garantido que ficaremos na Praia Vermelha — ponderou Od-lanor.

— Quando a conversa chegar ao cabaré, eu ouço o que você tem a dizer — disparou o korangariano, que se voltou para Baldur novamente.

O cavaleiro estava perplexo com o rumo tomado no que era para ter sido um jantar na paz do Deus-Rei. Primeiro, vieram acusações de espionagem direcionadas ao Duque Dalgor, um herói do reino e um nobre convidado de reputação ilibada; agora, exigências malucas de Agnor, que saiu da toca aparentemente possuído.

— Por que uma torre? — perguntou Kyle, subitamente curioso com a discussão; torres, afinal de contas, eram interessantes e misteriosas.

— É, por que uma torre? — repetiu Baldur. — Não pode ser uma casa?

— Ou uma caverna, uma vez que você gosta tanto de pedra? — sugeriu Kalannar, se divertindo. — Uma caverna distante, de preferência... eu me ofereço para encontrar uma gruta confortável para você.

Agnor perdeu a paciência com as implicâncias e socou a mesa.

— Eu preciso de uma *torre*. E criados para me atender. Tenho grandes projetos à frente e não posso ser distraído por tarefas mundanas.

A ideia sobre descobrir mais a respeito do korangariano voltou à mente de Od-lanor. Ele precisava abordar o assunto com Baldur; o feiticeiro geomante não podia ficar sem supervisão.

— E que grandes projetos seriam esses? — indagou o adamar.

— Não são da sua conta — disparou Agnor —, mas eu lhe garanto que não envolvem poemas ou canções, bardo. Estou falando de *magia* aqui, não truques de salão. Eu preciso de espaço, isolamento, tranquilidade e criados. É isso, ou vocês podem esquecer meu apoio quando precisarem de um arquimago de verdade.

— Isolamento parece ser uma boa ideia — disse Kalannar sorrindo.

Para ter paz no resto do jantar, de olho no segundo prato, e possivelmente num terceiro, Baldur resolveu ceder.

— É com esse seu jeitinho cativante que você consegue tudo — falou o cavaleiro. — Muito bem, Agnor, se viermos a assumir o controle da Praia Vermelha, você terá sua torre.

— Oba, uma torre! — exclamou Kyle. — Posso tentar encostar o castelo nela que nem eu fiz no Fortim do Pentáculo!

Somente a empolgação do rapazote impediu que o resto do jantar azedasse ainda mais.

CAPÍTULO 5

MANZIL-DAEL, DALÍNIA

Havia muitos anos que Arel não se sentia tão seguro e despreocupado. Ao contrário das florestas do território chamado pelos humanos de Caramésia, onde ele era implacavelmente caçado pelo inimigo, o vale arborizado de Manzil-dael não apresentava risco algum para o salim. Os humanos não entravam no que batizaram de "Floresta dos Sonhos" por medo dos efeitos mágicos da vegetação e do ar daquela região aos pés da Cordilheira dos Vizeus. Sobel notou imediatamente a mudança de atitude do pai, e ela mesma também se sentiu inexplicavelmente à vontade ali. Se o vale levava os humanos ao torpor, ele parecia capaz de envolver os alfares com uma sensação de acolhimento, de proteção. Ela não teve mais a necessidade de olhar para trás ou de desconfiar de qualquer barulho captado pela audição aguçada; o pai, pelo visto, compartilhava da mesma sensação de relaxamento. Fascinada pela beleza e pela tranquilidade de Manzil-dael, Sobel não conteve a empolgação.

— Este é o lugar mais maravilhoso que já estive.

Arel parou a caminhada e vasculhou o cenário com olhos emocionados antes de se voltar para a filha.

— E você ainda nem viu o ponto da mata que abriga o manzil — disse ele, com um raro sorriso no rosto. — Eu esqueço que só vim aqui com seus irmãos. Você nem era nascida quando fui escolhido como salim.

À exceção de Larel, que foi capturado pelos humanos, todos aqueles filhos machos estavam mortos — um deles, Martel, pelas mãos do próprio pai. Só lhe restava Sobel, cuja lealdade era tão grande quanto a beleza que ela perdeu. Arel foi até a filha e tocou sua testa queimada com a ponta do indicador e dedo médio. Sobel ficou ligeiramente surpresa, mas retribuiu o gesto. Os dois ficaram ali, em comunhão de espíritos, tomados pelos sentimentos provocados pela tranquilidade e pela hospitalidade do vale encantado.

Arel sabia que ela merecia conhecer Manzil-dael, ainda mais agora, nos últimos momentos de sua vida, quando o mundo inteiro seria destruído.

— Temos que ir — disse o salim, interrompendo o transe. — Nossa missão nos aguarda.

Sobel respirou fundo e assentiu com a cabeça. Pelo tom de voz do pai, o momento de deslumbramento e aquela sensação fugaz de paz e acolhimento chegaram ao fim.

MANZIL, MANZIL-DAEL

Sem a necessidade de cautela, os dois alfares avançaram rapidamente para o interior de Manzil-dael. A floresta parecia abrir caminho para eles, o bosque encantado sempre alimentava e matava a sede de Arel e Sobel quando era preciso, como se sentisse a urgência dos recém-chegados. A jornada, que teria levado mais de uma semana em um mundo em guerra, durou poucos dias naquele ambiente hospitaleiro e pacífico. Sobel passou a medir a aproximação em relação ao objetivo final pelos sinais de ansiedade no rosto e na postura do pai, tanto que se arriscou a prever a chegada ao conselho dos anciões quando Arel subitamente subiu na raiz de uma árvore gigante para melhor avistar o terreno à frente.

— É o manzil? — indagou ela.

Arel demorou a responder, tomado por uma sucessão de emoções. Ele continuou olhando fixamente adiante, sem dizer uma palavra, até se voltar para a filha e concordar com a cabeça.

E se o cenário até então havia maravilhado Sobel, nada se comparava ao que a elfa de rosto desfigurado viu assim que se juntou ao pai.

Ao longe, as copas das árvores começavam a se entrelaçar e formar um grande abrigo de folhas e galhos sinuosos. A luz do sol penetrava pelas brechas e banhava uma variedade incontável de flores de todas as cores e formas, provocando um espetáculo hipnotizante de reflexos coloridos que cintilavam em alguns pontos. Na entrada daquele caminho natural, envolto por uma aura que o destacava da natureza ao redor, havia um alfar armado, portando um grande bastão decorado por inscrições élficas, protegido por uma armadura de folhas endurecidas parecida com a letiena usada por Arel, porém com um desenho magnífico, com certeza ela tinha um propósito mais cerimonial do que militar. Tudo a respeito daquele guerreiro indicava poder e imponência.

— Dalael, o guardião dos zelins — explicou Arel.

— "A Luz Protetora", como no poema predileto do Larel — disse Sobel, e a imagem do irmão filósofo e ceramista, apaixonado por poesia, veio à mente, declamando toda a saga lendária de Dalael, o protetor do conselho dos anciões desde tempos imemoriais.

De alguma forma, a beleza do texto não fazia jus à figura parada na entrada do manzil.

Se a menção ao filho capturado pelos humanos abalou Arel de alguma forma, Sobel não percebeu. O pai parecia mais ansioso do que mesmerizado ao ver Dalael. Já ela estava completamente encantada, e à medida que os dois se aproximaram, outra sensação tomou o corpo da elfa.

Ao contrário dos alfares esguios e delicados que Sobel conheceu em toda a vida, Dalael era uma massa de músculos, um elfo muito maior até mesmo que os guerreiros mais parrudos que ela tomara como amantes antes de ser desfigurada pela própria piromancia. Ele parecia invencível, implacável... e incansável.

— O Guardião do Manzil reconhece a presença do Salim Arel, filho de Efel, do ramo Gora-lovoel da Grande Árvore banhada pelo Surya, e sua filha Sobel — trovejou o guardião dos zelins quando os dois ainda estavam a meio caminho dele.

Dalael continuou segurando o bastão — ainda mais impressionante agora visto de perto, uma obra de arte com entalhes claramente místicos — em posição de sentinela. Os olhos tão cintilantes quanto o cenário ao redor examinaram a dupla recém-chegada se aproximando e revelaram admiração pelo salim; porém, quando notaram o rosto arruinado de Sobel, foi difícil para Dalael conter um certo asco. Feiura era um defeito imperdoável entre os elfos, e qualquer deformidade era motivo de exílio. Apenas a condição de ser filha do salim garantiu a Sobel um respeitoso olhar neutro, mas o guardião logo ignorou a presença dela.

O que transformou em ódio toda a atração sentida por Sobel durante poucos passos. Mesmo que Dalael fosse ainda mais impressionante e viril face a face.

O guardião do manzil levou a mão a um disco dourado pendurado por uma corrente em volta do pescoço; o salim repetiu o gesto e tocou um objeto similar preso na tiara em sua cabeça, que o indicava como líder de todos os alfares, era o Surya, o sol venerado por todos os elfos da superfície como fonte de vida das florestas.

— Os zelins ainda estão no kilifi? — perguntou Arel.

— Eles despertaram do Sono Sagrado, salim — respondeu Dalael, continuando sem olhar para Sobel. — Ainda estão entorpecidos, pois acordaram recentemente. Como o senhor sabe, os zelins estavam no kilifi desde sua escolha como salim.

Arel se esforçou para conter a frustração. A chance de os zelins ainda estarem dormindo era minúscula; a conexão dos anciões com o destino da própria raça era muito forte, e obviamente as últimas derrotas para os humanos foram suficientes para despertá-los. Ainda assim, uma pequena parte do salim torceu que fosse encontrá-los no kilifi e que toda essa missão se resumisse a um rápido entrar e sair. Dalael não teria desconfiado de nada, obviamente; o salim tinha permissão para visitar o manzil a qualquer momento e consultar as fontes de sabedoria guardadas juntamente com os anciões, estando eles despertos ou não.

Agora Arel teria que convencê-los de que o mundo precisava terminar em chamas.

— Eu sei, Dalael. Melhor ainda; preciso muito do conselho dos zelins — mentiu Arel.

— Estamos perdendo a guerra.

Não foi uma pergunta da parte do guardião, apenas uma constatação seca. E se Dalael notou a mentira, o salim não percebeu.

— Nós vamos acabar com a guerra — rosnou Sobel.

Não foi exatamente uma falsidade, e Dalael pareceu ter notado menos ainda do que antes. Por educação, ele aquiesceu e tomou o caminho formado por árvores até o interior da câmara natural que abrigava o conselho de anciões, seguido em silêncio pelos recém-chegados, que trocaram olhares preocupados. O fascínio pelo cenário parou assim que eles descobriram que o kilifi acabara; ambos sabiam o que precisaria ser feito se os anciões não fossem convencidos do plano de Arel.

— O Salim Arel e sua filha Sobel — anunciou a voz trovejante de Dalael.

No interior da grande câmara, composta pelo enlace de árvores milenares, entalhadas com figuras altivas de alfares com cerca de quatro vezes a altura de um elfo da superfície, havia dezenas de nichos naturais formados pelo encontro de raízes e troncos que guardavam itens sagrados e abrigavam as alcovas onde os zelins repousavam. Várias espécies de fungos luminescentes clareavam aquele espaço protegido da luz direta do sol, que se insinuava por raros espaços entre as copas majestosas. Era um ambiente que transmitia reverência, contemplação e poder ancestral — as imagens nas árvores observavam com austeridade, representando anciões ainda mais antigos que os presentes e que pareciam vigiar os sucessores diretamente do além onde se encontravam. Todos os zelins que agora saíam das alcovas — e o próprio Arel — podiam traçar suas origens e linhagens até as figuras entalhadas. O ambiente respirava história, uma história que chegaria ao fim, pensou o salim. Seus olhos acompanharam com interesse cada ancião que surgia e se dirigia lentamente com passos sonolentos para o centro da câmara. Eles estavam muito, muito longe do ápice do poder; o efeito do kilifi ainda demoraria para passar.

Arel talvez tivesse alguma chance.

O salim olhou com interesse para uma alcova em especial. Ele odiava o habitante daquele nicho natural, assim como a maioria dos zelins também detestava. Mas as tradições regiam que todas as linhagens tinham lugar e voz no conselho e direito ao abrigo no manzil. *Todas* as linhagens.

Incluindo a svaltar.

Aos poucos, seis anciões alfares ocuparam lugares definidos na clareira interna. Eles vestiam túnicas em diversos tons de verde, azul e dourado, ornamentadas com símbolos representando os ramos familiares e com inscrições de poder em volta de discos dourados que significavam o Surya. Seis figuras entorpecidas se sentaram em tronos entalhados em pequenos caules enraizados, podados e sem copas, que formavam um grande círculo ao redor do salim. Eles encararam o guardião e os recém-chegados com olhos sem vivacidade, ainda cansados do kilifi. Ninguém falou nada.

De repente, da escuridão de uma sétima alcova em um ponto mais afastado, no canto de maior penumbra da câmara, surgiu o ancião svaltar. Ele parecia um pouco menos letárgico que os demais, mas ainda assim estava abalado pelo kilifi. A túnica negra com tons de cinza continha símbolos e inscrições de poder em torno da representação de uma lua prateada.

Quando todos estavam devidamente acomodados, Elofel, um dos elfos no círculo de assentos, disse em volta alta, com um pouco de esforço:

— A Voz do Manzil reconhece a presença do Salim Arel, filho de Efel, do ramo Gora-lovoel da Grande Árvore banhada pelo Surya.

A seguir, todos os demais zelins, inclusive o ancião svaltar, saudaram o líder de todos os elfos, escolhidos por eles próprios, declamando um por um seu posto no conselho. O svaltar, porém, citou a lua venerada por sua linhagem em vez do sol, o que provocou olhares tortos e expressões de desdém e raiva.

— O salim reconhece a presença dos zelins e deseja fazer um pedido ao manzil — falou Arel como mandava o protocolo.

— E que pedido seria esse? — perguntou Elofel, em nome de todos os zelins.

Arel se empertigou. Talvez o estado letárgico dos anciões impedisse que eles levassem o assunto adiante assim que o salim anunciasse o que queria. Se o manzil concedesse seu pedido, Arel poderia sair dali antes que os zelins percebessem sua verdadeira intenção.

— Eu preciso da Ka-dreogan.

O salim parou por aí. Não elaborou mais, nem informou seu objetivo em retirar a Trompa dos Dragões de seu lugar sagrado. Ele sentiu a tensão de Sobel ao lado, mas não arriscou olhar para a filha. Os anciões se entreolharam, ainda sonolentos, porém confusos e interessados diante do pedido muito inusitado de Arel. De repente, perguntas se atropelaram na direção do salim, uma cacofonia de frases indignadas ou meramente curiosas, e Elofel teve que erguer a mão para silenciá-los e exercer seu papel de porta-voz.

— Por que o salim precisa da Ka-dreogan?

Lá se foi a esperança que Arel depositou no estado letárgico dos anciões. Requisitar um dos itens mais lendários do acervo ancestral dos alfares teria esse efeito, como ele sempre temeu.

— Eu preciso despertar os dragões para que eles destruam os humanos — respondeu o salim sem rodeios.

Agora o manzil inteiro entrou em polvorosa. O porta-voz do conselho levantou a mão novamente para pedir silêncio, mas foi sumariamente ignorado por Naruel, o alfar responsável pelos itens sagrados, que beirava a histeria.

— Dragões não são águias que podem ser treinadas como arma de guerra! — exclamou o ancião. — Eles são uma força da natureza que *destruiria o mundo*!

— Que assim seja! — berrou Arel, agora efetivamente calando o falatório nervoso dos zelins. — Nós não temos mais lugar neste mundo. Fomos derrotados pelos humanos. Estamos à beira do extermínio... e eu quero que esse extermínio se estenda aos nossos inimigos.

Os zelins voltaram a se agitar, mas os efeitos colaterais do Sono Sagrado tiraram muito do ímpeto que eles demonstraram logo no início da discussão. O salim ouviu alguns poucos argumentos contrários e negativas diretas, mas nenhum ancião conseguiu se impor. Arel aproveitou a oportunidade.

— Os senhores me deram o cargo de salim; não somente a responsabilidade, mas também o *poder* de guiar nossa raça. Nosso ciclo chegou ao fim, não por nossas mãos, mas pelas mãos dos humanos. Fomos derrotados. É hora de ditarmos como será o final da nossa jornada e tirar o gosto da vitória da boca dos inimigos. Eles morrerão conosco.

Um silêncio nervoso e incômodo se instaurou. Mesmo cansados, os zelins voltaram a fazer gestos negativos e se entreolhar, indignados e resolutos. Uma risada, porém, rompeu o silêncio.

— Não dava para esperar outra coisa de um elfo da superfície — retrucou Nagar, o ancião svaltar, ainda rindo secamente. — Uma vez acuados, vocês sempre apelam para uma "solução final" dramática e inconsequente. Foi assim quando baniram minha linhagem para as profundezas e transformaram o Surya em uma maldição capaz de matar os svaltares; agora vão repetir a mesma atitude com esta ideia estúpida de despertar os dragões para destruir o mundo. Sempre que estão perdendo uma guerra, os alfares se acovardam. Vocês preferem a morte a lutar. Que linhagem de frouxos.

— Esta "linhagem de frouxos" baniu a sua e só não destruiu os svaltares por pena! Meu avô estava lá neste dia! — berrou um ancião alfar.

— Somente graças aos adamares — retrucou Nagar. — Foi na barra do saiote deles que seu avô *frouxo* foi chorar.

Arel ficou boquiaberto. Esta *certamente* não era a reação que ele esperava. Os zelins começaram a se levantar com dificuldade, mas era óbvio que estavam ganhando forças movidos por um ódio ancestral. Os efeitos do kilifi e a antiga rusga com os svaltares só podiam estar embotando as mentes dos anciões, pois o salim foi momentaneamente ignorado. Mas Arel sabia que isso não duraria muito. Assim que fizesse menção de ir pegar a Ka-dreogan, ele enfrentaria a reação do manzil. Eles não seriam convencidos; provavelmente tirariam seu cargo de salim e mandariam Dalael cuidar da situação.

Era hora de aproveitar o momento inesperado de confusão.

Arel lançou um olhar de comando para a filha Sobel e enfiou a mão no bolsão. Ali estava a imensa gema-de-fogo entalhada no formato de um alfar.

O manzil, assim como o mundo, acabaria em chamas.

CAPÍTULO 6

PALÁCIO DOS VENTOS, CORDILHEIRA DOS VIZEUS

Geralmente a troca de turno entre os escravos que trabalhavam no salão da caldeira do castelo voador corria bem. Od-lanor descia até a câmara subterrânea da fornalha, mesmerizava Brutus, o ogro, com palavras encantadoras e cadenciadas em uma língua gutural e desconhecida, e Baldur entrava para retirá-lo, puxando o monstro pela corrente presa à focinheira de ferro que ia até ao pescoço, enquanto Kalannar supervisionava todo o processo com o flagelo na mão. A seguir, o ogro era conduzido ao cativeiro e de lá apenas Kalannar trazia o meio-elfo, que nunca dera problema. O cavaleiro foi informado que o mestiço havia sido capturado há dois anos durante a campanha do Duque Caramir para pacificar o Oriente. Pelo que Baldur sabia sobre Bron-tor, a famigerada ilha-prisão da Morada dos Reis, os trabalhos forçados na caldeira do Palácio dos Ventos seriam como um descanso para o prisioneiro. Nos anos que serviu em uma companhia mercenária de cavaleiros, Baldur se acostumou a ver povos derrotados sendo usados como escravos pelos vencedores; a escravidão era uma faceta absolutamente normal da guerra, tão brutal e cruel quanto a execução de traidores e desertores ou o próprio combate sangrento em si.

Talvez o meio-elfo — que se chamava Carantir, segundo a papelada que veio com ele — não fosse culpado de nada, mas era o inimigo, e o Grande Reino de Krispínia estava em guerra com os elfos. Fatos da vida. Já o ogro, esse sim, era um monstro e certamente merecia aquele destino.

Porém, algo na diminuta massa cinzenta de Brutus resolveu discordar de sua sina naquele dia.

Quando desceu a escada para o salão da caldeira, Od-lanor encontrou o ogro estranhamente agitado. Ele era bastante estúpido, mas aprendera a forma correta de alimentar a fornalha com a quantidade certa de carvão, sempre que fosse necessário. O bardo adamar havia cuidado disso logo que Brutus chegou. Ainda na Morada dos Reis, quando o administrador de Bron-tor enviou o ogro, Baldur ficou reticente em aceitá-lo — aquilo era um monstro, afinal de contas, e o cavaleiro era um Irmão de Escudo do Grande Rei, que merecia coisa melhor do que uma criatura indomável como escravo —, mas a papelada indicava que o ogro fazia o trabalho de cinco homens e, melhor ainda, era resistente ao calor e ao fogo. Quando Od-lanor confirmou que determinadas espécies de ogros eram imunes a chamas, Baldur se lembrou do mal-estar causado pelo calor insuportável da fornalha na primeira vez que teve que alimentá-la ao lado de Derek Blak e concordou que Brutus talvez viesse a calhar.

O cavaleiro estava prestes a mudar de opinião.

— O que está acontecendo com ele? — perguntou Baldur ao se aproximar do bardo, apontando para o ogro.

A criatura parecia atormentada por alguma coisa, andava de um lado para o outro, limitada pela corrente. O ogro tinha um corpanzil de quase três metros de altura, coberto por um couro marrom-alaranjado bem grosso, cheio de músculos e com uma barriga saliente. A cabeça era um pouco cônica, tinha olhos miúdos e uma bocarra com presas tortas, proeminentes e podres, pouco aparente atrás da focinheira projetada para frente, que compunha uma peça única com a coleira de ferro. Ele levava as mãos enormes justamente à focinheira, como se quisesse arrancá-la, depois socava o próprio crânio.

— Od-lanor, controle-o — ordenou Kalannar, que chegou por trás dos dois.

Com uma postura amigável e inofensiva, o adamar foi à frente e começou a falar em uma língua gutural, conferindo um ritmo à voz que dava a impressão de estar cantando suavemente. Brutus imediatamente voltou a atenção para ele, mas sua atitude ficou mais violenta. O ogro segurou a corrente que o prendia à parede e puxou com toda força.

— Seu falatório não está fazendo efeito, Od-lanor — disse Baldur, levando a mão ao espadão que ele sempre trazia consigo na troca de prisioneiros.

— Faça direito! — disparou Kalannar.

— Se as donzelas não fizerem pressão, eu me concentro mais — falou o bardo, que voltou a tentar encantar o ogro com outra série de palavras melódicas e calmantes, agora de maneira mais incisiva.

Brutus subitamente se aquietou e acompanhou com atenção o que Od-lanor estava dizendo, mas logo sacudiu a cabeça, rugiu e retomou o ataque contra a corrente.

— Ele vai se soltar! — exclamou o cavaleiro ao ver os cravos de ferro serem arrancados da parede.

Kalannar foi à frente, praguejando em svaltar, e estalou o flagelo diante do ogro. O elfo das profundezas só teve tempo de se abaixar quando a corrente passou voando e acertou de raspão a cabeça do menestrel atrás dele; Od-lanor foi ao chão imediatamente, sangrando. O ogro veio a seguir, em carga furiosa, fazendo tremer o piso de pedra da câmara subterrânea.

— Od-lanor! — berrou Baldur, que investiu contra Brutus com o espadão de prontidão, mas foi desarmado pela patada violenta do ogro.

O segundo golpe não pegou o cavaleiro, pois ele já estava dentro da guarda do ogro, contra quem colidiu com toda força. Foi o mesmo que se chocar contra uma parede do castelo. Baldur caiu para trás, aos pés do monstro que se preparou para atacá-lo novamente.

O flagelo de Kalannar estalou outra vez e atingiu a genitália exposta de Brutus, um dos poucos pontos fracos não protegidos pelo couro grosso, fazendo o ogro recuar com dor. Em seguida, o monstro voltou a fúria contra o svaltar, que começou a se desviar freneticamente de seus braços longos e musculosos. Kalannar sabia que atacá-lo causaria pouco efeito, pois embora o aço svaltar fosse capaz de romper a pele grossa, o assassino não era tão forte assim para dar golpes letais naquele corpanzil — e o pescoço do ogro, o local ideal para uma estocada mortal, estava protegido pela coleira de ferro. Era melhor mantê-lo ocupado atacando um alvo elusivo.

Baldur pegou o espadão caído ao lado dele, ficou de pé e se recuperou do encontrão. Quando viu Kalannar girando o corpo e executando piruetas para evitar os ataques da criatura, o cavaleiro preparou nova investida, mas se deteve com o berro do svaltar.

— Acorde o Od-lanor! Ou chame o Agnor!

O korangariano estava longe demais, lá em cima no torreão; Baldur lançou o olhar para o tubo de comunicação, pensou em pedir para Kyle chamar o feiticeiro, mas Kalannar em breve ficaria sem espaço para se desviar. Ele finalmente foi até o adamar caído no chão e sacudiu o amigo. Um urro assustou o cavaleiro: o svaltar atingiu de novo o ogro entre as pernas, a fim de mantê-lo a distância. Baldur deu um sacolejo ainda mais forte em Od-lanor.

— Levante-se, homem!

O bardo gemeu baixinho e levou a mão à cabeça, que sangrava copiosamente. Ele piscou os olhos para recobrar a consciência e a visão clara dos arredores; quando compreendeu a situação, a mente disparou com soluções.

— Ajude o Kalannar! — disse ele. — Eu cuido do ogro.

O cavaleiro fez que sim e correu novamente na direção do monstro, berrando para chamar a atenção. Foi na hora certa — Kalannar estava quase encurralado. Mas Baldur nem precisou se aproximar do ogro, pois a criatura pareceu perder o ímpeto violento.

A voz de Od-lanor novamente ecoou pelo salão da caldeira de maneira modulada e cativante, ainda na mesma língua gutural, só que em um tom diferente das primeiras vezes. Com a mão na cabeça, o adamar foi se aproximando e gesticulou para que Baldur não atacasse o agora indefeso Brutus, que chegou a se sentar no chão, ignorando as feridas na genitália.

— Mas agora é a hora! — falou o cavaleiro em voz baixa. — Mato esse monstro num golpe só!

Mesmo com dor, Od-lanor fez que não e continuou mesmerizando o ogro, que se levantou para acompanhá-lo em direção à escada.

Baldur estava perplexo e, ainda quente por causa do combate, fez menção de atacar Brutus, mas foi contido pela mão branca e delicada de Kalannar, que se aproximou, ofegante.

— O ogro é um bem valioso — disse o svaltar. — E um escravo mais resistente e útil do que o meio-elfo. É possível domesticá-lo.

— Você chama *isso* de domesticado? — trovejou Baldur. — Ele quase matou todos nós.

— O ogro apenas se acostumou com a cantilena do bardo — explicou Kalannar. — É como um veneno; tomando pequenas doses, a pessoa fica imune. Acredite: eu *sei* mexer com venenos. Mas o Od-lanor é um adamar e entende tanto de escravos quanto eu, que sou svaltar. Ele vai dominar o ogro completamente.

— Não vale o risco — falou Baldur categoricamente.

Kalannar encarou o humano teimoso.

— Quantas vezes você vai se lançar contra um inimigo bem maior que o seu tamanho até que finalmente *morra*? — O svaltar apontou para o gigante Brutus, que subia a escada sendo conduzido por Od-lanor. — Agora nós temos uma criatura enorme para fazer isso por você, e não somente para desperdiçar enchendo uma fornalha de carvão. *Pense*, Baldur!

O cavaleiro parou para considerar o que ouviu, ainda querendo correr atrás do ogro e abatê-lo pelas costas, sem defesa. Mas ele era um soldado bem treinado em táticas de guerra, e a estratégia proposta por Kalannar fazia sentido. Ainda que o perigo fosse alto.

— Não vale o risco — insistiu ele, com menos ênfase.

— Baldur...

— Está bem — cedeu o cavaleiro, que finalmente começou a sentir a dor forte do encontrão com o ogro, agora que o corpo esfriou. — Mas *você* e o Od-lanor ficarão responsáveis por domesticar a criatura. Já me arrependi de ter permitido essa merda de ogro aqui dentro. Eu não vou mais descer aqui para ajudar ninguém.

Kalannar já esperava por essa decisão; era a forma costumeira de Baldur concordar com alguma coisa, mas sem dar o braço a torcer. A cabeça dele era mais dura do que o couro do ogro. O svaltar apenas assentiu e foi atrás do bardo e do monstro a fim de trazer o meio-elfo para a caldeira.

O mestiço, na visão dele, era bem mais perigoso do que um simples ogro obtuso.

Baldur estava nas ameias, seu ponto predileto do Palácio dos Ventos para esfriar a cabeça. Ao lado de uma bandeja de comida vazia e uma ânfora de vinho quase no fim, ele observava o mar de pedras da Cordilheira dos Vizeus e se acalmava vendo a sucessão de picos e vales. Aquilo não substituía uma boa cavalgada, sua atividade predileta quando precisava colocar os pensamentos em ordem, mas chegava bem perto. A mente acompanhava os desenhos variados das montanhas enquanto os problemas ficavam para trás, assim como elas. A bebida também ajudava. Ele pegou a ânfora, tomou o último gole pelo gargalo e pensou em chamar Bianna, a criada fogosa de quadris largos e busto generoso, para lhe servir mais vinho. E outras coisas também.

— Acabou a bebida? — perguntou Kalannar, que surgiu silenciosamente no topo do castelete a tempo de ver Baldur esvaziar a ânfora. — Não se preocupe, eu trouxe mais.

O cavaleiro fechou a cara, mas estendeu a mão para aceitar o vinho. O svaltar trouxera também duas canecas e serviu uma para cada um deles.

— Ainda de mau humor por causa do ogro? — perguntou Kalannar ao notar a expressão emburrada.

— Eu não vou repetir o que já disse — bufou Baldur. — Só acho que esta merda aqui virou uma coleção de monstros... temos um kobold, um ogro, um meio-elfo...

— Um svaltar? — provocou o assassino dando um sorriso cruel. — Cuidado, eu posso estar armando um complô com os outros para tomar o castelo...

— Ah, vai trocar uma ferradura, Kalannar! Você sabe do que estou falando!

— Eu sei, mas não há mais motivo para se preocupar. — O svaltar tomou um bom gole do vinho, e Baldur repetiu o gesto. — Eu estive até agora com o Od-lanor, supervisionando o encantamento do ogro. Ele ficou sob controle, garanto. Nosso bom bardo usou alguns truques que teriam feito sucesso em Zenibar. Temos agora um monstro dócil e subserviente para usarmos como quiser.

O cavaleiro grandalhão pareceu relaxar um pouco e suavizou a expressão por baixo da barba farta acobreada.

— Eu não gosto de ogros — disse ele. — Perdi muitos companheiros para um ataque desses monstros.

Kalannar demonstrou interesse na história, pois sabia que humanos gostavam de expor seus problemas como forma de superá-los... como se dizer algo em voz alta resolvesse alguma coisa. Além de ser uma atitude ilógica, revelar dificuldades indicava fraqueza de caráter e dava armas para o inimigo. Nenhum humano sobreviveria uma semana na sociedade svaltar agindo desta forma.

— É mesmo? — falou Kalannar para dar corda.

— Foi há muito tempo. Nós... quer dizer, minha antiga companhia de mercenários enfrentou ogros uma vez, aos pés da Serra das Três Cascatas, lá no interior na Faixa de Hurangar. Estávamos escoltando um nobre local, quando três monstros desceram a colina atrás de nós. Perdemos muitos homens e cavalos, até que nos organizamos e formamos uma fileira para dar cabo dos ogros com as lanças pesadas.

Baldur gesticulou instintivamente, como se estivesse visualizando a cena e cravando a arma de cavalaria.

— E você matou um deles? — perguntou o svaltar.

— Eu me lembro de ter fincado a lança em um ogro, juntamente com o Tizian, um bom cavaleiro e amigo daqueles dias. Ele terminou derrubado pelo ímpeto do golpe e pela reação do ogro antes de o bicho morrer. Eu apeei do cavalo para ajudá-lo e defendê-lo, caso o ogro ainda estivesse vivo. Na confusão, só vi que os outros monstros tinham sido abatidos *depois* que socorri o Tizian... Mesmo assim, eles mataram mais dois integrantes da nossa companhia durante o contra-ataque. Bichos duros de matar, especialmente com aquela pele.

Kalannar passou a mão pela loriga de couro negro repleta de adagas, punhais e facas de todos os tipos, quase que uma camada extra de proteção na própria armadura, e sorriu para Baldur.

— Nós... quer dizer, os svaltares de Zenibar usam couro de ogro para fazer armaduras. A minha é feita com pele de zimoi, o que vocês, humanos, chamariam de ogro-das-cavernas. É ainda maior e mais cascudo do que nosso escravo lá embaixo.

A mente do svaltar foi para o dia em que recebeu a armadura das mãos de Devenar, o imar (ou mestre-alquimista) da Casa Alunnar. A loriga de couro de zimoi passara por um tratamento alquímico adicional que a deixara tão resistente quanto a armadura de placas usada por Baldur — pelo menos o modelo antigo, e não a nova armadura oficial de Irmão de Escudo, que era feita de vero-aço — e incomparavelmente mais leve e confortável. Ao tocar na loriga, os dedos passaram pela adaga que ele usou para matar

Regnar no Brasseitan, o nome svaltar dos Portões do Inferno. A *mesma* adaga usada por um dos assassinos que seu irmão destacou para matá-lo, ainda em Zenibar. Na pressa em executar Regnar, Kalannar não teve o prazer de espezinhá-lo com aquele detalhe. Mas não houve dia, desde então, que ele não revivesse a cena deliciosa de ter matado o próprio irmão.

O cavaleiro humano e o assassino svaltar ficaram calados, perdidos nos próprios pensamentos, sem registrar a passagem da cordilheira lá embaixo. Cada um se lembrava da vida que havia deixado para trás. Agora com os títulos de Sir e Irmão de Escudo, Baldur sabia que jamais retornaria à rotina de mercenário na Faixa de Hurangar, vendendo a espada para uma sucessão de tiranos e déspotas. Ele servia diretamente ao seu deus, Krispinus, o Grande Rei. Por sua vez, Kalannar era mais do que nunca um pária, que tinha passado de primogênito traído a traidor da Casa Alunnar, após ter se vingado do irmão e fechado o Brasseitan — cuja abertura ele próprio havia planejado.

Foi Baldur que interrompeu o silêncio.

— Sob controle, você disse?

Kalannar olhou intrigado para o humano, mas rapidamente se lembrou do assunto interrompido.

— Sim, o ogro está sob controle — respondeu ele. — Podemos até nos livrar do meio-elfo. Eu preciso mesmo testar um veneno que acho que está vencido...

— Não — falou o cavaleiro categoricamente. — O meio-elfo é um prisioneiro de guerra e fará trabalhos forçados enquanto durar o conflito. Quando a guerra terminar, aí veremos o que faremos com ele.

Foi a vez do svaltar fazer uma expressão de desgosto. Mas tanto ele quanto Baldur sabiam que aquele conflito se arrastaria por anos; nunca houve paz desde que o Império Adamar ruiu, e não havia sinal de que ela retornaria algum dia. "A guerra com os elfos não para" era o mantra de Krispinus, o rei humano — que, não por acaso, era adorado tanto como salvador quanto deus da guerra.

Aquilo trouxe de volta o sorriso cruel ao rosto de Kalannar.

CAPÍTULO 7

MANZIL,
MANZIL-DAEL

Sobel percebeu o olhar de comando do pai e entrou rapidamente em ação. Ela achava que Arel fosse argumentar mais para tentar convencer os anciões, mas ele claramente parecia disposto a aproveitar o momento em que os zelins começaram a discutir entre si. O salim sempre foi um guerreiro que soube explorar a guarda baixa do inimigo. E falando em guarda baixa...

Dalael, o protetor grandalhão que observava a discussão do conselho de anciões e prestava atenção em Arel, estava nitidamente surpreso com a cena fora do comum. E continuava ignorando Sobel.

Ele pagaria com a vida por este erro.

Sabendo que o pai lançaria um ataque, Sobel tratou de protegê-lo. Era preciso atacar Dalael primeiro para que ele não interrompesse o salim. As mãos desfiguradas entraram em combustão e soltaram um jato de chamas que pegou o guerreiro de surpresa pela lateral do corpo. A força da língua de fogo mágico foi tão grande que ele chegou a cambalear, mas a letiena o protegeu de grande parte das chamas. Pelo visto, a armadura de Dalael não era tão cerimonial quanto parecia.

Pelo rabo de olho, Sobel viu o pai retirar do bolsão de viagem a grande gema-de-fogo que Arel passara dias encantando. Ela voltou o olhar para Dalael e chamou à mente um encantamento rápido para se proteger do golpe do bastão que sabia que estava por vir.

Mas o guerreiro maldito novamente a ignorou e partiu pra cima do salim.

Com uma velocidade impressionante, o bastão executou um giro no ar que terminaria por atingir a cabeça desprotegida de Arel. O guardião do conselho não era idiota; Dalael sabia que a armadura do salim deveria ser tão resistente e encantada quanto a sua. Porém bastaria um golpe da arma mágica para afundar o crânio de Arel.

Em um piscar de olhos, quase tarde demais, Sobel alterou o alvo do encantamento de proteção, que foi de si mesma para o pai, e o bastão de Dalael desviou magicamente a um dedo de rachar a cabeça do salim. Ela já estava evocando outro feitiço de fogo, mais potente que o primeiro, para tentar deter o guardião, quando se deu conta de que os zelins ao redor estavam começando a reagir à cena de violência e aos encantamentos lançados diante deles.No entanto, o manzil era responsabilidade do pai. Só Arel possuía poder suficiente para enfrentar os anciões.

O lapso de concentração custou caro para Sobel. O segundo golpe de Dalael não foi dado no salim, mas sim nela. O guerreiro girou o bastão, virou o corpo e colocou toda a força em uma estocada para trás; a arma passou pelos braços de Sobel, que executavam o complexo gestual necessário para evocar o feitiço, e rachou o osso esterno da elfa. Com o encantamento de ataque perdido e uma dor lancinante no peito, ela desmoronou na relva da clareira onde estavam sentados os zelins. Dalael recolheu o bastão e começou a executar um rodopio para desferir novo golpe em Arel.

Mas uma mão flamejante gigantesca o agarrou pelo pescoço e ergueu o guardião do manzil.

Letiena encantada ou não, o corpo inteiro de Dalael entrou em combustão com o toque vigoroso de um imenso elemental do fogo, uma criatura de chamas que parecia uma fogueira viva, quatro vezes mais alta do que o elfo que agora ardia no braço flamejante criado para pegá-lo. Em seguida, a massa composta por fumaça, cinzas e fogo se dirigiu para o círculo de anciões sentados em volta de Arel e Sobel. O salim estava ajoelhado no chão, ofegante, se recompondo do esforço de evocar um elemental tão grande — mesmo com o encantamento previamente contido na gema-de-fogo, aquele não foi um feito fácil.

Já Sobel agonizava no chão, pois a rachadura no osso do peito havia varado órgãos internos e ela sangrava internamente. A elfa não parava de dizer o nome do pai baixinho, com a mão desfigurada esticada para ele, ao mesmo tempo que admirava a criatura esplêndida de fogo, cuja evocação era o ápice de poder de qualquer piromante.

Com o surgimento do elemental gigante, os anciões finalmente pararam a discussão entre si e se forçaram a sair do torpor causado pelo Sono Sagrado. Porém, não era uma tarefa fácil, os zelins estavam longe do auge do vigor físico, mental e místico. Dois anciões tentaram chamar à mente um encantamento para banir o elemental, mas como a piromancia era um ramo da magia tido como tabu entre os alfares — eles achavam profano roubar o "poder flamejante" do Surya, o sol —, os magos zelins tinham pouca experiência com espíritos de fogo encarnados e qualquer chance remota foi anulada pelo cansaço provocado pelo kilifi.

Os gritos de Dalael, ainda preso à pegada implacável do elemental e sendo queimado vivo, se juntaram aos berros do zelin que a criatura de chamas atacou selvagemente. Como ela exalava muita fumaça e a relva aos pés já pegava fogo, logo a clareira onde o manzil se reunira para receber o salim virou um inferno flamejante, um caos fumegante onde não se enxergava quase nada.

— Pai...

A voz de Sobel saiu fraca em meio às chamas que lambiam o chão e ameaçavam queimá-la. Com muita dor, ela rolou pela grama, praticamente sem forças e quase sem espaço para fugir do fogo.

— Isto é loucura, Arel — gritou Elofel, o porta-voz do conselho, entre a histeria e a incapacidade de acreditar no que estava vendo. — Este é um lugar sagrado. O manzil é *eterno*, nós nunca fomos atacados!

— Nós *éramos* eternos, zelim — retrucou Arel. — Fomos derrotados pelos humanos, e agora eles se juntarão a nós na derrota.

— Não — disse Elofel. — *Você* foi derrotado, Arel. Você foi escolhido para nos guiar e *fracassou*. Como a Voz do Manzil, eu retiro seu posto. Arel, filho de Efel, do ramo Gora-lovoel, você não é mais o salim dos alfares.

— E você não é mais *ninguém*.

Arel contorceu o belo rosto com ódio e gesticulou para que as chamas ao redor, causadas pelo frenesi de ataques do elemental contra os outros anciões, se juntassem em uma única labareda que avançou e envolveu Elofel. O ex-salim foi caminhando em direção à vítima, se concentrando em manter o turbilhão de chamas que consumiam Elofel, sem conseguir ouvir o chamado da filha, que finalmente também foi engolida pelo fogo.

Com a clareira tomada pelas labaredas e fumaça, os anciões sobreviventes tentaram combater o elemental com os poderes enfraquecidos pelo torpor ou se esconder no cenário arruinado. Mas Arel e o monstro gigantesco feito de fogo eram caçadores implacáveis e adversários imbatíveis; um por um, os zelins foram sendo encontrados, atacados e mortos. Um deles, Naruel, o responsável pelos itens sagrados, correu para a pequena câmara natural em uma das árvores do manzil onde estava guardada a Ka-dreogan, a Trompa dos Dragões. Do interior do tronco, ele viu o gigante de chamas se lançar selvagemente contra outro colega do conselho, acompanhado pela silhueta de Arel em meio ao clarão cegante do fogo. Quando uma cortina de fumaça negra tomou conta do ambiente, Naruel aproveitou a escuridão e parou diante do nicho onde estava a Ka-dreogan, com o intuito de destruí-la. Ele deu um último olhar fixo para o objeto feito a partir de uma presa de Amaraxas, o Primeiro Dragão — a trompa encantada que o induziu a hibernar... e que poderia despertá-lo. Assim que Amaraxas acordasse, ele naturalmente avivaria os outros dragões. Havia tanta história na Ka-dreogan, e para o guardião das relíquias élficas, destruí-la era um ato impensável e imperdoável. Mas o que Arel pretendia fazer com a Trompa dos Dragões era *ainda mais* impensável e imperdoável. Naruel recuperou a coragem e esticou a mão para pegar o item sagrado.

Uma ropera surgiu da escuridão e cortou os dedos de Naruel; em seguida, outra perfurou seu coração.

Um golpe para ferir, outro para matar. A filosofia marcial dos svaltares.

Nagar se desgrudou das sombras do interior do tronco da árvore, e seu sorriso cruel, revelado pelo brilho das labaredas lá fora, foi a última coisa que Naruel viu em sua vida centenária.

— Eu esperei séculos por isso — disse o ancião svaltar, baixinho.

Em seguida, Nagar também olhou fixamente para a Trompa dos Dragões, mas com uma intenção completamente oposta à do elfo da superfície morto aos seus pés. Ele poderia muito bem destruir a Ka-dreogan, como fora o objetivo de Naruel, mas o ancião svaltar pouco se importava que Arel despertasse os dragões para reduzir o mundo a cinzas; mesmo com a eventual ameaça de um dragão subterrâneo como Kisanas, que arrasou a cidade svaltar de Nasferin, Nagar preferiu apostar que, com a passagem dos séculos, sua raça agora estaria muito bem protegida nas profundezas para onde fora banida pelos alfares. No plano de Arel, os únicos a morrer seriam os humanos e os elfos da superfície. Seria um destino irônico: os próprios alfares teriam garantido a sobrevivência da linhagem inimiga com a maldição engendrada por eles.

A vingança — um direito e também um dever sagrado na sociedade svaltar — contra os elfos da superfície seria finalmente obtida por Nagar, em nome de sua linhagem. Ele afagou a Trompa dos Dragões; este não foi o plano que o ancião svaltar havia tramado há séculos, mas era a melhor oportunidade que tinha se apresentado desde então. Ele sorriu mais uma vez.

Outra cortina de fumaça surgiu na entrada da câmara, e Nagar aproveitou para escapar, enquanto Arel e seu elemental de fogo terminavam de exterminar os últimos zelins alfares.

Não havia mais anciões visíveis. O último tentou resistir lançando um feitiço que derrubou Arel, mas não conseguiu conter o ímpeto da criatura feita de chamas e fumaça. O zelim morreu gritando, incinerado, como todos os outros.

Arel se levantou com dificuldade, sentindo metade do corpo dormente. Sangue escorria pelas orelhas e pela boca. Se o encantamento tivesse sido evocado com mais potência, talvez o ex-salim não estivesse vivo agora, mas os efeitos do kilifi minaram a capacidade mágica daquele último ancião.

Finalmente de pé, Arel vasculhou com o olhar turvo o inferno ao redor. O grande incêndio consumia os tronos dos zelins e avançava contra o resto de clareira, enquanto o elemental se voltava contra a floresta encantada de Manzil-dael com um apetite incontrolável. No meio do círculo em chamas, Arel localizou o corpo de Sobel, completamente queimado — e completamente esquecido quando ele se voltou contra os zelins.

Agora todos os seus filhos estavam mortos. Vítimas de uma guerra perdida que aguardava o último ato.

Arel precisava da Trompa dos Dragões para realizá-lo.

Ele foi arrastando os pés até os nichos das árvores ao redor, onde estavam guardados os itens sagrados. Com gestos arcanos, Arel abriu caminho entre as chamas e afastou as labaredas dos repositórios dos objetos. A Ka-dreogan estava em algum lugar por ali, em meio a outros tesouros ancestrais, de valor e poder igualmente incalculáveis. Nenhum deles importava. O ex-salim procurou em várias câmaras naturais, até se deparar com Naruel dentro de uma delas, com uma das mãos sem dedos e caído em uma poça do próprio sangue. Diante do corpo do zelim, estava o nicho que abrigava a Trompa dos Dragões.

Intacta e esperando por Arel.

O ex-salim pegou a Ka-dreogan com as duas mãos. O objeto cujo som anunciaria o fim do mundo. Que causaria a morte de todos os humanos, do mais reles camponês que roubou a floresta dos alfares até Krispinus, o guerreiro que achava que havia derrotado Arel. O "deus-rei" saberia o que era uma derrota de verdade quando Amaraxas e os outros dragões destruíssem vila após vila, cidade após cidade, reino após reino.

Arel saiu do interior do tronco da grande árvore sem se importar com o que acontecera com Naruel ou com o paradeiro do ancião svaltar, que ele não tinha visto no combate na clareira. Se Nagar ou algum outro integrante do conselho tivesse escapado — Arel achava que tinha testemunhado a morte dos outros cinco zelins, mas o conflito foi caótico e agora sua mente estava exausta—, não faria diferença alguma.

O incêndio furioso em Manzil-dael seria uma chama de vela perto do fogo que consumiria o mundo.

CAPÍTULO 8

FORTIM DO PENTÁCULO, ERMO DE BRAL-TOR

Derek Blak acordou sobressaltado de um sono atormentado por pesadelos. Os olhos subitamente abertos vasculharam o ambiente, tentando reconhecê-lo na luz da manhã que entrava pelo janelão aberto. Sim, ele ainda estava nos aposentos reservados para o guardião da Suma Mageia de Krispínia. Sim, ele ainda estava ao lado da dama de companhia da própria Suma Mageia. A jovem, chamada Zarinna, continuava ressonando na cama, completamente nua e alheia à agitação do companheiro acordado. Também sem roupas, Derek puxou as cobertas para cima do corpo, a fim de debelar o frio súbito trazido pelos sonhos ruins. Já fazia dias que eles não o atormentavam, e o guerreiro de Blakenheim torceu que fosse a última vez, ainda que desconfiasse que teria pesadelos por um bom tempo — talvez para sempre.

Ele se levantou, notou que Zarinna continuava dormindo sem dar sinais de despertar, e andou até a cômoda com a intenção de enfiar o rosto na bacia d'água sobre o móvel. Durante os passos que deu até lá, aproveitou para novamente se certificar de que ainda estava no Fortim do Pentáculo. A Rainha Danyanna tinha voltado para a fortaleza, acompanhada por integrantes do Colégio de Arquimagos, após o fim dos festejos na Morada dos Reis em comemoração ao fechamento dos Portões do Inferno. A hora de celebrar havia passado; era o momento de reconstruir as defesas mágicas que mantiveram o selo protegido por três décadas, até a incursão svaltar.

E aonde ia a Rainha Danyanna, seu protetor ia junto, segundo as ordens do Deus-Rei Krispinus.

Derek teria oferecido muito dinheiro para não voltar ao Fortim do Pentáculo — e dinheiro era uma das coisas mais importantes para ele. Durante o combate contra os invasores svaltares, o guerreiro de Blakenheim teve a alma sugada por uma gema necromântica de Korangar, segundo a explicação que Od-lanor dera para ele. Malditos korangarianos! Malditos svaltares! Derek Blak esperava nunca mais ver algum deles pela frente.

Ele ficou um bom tempo com o rosto dentro da bacia e finalmente retirou, no limite do fôlego. A sensação horrível de estar confinado em um casulo gélido e embaçado, com paredes leitosas e apertadas, estava passando. Derek se espreguiçou, esticou os braços ao máximo e dobrou as costas para trás, a fim de espantar os últimos resquícios da influência dos pesadelos. Ele pensou em Baldur, que também tivera a alma aprisionada dentro da pedra mística usada pelos svaltares, e imaginou se o cavaleiro grandalhão também era atormentado por sonhos perturbadores ao dormir.

Provavelmente não, considerou Derek. A cabeça de Baldur parecia dura demais para se abalar com tais coisas.

Recuperado, o guerreiro voltou a se sentar na cama e ficou admirando o corpo nu de Zarinna, como um agradável exercício para tirar a mente de gemas devoradoras de almas. Quando foi para a Morada dos Reis como herói e se tornou o guarda-costas da Rainha Danyanna, Derek torceu para que a fama e o posto lhe rendessem a companhia de alguma nobre da corte, quiçá até de alguma princesa visitante, mas, até agora, só Zarinna vinha frequentando seus lençóis regularmente. Porém, não dava para reclamar, especialmente porque a aia da Suma Mageia era jovem, bonita e despudorada na cama — geralmente essas qualidades custavam caro ao bolso, como acontecia nos bordéis de Tolgar-e-Kol.

Derek fechou o semblante ao se lembrar das Cidades Livres, onde quase morreu exatamente por causa de sexo. Ele esperava que a Rainha Danyanna não visse problemas num caso com sua dama de companhia, pelo menos não a ponto de ser jogado em Bron-tor, a temida masmorra da Morada dos Reis. Derek imaginava que a Suma Mageia já soubesse de seu envolvimento com Zarinna e, caso desaprovasse, torcia para que ela lhe dissesse sem condená-lo antes. A lembrança do que aconteceu em Tolgar-e-Kol ainda era traumática.

Uma batida na porta tirou Derek dos devaneios. Zarinna miou e ensaiou tirar o rosto do travesseiro, mas sucumbiu à preguiça.

— Capitão Blak? — chamou uma voz abafada do outro lado da porta fechada.

— Já vai! — berrou Derek.

Ele catou a calça na pilha de roupas ao pé da cama, vestiu-se rapidamente e abriu a porta. Viu um dos muitos soldados recém-chegados para proteger o Fortim do Pentáculo, em substituição à guarnição de pentáculos que foi dizimada pelos svaltares.

— Sim? — perguntou Derek.

— A Suma Mageia exige sua presença no Salão da Vitória, senhor.

Derek não se controlou e torceu a cara. Aquele era *exatamente* o lugar onde sua alma fora sugada. Subitamente, as lembranças do pesadelo o atacaram outra vez.

— Senhor...? — instigou o homem, ao ficar sem resposta.

O guerreiro de Blakenheim conteve um calafrio, sacudiu a cabeça e finalmente respondeu:

— Diga à Suma Mageia que estou a caminho — disse ele fechando a porta na cara do sujeito.

Antes de vestir o uniforme de guardião da rainha, porém, ele enfiou o rosto na bacia d'água outra vez.

SALÃO DA VITÓRIA, FORTIM DO PENTÁCULO

No subsolo do Fortim do Pentáculo, a fortaleza erigida para proteger os Portões do Inferno, ficava a passagem dimensional em si, aberta duas vezes em três décadas — a primeira vez por acidente, a segunda como resultado de uma invasão svaltar. Os elfos das profundezas haviam sobrepujado as defesas mágicas implementadas por Danyanna há trinta anos, e agora era função da Suma Mageia recolocá-las em vigor. Quando os Portões do Inferno foram finalmente fechados por um encantamento poderoso, porém realizado às pressas, a própria Danyanna esteve presente para refazer as proteções místicas, mas em caráter temporário. Agora, de volta ao Fortim do Pentáculo, após recuperar vários itens arcanos na Morada dos Reis, Danyanna poderia concluir os rituais com tempo e paciência.

Toda aquela tralha para realizar feitiçaria estava espalhada sobre duas mesas colocadas no Salão da Vitória, a câmara retangular comprida que antecedia a rotunda com os Portões do Inferno. Em uma das mesas, a Suma Mageia estudava um pergaminho ao lado do monarca de Ragúsia, o Rei-Mago Belsantar, o Jovem; na outra, mais dois integrantes do Colégio de Arquimagos separavam componentes mágicos como ferro e prata em pó e reviam as anotações feitas pelos colegas, seus superiores na casta de feiticeiros de Krispínia.

Danyanna não escondia de ninguém a irritação por ter visto seu sortilégio original desfeito — para ela, não importava que um elfo das profundezas, cuja feitiçaria era pouco conhecida, tivesse sido o responsável. Nada era impossível para a magia, a Suma Mageia gostava de dizer, mas isso não era desculpa para algo que ela enxergava como sua culpa. Desta vez, porém, a rainha tinha trinta anos a mais de experiência e contava com a ajuda de colegas do Colégio de Arquimagos que ela mesma fundou e ajudou a desenvolver. Belsantar, por exemplo, era de fato jovem como a alcunha dizia, mas já se mostrara um dos mais poderosos reis-magos de Ragúsia, capaz de deixar orgulhoso o velho Ragus, cuja coragem e domínio da magia foram eternizados em *A Canção do Mago em Chamas*.

Todos estavam virando a noite ali, pois a reforma do Salão da Vitória e da rotunda dos Portões do Inferno ocupava grande parte do dia, e o som dos trabalhadores anões era ensurdecedor naquela câmara subterrânea. Quase tudo fora destruído durante o combate com as hostes infernais e seu líder, o demônio Bernikan. Partes do teto desmoronaram; o piso estava rachado por causa do peso das criaturas e de um elemental de pedra que lhes deu combate; os murais originais que mostravam a *primeira* derrota de Bernikan pelas mãos do grupo de Krispinus se encontravam em pedaços. Novas pinturas foram encomendadas e ficaram a cargo do pupilo do artista original, já falecido — desta vez também incluindo a recente vitória sobre Bernikan, com a participação do *novo* grupo de heróis do reino, a chamada Confraria do Inferno.

Ambos os grupos, pensou Danyanna, reunidos pelo mesmo homem — Ambrosius, de quem ela desconfiava cada vez mais. A rainha tinha certeza de que ele era mau, de que seus propósitos e motivações eram escusos e de que o sujeito manipulava Krispinus. Ambrosius não dera as caras no Fortim do Pentáculo, ao menos não abertamente, mas a Suma Mageia tinha certeza de que ele, de alguma forma, já sabia do que havia transcorrido.

Danyanna voltou os pensamentos para o trabalho, que infelizmente teria que ser interrompido por causa de uma emergência em Dalínia. O pedido de auxílio da Rainha-Augusta Nissíria chegou em mau momento, pois era necessário reimplementar as defesas mágicas dos Portões do Inferno o quanto antes, não só pela segurança do Grande Reino de Krispínia, como também pelo simples motivo de que a Suma Mageia odiava estar ali, no Salão da Vitória. Ela queria se livrar logo daquele fardo, pois, mesmo com o demônio tendo sido banido, ainda era possível sentir a presença tóxica de Bernikan e seus insultos indecentes. Aquele cenário trazia à tona as memórias dos dois combates com o demônio gigantesco — especialmente o momento em que Krispinus esteve à mercê de Bernikan, prestes a receber o golpe final. Danyanna já tinha visto o marido ferido e em apuros inúmeras vezes, mas fazia anos que os dois não participavam de um combate, por causa dos afazeres do trono. Krispinus olhara para ela com a certeza de que seria a última vez... até que do nada surgiu o jovem cavaleiro Baldur para aparar o golpe da criatura infernal. Na hora, a rainha ganhou forças para lançar todo seu poderio mágico contra Bernikan, e efetivamente conseguiu bani-lo para seu plano de existência natal, mas agora, naquele mesmo lugar outra vez, as lembranças mostravam o que ela quase perdera.

— Suma Mageia — chamou Belsantar, hesitante.

A voz do rei-mago tirou Danyanna do devaneio, e ela notou o próprio rosto úmido com lágrimas. O jovem monarca desviou o olhar para fingir que não viu o choro da rainha, e falou enquanto continuava manuseando o pergaminho:

— Seu guardião chegou.

A Suma Mageia virou a cabeça e viu Derek de Blakenheim se aproximando com uma expressão um pouco apreensiva no rosto. Ele observava o andamento da reforma do Salão da Vitória, mas parecia um pouco atormentado pelo local, assim como ela. Vitória sim, mas a que preço, considerou Danyanna. Ela ajeitou o cabelo para tirar os pensamentos ruins da mente e colocou um sorriso no rosto.

— Reais Presenças — disse Derek ao se dirigir para a Rainha de Krispínia e o Rei-Mago de Ragúsia.

— Capitão Blak — respondeu Danyanna, enquanto Belsantar apenas cumprimentou o guerreiro com a cabeça e continuou examinando o pergaminho. — Temos um assunto importante a tratar.

— Eu peço desculpas — falou Derek. — Não sabia que a Vossa Real Presença já estava de pé. Eu deveria estar à sua disposição desde cedo.

— Não há problema. Eu decidi trocar o dia pela noite porque estava difícil trabalhar enquanto ocorrem os reparos aqui embaixo. Aliás... — Danyanna se voltou para o monarca de Ragúsia. — Vossa Real Presença, acho melhor encerrarmos por hoje. Os anões vão chegar em breve, e eu mesma tenho que partir.

— Eu farei as últimas verificações para o andamento do ritual, Suma Mageia, e sairei em seguida — disse Belsantar.

O rei-mago olhou para os feiticeiros na mesa ao lado, que assentiram e começaram a recolher os materiais místicos.

— Nós retomaremos do ponto onde paramos assim que eu regressar de viagem — falou Danyanna.

— Tenha a certeza de que os Portões do Inferno estarão sob a proteção do Colégio de Arquimagos enquanto isso — afirmou o rei-mago. — Eu não retornarei a Ragúsia até a vossa volta e a conclusão de nosso trabalho aqui.

Danyanna sorriu para o colega monarca e foi na direção da majestosa escada que dava acesso ao Salão da Vitória, sendo seguida por Derek, nitidamente aliviado por ter ficado pouco tempo naquele lugar. A ideia de sair dali também melhorou o humor da rainha.

— Diga-me, Capitão Blak, o senhor e a Zarinna dormiram bem?

Derek quase pisou em falso em um degrau e ficou sem palavras.

— Hã... sim, Vossa Real Presença. Eu... hã... ela, quer dizer...

Danyanna se voltou para o guerreiro com um sorriso maroto no rosto.

— Calma, Capitão Blak. Eu não vejo nenhum problema em minha equipe estar... *integrada*. — Ela riu, e de fato se sentiu melhor ao deixar o Salão da Vitória para trás. — Meu guardião e minha aia. Fico contente por vocês. Os dois têm minha benção.

Agora Derek Blak parecia ter visto um demônio surgir do nada diante deles. *Benção?*

— Vossa Real Presença, creio que a coisa não seja bem como a senhora imagina.

— Vejo pela sua reação. — Danyanna riu de novo. — Estou apenas aliviando a tensão, Capitão Blak. Humor é um tipo de magia, como o Duque Dalgor me ensinou. Um bálsamo, eu diria.

Ela respirou fundo e passou a falar sério, enquanto os dois saíam da escadaria para o interior da Torre de Caliburnus, a estrutura central em formato de espada do Fortim do Pentáculo.

— Recebi notícias perturbadoras de Dalínia que exigem a minha presença lá. Um fogo arde há dias sem controle no norte do reino. Neste ritmo, há um grande risco de as chamas consumirem as colheitas.

— Mas, Vossa Real Presença, perdoe a minha ignorância... o que a senhora faria em Dalínia por causa disso? — perguntou Derek com uma expressão estupefata.

— Às vezes eu sou apenas uma guarda florestal de luxo. — Ela deu um riso seco, sem muito humor. — Sendo uma aeromante, eu posso controlar o clima, provocar chuvas torrenciais. Minha carreira começou assim, ajudando camponeses na lavoura, apagando incêndios. A situação em Dalínia deve ser mesmo grave, a ponto de a Rainha Augusta Níssiria ter pedido minha ajuda, justamente agora que estou ocupada com a renovação das defesas mágicas dos Portões do Inferno.

— Mas atear fogo às florestas é uma tática de guerra dos elfos, não é? Não seria um caso para o exército local resolver ou mesmo avisar o Grande Rei?

Derek passou a vida nas Cidades Livres de Tolgar-e-Kol, mas sabia das idas e vindas do conflito com os elfos envolvendo os reinos de Krispínia por acompanhar caravanas e conversar com soldados. O pouco tempo em que esteve recentemente na Morada dos Reis foi suficiente para deixá-lo a par dos últimos acontecimentos que envolviam a guerra. Que ele soubesse,

Dalínia estava em paz desde que o inimigo tinha sido empurrado para o Oriente.

— Se forem mesmo elfos, eles vão preferir ter atraído a fúria do Deus-Rei Krispinus do que me encarar. Eu *odeio* ser interrompida quando estou fazendo algo importante. Especialmente na pingadeira.

— Devo fazer os preparativos para a viagem? — perguntou Derek. — Vossa Real Presença pode me indicar nos mapas o local para onde vamos em Dalínia? Preciso calcular suprimentos, convocar a escolta...

— Não temos tempo para uma viagem tradicional. O incêndio vai se alastrar demais se demorarmos tanto assim — falou Danyanna, enquanto respondia com a cabeça à saudação do grupo de trabalhadores anões que passou pelos dois humanos em direção ao Salão da Vitória.

A Suma Mageia parou de andar e se voltou para Derek com uma expressão divertida.

— Diga-me, Capitão Blak, o senhor já *voou* antes?

CAPÍTULO 9

FORTIM DE VOSA, DALÍNIA

Quando a Rainha Danyanna perguntou para Derek de Blakenheim se ele já havia voado antes, seu guarda-costas estranhou a questão, pois a Suma Mageia sabia que ele havia chegado pela primeira vez aos Portões do Inferno a bordo do Palácio dos Ventos, o lendário castelo voador dos anões de Fnyar-Holl. Pensando bem, aquilo não tinha sido um "voo" propriamente dito, como a monarca insinuou. Realmente, a experiência havia sido inacreditável — ter visto o mundo lá do alto; tudo que ele conhecia reduzido ao tamanho de miniaturas; o céu parecendo estar a um toque da mão —, mas não houve uma *sensação* em si de estar voando, uma vez que Derek esteve cercado por quatro paredes dentro de um castelete.

Não era o caso agora, com o guerreiro montado na garupa de Kianlyma.

A égua trovejante galopava pelo céu como se estivesse tocando no solo, e cada pisão provocava um espocar de raios e um clarão cegante. Uma trovoada forte acompanhava o deslocamento veloz, e Derek achava que ficaria surdo antes de a viagem acabar. Mas a surdez era o menor dos problemas dele. Sentado atrás da rainha, diante da visão da famosa bunda de Danyanna — que diziam ter virado a cabeça de Krispinus a ponto de ele propor casamento assim que avistou a jovem feiticeira —, o guerreiro de Blakenheim não podia se agarrar na cintura dela como queria, apesar do medo de despencar. Por outro lado, não parecia muito confiável se segurar na partilha da sela. A cada correção de curso feita pela rainha, ele achava que seria lançado aos ares.

Isso tudo sem falar no enjoo vexaminoso.

O primeiro vômito não demorou muito, veio logo depois de Kianlyma ter decolado e ganhado altura aos poucos. A sensação de vazio por dentro, os saltos bruscos no ar e o barulho dos trovões combinaram para embrulhar o estômago de Derek, que expeliu tudo que havia dentro do bucho tentando não acertar Danyanna. Acabou sujando a bela túnica com o símbolo de Krispínia sobre a cota de malha. Nas outras duas vezes, ele conseguiu se controlar até que a rainha, pacientemente, pousasse Kianlyma para que Derek se aliviasse. Danyanna tinha sido extremamente compreensiva, dissera que as primeiras vezes sempre eram assim, mas não revelou se ela, Caramir ou os garranos comandados por ele já tinham passado por aquele vexame. Derek desconfiava que não.

Felizmente, o martírio parecia ter chegado ao fim. Após terem cruzado a fronteira com o Ermo de Bral-tor, a Suma Mageia apontou para uma cidade murada lá embaixo, finalmente no território de Dalínia.

— Viu a fumaça ao norte? — perguntou Danyanna.

Derek grunhiu que sim, mas na verdade mal ouviu a pergunta com o estrondo do galope. E também não teria visto coisa alguma em meio aos clarões dos raios. Na verdade, ele estava mais concentrando em controlar o estômago na descida para evitar um novo vexame no pouso.

— É o fogo que viemos combater — explicou a rainha, inutilmente.

A égua trovejante desceu do céu como se percorresse uma encosta imaginária. Os trancos pioraram a situação estomacal de Derek. Ele fechou os olhos e se controlou como foi possível.

De repente, o guerreiro de Blakenheim sentiu Danyanna apeando. Ele abriu os olhos e fez a mesma coisa, em um gesto brusco demais para quem estava enjoado. Felizmente, nada aconteceu. Derek desconfiou que não havia mais nada dentro dele para colocar para fora.

Os dois pousaram no pátio do fortim que protegia Vosa, a cidade no extremo norte de Dalínia, perto da fronteira com o Ermo de Bral-tor e a Cordilheira dos Vizeus. Pela proximidade com a grande cadeira de montanhas, Vosa vivia do comércio com Fnyar-Holl e funcionava como um centro de distribuição dos bens produzidos pelos anões — joias, armas e armaduras de vero-aço, queijos — para toda Dalínia e até mesmo para as vizinhas Nerônia e Dalgória. Por causa da importância econômica para o reino, havia ali um fortim das Damas Guerreiras, a tropa de elite da Rainha-Augusta, com o intuito de proteger a cidade e o comércio na região — foi de Vosa que partiu a Nona Legião para defender os Portões do Inferno da invasão svaltar. Nenhuma das guerreiras voltou com vida. O fortim agora aguardava reforços e era guarnecido pelo contingente de Damas Guerreiras que ficou tomando conta da praça-forte.

Uma mulher que estava diante do pequeno comitê de boas-vindas enfileirado no pátio se dirigiu até o ponto onde Kianlyma pousara. Ela vestia uma armadura de placas nitidamente cerimonial e fez uma saudação para Danyanna.

— Vossa Real Presença, eu sou a Comandante Sabíria e, em nome da Rainha-Augusta Níssíria e de suas Damas Guerreiras, dou-lhe boas-vindas a Dalínia. O reino agradece a sua vinda para nos ajudar.

— Obrigada, comandante. Em nome do Grande Rei Krispinus, o Trono Eterno está sempre disposto a auxiliar os territórios que compõem seu Grande Reino. — A rainha indicou seu acompanhante com a mão. — Este é o Capitão Derek Blak, meu guarda-costas.

Sabíria ficou ligeiramente surpresa quando olhou para o homem ao lado de Danyanna, um pouco mais baixo do que as duas.

— "O" Derek Blak, Vossa Real Presença? — perguntou a Dama Guerreira, entre a incredulidade e a emoção. — O herói da Confraria do Inferno que matou o líder dos elfos invasores?

Derek ficou igualmente surpreso com a reação da comandante. Na recepção na Morada dos Reis, ele certamente fora saudado como herói — ao lado de Baldur e Od-lanor, os outros pretensos "Confrades do Inferno" —, mas aquilo tinha sido uma celebração planejada e ensaiada pelo Duque Dalgor, o eterno menestrel de Krispinus. Porém, o guerreiro de Blakenheim não esperava ser reconhecido do outro lado do Grande Reino e ouvir a mesma história espalhada na corte: de que ele havia eliminado o líder svaltar. Sim, de fato, Derek matou vários elfos das profundezas dentro do Fortim do Pentáculo, e mais um espadachim particularmente habilidoso que agarrou a Rainha Danyanna, mas tinha certeza de que o líder inimigo era o sujeito que sugou sua alma com uma gema. A lembrança trouxe um calafrio que ele soube esconder diante da recepção inusitada de Sabíria. Derek olhou para a Suma Mageia, que sorriu.

— Sim, comandante, é um prazer estar aqui para ajudar — respondeu ele às pressas.

O olhar de Sabíria endureceu, juntamente com a voz.

— Aquele líder elfo tinha o sangue de nossas irmãs da Nona Legião nas mãos, Capitão Blak — disse ela. — O senhor tem a eterna gratidão de Dalínia e de suas Damas Guerreiras.

A comandante do Fortim de Vosa saudou Derek, que devolveu o gesto, ainda perplexo. A seguir, Sabíria se voltou para Danyanna.

— Imagino que tenham feito uma viagem cansativa, Real Presença. Por favor, entrem na praça-d'armas para se refrescar e fazer uma refeição.

Dentro do refeitório do fortim, a mesa reservada aos oficiais superiores tinha sido posta com comida e bebida à vontade, servidas em cristais e prataria, sobre uma toalha claramente reservada para ocasiões importantes. Derek sentiu um novo embrulho no estômago ao ver um pedaço de queijo escuro importado de Fnyar-Holl e se serviu apenas de água.

Assim que os três se sentaram para comer e beber, Sabíria perguntou:

— Imagino que a Vossa Real Presença tenha visto a fumaça ao se aproximar?

— Sim, ela está espalhada por todo o norte da região e já é visível até mesmo das ameias deste fortim — respondeu a rainha. — Onde está o principal foco do incêndio?

— Na Floresta dos Sonhos, Vossa Real Presença.

A Suma Mageia fez uma expressão de dúvida. Ela conhecia Dalínia razoavelmente bem por causa das campanhas militares contra os elfos da região, mas não se lembrava de ter ouvido falar sobre alguma "Floresta dos Sonhos" ao norte do reino.

— É um nome dado pelos antigos, Vossa Real Presença — explicou Sabíria ao notar a hesitação de Danyanna. — Um bosque escondido em um vale remoto, ao pé da subida para a Cordilheira dos Vizeus. Nossos avós diziam que quem entrava dormia para sempre. Todo mundo evita aquele lugar.

Danyanna ficou nitidamente intrigada. Seria algum encantamento de proteção, o efeito de uma vegetação com propriedades mágicas, ou mera superstição ignorante? Os dois últimos não representariam problema, mas um encantamento indicaria um agente interessado em proteger o local. Será que o vale abrigava uma ruína adamar antiga, como era a própria Morada dos Reis, ou então... A Suma Mageia ponderou mais um pouco;

anos de convívio com Krispinus a ensinaram a ver inimigos em toda parte. Se havia uma *floresta* sob alguma espécie de proteção mágica, não seria exagero apostar que havia *elfos* envolvidos.

Ela percebeu que Derek e Sabíria a encaravam fixamente.

— Minha primeira responsabilidade é debelar o incêndio para que ele não se espalhe pelo resto do reino e comprometa as colheitas — disse a rainha. — Mas creio que essa Floresta dos Sonhos mereça uma investigação. De uma forma ou de outra, vou precisar que estabeleçamos uma base na entrada do vale. Pela área da queimada, vão ser necessários dias de chuva torrencial no vale, e isso vai exigir muito esforço e magia da minha parte. Apenas um sobrevoo em minha égua trovejante e uma chuvinha não darão resultado.

A comandante se empertigou na cadeira.

— Farei os preparativos após comermos, Vossa Real Presença. E estaremos prontas para partir quando a senhora quiser.

— Assim que eu descansar e me recuperar da viagem, comandante — falou Danyanna. — Desconfio que vou precisar de todas as minhas forças.

Ela se voltou para Derek e conseguiu dar um sorriso, ainda que estivesse preocupada.

— E desta vez iremos pelo solo, juntamente com a comitiva das Damas Guerreiras.

Derek devolveu o sorriso, meio sem graça, e finalmente teve apetite para comer.

FLORESTA DOS SONHOS, DALÍNIA

Visto de perto, aquele era um espetáculo de perturbadora beleza. Um inferno flamejante lambia e engolia toda a vegetação outrora exuberante dentro do vale. O volume de fumaça era tanto que engolia o vulto gigante da Cordilheira dos Vizeus, ao longe no horizonte. O ar no acampamento montado pelas Damas Guerreiras era sufocante e escaldante, mesmo a uma grande distância da entrada do vale.

Derek Blak não tinha certeza de como poderia ajudar a rainha ali, naquela situação específica. Ele era apenas um mero espadachim, sem nenhuma vocação para magia. E se a questão envolvesse meramente proteção, a Suma Mageia agora contava com um destacamento de Damas Guerreiras — que também eram basicamente inúteis no combate a um incêndio daquela magnitude. Ele aproveitou a curta viagem e a montagem da base para conhecê-las melhor... especialmente a tal Comandante Sabíria, que durante todo o tempo se mostrou interessada nos feitos do famoso Confrade do Inferno. Ela deixara a armadura cerimonial completa de lado para seguir na expedição e agora envergava um peitoral de aço sobre um gibão de cota de malha com o símbolo de Dalínia — um escudo com 42 estrelas sobre duas espadas cruzadas. Sabíria não podia ser mais diferente de Zarinna; enquanto a aia da rainha era pequena, macia e cheirosa, a guerreira era corpulenta, musculosa e cheirava a quartel. Mas algo nela despertava um interesse em Derek que nunca havia sentido; talvez a vontade de subjugar uma mulher que seria tão capaz quanto ele com uma espada na mão, ou então a oportunidade de levar para a cama alguém que o considerava um "herói" de guerra.

Derek Blak nunca achou que seria herói de nada, para ninguém.

Os dias transcorreram como previsto. A Suma Mageia sobrevoou — sozinha, ainda bem — a área do incêndio, evocou chuvaradas torrenciais que duravam horas e lançou encantamentos na direção da floresta, com a intenção de descobrir a causa da queimada e alguma outra coisa que ela não deixou claro. Enquanto isso, Derek se mantinha ativo com Sabíria; inicialmente em prosaicos exercícios marciais e, finalmente, em outro tipo de atividade física na tenda da comandante. Entre um corpo a corpo e outro, ele descobriu mais sobre a origem das Damas Guerreiras, a ordem marcial criada pela Rainha-Augusta Denúzia para homenagear as 42 mulheres que defenderam o vilarejo de Aguarre contra escravos orcs foragidos de Blakenheim, depois que seus maridos, pais e irmãos foram mortos. Desde então, as mulheres de Dalínia podiam seguir a carreira militar, até que, com o levante dos elfos, o alistamento de toda segunda filha da família nas legiões do reino se tornou obrigatório, segundo o édito da então jovem rainha Nissíria. De uma pequena ordem marcial com uma origem simbólica, as Damas Guerreiras se tornaram a elite militar do reino.

Derek achou bem curiosa a coincidência, visto que ele era filho de um lorde-escravagista de Blakenheim, o reino que não existia mais, destruído na primeira abertura dos Portões do Inferno. Ele só havia contado aquilo recentemente para Kyle, com quem desenvolvera um laço um pouco de pai e filho, e agora se viu revelando a história da família para aquela amante praticamente desconhecida. Sabíria ficou ainda mais fascinada por Derek e quis saber detalhes sobre a vida em Blakenheim, mas ele não possuía recordação alguma do lugar, pois havia fugido no colo da mãe para escapar da devastação causada pelos demônios.

A troca de histórias foi interrompida quando uma ajudante de ordens surgiu na porta da tenda para convocar os dois em nome da Rainha Danyanna. Ela estava sentada em um banquinho de campanha, observando o horizonte chuvoso e recuperando as forças ao lado de Kianlyma. Quando Derek e Sabíria chegaram, a Suma Mageia ficou de pé, recebeu as saudações e devolveu o cumprimento.

— Este chuvaréu vai terminar em algumas horas — disse ela enquanto fazia carinho na égua trovejante. — Há poucos focos de incêndio agora, a queimada foi totalmente debelada. Mas há uma nítida emanação mística muito preocupante vindo do vale. Algo primordial e antigo... algo *poderoso*. Eu quero investigar essa emanação. Assim que a chuva passar, nós entraremos na Floresta dos Sonhos... ou no pouco que restou dela.

Sabíria saudou a rainha novamente, lançou um olhar rápido e discreto para Derek e foi embora reunir o destacamento. Ele deixou que a comandante das Damas Guerreiras se afastasse para perguntar, em tom baixo.

— Vossa Real Presença desconfia de algo em particular?

— Vestígios de magia élfica e mais alguma coisa que fazia parte do fogo — respondeu Danyanna olhando para o horizonte. — Eu senti ainda aqui no acampamento, até mesmo quando voei bem alto sobre o incêndio. Essa tal de "Floresta dos Sonhos" pode ser um pesadelo...

Derek observou aquele mesmo ponto distante e levou as mãos aos cabos dos gládios por instinto. Ele pensou em algo jocoso ou uma bravata para dizer, mas apenas aquiesceu. Quando a maior feiticeira do reino ficava preocupada, a situação era séria.

CAPÍTULO 10

PALÁCIO DOS VENTOS, DALGÓRIA

Quando o Palácio dos Ventos entrou no território de Dalgória, o plano de voo teve que ser revisto, seguindo os mapas novos trazidos da Morada dos Reis. As marcações centenárias feitas pelos anos ainda na época da Grande Guerra dos Dragões chamavam a região de Blumenheim, e a capital do reino, que era o destino deles no momento, de Bere-tor. Além disso, as distâncias eram medidas no sistema anão e precisavam ser convertidas. Como sempre, Od-lanor coordenou a operação, mas Kyle participava cada vez mais, fazia cálculos por conta própria e acompanhava o raciocínio geográfico do bardo; o adamar desconfiava que, em breve, o rapazote seria capaz de fazer tudo sozinho. Kyle operou as réguas deslizantes que brotavam das laterais do mapa gigante no chão do salão, traçando as coordenadas do voo sob orientação de Od-lanor, que aproveitou para contar a história tanto da velha Blumenheim quanto da recente Dalgória. A cada voo, a cada cálculo, Kyle aprendia mais sobre Zândia — um mundo enorme que ele nem sequer sonhava como era quando cresceu nas ruas de Tolgar-e-Kol. Ele sempre se empolgava quando precisava conduzir o Palácio dos Ventos para uma região nova, apesar da atenção e cautela que a viagem para o desconhecido exigia.

Com tantas responsabilidades nas costas ultimamente, Kyle não vinha conseguindo visitar Carantir na caldeira durante o dia — e à noite, quando o meio-elfo estava confinado ao aposento convertido como cárcere, ele sabia que Kalannar gostava de rondar o castelo. O svaltar dormia muito pouco e sempre parecia estar mais ativo à noite. Era praticamente impossível evitá-lo, mas Kyle passou a vida inteira driblando a guarda de Tolgar-

-e-Kol e era uma questão de honra conseguir fazer o mesmo com Kalannar. Ele não podia estar em todos os lugares do Palácio dos Ventos ao mesmo tempo!

Durante um jantar, após ouvir que o svaltar iria se recolher para "traçar planos", Kyle decidiu que aquela era a noite perfeita para visitar Carantir. Ele aguardou até que o castelete ficasse completamente em silêncio e arriscou ir à cela dos escravos com tudo no escuro, contando com o conhecimento da construção e o tato para se deslocar sem acender uma lanterna. Já perto da grade, o ronco estrondoso de Brutus ajudou a guiá-lo até onde o ogro e o meio-elfo ficavam presos.

— Ei, Kyle — disse a voz de Carantir vindo do breu no interior da cela.

Nem o barulho causado por Brutus foi suficiente para encobrir os passos silenciosos de um pivete experiente de Tolgar-e-Kol. Kyle achava isso ao mesmo tempo frustrante e fascinante.

— Oi, Carantir — respondeu ele.

— Tem tempo que você não me visita na caldeira, está tudo bem?

— Sim, só tenho muitas manobras para fazer na condução do castelo e não posso abandonar os controles... além disso, os corredores andam agitados também.

— Entendo — falou o prisioneiro.

De fato, Carantir sabia que as coisas pareciam ter ficado mais tensas. O adamar e o svaltar vinham retirando o ogro da cela com mais cautela, sempre acompanhados por uma melodia claramente sobrenatural emitida pelo bardo e direcionada ao monstro. O humano com aura de líder não participava mais do transporte da criatura, e Carantir lembrou que o adamar comentara algo sobre não terem mais o que temer da parte do ogro, até ser silenciado por um olhar severo do svaltar.

— Eu só estava preocupado que você estivesse sendo explorado pelos outros — continuou Carantir.

— Explorado? — indagou Kyle.

— É, que eles estivessem abusando de você.

Ao dizer isso, o meio-elfo sentiu uma pontada na consciência. Ele mesmo vinha tentando abusar da confiança do saijin, tentando convencê-lo a trazer um arco e flecha para tentar fugir dali. Infelizmente, a verdade era que o jovem humano Kyle representava sua única esperança de sair daquele novo cativeiro.

— Não — disse o rapazote enfaticamente, e depois corrigiu o tom de voz para um volume mais baixo. — Não, é que ando ocupado porque o Palácio dos Ventos vai fazer muitas paradas em territórios novos.

— E há uma parada final? — perguntou Carantir.

— Um lugar chamado Praia Vermelha que está enfrentando problemas com elfos.

Aquilo aguçou a curiosidade do prisioneiro. Embora tenha vindo de uma atípica comunidade híbrida, em que humanos, elfos e meio-elfos conviviam harmoniosamente, Carantir sabia que mestiços não eram bem-vistos por ambas as raças, mas talvez esses alfares da tal Praia Vermelha também pudessem representar uma chance de fuga.

— E esse lugar que você falou está sob ataque de elfos?

— Sei lá — respondeu Kyle dando de ombros —, mas parece que tem um cara... um humano que está fazendo corpo mole e não enfrenta os elfos. Eu não entendi direito, mas parece que a gente está indo para lá dar um jeito nisso.

Carantir se animou. Um conflito era o cenário ideal para descuido com os prisioneiros; e caso seus algozes fossem derrotados, havia uma pequena chance de ele ser resgatado. Quem sabe esses alfares não gostariam de ter um erekhe em suas fileiras? A imaginação e a esperança do meio-elfo cativo dispararam com a velocidade de uma flecha.

— E que jeito seria esse? — indagou Carantir sem deixar transparecer a empolgação.

— Sei lá também, mas deve envolver porrada. O pessoal aqui gosta de resolver as coisas com violência.

O prisioneiro riu, tanto pela declaração sincera do saijin quanto pela própria ideia de que ele também gostava de resolver as coisas com violência. Antes que o entusiasmo provocasse suspeitas no jovem humano, Carantir levou a conversa para outro rumo e cumpriu a promessa de contar a história sobre como ele salvou Dale do urso-cerval.

Era uma visão impressionante ver o próprio reino do céu. Desde que o Palácio dos Ventos saiu da Cordilheira dos Vizeus e entrou no território de Dalgória, o Duque Dalgor passava a maior parte do tempo do lado de fora do pequeno castelete anão, na borda do grande pátio natural de pedra, no topo da imensa rocha flutuante. Ele já tinha voado antes em uma das éguas trovejantes de Danyanna, mas nada se comparava àquela experiência, especialmente um voo sobre o território que levava seu nome e era seu lar há mais de vinte anos.

Visões de tanta beleza que evocavam sentimentos tão dolorosos.

A cada região sobrevoada, Dalgor se lembrava dos combates travados, das vidas perdidas, do sangue derramado para livrar o antigo reino de Blumenheim das hordas de orcs. Com a devastação de Blakenheim e Reddenheim durante a primeira abertura dos Portões do Inferno, os escravos orcs daqueles reinos aproveitaram a confusão e escaparam dos escravagistas humanos. Muitas tribos foram para a Cordilheira dos Vizeus; outras invadiram Dalínia, onde enfrentaram a resistência dos alfares e dos humanos; e alguns orcs se aventuraram ainda mais longe, em Blumenheim, um pacato reino que ainda mantivera o nome dos tempos do Império Adamar — por pura preguiça, diziam as más línguas. Eles não possuíam tradição marcial e teriam sido dizimados pela invasão orc, não fossem as tropas enviadas por Krispinus, então recém-sagrado Grande Rei, sob o comando de seu fiel menestrel. Foram cinco anos de uma campanha sangrenta que rendeu a Dalgor o comando da região, o título de duque e o direito de rebatizar o reino. E que também lhe rendeu a perda da esposa e dos filhos para um surto de tosse vermelha na capital litorânea, enquanto Dalgor supervisionava a guerra no interior.

A memória veio justamente quando o Palácio dos Ventos passou pela região onde Dalgor esteve acampado com as tropas e recebeu a notícia de que a mulher e os filhos morreram, longe de seus olhos, longe do que seu conhecimento poderia ter feito para evitar a tragédia. Novamente veio à mente o poema que ele nunca terminou, *O Lamento da Ausência*, e que o velho menestrel achava que nunca terminaria. Se acabasse de compô-lo, era como se desse fim à dor por ter perdido a família.

Dalgor sabia que isso jamais aconteceria.

O chamado de uma criada para anunciar o desjejum tirou o menestrel das lembranças tristes. Sem se virar para a moça, ele secou as lágrimas na manga do camisão e mandou que ela chamasse todos os outros — incluindo Agnor — para o salão comunal.

Apesar da tristeza, Dalgor tinha uma festa para organizar. Mesmo sofrendo por dentro, um bardo sempre estava sorrindo e cantando por fora.

O dia começou auspicioso para Agnor. Ele havia acordado mais cedo do que de costume, tomado por uma inspiração súbita para o projeto de sua "torre de alta magia", que pretendia erigir assim que se assentasse no futuro destino do Palácio dos Ventos. Na mente do feiticeiro, não haveria dúvidas de que aquilo aconteceria; Agnor moveria céus e terra (essa última, literalmente) para garantir que o cavaleiro obtuso e sua trupe mambembe tomassem posse da Praia Vermelha. O korangariano estava no meio de cálculos que envolviam o número de trabalhadores anões que ele pretendia arregimentar em Fnyar-Holl, valendo-se do título de "grão-anão" perante o Dawar Bramok, quando foi interrompido pela criadagem — não com o desjejum que era costumeiramente servido em seu minúsculo aposento, mas com um convite para se juntar aos demais para a refeição no salão comunal.

Ele pensou em se recusar a ir, mas provavelmente aqueles néscios haviam metido os pés pelas mãos e precisavam de sua magia para consertar a trapalhada. Cada ajuda era um trunfo que Agnor pretendia usar no futuro. Como se dizia entre os alunos das Torres de Korangar, toda vantagem ainda era pouca para quem queria subir na vida. E ele pretendia subir *muito* na vida, um andar por vez de sua torre de alta magia.

O feiticeiro chegou por último ao salão comunal; todos os demais já estavam lá, incluindo o Duque Dalgor, que se ergueu para saudá-lo efusivamente. Sujeitinho desprezível.

— Ah, Agnor — disse o menestrel do Grande Rei. — Só faltava você, bem-vindo. Eu tenho um comunicado a fazer.

O korangariano pensou em corrigi-lo e exigir ser tratado como arquimago por aquele animador de acampamentos, mas ele se recusava a discutir de barriga vazia. Aquilo aumentava ainda mais o seu já lendário mau humor. Agnor resolveu deixar pra lá.

— Como estamos nos aproximando de Bela Dejanna — continuou Dalgor —, chegou a hora de anunciar para toda Dalgória que o ducado receberá a famosa Confraria do Inferno.

— Sua capital tem nome de mulher? — interrompeu Agnor.

— O nome antigo em adamar foi trocado pelo da minha falecida esposa — explicou o bardo contendo a emoção que sentiu mais cedo. — Foi um pedido do povo, que a amava muito. É um lembrete constante dos sacrifícios que todos fizemos para tornar Dalgória e o Grande Reino de Krispínia livres de ameaças externas.

Ainda que aquilo tivesse sido dito entre sorrisos, de alguma forma o korangariano sentiu que a última parte foi dirigida a ele.

— Eu já sabia disso — falou Kyle, orgulhoso. — O Od-lanor me contou quando a gente traçou o rumo para a capital, disse que Bela Dejanna se chamava Bere-tor anteriormente.

O duque lançou um olhar curioso para o adamar, que entendeu a pergunta feita sem palavras.

— Sim, eu já estive em Bere-tor, duque, bem antes de sua chegada — disse Od-lanor.

— O que o senhor pretende fazer com a nossa presença no ducado? — perguntou Baldur, ansioso para voltar ao assunto, antes que os dois bardos começassem a trocar histórias, lembranças e detalhes que só cabiam na cabeça deles.

— É — concordou Kalannar com uma expressão irônica voltada para o cavaleiro. — Também estou curioso, visto que não sou um "Confrade do Inferno".

O svaltar considerava aquela expressão ridícula e vinha usando regularmente para implicar com Baldur, sempre que o cavaleiro recontava o duelo com Bernikan. Kalannar particularmente gostava de misturar os títulos e chamá-lo de "Confrade de Escudo" e "Irmão do Inferno" apenas para vê-lo perder a calma. Até Od-lanor entrava na brincadeira às vezes.

— Em poucos dias — respondeu Dalgor —, ocorre o Festival dos Velhos Deuses, em que o povo de Dalgória vai às ruas brincar em homenagem aos antigos imperadores-deuses adamares. As pessoas cantam, dançam e se vestem como se fossem as divindades de outrora, em uma celebração lúdica e mágica. O Velho Palácio abre as portas para a corte no tradicional baile onde todos se fantasiam livremente. Eu gostaria de apresentá-los à sociedade de Dalgória durante a solenidade oficial do ducado.

O duque encerrou a explicação com um sorriso, mas a ideia não encontrou muito apoio da plateia; apenas Kyle e Od-lanor ficaram empolgados com o festival. Os outros se entreolharam, entre confusos e desanimados.

— Eu posso ir fantasiado de anão! — exclamou o rapazote. — Ainda tenho os trajes de Fnyar-Holl. Dá para fazer uma barba com pedaços de corda!

— Eu quero ir como Ta-lanor, o imperador-deus que previu o fim do Império Adamar e foi retirado do trono por isso — disse Od-lanor.

Os outros continuaram em silêncio, até que Baldur resolveu falar pelos demais.

— Com todo respeito, Excelência, mas é necessário mesmo ir fantasiado?

— É o costume... — respondeu Dalgor, desapontado.

— Posso ir com a túnica de Irmão de Escudo? — sugeriu Baldur ainda em tom de desculpa. — Estamos bem longe da Morada dos Reis, acho difícil seu povo ter visto um de nós...

— Não é exatamente uma fantasia... mas, sim — cedeu o duque, para alívio do cavaleiro. — Dalgória nunca forneceu um integrante para a guarda pessoal do Deus-Rei. Acho cabível.

— O Kalannar vai fantasiado de quê? — perguntou Kyle, com a mente fervilhando com a ideia de vê-lo travestido como humano ou como qualquer outra coisa.

— Eu não sabia que estava incluído nos planos — disse o svaltar. — Embora eu confesse que seria interessante ver outra sociedade humana de perto, depois de Tolgar-e-Kol.

Kalannar, logicamente, não mencionou o fato de que fizera uma incursão noturna à Morada dos Reis enquanto Baldur, Derek Blak e Od-lanor eram recebidos pela corte de Krispinus em comemoração à vitória nos Portões do Inferno.

— Dalgória não tem nada a ver com aquela pocilga de Tolgar-e-Kol — falou Dalgor. — Infelizmente, temos a questão de...

— De eu ser um svaltar? — disse Kalannar em tom de desafio, com um sorriso cruel.

— Você pode ir de adamar — falou Od-lanor. — Os trejeitos diferentes dos humanos cairão bem para o personagem.

Kalannar indicou a própria aparência élfica e a pele branca com um gesto impaciente.

— Você tem cor de barro e orelhas minúsculas — disparou ele. — Como eu faço para parecer com um adamar?

— Bem, você poderia ir como um svaltar mesmo — sugeriu Dalgor. — Há sempre gente vestida como elfos. Ano passado tivemos um cortesão fantasiado de Arel, sendo conduzido amarrado por outro vestido como o Grande Rei.

— Eu posso ir como assassino svaltar e você vai como minha vítima — sibilou Kalannar.

— Ei! — alertou Baldur.

Dalgor ergueu a mão para o cavaleiro, em um gesto pedindo calma, e se virou para o svaltar. Ele não desejava antagonizá-lo até descobrir tudo sobre Kalannar.

— Mau exemplo — admitiu o duque. — Você pode ir como realmente é e alegar que é uma fantasia elaborada. Certamente ganhará um prêmio ao final do baile. É costume premiar as fantasias mais criativas.

Apesar da ofensa, Kalannar estava achando tudo aquilo muito interessante. Ficar confinado naquele castelo voador enquanto a cidade dos humanos prometia várias oportunidades de informações e conhecimento seria enfadonho. Da última vez, ele se aventurou pela capital de Krispínia apenas para afiar seus instintos e habilidades dentro das sombras; agora Kalannar teria a oportunidade de estar escondido à vista de todos. Um novo desafio para um infiltrador de ofício.

O svaltar concordou com a cabeça.

— Suponho que tenham se esquecido de mim — falou Agnor.

A voz do feiticeiro surpreendeu todos, que se voltaram para ele. Ninguém havia considerado que Agnor quisesse participar de uma festa, quanto mais se fantasiar de alguma coisa. E ainda havia a questão de ele ser obviamente um estrangeiro oriundo da Nação-Demônio, que tinha péssima relação diplomática com Krispínia.

— Dalgória ficaria honrada em recebê-lo, mas o Grande Rei... — começou Dalgor.

— O "Grande Rei" gosta de premiar uns pelos feitos de outros, isso eu bem sei — ironizou Agnor. — Mas ele não me fará prisioneiro do meu próprio castelo voador, que não teríamos conseguido se eu não tivesse salvado o Dawar Bramok. Eu irei à sua festa, bardo, da mesma forma que o Kalannar. Irei como o arquimago korangariano que sou, sem disfarces ou fantasias.

O Duque Dalgor engoliu outra resposta atravessada de Agnor, pensando que, de fato, arquimago seria uma fantasia adequada para ele, que nem arquimestre era. Porém, a oportunidade de deixar o svaltar e o korangariano mais à vontade, com a guarda baixa em um ambiente que Dalgor controlava, fazia valer a pena o risco de os dois serem desmascarados.

Aquele Festival dos Velhos Deuses certamente entraria para os anais de Dalgória.

CAPÍTULO 11

CAMPOS CLAROS, DALÍNIA

Escondido no limite de um bosque, com vista para uma planície tomada por fazendas humanas, acobertado pela escuridão da noite, Arel ponderou os riscos da última parte da empreitada. Ele estava completamente sozinho no coração do território inimigo que os humanos chamavam de Dalínia. Justamente o reino mais militarizado, onde o extermínio dos alfares ocorreu de forma mais sistemática. E onde o mesmo Arel, então no comando de seu povo, sofreu grandes derrotas. Na ocasião, a rainha humana Nissíria se aproveitou das vitórias de Krispinus a oeste e pegou os alfares fugindo de maneira desorganizada, tentando se reagrupar. A jovem monarca comandou uma das viradas mais espetaculares — pelo ponto de vista do inimigo, naturalmente — de toda a guerra, quase comparável ao êxodo conduzido por Krispinus até a Morada dos Reis. Hoje, suas Damas Guerreiras se aquartelavam em fortins espalhados pelo reino, e de lá elas patrulhavam as estradas e garantiam o rico comércio com Fnyar-Holl e Dalgória, defendiam vilarejos e cidades, faziam incursões nos poucos bosques restantes para caçar elfos insurgentes — que eram praticamente inexistentes em Dalínia. Mas um deles era o alfar mais procurado de todo o Grande Reino de Krispínia. O líder — ou melhor, agora *ex*-líder — de todos os elfos da superfície.

Ao menos o inimigo achava que Arel estava no Oriente. Essa era uma das poucas vantagens que ele tinha. A outra era saber usar a seu favor o terreno que um dia foi dos alfares. Os elfos podiam ter sido expulsos das florestas, e muitas delas podiam ter sido desmatadas para dar lugar à agricultura e ao pastoreio dos humanos, mas ainda havia muito verde para dar cobertura a um único alfar. Usando a escuridão da noite, conhecendo o ambiente e o comportamento do inimigo, Arel talvez conseguisse sobreviver, mesmo não contando mais com os olhos de Sobel para avançar pelo território hostil.

A lembrança da filha inspirou um comprometimento ainda maior com a missão. Sobel fora leal e presente até o fim. Ela merecia que o plano lograsse êxito. Para isso, Arel precisava cruzar o reino humano inteiro e chegar à grande baía no litoral, o local sagrado que os alfares chamavam de Dreogan-dael, onde a Trompa dos Dragões tinha que ser soprada para acordar Amaraxas.

Ainda faltava praticamente meio território humano para ele chegar lá, e a jornada vinha sendo dolorosa; sempre que possível, Arel se abrigava nas ruínas de algum povoado alfar destruído pelos humanos. Ele sabia que ainda havia focos de oposição élfica que tiravam o sono da rainha humana, mas seria arriscado procurá-los. Demandaria muito tempo e muita exposição, indo de bosque em bosque. Se o ex-salim encontrasse algum núcleo rebelde nos escombros de um povoado, tanto melhor. Caso contrário, esses resquícios da civilização élfica seriam seu abrigo até o fim.

Ele parou de observar as fazendas ao longe e se embrenhou na mata, invisível e inaudível como só um elfo na floresta conseguiria ser, para tomar o rumo de Zori-dael. A ruína alfar foi o último bastião de resistência da Salinde Talael diante do ataque conjunto das forças de Krispinus e Nissíria. Talael tinha sido amiga, confidente e amante de Arel, mãe de um de seus filhos, Natiel, e quem sugeriu que o então salim usasse gemas-de-fogo para aumentar seu potencial piromântico, mesmo sendo uma prática profana segundo os cânones alfares. Ficar escondido em Zori-dael durante o dia traria lembranças tristes das conversas e da intimidade com aquela feiticeira inesquecível.

Arel olhou para a Ka-dreogan, pendurada a tiracolo. A Trompa dos Dragões não estaria com ele naquele momento se Talael, lá atrás, não tivesse comentado sobre as gemas-de-fogo. O ex-salim não teria conseguido evocar um elemental tão poderoso, de maneira tão rápida, se não dominasse o segredo das gemas encantadas. Não, decidiu ele, ficar em Zori-dael não traria lembranças tristes. Traria mais vigor e determinação por lembrá-lo de Talael. Sem ela, sem Sobel, sem tantos outros alfares, Arel não estaria a um passo de derrotar o inimigo.

Ele prosseguiu floresta adentro até se abrigar em Zori-dael.

DREOGAN-DAEL, LITORAL DE DALÍNIA

Na grande baía no sudeste do litoral de Dalínia, havia um trecho alto e escarpado de costa, já próximo à fronteira com Dalgória. Arel estava na ponta daquela falésia afastada, observando a vastidão do oceano. Ele não era a única silhueta naquela imensidão inabitada; o ex-salim estava ao lado de uma grande árvore que crescia ali, solitária em meio à relva. Arel tirou os olhos do mar agitado, que teimava em se chocar contra o paredão rochoso, e se voltou para a árvore. Assim como as que formaram a câmara do conselho em Manzil-dael, aquela árvore também possuía a figura de um alfar entalhada no caule.

A figura de um alfar com uma trompa na mão.

Arel não conseguiu evitar o sorriso triste diante da ironia. Aquele era Jalael, o herói que encantou e soprou a Trompa dos Dragões há quatro séculos, dando fim assim à Grande Guerra dos Dragões. De todas as raças envolvidas naquele conflito destruidor — os adamares em decadência, os humanos então emergentes, os anões sempre reclusos —, apenas os alfares foram capazes de desenvolver e aplicar uma solução contra os monstros aparentemente invencíveis.

A solução que agora estava nas mãos de Arel para reverter o feito de Jalael.

Com um último olhar para a imagem do alfar que salvou o mundo, Arel deu passos decididos em direção à beirada da costa alta. Era hora de desfazer o passado e dar fim ao futuro. Ele levou a Ka-dreogan aos lábios, tomou fôlego e soprou com toda força possível. Mesmo alto e encorpado, o som surpreendeu o alfar. Não foi essencialmente diferente do que uma trompa élfica normal soaria. Por ser um feiticeiro experiente e poderoso, ele sabia como relíquias mágicas costumavam funcionar e esperava ouvir um som estrondoso que rachasse as pedras em volta. Descrente do efeito da trompa, um pouco nervoso até — pois havia sacrificado absolutamente *tudo* para realizar aquele plano —, Arel tomou um fôlego ainda maior e soprou a Ka-dreogan até ficar sem ar.

Novamente, a trompa soou como uma trompa de qualidade soaria.

Arel disparou um olhar para a árvore que ficara um pouco atrás. Um olhar de desespero, de raiva, de frustração. Ele deveria ter lançado algum encantamento para perceber se havia alguma proteção mágica na área. Mas não fazia sentido... Jalael não havia soprado a Ka-dreogan *exatamente* naquele local há quatro séculos; Dreogan-dael foi apenas onde Amaraxas, entorpecido pelo som da trompa, se recolheu para hibernar no fundo do mar. A figura entalhada na árvore representava somente o testemunho de Jalael de que a ideia dele teve êxito — não havia motivo para aquele trecho de falésia estar sob a proteção de algum sortilégio.

O nervosismo impediu que Arel ouvisse o aumento da agitação do oceano — mas não o impediu de ouvir o urro gutural e ensurdecedor que ecoou do mar.

O alfar se voltou para a direção do som e viu, estarrecido, a cabeça de um dragão sobre as ondas, berrando furiosamente. A água escorria livremente pela bocarra aberta, entre as escamas vermelho-arroxeadas e os três chifres — um na ponta do focinho e dois na cabeça, praticamente brotando dos olhos reptilianos como uma coroa que combinava com a majestade de sua figura. Um pescoço longo e muito grosso, com barbelas salientes, surgiu da linha d'água; aos poucos o corpanzil gigantesco se tornou mais aparente. Amaraxas foi parando de urrar e ficou simplesmente ali, mais controlado, apenas vasculhando os arredores com o pescoço e um pouco do tronco fora d'água.

Mesmo àquela distância, e com apenas uma pequena parte do corpo à mostra, o Primeiro Dragão parecia uma pequena ilha que acabara de surgir no oceano. Arel conhecia a descrição de Amaraxas nos termos exagerados da poesia épica alfar, porém até aquelas metáforas e hipérboles rebuscadas não faziam jus ao que ele via com olhos assombrados. O ex-salim tentou dizer alguma coisa, externar o espanto e a admiração, porém a voz simplesmente lhe escapou.

Subitamente, o monstro se concentrou fixamente em algum ponto bem distante, a leste. O Primeiro Dragão urrou outra vez, submergiu e deixou para trás um rastro enorme no mar, que ia justamente na direção para onde ele olhou.

Foi só então que Arel, recuperado da visão surpreendente, percebeu que o som do urro de Amaraxas era similar ao da trompa — o timbre era o mesmo, mas a tonalidade era outra. Era como se a natureza em si estivesse se manifestando por meio de um som primevo, como se o mundo anunciasse a plenos pulmões que estava nascendo.

Mas, na verdade, o mundo estava prestes a morrer.

Arel deu mais alguns passos para a borda da falésia, enquanto acompanhava com o olhar o deslocamento da criatura. O volume de espuma e água indicava que Amaraxas era ainda maior do que imaginara ao ter visto a cabeça fora d'água. O Primeiro Dragão não seria detido por nada, especialmente quando acordasse os outros de sua espécie. Na verdade, a única coisa que poderia detê-lo era a Ka-dreogan.

Arel baixou o olhar para a Trompa dos Dragões e, a seguir, jogou a relíquia élfica de Jalael pela borda da costa alta. A Ka-dreogan se espatifou nas pedras lá embaixo e teve os pedaços engolidos pelo mar agitado. Após garantir que o objeto estava destruído e perdido para sempre, o ex-salim voltou o olhar para a árvore com a efígie do herói alfar.

Não haveria nenhum Jalael nesta era.

Com um sorriso diante da missão cumprida, ciente de todos os sacrifícios feitos por ele e sua família em nome daquele objetivo, Arel também começou a se deslocar para o Oriente. Ele pretendia ver o fim do mundo em Bal-dael, o lar ancestral da linhagem Gora-lovoel, e morrer ao lado da irmã. Arel sabia que Sindel discordava dele, mas não havia absolutamente nada que ela pudesse fazer agora. Em vez de uma derrota resignada e humilhante pelas mãos dos humanos, o ex-salim trouxe uma derrota vingativa para a nação alfar, em seus próprios termos. Os elfos da superfície não seriam extintos sozinhos; eles morreriam junto com os humanos, junto com o mundo. Sindel entenderia — e se não entendesse, tanto pior para ela.

CAPÍTULO 12

FLORESTA DOS SONHOS, DALÍNIA

O cenário era uma mistura de cinzas e fumaça. O ar estava quente e cheirava a queimada. A paisagem outrora viva e exuberante da Floresta dos Sonhos virou uma desolação, um quadro de morte. Árvores ancestrais reduzidas a troncos calcinados, relva verdejante transformada em solo devastado. Mesmo para quem não tinha visto o local como era originalmente — no caso, a Rainha Danyanna, Derek Blak e o destacamento de Damas Guerreiras ali presentes —, a visão era triste e lamentável. Para a Suma Mageia e seu guarda-costas, que tinham acabado de chegar do Ermo de Bral-tor, a impressão era de que eles haviam retornado para aquela terra de ninguém.

Antes de entrar no vale, Danyanna lançou encantamentos em si mesma e em todos os integrantes do séquito para que eles respirassem ar puro, e não a fumaça tóxica da queimada. Isso limitou o número de seres que podiam seguir adiante — as Damas Guerreiras deixaram os cavalos para trás, mas Derek insistiu que a rainha protegesse Kianlyma com o feitiço e levasse a égua trovejante, caso precisasse escapar de algum perigo. A contragosto, dizendo que não seria capaz de abandonar ninguém, a Suma Mageia concordou depois que Derek comentou o que achava que Krispinus faria com ele caso algo acontecesse à esposa do Grande Rei. Ela até reagiu com um sorriso à criatividade de seu protetor, pois sabia que o marido faria coisa bem pior.

Assim, a expedição percorreu o terreno destruído pelas chamas e ainda parcialmente tomado pela fumaça: com Derek e Sabíria à frente, sondando o ambiente, Danyanna atrás dos dois, com Kianlyma ao lado, lançando feitiços e analisando o solo misticamente, e oito Damas Guerreiras fechando um perímetro em torno deles. O grupo foi encontrando focos isolados de incêndio; a Suma Mageia dissera que deixaria um último temporal sobre o vale quando retornasse ao Fortim do Pentáculo, para garantir o fim definitivo da queimada.

— Sinto uma emanação mística adiante — disse Danyanna, rompendo o silêncio do avanço após executar o gestual de um encantamento.

Derek e Sabíria recuaram para se aproximar da rainha, enquanto duas Damas Guerreiras foram à frente para atuar como batedoras.

— Comandante, há uma espécie de túnel a duzentos passos daqui — relatou uma das guerreiras ao retornar.

— Túnel? — perguntou Sabíria, incrédula.

— Uma passagem feita por árvores enormes, mas queimadas como tudo aqui — respondeu a segunda batedora, entrelaçando os dedos para explicar melhor.

— É de lá que meu feitiço indica vir um sinal de poder — falou a Suma Mageia, que começou a seguir adiante.

Derek se colocou no caminho dela e falou:

— Acho melhor a Vossa Real Presença ficar para trás enquanto investigamos.

Danyanna encarou seu protetor com uma expressão de descrença.

— Capitão Blak, sei que este é o seu dever, mas eu encarei uma fortaleza tomada por demônios recentemente — disse ela com firmeza. — A investigação necessita ser feita por meios arcanos. Eu estou indo.

A Suma Mageia passou por Derek, que ergueu as sobrancelhas em uma expressão de derrota para Sabíria e gesticulou com a cabeça para que a comandante das Damas Guerreiras os acompanhasse. Duzentos passos depois, a expedição inteira chegou ao ponto de maior devastação no vale inteiro, mas ainda assim a estrutura natural que sobrou era impressionante. Árvores centenárias, agora mortas e enegrecidas pela fúria das chamas, se entrelaçavam e formavam um caminho amplo, que conduzia a uma grande câmara igualmente queimada. A visão era magnífica mesmo naquele estado calcinado.

— Piromancia — comentou Danyanna baixinho ao terminar de realizar um sortilégio.

— Real Presença? — perguntou Derek.

— Piromancia — repetiu ela em voz alta. — A queimada aqui foi causada por fogo mágico.

A Suma Mageia parou e começou a ponderar. Piromancia vinha sendo usada como arma de guerra pelos alfares comandados pelo rei elfo. Pelo que indicavam os escritos na biblioteca da Morada dos Reis, a magia de fogo era considerada profana pelos elfos da superfície, pois seria heresia roubar o "poder flamejante do sol", o Surya que eles veneravam. Aquele vale, porém, era isolado e não parecia desempenhar nenhum papel estratégico no conflito com Krispínia.

Sabíria se aproximou e tirou a rainha dos devaneios.

— Real Presença, as batedoras encontraram corpos... corpos queimados de elfos.

Aquela informação intrigou Danyanna. Ainda no acampamento, ela havia sentido vestígios de magia alfar vindo do vale, e se realmente houvesse elfos da superfície ali, seria de esperar que eles tivessem morrido em um incêndio *natural*, como aquela queimada parecia ser até agora. Mas em um incêndio provocado por *piromancia*, a própria vertente da feitiçaria que os alfares tecnicamente proibiam? Havia algo de muito errado naquele cenário todo.

E quanto àquela *outra* emanação que ela percebeu, de algo poderoso e primitivo? Sendo uma aeromante, a rainha podia evocar um redemoinho de vento vivo, um elemental do ar. Os princípios do feitiço eram os mesmos...

Danyanna se voltou para Derek Blak e Sabíria.

— Capitão, comandante, fiquem alertas. É bem possível que haja um inimigo poderoso na região.

— O que seria, Vossa Real Presença? — indagou Derek, preocupado.

— Uma criatura feita de chamas vivas — respondeu a Suma Mageia.

O guerreiro de Blakenheim e a líder das Damas Guerreiras trocaram o olhar universal de quem espera pelo pior.

O grupo explorou com cautela o túnel natural e a enorme câmara que vinha a seguir, fechada por um teto de copas entrelaçadas agora completamente queimadas. No centro, havia sete pequenos caules enraizados dispostos em círculo — e, espalhados de forma caótica, cadáveres carbonizados. Até aquele momento, apesar da atenção redobrada de Derek e Sabíria e dos encantamentos de Danyanna, nenhuma "criatura feita de chamas" havia aparecido.

— Uma espécie de santuário? — disse o guerreiro de Blakenheim ao apontar para os tocos de troncos queimados.

Danyanna se aproximou de um dos corpos. Apenas o crânio delicado e a estrutura do esqueleto indicavam ser o cadáver de um alfar — o fogo havia consumido roupas, acessórios e as famosas orelhas compridas. As Damas Guerreiras identificaram os corpos corretamente, mas havia poucos elfos para aquilo ser um simples povoado. Seu guarda-costas estava no caminho certo.

— Sim, parece ser um refúgio para alfares importantes ou um conselho como o Colégio de Arquimagos da Morada dos Reis... ou talvez tudo isso junto, em versão élfica — respondeu a Rainha. — Verifiquem aquelas câmaras em volta da clareira, ali, nos troncos das árvores.

Ela continuava intrigada pelos sinais de piromancia. Talvez aquele fosse um grupo de alfares dissidentes, feiticeiros radicais como o rei elfo, que chamaram um grande elemental do fogo e perderam o controle sobre a criatura. Mas qual teria sido o propósito, se perguntou a Suma Mageia, ali tão longe da linha de frente do conflito? No meio da confusão de ideias, ela chegou a considerar a presença de algum demônio libertado pela abertura dos Portões do Inferno — o Ermo de Bral-tor era ali do lado, afinal de contas. Porém, nenhuma sondagem mística revelou traços de magia infernal.

— Como não notamos esse lugar, bem no nosso quintal? — pensou Sabíria em voz alta, ao lado da rainha.

— É compreensível, comandante — falou Danyanna afastando o turbilhão de pensamentos. — Um local escondido por mitos e lendas, protegido por uma boa dose de superstição. Aconteceu a mesma coisa com a Morada dos Reis.

— Ainda assim, Real Presença, me sinto culpada como guerreira de Dalínia por não ter visto um enclave do inimigo dentro de nosso território.

— Isto é algo para mim e para o Grande Rei Krispinus discutirmos com a Rainha-Augusta Nissíria, comandante — disse a Suma Mageia. — No momento, é hora de nos concentrarmos em retirar mais informações deste lugar.

— Perdão, Real Presença, a senhora tem...

O pedido de desculpas foi interrompido pelo chamado de uma Dama Guerreira.

— Comandante, encontramos alguém *vivo* aqui!

Todos foram até onde a guerreira estava, parada diante de um nicho em um tronco gigante de árvore. Ela aguardava com outras duas Damas Guerreiras em posição de sentido. Sabíria entrou primeiro, seguida por Derek Blak e, por fim, Danyanna e as outras três mulheres de prontidão. A câmara natural também tinha sido afetada pelo fogo, que consumiu tudo que fora guardado ali dentro, mas havia um ponto intacto no interior. E um elfo caído no chão.

— Ele está mesmo vivo? — perguntou Derek, sem se dirigir a alguém especificamente. — Dá para ver que está bem queimado.

Danyanna começou a entoar palavras arcanas e fez um gesto amplo na direção do fundo da câmara.

— Acho que sua guerreira não se precipitou, Comandante Sabíria — disse a Suma Mageia ao receber as informações do sortilégio lançado. — De certa forma ele está vivo, sim, mas sob a proteção de um feitiço que o salvou das chamas e o entorpeceu.

— Precisamos interrogá-lo, Vossa Real Presença — falou Sabíria.

Com pesar, Danyanna olhou para o elfo em torpor. Vendo melhor agora, ele de fato estava bem queimado como Derek Blak comentou. Acordá-lo seria uma sentença de morte pela gravidade dos ferimentos. Porém, como Krispinus sempre dizia, os alfares eram o inimigo. "Sem trégua, sem piedade", martelava o Grande Rei. E havia toda a questão daquele misterioso enclave élfico incendiado de maneira mais misteriosa ainda. Com um suspiro interno, a Suma Mageia começou o trabalho de anular o feitiço do alfar.

Foi mais fácil pensar do que fazer.

Magia élfica tinha nuances delicadas, era cheia de pormenores difíceis e possuía uma cadência rimada nos encantamentos. Mas Danyanna vinha fazendo isso desde o início do conflito entre humanos e alfares, quando foi mais presente no combate ao lado de Krispinus e Caramir. Era só uma questão de se lembrar de como superar o encantamento... e de um grande esforço. O sortilégio daquele elfo da superfície era *realmente* poderoso. Porém acabou não sendo páreo para a maior feiticeira humana dos tempos recentes.

O ar tremeluziu e pareceu ser sugado para o interior da câmara. O espaço confinado em volta do elfo emitiu uma pulsação luminosa e voltou ao normal. No chão, ele soltou um longo gemido de agonia e, a seguir, com o braço queimado esticado em súplica, berrou uma frase ininteligível para os presentes. Menos para Danyanna, que entendia a língua dos alfares.

— O que ele disse? — perguntou Derek Blak, novamente sem se dirigir a alguém em especial.

— "Não faça isso, Arel, não leve a Ka-dreogan, é loucura" — traduziu a rainha, sem conseguir absorver direito as palavras.

Ela ainda estava abalada pela anulação do feitiço do alfar, e a frase custou a fazer sentido. O sujeito moribundo se dirigiu ao *rei elfo*? E o que era... "a Ka-dreogan"? Danyanna já tinha ouvido aquele nome antes, talvez tivesse sido em um poema élfico, mas a mente estava embaralhada demais para a memória vir à tona. A Suma Mageia desejou que Dalgor estivesse ali, ou mesmo Od-lanor, que nas poucas conversas que tivera com ela parecia saber tudo sobre qualquer coisa. O elfo caído no chão se contorceu de dor e pareceu não ter notado a situação em que se encontrava — de alguma forma, a mente ainda estava parada no momento em que lançou o feitiço de proteção, e os sentidos estavam confusos pela dor das graves queimaduras.

Era hora de se aproveitar daquela condição. Ele parecia que não duraria muito tempo vivo.

— O Arel não está aqui — falou Danyanna na língua élfica; era a única verdade que ela poderia dizer para o sujeito.

— Sobel? — respondeu o alfar, aparentemente fazendo um esforço para enxergar.

Danyanna teve a presença de espírito de gesticular para que todos recuassem; a seguir, fez um encantamento simples com a mão e deixou o ar turvo.

— Sim — concordou ela, sem se delongar, e a seguir repetiu: — O Arel não está aqui.

— Você tem... que deter seu pai. — Ele parou por um longo tempo, arqueou o corpo em agonia e novamente esticou o braço para o ponto que mal enxergava. — Ele não pode... despertar os dragões. Isso não é... a forma como nós...

O alfar moribundo não chegou a concluir a frase.

Derek e Sabíria encararam Danyanna com expressões confusas e curiosas. A comandante das Damas Guerreiras entendia a língua dos alfares de maneira bem rudimentar, e a voz agonizante do elfo não ajudou em nada a compreensão. Ela só entendeu "não faça" e "não pode" e palavras que pareciam com "pai" e "loucura".

A rainha, porém, tinha entendido todo o diálogo — e agora, com a mente se recuperando do contrafeitiço, as informações começaram a fazer sentido. A Ka-dreogan era um item mágico usado por um herói dos alfares para encerrar a Grande Guerra dos Dragões. Krispinus odiava aquela história e sempre reclamava quando Dalgor declamava o poema; o velho amigo bardo gostava de irritá-lo interpretando a obra em falsete e fazendo uma caricatura de elfo. Ao se lembrar de Krispinus e Dalgor, veio à mente de Danyanna a imagem da Morada dos Reis da forma como eles encontraram a cidade perdida, parcialmente destruída por dragões no fim do Império Adamar. Seria o fim do Grande Reino de Krispínia se os dragões despertassem novamente.

Danyanna se perguntou se o rei elfo estaria tão desesperado assim, a ponto de atacar aquele enclave com piromancia — sim, *agora* a emanação mística fazia sentido —, e retirar a relíquia sob a guarda desses alfares, quem quer que fossem eles... guardiões, sábios, arquimagos ou qualquer outra coisa. Esse detalhe era o que menos importava à luz daquela revelação chocante. A Suma Mageia se voltou para Derek e Sabíria a fim de explicar tudo aquilo, pois colocar em palavras também ajudaria a elucidar a questão, mas nem chegou a dizer nada.

Gritos de alerta e combate surgiram de fora da câmara, acompanhados por uma súbita onda de calor.

O elemental de fogo! Com tantas descobertas estonteantes, Danyanna tinha tirado da mente aquela ameaça.

— Não podemos ficar encurralados aqui — disse Derek enquanto sacava os gládios e se posicionava diante da rainha.

A Suma Mageia concordou com a cabeça, já pensando em um encantamento. Eles tinham que sobreviver a qualquer preço. Kríspinia precisava ser alertada sobre o que estava por vir.

O conflito com os elfos daria lugar a uma *segunda* guerra dos dragões.

CAPÍTULO 13

FLORESTA DOS SONHOS, DALÍNIA

Derek Blak saiu da grande câmara no interior do tronco da árvore logo após Sabíria e três Damas Guerreiras. Com um rápido olhar para trás, ele se certificou que a Rainha Danyanna havia parado na entrada do nicho natural, mas sua atenção foi roubada pela visão impressionante no meio da clareira cercada por árvores ancestrais.

Um ser gigantesco feito de fogo e fumaça atacava selvagemente o resto do destacamento de Dalínia.

A criatura parecia uma fogueira viva, incontrolável, que se alastrava pelo ambiente e agarrava as oponentes com uma pegada flamejante. Uma guerreira ardia em chamas, aos berros, no que seria a mão do monstro, enquanto outra se protegia de golpes vigorosos com o escudo. As outras três Damas Guerreiras que ficaram na clareira tentavam dar combate ao elemental e ajudar as irmãs de armas, mas a visão era aterradora — elas jamais haviam enfrentado um inimigo sobrenatural daquela magnitude.

Até mesmo Derek, que enfrentou hostes demoníacas e viu a figura poderosa de Bernikan no Fortim do Pentáculo, travou onde estava. O instinto de sobrevivência que gerava um medo primordial de fogo tomou conta do corpo, e o guerreiro de Blakenheim se viu momentaneamente sem ação.

Sabíria observou sua tropa sob ataque, a Suma Mageia gesticulando e concentrada em algum encantamento, e Derek paralisado ao lado.

— Como se enfrenta essa *coisa*? — berrou a comandante das Damas Guerreiras, igualmente congelada ao ver o elemental.

Pelo visto, ter combatido demônios tornava Derek um especialista em criaturas de origem mística aos olhos de Sabíria.

Antes que ele pudesse responder, uma chuva forte começou a cair naquele recinto fechado pelas copas de árvores entrelaçadas, e o elemental reagiu com um berro de agonia. A seguir, uma ventania fortíssima começou a açoitar a criatura, que largou o corpo carbonizado da Dama Guerreira e parou o ataque contra a outra. Derek e Sabíria se viraram para Danyanna, de cujas mãos brotavam raios na direção do ser de chamas.

— Com o poder do *ar* — respondeu a Suma Mageia com uma expressão contorcida no rosto.

O elemental de fogo levou uma surra violenta dos poderes evocados pela rainha aeromante, seu tamanho diminuiu consideravelmente, mas ele ainda era uma ameaça gigante. A criatura reagiu ao ataque com um acesso de fúria e correu na direção da fonte de seu tormento, deixando um rastro de chamas.

— Defendam a rainha! — Sabíria gritou e partiu para se juntar às Damas Guerreiras, que já se interpunham no caminho do monstro flamejante.

Derek assumiu uma posição defensiva diante de Danyanna e sentiu a mão dela em seu ombro.

— Salve as guerreiras de Dalínia, as armas delas não são encantadas, mas as suas, *sim* — falou Danyanna com muito cansaço na voz. — Eu vou evocar ajuda.

Derek baixou os olhos para os gládios nas mãos, as armas que recebera na cerimônia de sagração como guardião da rainha na Morada dos Reis, ao voltar dos Portões do Inferno. Ele ainda não tivera a oportunidade de usá-las, só sabia que faziam parte do tesouro mágico da antiga capital do Império Adamar e que possuíam encantamentos poderosos. O guerreiro de Blakenheim olhou feio para o gigante de chamas que avançava contra a tropa de mulheres e, na busca de um estímulo para um ataque suicida contra o monstro, pensou que aquele seria um belo teste para os gládios mágicos. Ele passou correndo por Sabíria, que estava dispondo as Damas Guerreiras em formação de combate diante do elemental, e berrou:

— Eu cuido dele, Sabíria!

Hora de bancar o herói que a comandante achava que ele era.

Lá atrás, na boca da câmara onde o elfo moribundo foi encontrado, Danyanna começou a evocar a ajuda que prometeu. Ela estava esgotada por causa do forte contrafeitiço que lançara para eliminar a proteção mágica em torno do alfar e por ter convocado uma tempestade daquele tamanho às pressas. A Suma Mageia agora pretendia chamar um elemental do ar, uma criatura sobrenatural equivalente àquela que eles enfrentavam, mas estava ciente da dificuldade — elementais eram seres temperamentais e volúveis, e uma criatura do ar não gostava de ser evocada em ambientes confinados, e muito menos na presença de outro elemental equivalente. Danyanna ainda considerou tentar banir o monstro de chamas, mas significaria anular uma magia élfica complicada, baseada em piromancia, que não era sua especialidade.

O elemental do ar, arredio ou não, seria uma opção mais simples dentro de seu repertório de feitiços.

No meio do grande cercado de árvores, açoitada pela chuva forte que ainda caía, a criatura flamejante agarrou mais uma Dama Guerreira e, com um safanão poderoso, lançou longe outra irmã de armas que tentou defender a colega. A mulher na mão feita de chamas começou a queimar e berrou de dor, mas foi solta assim que o guardião da rainha chegou e atacou a massa de labaredas vivas. A criatura acusou os golpes dos gládios mágicos e recuou.

Para Derek Blak, a sensação era a mesma de estar a um passo de uma fogueira gigante. A chuva ajudava um pouco, mas o calor era insuportável. Todos os instintos berravam para que ele saísse dali, mas a mente já estava em modo de combate. Ao contrário de um duelo de espadas normal, a questão ali era atacar o tempo todo, sem dar tempo de o inimigo usar a vantagem do tamanho, da força descomunal... e do fogo. Assim que o elemental recuou, o guerreiro de Blakenheim avançou e desferiu golpes tão selvagens quanto o monstro vinha distribuindo. Os gládios encantados arrancavam línguas flamejantes como se fossem nacos de carne, e a chuva ajudava a diminuir cada vez mais o tamanho do inimigo.

O elemental enfim conseguiu esboçar uma reação e tentou agarrar Derek, mas o oponente humano já havia preparado uma defesa contra aquela agressão: em vez de desviar o corpo, ele atacou com violência o apêndice de chamas e arrancou o que seria a mão do monstro. Urrando de dor, em vez de recuar, o elemental de fogo revidou com outro golpe que teria acertado as costas expostas de Derek, desequilibrado com a força da própria defesa.

Teria acertado se não fosse por Sabíria, que se juntou a ele no combate e ergueu o escudo para defendê-lo.

Porém, o ataque do elemental foi forte demais e jogou a comandante das Damas Guerreiras contra o guardião da Suma Mageia, e os dois foram ao chão. O monstro de chamas aproveitou para tentar se alastrar sobre os oponentes e incinerá-los ali mesmo, caídos um sobre o outro. Eles rolaram em desespero, atabalhoadamente, com os uniformes começando a pegar fogo, a um instante de serem envolvidos por aquele incêndio ambulante.

Mas o elemental de fogo foi afastado dos dois combatentes humanos por um ciclone vivo, uma massa de ar furiosa que soltava raios, chuva e rajadas fortíssimas de vento. O aguaceiro apagou as chamas que chamuscavam os trajes de Derek e Sabíria, que finalmente se levantaram e tiveram o bom senso de se afastar da luta entre as duas criaturas sobrenaturais.

Enfraquecido pela chuva, pelos ataques de Danyanna e Derek, o monstro de fogo não foi páreo para o recém-chegado elemental de ar, que descarregou contra o oponente de chamas toda a raiva por ter sido evocado naquele local fechado. A grande nuvem viva envolveu a criatura flamejante e girou como um ciclone, despejou descargas elétricas e chuva até apagá-la. E, a seguir, o elemental do ar sumiu, sem esperar que a Suma Mageia o dispensasse.

Foi um combate tão impressionante e estarrecedor que, quando acabou, Derek, Sabíria e as Damas Guerreiras ficaram imóveis, encharcados pela chuva, sem saber como reagir. Danyanna, porém, veio cambaleando no limite das forças; Derek Blak imediatamente notou e se prontificou a ampará-la, mas a rainha dispensou a ajuda com a mão. Recuperada, Sabíria se espalhou com o resto do destacamento para ver o estado das guerreiras feridas — duas foram queimadas vivas pelo toque do elemental de fogo, e uma terceira jazia morta ao pé da árvore onde fora arremessada.

— Eu sinto muito pelas suas perdas, comandante — disse Danyanna se sentindo culpada.

A rainha ficou tão intrigada com aquele enclave élfico misterioso, com os indícios de piromancia e com as revelações do alfar moribundo que se esqueceu da ameaça de um elemental de fogo que havia detectado antes. Ela achava que deveria ter deixado o próprio elemental do ar de prontidão, vigiando o local, enquanto investigavam. Mas agora era tarde demais — e não havia tempo para lamentações.

A Suma Mageia tinha a pequena questão do despertar dos dragões para resolver.

FORTIM DE VOSA, DALÍNIA

O sol brilhava no pátio do Fortim de Vosa, uma garantia da Suma Mageia que afastara as poucas nuvens no céu, mas o ambiente era sombrio com a tristeza do luto. O contingente de Damas Guerreiras estava em posição de sentido para ouvir o discurso da Comandante Sabíria e da Rainha Danyanna em homenagem às três baixas no combate recente. Derek Blak se encontrava ao lado das duas mulheres no palanque montado diante dos corpos cobertos pela bandeira de Dalínia. Em uma vida dedicada à violência, ele já tinha visto mortes de todos os tipos — mas testemunhar duas pessoas serem queimadas vivas pelas mãos de um gigante de fogo e outra ser lançada como uma boneca de pano contra árvores foi algo inédito e bastante perturbador. O guerreiro de Blakenheim também achou por bem dizer algumas palavras, especialmente por ser considerado um herói do reino, antes de a Rainha Danyanna encerrar a cerimônia com a promessa de que o Deus-Rei incluiria o nome das três Damas Guerreiras na Coluna de Napan, o monumento aos mortos na guerra contra os elfos, batizado com o nome de um dos primeiros companheiros de Krispinus a cair na campanha contra os alfares. Com a adição dos pentáculos e Irmãos de Escudo que morreram na invasão dos Portões do Inferno, Derek achava que o Grande Rei teria que inaugurar um novo memorial em breve.

Finda a cerimônia, o guarda-costas foi chamado por Danyanna para um canto afastado, enquanto Sabíria conversava informalmente com integrantes da tropa, que agora se dispersava. A Suma Mageia havia se mantido em silêncio durante a viagem de volta até o Fortim de Vosa, concentrada nos próprios pensamentos. Ela olhou em volta para garantir a privacidade da conversa.

— Capitão Blak, o que vou lhe contar agora é muito grave. Eu não falei nada com a Comandante Sabíria porque não queria provocar uma comoção entre as tropas de Dalínia. Isto é melhor ficar entre mim e o senhor, por enquanto — disse Danyana, que respirou fundo antes de prosseguir. — Pelas últimas palavras do alfar que encontramos, o rei elfo foi o responsável pelo ataque contra aquele enclave secreto da própria raça. Dali, ele retirou uma relíquia chamada de Ka-dreogan, ou "Trompa dos Dragões", na tradução de um antigo poema. Este objeto, segundo o mesmo poema, foi usado para dar fim à Grande Guerra dos Dragões. O senhor conhece este evento, certo?

— Sim — respondeu Derek. — O Od-lanor... quer dizer, o *Arquimago* Od-lanor falou muito a respeito quando tomamos o castelo voador dos anões.

— Pois bem, a Grande Guerra dos Dragões acabou justamente quando aquela trompa foi soprada por um herói alfar. Porém, pelo que o elfo que encontramos disse antes de morrer, o Arel pretende usá-la para *despertar* os dragões novamente.

A Suma Mageia fez uma pausa para que seu guarda-costas absorvesse a informação.

— Isto é possível? — perguntou Derek com olhos arregalados.

— Eu não sei — respondeu Danyanna. — Mas o fato é que o rei elfo parece acreditar que *sim*, ou não teria chegado ao cúmulo de atacar o próprio povo. A criatura mais caçada de todo o reino esteve *aqui*, bem debaixo do nosso nariz, e se apoderou de algo que pode mudar o rumo da guerra a favor do inimigo. Eu calculo que ele esteja indo à Morada dos Reis para acordar os dragões que destruíram a cidade no passado, com o intuito que isso se repita e que o Grande Rei morra atacado pelos monstros. Não sei se isso é possível, como já disse, nem se a Ka-dreogan funciona desta maneira. Eu preciso ir à biblioteca da Morada dos Reis para obter mais informações e também alertar o senhor meu marido.

— E quanto ao Fortim do Pentáculo, Vossa Real Presença?

A rainha fez que não com a cabeça e instintivamente olhou na direção do Ermo de Bral-tor.

— A passagem dimensional foi bem fechada pelo Arquimago Od-lanor. Eu só estava lá renovando as defesas mágicas da fortaleza, mas duvido que alguma força inimiga tente alguma coisa *agora* contra os Portões do Inferno. Ademais, o Rei-Mago Belsantar está lá para proteger o fortim. — Ela repetiu o gesto negativo com a cabeça. — Não, a questão dos dragões é mais urgente. Devo partir imediatamente.

— Vou cuidar dos preparativos agora mesmo, Vossa Real Presença.

A rainha repetiu a negativa pela terceira vez.

— Não, capitão. Infelizmente, o senhor só me atrasaria no voo — falou Danyanna, que viu a esperada reação um pouco indignada e envergonhada de Derek. — O senhor irá até a vizinha Dalgória consultar o Duque Dalgor sobre o assunto. Se existe alguém em toda a Krispínia que terá a resposta para isso, com certeza é ele. Enquanto pesquiso na biblioteca real e aviso o Grande Rei, o senhor vai se informar com o duque. Atacaremos a questão em duas frentes para recuperar a vantagem que o rei elfo tem sobre nós.

— Mas Vossa Real Presença irá sozinha... — argumentou o guerreiro de Blakenheim.

Danyanna fez uma expressão de desdém.

— O Grande Rei Krispinus nem vai se importar com isso quando ouvir as notícias. E, a despeito do que ele acha, eu não preciso de proteção, Capitão Blak... mas Krispínia, *sim*. E a melhor maneira de protegê-la é nos separarmos. Vou avisar a Comandante Sabíria de que o rei elfo ainda pode estar por Dalínia, mas até sabermos mais sobre a Ka-dreogan, vou omitir *qualquer menção* a dragões. Não devemos criar pânico desnecessário. O senhor deve manter a mesma discrição, ainda que seja... *íntimo* dela.

Nada escapava à rainha, Derek pensou. Mas sua vida sexual era o que menos importava agora. Ele se lembrou das histórias de destruição contadas por Od-lanor e das imensas cabeças de dragões expostas no salão comunal do Palácio dos Ventos, preservadas por alquimia anã — um lembrete terrível do que foi a Grande Guerra dos Dragões. Se apenas uma daquelas criaturas ressurgisse...

Derek Blak não quis nem concluir aquele raciocínio.

— Eu vou requisitar um cavalo e partir agora mesmo, Vossa Real Presença.

Assim que recebeu a anuência da rainha, ele correu na direção de Sabíria.

CAPÍTULO 14

PALÁCIO DOS VENTOS, DALGÓRIA

As ladeiras estreitas e compridas de Bela Dejanna, a capital da Dalgória, estavam em festa. Nas varandas da pequena cidade à beira-mar, o povo pendurava bandeirolas e decorava as balaustradas com arranjos florais, enquanto os blocos de foliões passavam lá embaixo nas ruas, ensaiando para os desfiles do Festival dos Velhos Deuses. Havia música e dança por toda parte, na expectativa do grande evento. Costureiras viravam a noite produzindo fantasias de todos os tipos, das mais simples usadas pelo populacho às mais elaboradas que estariam presentes no baile de máscaras do Duque Dalgor, e ilusionistas preparavam encantamentos para alterar a aparência daqueles que podiam pagar pelo alto preço cobrado. Naquele dia, no entanto, as atenções dos dalgorianos estavam voltadas para o céu, em um ponto próximo à cidade: havia uma rocha flutuando entre as nuvens, com a silhueta de um castelete no topo.

O Palácio dos Ventos fez uma última pausa nas proximidades de Bela Dejanna. Todos estavam na borda da imensa pedra flutuante — até mesmo Na'bun'dak, o kobold — para admirar a beleza da cidade costeira que subia pelas encostas. Mesmo a distância, era possível ver a decoração para o Festival dos Velhos Deuses. Ao contrário da Morada dos Reis, a capital adamar que ficara perdida por quatro séculos e teve sua arquitetura preservada por conta disso, Bela Dejanna representava o encontro do antigo com o moderno, a mistura de construções adamares e suas amplas sacadas e jardins suspensos com as casas de desenho prático e simplório feitas pela cultura humana. Dava para perceber nitidamente onde a velha Bere-tor se transformou na capital de Dalgória.

— Ali está o Velho Palácio, que foi a antiga residência do rei de Blumenheim. — Dalgor apontou para a grande construção que tinha traços arquitetônicos similares à pirâmide do Palácio Real da Morada dos Reis. — Aquele outro prédio enorme ali é a nossa fábrica de papel.

— Papel é bem menos resistente do que pergaminho — retrucou Agnor.

— Sim, mas sua produção é mais barata, e assim posso alimentar meus bardos-copistas com material suficiente para reproduzir as obras que venho traduzindo da Morada dos Reis.

— Eu adoraria ver essa instalação, duque — disse Od-lanor. — Se for possível, naturalmente.

— Está nos meus planos levá-lo até lá — respondeu Dalgor.

— Aquilo é um templo anão? — perguntou Kyle ao ver um prédio similar ao banco de Tolga-e-Kol.

— Sim, meu jovem — concordou o duque. — Eles são iguais em todas as cidades do reino.

— "Onde houver ouro, Midok estará presente, pois todo o ouro a Ele pertence" — falou Agnor em anão.

— Você conhece os *Apontamentos de Midok* — disse Dalgor como constatação, também em anão.

— Eu sou um *grão-anão*, bardo, não um fabricante de papéis — respondeu o korangariano, agora no idioma comum.

Baldur e Kyle se entreolharam, pois eram os únicos que não falavam a língua dos anões ali. Antes que a situação esquentasse entre o duque e o feiticeiro, Kalannar resolveu intervir.

— Desceremos fora da cidade ou no próprio palácio? — perguntou o svaltar com a mente sempre focada na logística e no planejamento.

O duque encarou aquele grupo heterogêneo e deu a resposta mais diplomática possível.

— Normalmente... quer dizer, descer de um castelo voador não é algo que se faça *normalmente*... chegaríamos pela Via da Baixa até o Centro Alto e iríamos para o palácio, mas como temos convidados... pitorescos... se fosse possível descermos nos terraços superiores do palácio ducal, teríamos mais privacidade até o baile à fantasia.

— Eu fiz uma manobra parecida quando chegamos ao Palácio Real — exclamou Kyle, que levou um puxão na roupa dado pelo kobold. — *Nós* fizemos uma manobra parecida. Aliás, o Na'bun'dak vai conosco, não vai?

— Que ideia absurda! — respondeu Baldur antes de qualquer outro. — Um kobold na corte de um duque! Nem pensar, Kyle.

— Mas ele pode ir fantasiado também — insistiu Kyle olhando para Dalgor, que nem havia considerado aquela hipótese.

— Meu jovem... — começou o bardo humano.

— Eu não gosto da ideia de estarmos todos fora do castelo com o kobold aqui dentro — interrompeu Kalannar, que se voltou para Baldur. — Ele pode fugir com o Palácio dos Ventos.

— Ele não consegue manobrar o castelo sozinho! — exclamou Kyle, mas ninguém lhe deu ouvidos.

— Então a gente acorrenta o kobold com o ogro e o meio-elfo — disse Baldur categoricamente.

— Um risco ainda maior — argumentou o svaltar. — Ele pode convencê-los a ajudá-lo, especialmente considerando que o ogro e o meio-elfo trabalham na caldeira. E mesmo que fique acorrentado em outro aposento, o kobold pode escapar e soltar os outros escravos com o mesmo objetivo.

— O Na'bun'dak não é escravo! — reclamou Kyle.

— Você está depositando muita confiança em um mero kobold — disse Od-lanor para o assassino.

— Isso já é exagero, Kalannar — falou Baldur.

O elfo das profundezas encarou o adamar e o cavaleiro.

— Eu já vi coisas assim acontecerem em Zenibar. Acreditem: é melhor levar o kobold e vigiá-lo de perto.

— Vocês, svaltares, eram passados para trás por *kobolds*? — provocou Baldur.

Kalannar ignorou o cavaleiro e se virou para Dalgor com um sorriso cruel.

— Você pode ter um monstro *de verdade* na sua festa agora.

Antes que o duque começasse a responder, Agnor soltou um muxoxo e ergueu os braços, em um gesto de impaciência.

— Eu vou embora daqui antes que vocês decidam levar o *ogro* também — disse o feiticeiro de Korangar, que deu as costas para os demais. — Ele ficaria bem, fantasiado de Baldur.

O cavaleiro ignorou a ofensa e se voltou para Dalgor.

— Vossa Excelência, a decisão cabe ao senhor. A festa e o palácio são seus.

Dalgor sentiu o peso da idade sobre os ombros e admitiu a derrota.

— Levem o kobold — falou ele, para a imensa alegria de Kyle, que abraçou Na'bun'dak.

O duque se perguntou como aquele grupo conseguiu resgatar um rei anão, recolocá-lo no trono e ainda por cima fechar os Portões do Inferno agindo *daquela* forma. De fato, pitoresco e heterogêneo eram termos que não faziam jus àquelas figuras reunidas por Ambrosius. O velho manipulador havia se superado na seleção de seres bizarros.

Subitamente desanimado, ele seguiu Agnor de volta ao interior do Palácio dos Ventos.

VELHO PALÁCIO, BELA DEJANNA

Extravagância, exagero e ostentação não faltavam ao Festival dos Velhos Deuses, especialmente na comemoração oficial dentro da residência do duque de Dalgória. A corte procurava se superar a cada ano para impressionar o monarca e seus próprios colegas da nobreza com fantasias excêntricas, muitas delas apresentando requintes de ilusão mágica. Havia vários "adamares" representando alguns dos imperadores-deuses mais conhecidos do antigo império: Be-lanor, o Navegante, antiga divindade marítima; Co-lanor, o Deus-Guerreiro; Mag-lanor, o Senhor dos Vulcões, que teria invocado a fúria da terra contra seus inimigos; De-lanor, o Expansionista, deus de todos os guias e exploradores. Com o sucesso da fantasia de rei elfo no ano anterior, muitos cortesãos tentaram superá-la com novas versões do Salim Arel, cada uma reinterpretando como seria a figura do inimigo número um de Krispínia. E ainda havia os nobres que gostavam de vestir farrapos para representar camponeses e aqueles que se arriscavam em fantasias do Deus-Rei Krispinus e da Suma Mageia Danyanna — uma delas com direito a um vestido com mangas sob efeito mágico de luz, para simular os relâmpagos lançados pela rainha aeromante.

Mas a corte não estava preparada para a visita da comitiva ilustre trazida pelo próprio duque — especialmente para ver um adamar de verdade, vestido como Ta-lanor, o Profeta Louco, e um sujeito com uma fantasia impressionantemente realista de elfo das profundezas, uma criatura tida como lendária, um elfo devorador de almas que levava as crianças malcriadas para debaixo da terra. Fantasiado como o deus anão Midok, usando uma manopla de ouro e barba postiça feita de crina de cavalo, Dalgor apresentou Baldur e Od-lanor como os heróis da Confraria do Inferno, que lutaram ao lado do Grande Rei Krispinus no Fortim do Pentáculo contra uma invasão de elfos. Os demais eram "amigos e cortesãos" da Morada dos Reis, igualmente fantasiados para honrar os costumes de Dalgória, com a adição de um "kobold de estimação" do rapazote vestido de anão. A criatura reptiliana, também com os trajes de anão roubados de Fnyar-Holl, provocou um misto de curiosidade e repulsa, enquanto Kyle contava seus feitos como responsável pela condução do castelo voador, outro assunto que dominou a festa, pois a rocha flutuante era plenamente visível do salão decorado que abrigava o evento.

Baldur foi colocado para repetir um discurso ensaiado sobre a reconquista dos Portões do Inferno e sua sagração como Irmão de Escudo, e Od-lanor dividiu o palco com Dalgor declamando poemas épicos e entretendo o público com histórias sobre os imperadores-deuses, especialmente os representados por cortesãos fantasiados. Depois, conjuntos de trovadores se revezaram para animar o baile oficial do duque, enquanto os convidados dançavam, bebiam e comiam em meio à decoração feita por artesãos e magos ilusionistas, que aludia à opulência e magia do Império Adamar. Naquele cenário autêntico, originalmente um palácio da antiga época imperial, era impressionante a imersão proposta pela festa.

Inicialmente segregado às bordas do salão, em pouco tempo Agnor estava bebendo e socializando com os nobres de Dalgória, curiosos sobre a "fantasia" de Korangar, um reino muito falado, mas pouco conhecido ali tão ao sul de Krispínia. O feiticeiro recebeu elogios por ser quem ele era de fato, mas entrou na brincadeira apenas pelo prazer de enganar e humilhar aquela gente simplória e tacanha, que só tinha títulos e dinheiro, mas nenhuma inteligência e cultura. Agnor percebeu as magias ilusórias de cara e, por pura pirraça, cancelou algumas discretamente durante a noite, para revelar o ridículo por trás dos cortesãos fantasiados.

— Gostando da festa? — perguntou o duque ao se aproximar do korangariano.

— Até agora — retrucou Agnor com azedume. — Sua "barba" está caindo.

— Ah, ela não é das coisas mais práticas para comer e beber — disse Dalgor. — Eu me pergunto como os anões conseguem mantê-las tão grandes. Falando neles, seu domínio do idioma e da religião da raça subterrânea é excelente. Diga-me, você estudou geomancia com eles em Korangar? É permitido que anões ensinem a magia elemental da terra na Nação-Demônio?

Agnor demorou um pouco a responder, enquanto saboreava o vinho que acabara de se servir.

— Korangar não sai de sua cabeça — falou ele finalmente. — Saudades da terra natal, bardo?

Aquilo pegou Dalgor desprevenido.

— Eu sou natural de Krispínia, não entendi.

— "Dal*gor*"? — sibilou Agnor. — A quem você pensa que engana?

— Muitos cidadãos de Krispínia têm nomes terminados em "or", e isso não implica que sejam...

— Você esconde o sotaque muito bem — interrompeu o feiticeiro. — E quase ninguém aqui ostenta um nome de origem korangariana.

O duque não esperava ter que ficar na defensiva com o mago de temperamento irascível; talvez ele tivesse interpretado mal o sujeito. A antipatia podia ser um mecanismo de defesa enquanto Agnor se preparava para o ataque — ataque que estava acontecendo naquele exato momento.

— Os nomes de vocês são uma corruptela dos nomes adamares, mas isso não é uma exclusividade apenas dos korangarianos — insistiu Dalgor. — Na verdade...

— Você pode ter dado essa desculpa para seu rei obtuso — interrompeu Agnor novamente —, mas esse jeito de falar de Kora-nahl ninguém perde por completo. Como você escapou?

Dalgor se deu por vencido. A verdade, há anos represada, jorrou.

— Eu fugi de Korangar com meus pais, com quase a mesma idade que o Kyle — admitiu o bardo. — Na época, eles não se importaram em mudar nossos nomes, pois os tempos eram outros. Já adulto, passei a dizer que Dalgor era uma homenagem ao Imperador-Deus Dag-lanor... o que não é raro em Krispínia, como comentei.

Subitamente, ele sentiu vontade de contar mais daquela história mantida em segredo por tanto tempo. Tirando a falecida esposa Dejanna e, obviamente, Ambrosius, ninguém mais sabia que Dalgor era natural de Korangar — nem Krispinus e Danyanna tinham noção da verdade. O duque deixou a própria origem registrada em suas memórias, que seriam reveladas postumamente.

Ele lutou contra a tentação de conversar mais sobre o assunto com aquele homem suspeito e intragável e resolveu partir para o ataque também.

— Você quis saber *como* escapei de Korangar, mas minha curiosidade é descobrir *por que* você fugiu de lá.

Agnor empinou o queixo, saboreando a sensação de vitória sobre o menestrel. Ele adorava ver pessoas caindo de pedestais.

— Minha condição social impedia meu progresso como feiticeiro — respondeu ele secamente. — Eu dei um jeito nisso.

— Não a contento, pelo visto — retrucou Dalgor —, ou você não teria precisado fugir. O que aconteceu?

— Eu deixo isso para sua imaginação fértil, bardo — falou Agnor, que notou a aproximação de outros convidados. — Você deveria ajeitar a barba e fazer seu número de salão. Sua plateia o aguarda.

Dito isso, o feiticeiro de Korangar abandonou o conterrâneo e foi atrás da cortesã que se mostrou muito interessada em seu sotaque "falso", mas com intenções bem mais agradáveis do que o bardo intrometido. Aquele era o único tipo de curiosidade que Agnor pretendia matar ainda no decorrer da festa.

Cortesãs também cercavam Kalannar com um misto de admiração e medo. A maioria queria tocá-lo para ver como era a tinta branca com que ele teoricamente cobriu o corpo ou se havia uma ilusão mágica, enquanto algumas temiam a aparência sobrenatural e assustadora dos olhos totalmente negros. A princípio repugnado pela intimidade com as humanas, o svaltar passou a se divertir com as reações e ficou instigando as moças com sorrisos e olhares ameaçadores. Ele chegou a cogitar arrastar alguma nobre para uma alcova, mas foi detido pelos princípios — ter relação carnal com uma raça inferior era degradante, por mais que seu corpo sentisse vontade. Talvez matar uma delas fosse a solução para se livrar daquele desejo. Ele reconsiderou a ideia e procurou por Baldur, que acabara de falar com um grupo de nobres ridiculamente fantasiados de adamares, com corpos obesos seminus e besuntados de tinta cor de cobre. Talvez *matá-los* fosse mesmo uma opção melhor, ao menos em nome do bom gosto.

— Ei, Baldur — disse o svaltar. — Já se cansou de contar como se tornou um "Confrade do Inferno"?

— Nem me fale — suspirou o cavaleiro. — Eu não sei como o Od-lanor gosta disso, eu já repeti a mesma história várias vezes.

— Ele deve se perguntar a mesma coisa em relação aos combates que você participa.

— Ah, é diferente — disse Baldur. — O Od-lanor *gosta* de contar histórias; eu, por mim, passaria o resto da vida sem ter que lutar com alguém.

Kalannar ficou surpreso e vasculhou o salão com os olhos até encontrar Dalgor, para quem apontou.

— Você está pronto para viver daquele jeito? — perguntou ele. — Aposentado, longe do combate?

— Eu nunca pensei nisso. Em parar de lutar, digo. Mas com certeza o desejo de todo soldado é a paz e não precisar arriscar a vida.

O svaltar continuou intrigado com o rumo da conversa.

— Que idade você tem? Nunca sei dizer isso de um humano, é tudo criança, adulto ou velho, sem muita distinção.

— Tenho 26 anos — respondeu o cavaleiro.

— E já sabe amarrar as próprias botas! — zombou Kalannar, rindo alto. — Em Zenibar, você estaria sendo apresentado à sociedade agora. Mas, então, *sokssini* Baldur, está pronto para virar um lorde e envelhecer atrás de uma mesa?

— Do que você me chamou?

— "Debutante" — traduziu o svaltar. — Mas não fuja da pergunta.

— Bem, você está presumindo que eu vá assumir o posto do tal administrador lá na Praia Vermelha...

— Não foi para isso que seu rei lhe enviou?

— Não exatamente — disse Baldur. — Mas pode ser que acabe acontecendo. Depende do que o sujeito esteja aprontando. Eu não considerei essa parte ainda.

— Esse é o seu problema — falou Kalannar. — Você só pensa no passo imediato a ser dado. Eu enxergo todos eles, os passos indo e voltando.

— Mas virar um lorde não significa abandonar o combate — argumentou o cavaleiro. — O próprio Dalgor esteve envolvido na luta no Fortim do Pentáculo, e ele mal se aguenta em pé. Se eu... se *nós*, de fato, conseguirmos um território, é capaz de ele ser contestado por vários inimigos. Krispínia não parece gostar de paz.

— Vou torcer então para que essa Praia Vermelha seja mesmo contestada por alfares, como diz o relatório de Krispínia. Seria um ótimo lugar para viver. Acordar e ter um alfar para matar é um grande incentivo para um svaltar sair da cama.

Enquanto Baldur revirava os olhos, Kalannar deu um sorriso cruel e sentiu uma mão se aproximando das orelhas. Instintivamente, o svaltar desviou a cabeça e assumiu uma pose defensiva na direção do gesto.

— Perdão, eu só queria saber como você fez essas orelhas — disse um cortesão humano fantasiado de elfo.

O sujeito tinha enfiado duas bainhas de faca cortadas pela metade nas próprias orelhas e trajava a roupa de um mateiro com folhas costuradas por cima. Todo o conjunto da obra era mal-ajambrado, uma versão digna de riso de um alfar de verdade. Na cabeça havia uma tiara claramente feminina, provavelmente da esposa, que funcionava como coroa para indicá-lo como o "rei elfo".

— Magia — respondeu Kalannar secamente, enojado com a proximidade do humano.

— Quem você contratou, o Ertimus? — perguntou o cortesão. — Aquele ilusionista cretino me prometeu orelhas iguais às de um elfo, mas me enrolou até a véspera da festa. Logo a mim, Lorde Tristan, maior fabricante de papel do reino!

Baldur pareceu perdido com a intromissão do sujeito, mas o svaltar pensou rápido.

— Foi o Arquimago Od-lanor.

— Ah, sim, vocês vieram com a comitiva do Duque Dalgor — falou Tristan, em tom desgostoso. — Espero que isso não lhes dê vantagem no concurso.

— Concurso? — perguntou Baldur.

— O prêmio ao final do baile que o duque comentou conosco — explicou Kalannar. — As cortesãs estão dizendo que tenho grande chance de ganhar.

Ele não soube dizer por que falou aquilo. Além da incômoda atração pelas fêmeas humanas, o svaltar vinha sentindo orgulho a cada elogio que recebia pelo realismo da "fantasia". As coisas que Kalannar ouvia não faziam sentido, logicamente, porque aquela era sua aparência real, mas ele estava gostando da bajulação. No fim das contas, pensou o assassino svaltar, seria divertido vencer o tal concurso e enganar aquela massa ignorante, sem senso de ridículo.

— Veremos — resmungou o homem. — Eu sou o melhor rei elfo do festival, e não vai ser um corpo pintado de branco que tirará a minha vitória.

Lorde Tristan foi embora de supetão e deixou Baldur e Kalannar perplexos com o rompante.

Após o tempo entretendo a corte no palco, Od-lanor passou a circular pelo salão e dar atenção a todos que falavam com ele, enquanto mantinha Kyle e o kobold por perto, para que não se metessem em confusão. Ele observava com um olhar irônico os "adamares" presentes, tão caricaturais quanto Na'bun'dak vestido de anão. Apesar de estar cercado de gente, o bardo nunca havia se sentido tão sozinho e desconectado da realidade. Os historiadores humanos consideravam os adamares uma raça em extinção, e aquele evento bizarro só reforçava essa impressão. Ele sentiu a mão no braço moreno e se virou para ver Dalgor, muito bem fantasiado como Midok, mas ainda assim alto e franzino demais para ser o deus dos anões.

— Sim, Vossa Excelência?

— É hora de anunciarmos os vencedores do concurso — disse Dalgor. — Infelizmente, você está fora de competição, afinal é um adamar autêntico demais para concorrer. Mas, por favor, ajude-me no palco.

Apesar dos sorrisos, o velho duque estava abalado demais pela conversa reveladora com Agnor. Ele se lembrou que ainda queria saber mais sobre o svaltar, mas não tinha cabeça para aquilo no momento. A conversa com Kalannar ficaria para outra ocasião, se houvesse a possibilidade. Tudo que Dalgor queria agora era que a festa chegasse ao fim e ele pudesse se recolher aos aposentos e aos pensamentos, que não eram poucos.

— Nobres de Dalgória — bradou o duque, já em cima do palco —, é chegada a hora do anúncio da melhor fantasia do Festival dos Velhos Deuses! Os senhores e senhoras se superam a cada edição, e esta se mostrou ainda mais difícil do que o normal. Por isso, abriremos uma exceção este ano e, após o vencedor, indicaremos uma menção honrosa, alguém que merece ser citado por ter chegado tão perto da perfeição a ponto de confundir os votantes. É uma honra termos um autêntico adamar, o Arquimago Od-lanor, nosso ilustre convidado da Morada dos Reis, o Confrade do Inferno que lutou no Fortim do Pentáculo a fim de nos salvar, para anunciar o vencedor. Por favor, arquimago.

Od-lanor foi à frente e recebeu um papel de Dalgor.

— O vencedor é... *Lorde Tristan*, como "Arel, o Inimigo do Reino".

O salão explodiu em palmas para o nobre, que fez questão de passar por Kalannar, nitidamente desgostoso, e falou baixinho:

— Não há magia que supere o talento e o amor da corte.

No palco, Tristan recebeu das mãos de Dalgor o prêmio — um cetro imperial simbólico — e fez um longo discurso de agradecimento, que incluiu até os cachorros de sua mansão.

— E agora, a menção honrosa. — O duque estendeu outro papel para Od-lanor.

— A menção honrosa vai para... *Kalannar*, como "svaltar" — anunciou o bardo adamar, com olhos arregalados e rindo um pouco por dentro, pela ironia da situação.

Ao lado do amigo, Baldur ficou surpreso e tentou parabenizá-lo, mas Kalannar mal o ouviu, apenas inflou o peito e passou pela plateia a caminho do palco, também sob aplausos. Ele não tirava os olhos cruéis de Lorde Tristan, que parecia incomodado por ter que dividir as atenções com um recém-chegado à corte.

— Peço que nos desculpe — falou Dalgor quando o svaltar se colocou ao seu lado —, mas tivemos que improvisar um presente para recompensá-lo por seu destaque no concurso. Aceite este mimo de Dalgória oferecido com amor.

O duque deu um passo para trás e apontou para uma *tapeçaria* pendurada atrás do palco, que retratava Bela Dejanna vista do mar.

O semblante de Kalannar ficou azulado e animalesco.

— Você está de brincadeira comigo? — rosnou o svaltar, que levou a mão a uma adaga escondida.

Tomado por uma presença de espírito, Od-Ianor se interpôs entre Kalannar e Dalgor e segurou o braço do primeiro com força.

— O que foi? — perguntou Tristan, enquanto o duque recuava, perplexo com a reação. — Não gostou do prêmio de consolação?

— Eu tenho um prêmio de consolação para você bem aqui — disparou o svaltar.

— Kalannar, controle-se! — ordenou Od-Ianor, modulando a voz e colocando toda a autoridade possível nas palavras, a fim de romper a resistência svaltar.

— Mais uma salva de palmas para o Kalannar — pediu Dalgor em voz alta, pensando rápido — por mais essa demonstração de compromisso com sua fantasia, até o fim da festa. Um legítimo svaltar, senhoras e senhores da corte!

A plateia de nobres reagiu ao comando do duque, convencida por sua lábia e autoridade, enquanto Kalannar foi sendo retirado por um Od-Ianor que era todo sorrisos no rosto bronzeado. O adamar notou que Baldur já havia se aproximado para ajudar a conter o assassino assim que os dois descessem do palco.

Antes que acontecesse qualquer outro incidente, o duque anunciou o fim da festa e se despediu de todos, agradecendo a presença da corte e prometendo um Festival dos Velhos Deuses ainda maior e melhor no ano seguinte.

Da próxima vez, decidiu ele, sem convidados korangarianos e svaltares.

CAPÍTULO 15

PRAIA VERMELHA,
BEIRA LESTE

Foram três horas de luta em alto-mar e ainda faltava uma hora para rebocar a baleia abatida até a praia. Barney estava exausto de tanto arpoá-la, mas não podia passar aquela impressão para os homens que, juntamente com ele, remariam no limite das forças para levar o ser marinho gigante à armação. Era hora de incentivá-los. O jovem arpoador fez um sinal para a lancha de socorro, a embarcação que auxiliava na operação, indicando que estava tudo bem e em seguida se voltou para os remadores da própria lancha.

— Estou morto! — bradou ele.

— Estamos todos! — responderam os remadores em uníssono, como mandava a tradição.

— Mas isso significa que vamos deixar de remar? — perguntou Barney.

— Não, jamais! Be-lanor está de olho!

— Então, que ele abençoe nosso retorno e dê força aos nossos braços! *Remem!*

— Remando, Barney, o Certeiro!

O arpoador respondeu à saudação com um sorriso e se pôs a remar junto com os homens. Ele era mais do que um líder para os remadores; Barney era um ídolo, o único arpoador a acertar oito em cada dez arremessos, enquanto os colegas das outras lanchas ficavam com três acertos em cada dez, no máximo. Arpoar uma baleia exigia pontaria aguçada e força vigorosa aliadas à sorte, pois o animal era arisco e imprevisível — e Be-lanor, o deus dos oceanos, parecia sempre estar com Barney quando ele apontava o arpão. O jovem rapaz, que estava próximo da segunda década de vida, era muito alto, tinha uma musculatura elástica e uma voz estridente capaz de ser ouvida pelas outras lanchas em qualquer ponto do mar. Os homens diziam que as próprias baleias escutavam Barney e se ofereciam para ele, simplesmente pela honra de morrer pelo arpão do Homem das Águas, outro de seus apelidos entre os pescadores da Praia Vermelha.

Aquela presa tinha sido um alívio para Barney, pois fora uma semana ruim não só para sua lancha, mas também para as outras doze da armação. Apenas outra equipe tinha logrado êxito ao se lançar em alto-mar, e o feito tinha sido há três dias. O oceano estava estranhamente sem baleias. E, sem elas, os pescadores não eram pagos pelo feitor-mor da Praia Vermelha.

No caminho de volta ao litoral, Barney tratou de elevar o moral dos companheiros, dizendo que a maré tinha virado, que o esforço havia valido à pena, que aquela era a primeira de uma série de novas presas que garantiria o sustento de todos. Embora preocupados com a escassez de baleias, os remadores foram tomados pela empolgação do resultado do dia e pelas palavras do Homem das Águas. Mesmo muito jovem, ele sabia o que estava dizendo.

A lancha singrou as águas avermelhadas pelo sangue de baleia que davam nome àquela baía na Beira Leste, um território indomado no Oriente do Grande Reino de Krispínia. Na foz do Rio da Lua, uma grande faixa de litoral era tomada pela armação, a pequena comunidade que vivia da pesca de baleias. Espalhadas pela praia, torres de vigia observavam o mar em busca do esguicho revelador da presença do animal e vigiavam o retorno das lanchas, a fim de acionar a equipe de terra para a operação de desmanche da baleia. Assim que a embarcação de Barney foi avistada, o feitor da praia começou a dar ordens para os facões, os homens que arrastariam a carcaça para os estrados, onde ela seria fatiada a fim de ser devidamente processada.

— Marcus! — berrou Barney ao sair da lancha e cair no mar com sangue pela cintura. — Olhe o belo animal que pescamos!

Na areia, o feitor da praia esperou que o arpoador chegasse até ele. Barney notou a expressão preocupada no rosto do pescador veterano, diferente da recepção alegre que ele imaginava que receberia.

— Aconteceu de novo, Barney — disse Marcus, sem rodeios.

— Com quem? — perguntou o jovem.

— Com o Milbur, o mateiro. Disse ter visto elfos no bosque e levou uma flechada.

— Como está ele? — indagou Barney.

— Entre a vida e a morte. Ele se arrastou até aqui, sabe Be-lanor como! Está sob cuidado do capelão. — O velho feitor da praia tocou no braço do arpoador. — Você precisa falar com o Mestre Janus, Barney.

O arpoador estava morto de cansaço, mal sentia os braços e as pernas, mas endureceu o olhar, até então jubiloso pelo feito do dia, e concordou com a cabeça.

— Eu vou falar com o feitor-mor — disse ele, enquanto aceitava a toalha oferecida por um escravo kobold para secar a água e limpar o sangue do corpo.

A Casa Grande, a residência do alcaide da Praia Vermelha, tinha vista para toda a operação da armação. O casarão de dois andares possuía várias sacadas para observar o mar e ficava encarapitada em uma pequena elevação cercada de verde, de costas para a mata, sendo acessível por uma subida que exigia fôlego. Barney suspeitava que aquela escada servia para desestimular reuniões com Janus, visto que os pescadores cansados da labuta chegavam extenuados demais para falar com o feitor-mor. Esgotado ou não, o arpoador estava pronto para dizer poucas e boas para o administrador.

Barney era jovem demais para ser o líder da comunidade, mas as proezas como arpoador fizeram com que todos se voltassem para ele quando a vila pesqueira passava por algum problema. Nem o Capelão Bideus, o sacerdote de Be-lanor, tinha tanta voz assim entre os pescadores, que diziam que Barney era tão certeiro com as palavras quanto com o arpão. Ao galgar os degraus até a Casa Grande, lutando contra a fadiga, ele torceu para que aquilo fosse verdade.

— Janus! — trovejou Barney ainda no salão que servia como antecâmara do gabinete do alcaide.

Ao fundo, diante da porta dupla de madeira, um guarda se empertigou com o susto. Não havia muita necessidade de seguranças na pacata Praia Vermelha, mas o feitor-mor não abria mão das benesses do cargo e sempre mantinha vigias na Casa Grande. O homem teria detido Barney, que avançava intempestivamente em sua direção, mas o guarda era irmão de um dos remadores da lancha do arpoador famoso, e imediatamente saiu da frente quando ele chegou à porta.

— Janus! — repetiu Barney no mesmo tom de voz tonitruante ao irromper no gabinete.

Por trás de uma mesa ornamentada, um homem franzino, de cabeleira cacheada e oleosa, tirou lentamente os olhos da papelada e finalmente encarou o arpoador, parado a meio caminho entre a porta e o móvel, ofegante.

— É *Mestre* Janus, Barney — sibilou o alcaide. — Alguns aqui têm títulos *de verdade* em nossa comunidade, meu rapaz. Se todo esse desrespeito é para me avisar que pescaram uma baleia, eu ouvi daqui a algazarra na praia. Já não era sem tempo que vocês trouxessem algo do mar. Esse seu destempero é desnecessário, pois eu mesmo já ia saudá-los na armação.

O arpoador aproveitou a ladainha do feitor-mor para recuperar o fôlego.

— Eu não vim falar de baleia. A questão é que outra pessoa foi atacada por elfos! — A voz estridente se elevou novamente. — O Milbur foi *flechado* na floresta!

— Eu estou a dois passos de você. Não precisa berrar, eu não estou na sua lancha. — Janus mexeu na papelada. — Não posso fazer nada. Já pedi homens à Coroa, mas obtenho as mesmas respostas de sempre: o esforço de guerra está comprometendo tropas e recursos nos territórios a oeste daqui.

— Como assim você não pode fazer *nada*? — disparou Barney. — Para que serve como alcaide, então?

— Para administrar essa armação em vez de vocês, pescadores que não sabem ler. — O feitor-mor brandiu um punhado de documentos. — Eu poderia mostrar os ofícios de requisição de tropas reais, os pedidos de ajuda à vizinha Dalgória que ficaram sem resposta, os cálculos no orçamento para tentar contratar uma companhia de mercenários... mas não adiantaria muito, não é? Por isso, acredite em mim, eu estou fazendo o possível, mas Krispínia resolveu se esquecer de nós.

— Não dá para acreditar que não há nada a fazer — disse Barney. — A gente podia reunir os homens, dar uma batida na floresta, espantar esses elfos.

— E perder valiosos pescadores experientes agindo como soldados amadores, em um elemento que eles não conhecem? — argumentou o alcaide. — Nós temos nossos milicianos; o Milbur é um deles. O que aconteceu com nosso estimado mateiro foram ossos do ofício. Rogo a Be-lanor que ele se recupere prontamente para voltar ao serviço, mas, até que Krispínia nos responda e envie a ajuda militar que venho pedindo *insistentemente*, nossa pequena e brava milícia é a única proteção que temos.

— Então mande todos os milicianos para a mata a fim de pegar os elfos!

— Se fosse tão fácil assim, "Homem das Águas", Krispínia já teria vencido a guerra. — falou Janus com impaciência. — Agradeça a Be-lanor que o caso aqui parece ser apenas de um pequeno bando de elfos errantes, provavelmente fugindo do conflito ao norte, na Caramésia. Se o preço for algumas flechadas aqui e ali, bem... talvez consigamos sobreviver sem a ajuda da Coroa. Em todo caso, eu continuo pedindo, garanto.

Barney fechou a cara. "Algumas flechadas aqui e ali." Eles já contabilizavam oito desaparecidos — com certeza mortos — e três feridos, agora contando com Milbur, por causa da atividade élfica na região chamada de Mata Escura, a floresta fechada em torno da Praia Vermelha. Desde os relatos dos dois primeiros sobreviventes a respeito do envolvimento de elfos que Barney vinha insistindo que Janus tomasse providências, mas finalmente o alcaide produziu provas concretas. Ou assim dizia ele. O arpoador não tinha como averiguar, pois não sabia ler.

O feitor-mor ergueu as sobrancelhas.

— Algo mais? Que tal você sair e descansar para poder voltar amanhã ao mar? — Ele novamente ergueu um papel. — Sem o dinheiro do azeite de peixe, vai ficar difícil contratar uma companhia de mercenários...

Sem sequer se despedir, o jovem arpoador deu as costas e saiu em um rompante, com passos largos que as pernas compridas quase não conseguiram dar no momento. Mas Barney decidiu que não era momento para descansar. A situação não podia esperar pela boa vontade da Coroa ou do próprio alcaide.

Ele daria um jeito nisso.

A Praia Vermelha à noite era uma bela visão. À exceção do barracão habitado pelos escravos kobolds, todas as estruturas — a armação em si, as moradias, a capela, a Casa Grande — eram amplamente iluminadas pelo azeite de peixe que a comunidade produzia e exportava com a pesca das baleias. Janus saiu da sacada com vista para a praia e foi para a varanda dos fundos que dava para a floresta, na esperança de ver a silhueta do visitante chegar. Era uma tarefa impossível; até hoje o alcaide não havia conseguido vê-lo, mas a ansiedade da espera fazia com que tentasse mesmo assim.

Aquele tinha sido um dia exaustivo, e a visita lhe faria bem. Faria esquecer os problemas mundanos daquela comunidade de gente tacanha.

No período da tarde, após a intromissão de Barney, Janus foi visitar o mateiro moribundo na capela. Era seu papel como alcaide. Bideus disse que tinha feito tudo que fora possível pelo homem, de um banho curativo a preces restauradoras em nome de Be-lanor, e só se a febre baixasse até amanhã Milbur teria chance de sobreviver. Janus torcia para que isso acontecesse, pois o mateiro era benquisto por todos e haveria uma comoção se morresse, sem dúvida liderada por aquele arpoador insolente. Em algum momento, as mentiras não surtiriam mais efeito. O alcaide se desesperou: por que os elfos não deixaram Milbur passar incólume por seu território? Janus teria que colocar Borel contra a parede.

Não antes de ser posto contra a parede por *ele*, pensou o feitor-mor mordendo o lábio inferior.

— Você não desiste de me ver chegar — disse o elfo já dentro dos aposentos de Janus.

— Faz parte da brincadeira, meu amor — respondeu o alcaide, sentindo a pontada de excitação misturada com a surpresa de Borel já estar ali.

O visitante surgiu das poucas sombras do quarto iluminado como se fizesse parte delas. Ele era um exemplar atípico de elfo da superfície, mesmo para um guerreiro — Borel era enorme, muito musculoso e não possuía as feições delicadas de um alfar. Por cima da letiena que mal continha o corpanzil vigoroso, o recém-chegado usava uma capa negra que parecia fazer parte da escuridão em volta dele. Aquilo tudo tornava o elfo ainda mais fascinante aos olhos de Janus, que correu saltitando para os braços do amante.

Após algumas horas de sexo em que o vigor físico de Borel deixou o alcaide franzino quase desfalecido, Janus finalmente conseguiu forças para reclamar sobre o ataque a Milbur.

— Eu pensei que tínhamos combinado que vocês, alfares, nos deixariam em paz — disse ele.

— Esse foi o acordo — respondeu Borel, na cama com Janus —, mas vocês, humanos, têm que parar de nos procurar na floresta.

— Eu não posso proibir isso — falou o alcaide. — Já está difícil convencer o povo de que Krispínia nos abandonou. Não posso impedi-los de patrulhar a mata.

— Você tem esse poder, Janus. É por isso que a salinde o paga.

— E é por isso que você vem sempre me visitar? — perguntou o feitor-mor, manhoso.

— Você sabe que não. Eu gosto de você. — Borel ficou em silêncio e voltou a falar: — Mas, se entrarmos em conflito, não poderemos mais nos ver. Você *tem* que manter os humanos longe de Bal-dael.

Janus sentiu um arrepio que nada tinha a ver com os prazeres do sexo. Um desespero tomou conta do administrador, que chegou a choramingar.

— Não, isso *nunca*. Eu farei o que for preciso — prometeu ele com olhar suplicante enquanto Borel saía da cama para recolocar as roupas e a letiena.

— Eu sei disso — respondeu ele quando ficou pronto. — A salinde confia em você; porém, mais importante, *eu* confio em você.

E, sem mais palavras, o alfar grandalhão saiu pela sacada para a escuridão da noite.

CAPÍTULO 16

VELHO PALÁCIO,
BELA DEJANNA

Com o duque devidamente devolvido a Dalgória e finda a comemoração em Bela Dejanna, Baldur não via mais sentido em adiar a missão que recebera do Deus-Rei, ainda que quisesse continuar com a farra. Na manhã após a festa, ele acordou ao lado de duas cortesãs cujos nomes não se lembrava e saiu do quarto de hóspedes só de túnica a fim de procurar pelos demais, que foram instalados na ala reservada para convidados no Velho Palácio. Quase todo o pequeno castelete no topo da pedra voadora cabia naquele espaço da antiga residência adamar. O cavaleiro finalmente achou Od-lanor pelos corredores amplos e suntuosos, onde os passos ecoavam ao longe.

— Ei, bom sol, você viu o resto do pessoal?

— Bom sol que irradia do Imperador-Deus — respondeu o bardo, citando a saudação adamar completa. — O Kalannar voltou para o Palácio dos Ventos depois da confusão do concurso, você não se lembra?

— Não, eu te vi tirando o Kalannar do palco, e depois me distraí com umas nobres da corte, acho que se chamavam... — Baldur fez uma expressão de confusão enquanto coçava a barba arruivada. — Enfim, e os outros?

— O Kyle e o kobold voltaram com o Kalannar, que insistiu em começar a fazer os preparativos para seguirmos viagem. O Agnor e eu dormimos aqui e fomos chamados para conhecer a biblioteca do duque... quer dizer, *eu* fui chamado e o Agnor se convidou para ir junto, com aquele jeitinho adorável dele. Você quer se juntar a nós?

— Que o Deus-Rei me livre! — exclamou Baldur. — Vocês dois, bardos, matraqueando sobre livros e o *Agnor* dando palpite, ainda por cima? Acho que vou voltar e me despedir propriamente da companhia que deixei no quarto. Diga adeus ao Duque Dalgor por mim, por favor.

— Certamente, Confrade do Inferno — brincou Od-lanor fazendo uma mesura.

— Muito grato, Confrade do Inferno — retrucou Baldur sorrindo.

O adamar viu o amigo cavaleiro retornando para seus aposentos e seguiu caminho até sair da ala de hóspedes, onde Agnor o aguardava com impaciência em um dos vários divãs espalhados pelas dependências do Velho Palácio. Um criado conduziu os dois até Dalgor, que esperava em uma antecâmara da biblioteca. Ao ver Agnor acompanhando Od-lanor, o duque escondeu o desgosto e era todo sorrisos ao recebê-los. A partir daquele ponto, o velho menestrel foi o cicerone da dupla e mostrou a impressionante coleção de livros feita em anos de aventuras. A maioria dos volumes e documentos presentes eram cópias, explicou ele, enquanto apontava para os destaques da biblioteca.

— Onde ficam os originais, Vossa Excelência? — perguntou Od-lanor.

— Eu tenho um refúgio no interior, afastado da capital, uma vila onde me retiro para descansar a mente e também para trabalhar sossegado nas traduções do adamar antigo, sem as exigências do ducado — respondeu Dalgor, que deu uma risada. — O Grande Rei Krispinus costuma debochar dizendo que vou para lá ficar de pernas para o ar, fugindo das responsabilidades como duque, mas... às vezes, precisamos mesmo de um esconderijo. O fardo das histórias que nós, bardos, sabemos é pesado demais para suportar.

— Ou das histórias que vivemos — completou Od-lanor.

O humano e o adamar trocaram um olhar compreensivo e cúmplice. Nenhum dos dois disse nada, um fato raro, e deixaram apenas que o silêncio falasse muito por eles. A quietude foi quebrada por um muxoxo de Agnor.

— Você tem um exemplar do *Códice de Vo-lanor* — disse ele ao retirar o livro da prateleira e examiná-lo. — Ah, como eu pensava, é a versão errada.

— Como assim "errada"? — indagou o duque, que se aproximou do feiticeiro.

— Bastou uma simples olhada — respondeu Agnor. — A lista de feitiços e artigos está incompleta e com erros grosseiros de tradução. O grimório original do Imperador-Deus Vo-lanor foi levado para Korangar e lá é conhecido como *Códice de Voinor*. O que circula por Krispínia são cópias grotescas como a sua.

— Estranho — retrucou Dalgor, não querendo se dar por vencido. — Os registros na Morada dos Reis indicam que o *verdadeiro* grimório foi levado para Mon-tor bem antes do levante dos escravos. Esta, sim, é uma versão traduzida da *cópia* deixada na capital.

Agnor fez uma expressão neutra, tentando esconder o fato de que não sabia o que era Mon-tor, mas Od-lanor, que já convivia há algum tempo com o korangariano, percebeu sua ignorância.

— Você não sabe o que é Mon-tor?

— E nem me interessa saber — disparou Agnor, que deu as costas para os dois e continuou explorando a coleção de livros do duque.

Dalgor deixou o feiticeiro se afastar um pouco e se aproveitou da oportunidade para falar algo que estava na mente desde o momento em que conheceu Od-lanor, lá atrás no Fortim do Pentáculo.

— Você é um buscante, não é? — perguntou ele, sem rodeios.

— Como soube, Vossa Excelência? — disse Od-lanor, perplexo.

— Eu conheço o simbolismo por trás da maquiagem adamar. A sua indica que é um *buscante*, a ordem dos sábios adamares que procuram por Mon-tor, a biblioteca perdida. Diga-me: você já a encontrou?

Od-lanor lançou um olhar para Agnor, que já estava do outro lado do amplo salão, entretido com alguns manuscritos. Ele respondeu em voz baixa:

— Eu nem sequer consegui encontrar outro adamar, quiçá Mon-tor, Vossa Excelência. A última vez que procurei pela biblioteca perdida do meu povo foi na Faixa de Hurangar, a pedido do Ambrosius, até que ele me convocou de volta para Tolgar-e-Kol. O resto da minha jornada o senhor conhece...

Com um olhar para trás, Dalgor garantiu que o feiticeiro korangariano continuava distante e cochichou:

— Ele nos pediu a mesma coisa, há muitas décadas... Quer dizer, a mim, ao Grande Rei Krispinus.

— Eu entendi, Vossa Excelência — interrompeu Od-lanor com um sorriso. — Vocês deram sorte?

— Pistas frias, lendas infundadas, algo a respeito de uma ilha... — falou Dalgor dando de ombros.

— Eu também ouvi falar sobre essa ilha *e* histórias que negavam essa versão. O Imperador-Deus Al-lanor soube esconder muito bem sua coleção de livros.

— Para quem pretendia se exilar foi uma bela precaução — comentou o duque. — Acho que me inspirei nele ao criar minha biblioteca pessoal fora daqui.

— Com todo respeito, Vossa Excelência pretende se exilar também?

— Aponte-me um governante que não pense em abandonar o poder e eu lhe aponto um louco, Od-lanor. — Dalgor desviou o olhar. — Eu perdi minha família porque negligenciei minha esposa e filhos em nome das obrigações do cargo.

— Vossa Excelência salvou centenas de vidas exterminando orcs e pacificando Dalgória — argumentou o adamar como consolo.

Dalgor pestanejou e colocou um grande sorriso falso no rosto.

— Nenhuma delas valia o sacrifício que fiz, sinto dizer — disse o velho bardo, que tocou no braço do colega adamar. — Venha, vamos continuar ouvindo as críticas do Agnor à minha biblioteca.

— Ele reclamaria até mesmo dentro de Mon-tor — brincou Od-lanor para aliviar o clima triste.

Nenhum dos dois duvidava que a piada fosse verdade.

A população de Bela Dejanna lotou os pontos mais altos da capital para ver o Palácio dos Ventos partir. Em cada varanda, terraço e jardim suspenso, os moradores assoviavam, batiam palmas, acenavam para a rocha flutuante que se afastava da cidade, rumo a leste. Eles sabiam que aquele castelo voador levava a Confraria do Inferno, os amigos do Duque Dalgor e do Deus-Rei Krispinus que ajudaram os dois heróis a fechar os Portões do Inferno e salvar o reino novamente.

Dalgor também foi a uma sacada do Velho Palácio para assistir à saída do castelo voador de seus domínios. Por dentro, uma pequena parte do bardo também queria continuar viagem com aquele grupo heterogêneo de aventureiros reunidos por Ambrosius. Apenas uma pequena parte, de fato. O duque se sentia — e *estava* — muito velho para se envolver em jornadas pelo desconhecido. O combate contra demônios e svaltares no Fortim do Pentáculo havia sido seu último ato como "herói do reino", pois agora ele pretendia se dedicar a esperar o fim inevitável cuidando do ducado e escrevendo suas memórias, na esperança de que nada mais o interrompesse. E, quem sabe, terminaria *O Lamento da Ausência* como última obra em vida.

Enquanto observava o Palácio dos Ventos se tornar um ponto distante no céu, o duque se lembrou de que precisava escrever um relatório sobre o grupo e mandá-lo para a Morada dos Reis. Krispinus não havia solicitado nenhuma investigação formal sobre eles, mas essa era a função de Dalgor como seu conselheiro — pensar adiante e fornecer informações para que o amigo monarca tomasse decisões baseadas em fatos. Infelizmente, o velho bardo não tinha muito que revelar, especialmente sobre o svaltar, pois Kalannar conseguiu evitá-lo durante e após a festa. O sujeito era escorregadio e dissimulado, a personificação da expressão "cobra criada". O duque de Dalgória esperava que Sir Baldur soubesse disso; o homem era um bronco meio ingênuo da Faixa de Hurangar e parecia ter um bom coração. Dalgor odiaria saber que uma adaga svaltar se cravou nele.

A aproximação do capitão da guarda palaciana tirou o bardo do devaneio.

— Duque Dalgor, temos um problema, senhor — disse o homem.

— O que foi, capitão? — respondeu o velho bardo ao se voltar para ele.

— Encontramos o Lorde Tristan morto na ala dos hóspedes — falou o sujeito. — Ou melhor, *assassinado*, senhor. Ele foi apunhalado e teve as orelhas arrancadas.

Dalgor imediatamente se virou para ver o Palácio dos Ventos, agora um ponto menor ainda entre as nuvens.

Cobra criada.

PALÁCIO DOS VENTOS, DALGÓRIA

As saudações e homenagens do povo de Bela Dejanna eram inaudíveis à distância e à altura em que o castelo voador se encontrava, mas o apreço dos dalgorianos ainda retumbava dentro do peito de Baldur, que estava nas ameias olhando para a cidade. Assim como aconteceu na Morada dos Reis, foi reconfortante ver a gratidão tanto do povo quanto da nobreza por seus feitos; após uma vida guerreando na Faixa de Hurangar, onde o que importava era o soldo de mercenário e as missões cumpridas para uma sucessão de tiranos, era muito gratificante saber que seus atos mudaram a história do Grande Reino de Krispínia, que sua espada lutou ao lado de Caliburnus para derrotar o mal e salvar a vida de tanta gente.

Baldur nem se importava por ter sido enviado agora pelo Deus-Rei para realizar uma prosaica investigação de mau uso dos recursos da Coroa. Ele encarava aquilo como uma recompensa merecida, um prêmio além dos títulos e dos itens mágicos recebidos na capital do reino. O que poderia dar errado em uma pequena vila pesqueira esquecida no Oriente de Krispínia?

Aparentemente *tudo*, se o cavaleiro fosse dar ouvidos a Kalannar.

Assim que o Palácio dos Ventos deixou Bela Dejanna, o svaltar se apressou a convocar uma reunião para discutir o que seria feito na Praia Vermelha. Ele começou com aquela ladainha sobre planejamento e encheu a paciência até que todos — inclusive Agnor — topassem fazer uma refeição juntos para falar sobre a missão. Como se Kalannar já não soubesse de toda a situação desde que eles saíram da Morada dos Reis.

Baldur sentiu a rocha flutuante diminuir a velocidade até parar e olhou para Kyle, visível dentro da abóbada de vidro e metal da Sala de Voo, que se projetava do teto do castelete. O rapazote gesticulou com os braços franzinos e indicou que desceria para o interior da estrutura. O cavaleiro concordou com a cabeça e fez um gesto indicando que também estava a caminho. Era hora de ouvir a ladainha de Kalannar outra vez.

No salão comunal, o svaltar estava de pé, diante da mesa redonda, aguardando que todos chegassem. Em frente a ele, havia um monte de mapas e papelada, como se Kalannar fosse um monarca prestes a lavrar um acordo de paz com um reino inimigo — ou talvez declarar guerra. Od-lanor já estava sentado, beliscando os pães servidos pela criadagem e lendo um pergaminho. Também à mesa, Kyle jogava uma partida imaginária de saco-de-ossos contra si mesmo e levou um olhar de repreensão do svaltar por causa do barulho irritante das falanges sobre o tampo de ferro fundido. Baldur entrou junto com Agnor, que trouxera um livro (com certeza para ler, e não para consultar). O cavaleiro pensou que deveria arrumar um passatempo qualquer para esses momentos, mas se lembrou de que seria servida comida. Não havia melhor distração do que comer.

Quando todos estavam devidamente sentados e com uma refeição diante de si, Kalannar desandou a falar.

— Bem, agora que estamos finalmente a caminho de nosso objetivo, sem perder tempo dando carona para *espiões*, é hora de revermos o plano de ação em relação à Praia Vermelha. Vamos repassar o que faremos lá. Od-lanor?

— Nós já falamos sobre isso assim que saímos da Morada dos Reis, Kalannar — respondeu o adamar, desanimado, enquanto Agnor reagia com um muxoxo.

— *Repetição* de detalhes é a base de qualquer bom planejamento — insistiu o svaltar. — Repetição serve para um bardo decorar histórias e para um mago aprender fórmulas arcanas.

— Não venha presumir que você compreende o meu ofício, assassino — disparou Agnor.

— Eu venho de Zenibar, onde se realiza o *verdadeiro* ofício da magia — retrucou Kalannar.

— Chega! — gritou Baldur, dando um soco na mesa. — Vamos acabar logo com esta *merda* para eu poder comer em paz. Od-lanor, por favor.

— Muito bem. — O bardo empostou a voz para chamar a atenção de todos e tornar o suplício menos maçante. — O Duque Caramir informou ao Grande Rei que há uma presença de elfos perto do vilarejo pesqueiro chamado Praia Vermelha, ao sul da Caramésia, na Beira Leste. Isso apesar de o administrador local já ter recebido recursos para armar uma milícia e contratar mercenários para dar combate ao inimigo.

— E quem informou ao meio-elfo? — perguntou Kalannar, se recusando a tratar Caramir pelo nome ou título.

— Um menestrel levou a informação, aparentemente dada por um morador do vilarejo — respondeu o adamar.

— E não é possível que esse morador seja meramente um descontente — sugeriu o svaltar —, alguém devendo impostos ou com um problema pessoal com o administrador, que estaria espalhando fofocas para derrubá-lo?

Baldur franziu a testa e torceu o nariz.

— Que absurdo, Kalannar!

— Não é absurdo — discordou o assassino erguendo um dedo indicador branco. — É uma possibilidade bem concreta, levando-se em consideração a índole do populacho. Isso é comum em Zenibar.

— Não nos julgue por seus costumes — alertou o cavaleiro.

— Kalannar — disse Od-lanor —, há relatos de que o coletor de impostos real jamais voltou da região, o que, por si só, merece ser investigado diretamente com o alcaide.

O svaltar fez uma pausa para consultar a papelada, enquanto os demais aproveitaram para se distrair com a comida, leitura e saco-de-ossos, cada um a seu gosto.

— Muito bem — falou o assassino novamente. — Se o administrador está desviando recursos da Coroa, a chegada de um agente do tesouro certamente atrapalharia seus planos. Eu também não deixaria que o sujeito voltasse com vida à capital do reino. E qual é o nome deste alcaide?

— Agora eu não lembro — respondeu o bardo, que se voltou para Baldur e viu o cavaleiro dar de ombros.

— *Mestre Janus* — informou Kalannar em tom petulante. — Viu como é bom repassar os detalhes e ler a papelada?

— E os elfos, ninguém viu mesmo? — contribuiu Kyle, doido que a reunião se encerrasse para tentar levar um pouco de comida para Carantir.

— Não — disse Od-lanor —, mas o Flagelo do Rei acha que a fuga dos alfares para o sul seja uma consequência natural da campanha que ele está promovendo ao norte, na Caramésia.

— "Flagelo do Rei" — desdenhou o svaltar.

Baldur largou o prato de comida para falar.

— Eu conversei com o Duque Caramir quando a Garra Vermelha nos escoltou até a Morada dos Reis, e ele disse que a resistência dos elfos anda diminuindo...

— Por que então aquele meio-elfo imundo não desce do pedestal e vai verificar o que está acontecendo no quintal dele? — perguntou Kalannar.

Antes que o cavaleiro reclamasse do insulto a um nobre do reino, Od-lanor colocou a mão em seu braço e respondeu ao svaltar.

— Porque a situação na Caramésia ainda é frágil demais para desguarnecê-la em nome de um rumor fácil de esclarecer. É aí que nós entramos. E deixamos o Duque Caramir livre para se preocupar com a guerra ao norte da Beira Leste.

Baldur finalmente se interessou pelo assunto; afinal, guerra era seu ofício, e ele estava ali como enviado do Grande Rei.

— O Duque Caramir estava preocupado que sua ausência por causa dos Portões do Inferno pudesse ter provocado uma nova insurgência élfica. Provavelmente ele voltou para um caldeirão transbordando na Caramésia.

— Torço que ele se queime, então — falou Kalannar secamente. — Mas o que importa é que temos dois problemas para abordar: uma *possível* presença de alfares na região e um *possível* caso de corrupção de um administrador indicado pela Coroa. Estou formulando um plano para atacá-los de uma vez só, na melhor tradição svaltar: dois golpes ao mesmo tempo.

— E qual seria esse plano? — perguntou Baldur sem rodeios, com a esperança de que a ladainha finalmente acabasse.

Kalannar se empolgou nitidamente e fez um esforço para conter a ansiedade. Aquele era sempre um dos melhores momentos da vida, quando ele anunciava o conjunto de medidas necessárias para realizar uma missão, quando tinha que convencer os demais de que só havia um plano possível — o *dele*, sempre melhor, sempre infalível. O assassino svaltar fez uma pausa dramática, tanto em benefício próprio, para se controlar, quanto para impressionar os demais, e pegou um dos mapas da região que eles receberam na Morada dos Reis, antes de partir.

— Se chegarmos com o Palácio dos Ventos diretamente ao vilarejo, o tal Mestre Janus verá o problema se aproximando a distância e pode tomar precauções para se livrar de qualquer prova que o incrimine. *Mas...* — Kalannar ergueu novamente um dedo branco e a seguir fez um círculo imaginário com o indicador no mapa — Mas, se *vocês* circum-navegarem a região, poderão detectar a presença dos alfares do céu, de onde eles menos esperam, sem serem vistos pelo alcaide na Praia Vermelha. Com essa prova na mão, será difícil ele justificar por que não mobilizou tropas com os recursos recebidos pela Coroa. Antes disso, *eu* serei deixado no solo e prosseguirei para o vilarejo, entrarei na construção que o alcaide usa como sede de governo e investigarei seus registros e posses, de forma a incriminá-lo, se for o caso.

Todos se entreolharam, inclusive Agnor, que largou o livro e finalmente prestou atenção à discussão. Ele desconfiava que seu nome surgiria a qualquer momento, provavelmente em algum pedido ou sugestão estúpidos, e era melhor estar preparado para refutá-los.

— Não — disse Baldur simplesmente.

— *Não?* — perguntou Kalannar indignado. — Como assim "não"? Que parte é "não"?

— Você não vai entrar em uma comunidade humana sozinho — justificou o cavaleiro. — É um absurdo.

— Baldur, eu me infiltrei em uma fortaleza anã e matei o monarca deles. Eu me infiltrei em uma fortaleza humana e matei o líder svaltar de uma força invasora. Eu *sei* entrar em lugares e matar pessoas. É o que o eu faço melhor. Deixe-me fazer o que sei.

— Pior ainda! — falou Baldur exaltado. — Não é para matar *ninguém*! A gente veio investigar o tal alcaide!

— Eu *sei*, humano cabeça-dura! — respondeu o svaltar igualmente exaltado. — Estou dizendo que, se já fiz tudo isso enquanto *vocês* deixavam a faca cair da mão, vai ser fácil entrar, verificar a papelada e sair sem ninguém perceber que estive lá.

Percebendo a vermelhidão no rosto do amigo, Od-lanor tocou novamente no braço do cavaleiro.

— Baldur — chamou ele, com um tom de voz reconfortante e apaziguador. — O Kalannar tem razão. O Palácio dos Ventos não é nada discreto. Esse tal Mestre Janus pode se aproveitar disso e até mesmo *fugir* da Praia

Vermelha com o ouro do Grande Rei. Não sabemos quase nada sobre esse caso, apenas rumores e desconfianças. Seria bom contarmos com um pouco de espionagem.

A seguir, o bardo adamar se voltou para o svaltar.

— Mas o que garante que conseguiremos ver uma comunidade de elfos embrenhada no mato, mesmo do céu? Não é esse um dos problemas da guerra: a dificuldade de se encontrar os redutos dos alfares escondidos em seu elemento, as florestas?

Kalannar deu seu habitual sorriso cruel, como se já tivesse antevisto a pergunta. Um plano sólido era como uma couraça à prova de facas. Ele sacou outro documento da pilha.

— Bem, há controvérsias quanto à capacidade de os alfares se esconderem, pelo menos em relação a olhos *humanos*. Mas, segundo os registros, temos conosco um meio-elfo que atuava como batedor em uma comunidade composta por elfos e humanos.

Kyle finalmente parou de brincar com as falanges e se virou para Kalannar. O rapazote quase disse o nome de Carantir, mas se conteve no último instante.

— É o escravo que trabalha na fornalha com o ogro — continuou o svaltar. — Com a experiência que tem, ele pode localizar os elfos aqui de cima, *caso* tenham camuflado seu vilarejo. E se isso não for suficiente, temos o poderio mágico do Agnor.

Dito e feito, pensou o korangariano. Ele sabia que não seria deixado em paz. Ao menos a função não exigia muito esforço.

— Um simples feitiço de revelação resolve a questão — disse Agnor secamente. — Acabou?

Com um ar triunfante, Kalannar se voltou para os demais.

— Acabou — falou ele categoricamente, como se a questão estivesse resolvida.

Baldur ponderou o plano e olhou para Od-lanor. O bardo parecia estar fazendo a mesma coisa enquanto examinava o mapa que pegou da mão de Kalannar. Em seguida, o adamar fez uma expressão de concordância para o cavaleiro. Irritado com o jeito arrogante do svaltar, Baldur foi obrigado, a contragosto, a aceitar a ideia, pelo menos em termos gerais.

— Sim, acabou — declarou ele por fim. — Agora, vamos comer em silêncio ou ouvindo alguma história engraçada do Od-lanor?

O bardo começou a aliviar o clima de discussão com mais uma história absurda de seu repertório de peripécias de aventureiros. Geralmente, era Kyle quem mais ria e se divertia com Od-lanor, mas, desta vez, o rapazote mal estava prestando atenção; ele continuava tenso, sua imaginação fértil cogitava o risco a que Carantir seria exposto por Kalannar, que sempre deixou claro que odiava elfos da superfície e mestiços. O svaltar certamente colocaria Carantir em perigo.

Kyle passou o resto da refeição sem tocar na comida, contando o tempo para que todos fossem embora e ele tivesse a oportunidade de visitar o amigo meio-elfo sem ser visto.

CAPÍTULO 17

BELA DEJANNA, DALGÓRIA

O barulho do galope rápido já era algo que os ouvidos de Derek de Blakenheim nem mais registravam. Era um som de fundo constante, onipresente, a trilha sonora da cavalgada urgente e desesperada por dois reinos. Derek nunca teve que se deslocar a cavalo com tanta pressa como naquele momento; felizmente, os documentos emitidos pelo Palácio Real que o identificavam como capitão da guarda pessoal da rainha e mais o papel que Sabíria forneceu como comandante das Damas Guerreiras lhe deram passe livre e facilitaram a requisição de cavalos descansados e abrigos, tanto em postos militares quanto vilarejos, durante a longa jornada pelo norte de Dalínia e pelo interior de Dalgória até a capital Bela Dejanna, localizada no litoral sudeste. O trecho da viagem pelo território militarizado de Dalínia não foi preocupante, mas pelo reino vizinho, sim — mesmo com a pacificação realizada pelo Duque Dalgor, ainda havia atividade orc em Dalgória. Derek se muniu de informações e mapas adquiridos com comerciantes locais; após uma longa carreira como responsável por segurança de caravanas, ele sabia evitar emboscadas em estradas e acampamentos, porém a pressa era a inimiga da cautela.

E pressa era a ordem do dia quando a missão era evitar um ataque de dragões.

Quanto mais pensava nisso, mais Derek acelerava a montaria. Era um absurdo considerar que o rei elfo tentaria despertar dragões para atacar a Morada dos Reis, como imaginava a Rainha Danyanna; o guardião da Suma Mageia esperava que o Duque Dalgor dissesse que isso era impossível, que a tal "Trompa dos Dragões" só serviu para colocá-los para dormir e que não podia ser usada para reverter aquele efeito.

Apesar de todas as precauções, Derek quase foi atacado por orcs errantes no caminho para Bela Dejanna. Ele chegou a sentir o zunido de flechas passando por perto e ouvir os gritos guturais ao longe, mas acelerou o galope e fez um desvio de rota arriscado — aquilo bem podia ser um embuste com o intuito de direcioná-lo para um grupo maior de orcs. Felizmente, não foi o caso. Ele agradeceu mentalmente pelos mapas e dicas que recebeu dos caravaneiros e mercadores com quem conversou nas paradas em Dalgória.

Finalmente, a capital de ducado surgiu no horizonte, a antiga cidade adamar empoleirada nas encostas à beira-mar, com o palácio e construções centenárias do tempo do antigo império misturadas com habitações humanas mais recentes. Ao ver a arquitetura adamar, Derek se lembrou de Od-lanor e como teria sido mais prático se o bardo tivesse estado com ele e a rainha lá em Dalínia; certamente Od-lanor saberia tudo sobre a Trompa dos Dragões. Talvez o adamar já até tivesse contado a história sobre o item sagrado dos elfos quando eles tomaram o Palácio dos Ventos, mas era difícil lembrar todos os detalhes da ladainha do bardo quando ele cismava de enumerar fatos e lendas. Derek tinha esperanças de que o Duque Dalgor fosse mais pragmático ao passar informações.

Graças aos documentos, ele conseguiu uma audiência com o soberano sem muita demora. Derek aproveitou a curta espera em um salão de estar no antigo palácio adamar para descansar da cavalgada desenfreada e recuperar as energias com os comes e bebes servidos para a visita ilustre. Dalgor veio até ele em um passo apressado, o que era fora do comum para um nobre, porém o bardo estava intrigado não apenas com a *coincidência* da visita de um Confrade do Inferno logo depois de os outros terem acabado de sair do reino, mas também com a *natureza* da própria visita: "uma missão urgente em nome da Rainha Danyanna", como lhe fora anunciado. Isso nunca era bom.

E foi pior do que ele imaginava.

Derek relatou tudo o que aconteceu no vale incendiado ao norte de Dalínia, do combate com o elemental de fogo à descoberta da Suma Mageia a partir das últimas palavras do elfo moribundo. O velho duque ficou lívido ao ouvir a conclusão que Danyanna tirou do que ouviu do alfar.

— *A Balada de Jalael...* — balbuciou ele. — Esse poema fala sobre o fim da Grande Guerra dos Dragões pelo sopro de uma trompa mágica feita por um elfo feiticeiro que colocou os monstros para dormir. Assim que foi induzido a hibernar pela Ka-dreogan, o Primeiro Dragão, Amaraxas, ordenou que as outras criaturas de sua espécie fizessem o mesmo por meio de um rugido. Se ele acordar, é possível que desperte os outros, mas... teria a trompa o poder de tirar o Amaraxas do sono centenário?

Dalgor ficou pensativo um instante, como se puxasse alguma informação da memória. Cantarolou baixo enquanto se servia de uma dose generosa de vinho em um aparador e, após beber meia taça em um gole só, pareceu tomar uma decisão.

— Venha comigo à biblioteca — disse o duque.

No salão destinado à coleção de livros de Dalgor, Derek observou o velho bardo mexer freneticamente em escaninhos lotados de pergaminhos. Ele retirou um escrito antigo e delicado de seu lugar, desenrolou e começou a ler, com o mesmo tom de voz baixo do outro cômodo. Parou em um determinado trecho e ficou relendo algumas vezes, aumentando o volume.

— Maldito seja o Arel — falou o bardo finalmente. — Ele interpretou certo o final do poema do Jalael! A Trompa dos Dragões *pode* ser soprada de novo para despertar o Amaraxas! E com ele acordado, quem pode afirmar que o Primeiro Dragão não despertaria os outros?

O rosto de Derek de Blakenheim se contraiu. Ele ainda torcia para que aquilo tudo fosse impossível, mas, de alguma forma, os instintos lhe diziam que era uma esperança vã.

— A Rainha Danyanna estava certa — foi tudo que o guerreiro conseguiu dizer.

— Ela sempre está — falou Dalgor com os ombros caídos. — Foi uma coisa com que me acostumei ao longo dos anos. Agora, nós temos que...

O bardo foi interrompido pela entrada súbita de seu capitão da guarda. O homem, um sujeito de fibra, veterano da campanha contra os orcs em Dalgória, parecia uma criança assustada.

— Duque... tem um *monstro* atacando a cidade!

Tudo começou com uma agitação discreta no oceano, que logo evoluiu para um borbulhar frenético e, finalmente, para o rompimento da superfície do mar por uma cabeçorra reptiliana que provocou uma onda enorme. Amaraxas surgiu no litoral de Dalgória e viu Bela Dejanna com um único propósito na mente: ele tinha que entrar em terra firme por ali, o instinto guiava a criatura gigantesca até Neuralas. O Primeiro Dragão precisava encontrar e despertar sua companheira; só então ele acordaria os demais. O grande monstro foi se aproximando da praia e provocou pânico em quem esteva apenas observando a estranha agitação das águas. A correria e gritaria foram reações naturais; as pessoas largaram tudo que estavam fazendo, os homens cataram as mulheres e crianças, o povo começou a subir pelas ladeiras de Bela Dejanna anunciando o perigo e se abrigando em seus lares.

Os guardas que testemunharam a aproximação de Amaraxas bateram cabeça, sem saber que atitude tomar. Para aquela ameaça, suas armas pareciam ridículas, e o treinamento militar, inútil. Os guardas correram junto com a população, tentando conter o pânico que eles próprios sentiam, direcionando as pessoas para locais seguros. Mas havia locais seguros diante de um monstro da altura de várias construções?

Amaraxas saiu do mar e entrou na praia. A figura bípede, com uma cauda enorme que garantia o equilíbrio do corpanzil escamoso, avançou contra as primeiras moradias como um homem passaria por cima de gravetos. Patas vermelho-arroxeadas esmagaram as casas e as pessoas escondidas lá dentro. Ao tomar noção dos arredores, o Primeiro Dragão urrou para chamar Neuralas, para tirá-la do mesmo torpor a que fora induzido. Ele repetiu o berro algumas vezes, avançando cada vez mais por Bela Dejanna; a cauda arrasou uma série de moradias na encosta, e Amaraxas subiu as ladeiras como se fossem simples degraus, arrasando tudo à volta. Seu foco era localizar Neuralas, sentir a presença da companheira e acordá-la — nada mais importava dentro de sua consciência primitiva. O dragão soltou o urro mais forte até então e, quando não obteve resposta de Neuralas, começou a ficar realmente furioso e descontou a raiva na cidade, agora conscientemente. Ele tomou fôlego, encheu as barbelas de uma força destruidora e abriu a boca para soltá-la.

A biblioteca do Velho Palácio ficava no interior da imensa construção adamar, longe da maresia e da luz do sol que seriam fatais para a coleção de livros e escritos do duque. Aquilo fez com que ele e Derek sequer ouvissem a destruição causada por Amaraxas na parte da cidade que ficava logo à beira-mar. Uma pequena reverberação até chegou ao aposento, mas Dalgor e o guerreiro de Blakenheim estavam mais concentrados no mistério da Trompa dos Dragões do que, ironicamente, no surgimento do monstro despertado por ela.

Quando o apavorado capitão da guarda conduziu os dois para o jardim suspenso mais próximo naquela ala do Velho Palácio, Derek e o duque não conseguiram acreditar nos próprios olhos. Um dragão — uma criatura desaparecida há mais de quatrocentos anos da superfície de Zândia — estava de pé no meio de Bela Dejanna, como um guerreiro cercado por corpos de inimigos. Tudo à volta era destruição, e o monstro estava envolvido pela nuvem de pó das construções arrasadas por ele.

— Amaraxas... — sussurrou Dalgor, como se precisasse dizer o nome do dragão para acreditar que a criatura estava ali de fato.

Instintivamente, Derek levou as mãos aos gládios e se sentiu um completo idiota por causa do gesto. Mágicas ou não, as armas eram pequenos espetos de metal que não iam incomodar aquela massa blindada e gigantesca. Ele só conseguiria golpear a pata de Amaraxas, que esmagava casas como frutas podres no chão, e desconfiou que aquilo não ia surtir o menor efeito.

— Capitão — chamou Dalgor, e tanto o guerreiro de Blakenheim quanto o chefe da guarda palaciana se viraram para ele. — Não você, Derek. Capitão, evacue a cidade. Leve todo mundo para as cavernas da Serra do Sino.

Assim que o homem partiu, o duque continuou falando, mas sem tirar os olhos de Amaraxas, que acabara de soltar um urro ensurdecedor e parecia se preparar para algo pior.

— Derek, eu vou mandar uma mensagem para a Rainha Danyanna. Vá atrás de seus amigos na Praia Vermelha.

— Por que eles? — Derek finalmente encontrou a voz que achava que jamais recuperaria.

— Porque eles têm um castelo *matador de dragões*.

A frase foi quase silenciada pelo sopro da criatura. O monstro abriu a bocarra e dela jorrou um jato de chamas arroxeadas em um grande cone de energia destruidora que engoliu a cidade diante dele e chegou à base do Velho Palácio. As paredes e colunas grossas, erigidas há séculos pelos adamares, foram reduzidas a pó, e aquela seção da construção ruiu em uma confusão de fogo e destroços. Amaraxas urrou de novo, querendo achar Neuralas, com raiva por não obter resposta da parceira, depois continuou andando por Bela Dejanna como se a cidade não fosse obstáculo. E não era mesmo.

No jardim suspenso da ala da biblioteca, Dalgor e Derek caíram no chão quando o sopro do dragão atingiu o palácio. Parte da base da opulenta residência do duque foi destruída e levou com ela várias alas adjacentes, em um efeito cascata que foi fazendo o Velho Palácio se desmanchar aos poucos. O grande terraço onde os dois estavam finalmente cedeu e rachou entre eles; Dalgor despencou junto com os destroços, enquanto Derek se agarrou a uma das plantas trepadeiras e ficou pendurado no vazio, preso ao pouco que sobrou intacto do jardim suspenso. Sufocado e cego pela nuvem de poeira, sentindo a fragilidade do apoio, o guerreiro de Blakenheim gritou chamando o duque enquanto tentava se erguer até a ponta do terraço. A trepadeira cedeu um pouco, e Derek sentiu o coração ir à boca. Não veio resposta alguma da parte de Dalgor, mas aquilo era o que menos importava para ele agora. Nem o dragão importava mais. Aquela planta, porém, era tudo que Derek Blak mais valorizava na vida.

Ele tentou escalar novamente, e outra vez a trepadeira cedeu mais um pouco. Um novo urro do dragão fez tudo ao redor estremecer, e Derek torceu para que a planta e o terraço não fossem afetados. Não foram. Mesmo com a poeira, ele tomou fôlego e decidiu subir rápido. Era melhor arriscar despencar de uma vez do que ir caindo aos poucos. Lá embaixo, ainda não era possível ver o destino do duque, mas o silêncio era uma resposta cruel.

Derek colocou toda a força nos braços e escalou mais depressa do que a planta cedia. Uma mão desesperada agarrou o piso que sobrou do terraço, e a seguir veio a outra, no momento em que a trepadeira passou por ele junto com o resto do vaso nas ruínas da balaustrada. O guerreiro ergueu o corpo, e os olhos procuraram freneticamente por um caminho que o levasse para alguma parte ainda intacta do Velho Palácio. Um barulho de destruição novamente o assustou, e ele pensou que a construção estivesse finalmente desmoronando por completo, mas foi apenas a cauda de Amaraxas arrasando a fábrica de papel que ficava perto do Velho Palácio. Derek ficou de pé e cruzou o resto do terraço a toda a velocidade; ao chegar a uma passagem que conduzia para o interior da residência do duque, ele arriscou uma olhadela para o Primeiro Dragão, que parecia querer sair da cidade e voltar para o mar.

Tirando a parte do oceano, Derek compartilhava do mesmo objetivo que o monstro.

Embaixo das pedras daquilo que foi um de seus jardins suspensos, sem enxergar nada em meio à poeira e sem sentir quase todo o corpo esmagado, Dalgor fez um esforço sobre-humano para enfiar dentro da túnica a mão enrugada pelo tempo e ensanguentada pela queda. Ele sentia a vida se esvair a cada fôlego sacrificante que tomava; o último sopro de energia teria que ser bem gasto. O duque puxou uma corrente com pendantis, pingentes encantados contendo camafeus das pessoas mais importantes que conhecia; havia imagens de Krispinus, Danyanna, Caramir, da falecida esposa Dejanna... e até um ônix negro dado por Ambrosius junto dos camafeus. Cada pendanti era capaz de ser usado uma vez por dia para mandar uma breve mensagem para a pessoa representada, sem direito a resposta. A última vez que ele usou o item foi no Ermo de Bral-tor, para alertar Suma Mageia e Ambrosius quando ele e Krispinus viram os Portões do Inferno abertos. Dalgor passou um polegar carinhoso pelas imagens de Danyanna e Dejanna, as duas mulheres que amava fervorosamente. O bardo beijou o camafeu de Dejanna e aproximou a imagem de Danyanna dos lábios ensanguentados para sussurrar um encantamento. Pensou no que dizer em suas últimas palavras; confessar a paixão pela rainha seria uma tolice romântica, pois ela sempre soube de seus sentimentos. Era difícil resistir aos instintos de poeta, mas o feitiço só permitia uma mensagem curta.

Pela primeira vez na vida, Dalgor foi simples e objetivo.

— Você estava certa sobre o despertar dos dragões, mas o Amaraxas... veio... para Dalgória.

A última palavra que o maior bardo de Krispínia declamou foi o nome da região que lhe custou a vida da família e a própria.

CAPÍTULO 18

PALÁCIO REAL,
MORADA DOS REIS

— Com mil *caralhos*! — trovejou Krispinus. — Como uma *porra* dessas pôde acontecer?

Desde o retorno para a Morada dos Reis, Danyanna já sabia que aquela seria a reação do marido ao ouvir as notícias que ela trouxe de Dalínia. Krispinus desconfiou imediatamente que havia algo de errado quando a Suma Mageia voltou à capital do reino antes do programado e sem seu guardião, Derek de Blakenheim. Por precaução, Danyanna chamou o esposo para a antecâmara dos aposentos reais, dispensou valetes e outros integrantes da criadagem e contou, em um ambiente reservado, tudo que aconteceu ao entrar no vale incendiado, com a certeza de que Krispinus perderia as estribeiras. Não deu outra. Depois da explosão inicial, o Grande Rei saiu xingando e culpando todo mundo: Caramir, por ainda não ter capturado o rei elfo; a Rainha-Augusta Nissíria, por ter permitido a existência de um enclave élfico em suas terras; e o próprio Arel, que ele considerou, entre os palavrões, um adversário covarde por jogar sujo daquela maneira.

A rainha observou o marido ficar colérico e pensou como o achava atraente quando ele reagia assim. Krispinus parecia ainda mais viril naquele estado enfurecido. Danyanna sabia que muitos amigos próximos se perguntavam por que uma mulher inteligente e sensata como ela tinha se apaixonado por uma força bruta da natureza como o Grande Rei. Pois era *exatamente* por ele ser uma força bruta da natureza; Krispinus era como as grandes tempestades que Danyanna evocava — selvagem, destruidor, magnífico. Em um literal passe de mágica, Danyanna tinha acesso à fúria dos elementos e podia comandar raios e trovões, mas eles não iam para a cama com ela, ao contrário do marido.

E assim como uma chuva de verão, o acesso do Deus-Rei passou. Ele ainda parecia capaz de sacar Caliburnus e descer a espada mágica em Caramir, Níssíria e Arel se eles entrassem subitamente pela porta, mas agora estava em condições de ouvir as ponderações da esposa. Krispinus cruzou a antecâmara com passos largos e pesados, parou diante de um aparador com vinhos, pegou uma garrafa e depois desmoronou no sofá perto do móvel. Após anos de casamento e discussões, a esposa sabia que essa era a deixa para retomar o assunto que o irritava.

— Eu despachei o Capitão Blak para Dalgória — continuou Danyanna —, a fim de consultar o Dalgor sobre a história da Trompa dos Dragões. O senhor meu marido se lembra de que ele adorava declamar o poema sobre o herói alfar que pôs os dragões para dormir...

— Sim — grunhiu o Grande Rei, que torceu a cara barbuda. — O Dalgor fazia uma voz de elfo para me irritar, todo afrescalhado.

— Pois então, nosso amigo bardo deve saber se o plano do rei elfo é possível ou não. De qualquer forma, se chegou ao ponto de provocar uma chacina entre o próprio povo, o Arel parece ter certeza de que a Trompa dos Dragões é capaz de despertá-los. Pelas últimas palavras do alfar moribundo, os elfos não deviam estar a fim de entregar a relíquia para seu rei.

— E, sendo isso possível, você acha que o Arel vai mandar os dragões para cá? — indagou Krispinus.

Agora foi a vez de a esposa se servir de vinho — um tinto produzido em Nerônia, seu favorito — e se sentar para colocar os pensamentos em ordem. Krispinus externava as ideias com raiva, mas isso não queria dizer que a mente de Danyanna não estivesse menos tempestuosa.

— Somente se a Ka-dreogan, como os alfares chamam o objeto, servir não só para fazer os dragões dormirem, como também para despertá-los e *controlá-los* — disse a Suma Mageia. — O Arel seria realmente louco de soltá-los em Zândia sem alguma maneira de comandar os dragões...

Krispinus tomou um bom gole de vinho e ponderou um pouco sobre uma ideia absurda que surgiu em meio às várias estratégias conflitantes que berravam na mente. *Absurda*, na verdade, não, em décadas de guerra, ele já tinha visto coisas assim acontecerem antes.

— O desgraçado pode simplesmente ter desistido de tudo e querer nos destruir de qualquer maneira, sem se importar que o mundo vá junto, incluindo sua preciosa raça élfica — falou o Grande Rei que, ao notar o olhar de descrença da esposa, argumentou: — Um inimigo *acuado* é capaz de fazer uma coisa dessas, ou um adversário que julgue já estar derrotado, mas que não quer admitir essa derrota.

— Isso é *suicídio*! — exclamou Danyanna, mas ela se lembrou das palavras desesperadas do elfo morrendo.

Talvez Arel realmente não pudesse controlar os dragões. Talvez o marido estivesse certo.

— Um suicídio para levar o inimigo junto com ele — reforçou Krispinus.

— Eu preciso ir à biblioteca conduzir a pesquisa — disse a rainha enquanto ficava de pé.

— E eu vou preparar as defesas da cidade — falou o Deus-Rei, que também saiu do sofá. — *Discretamente*. Até descobrirmos algo mais concreto, a palavra "dragão" está proibida de circular pelo palácio.

— Concordo, senhor meu marido.

Era bom que Krispinus se ocupasse com o que realmente sabia fazer. Todas as vezes que o marido cismava de acompanhá-la em alguma pesquisa, a paciência dele se esgotava logo e o Grande Rei mais atrapalhava do que ajudava, cobrando resultados ou fazendo perguntas sobre o andamento da investigação. Os dois saíram em silêncio da antecâmara, cada um digerindo a situação à luz da conversa que tinham tido.

BIBLIOTECA, PALÁCIO REAL

Visto que a Grande Guerra dos Dragões marcou o fim do Império Adamar com a destruição parcial da Morada dos Reis, naturalmente não havia registros escritos por *adamares* sobre o tema na coleção de livros da antiga capital. Apenas dois volumes adquiridos por Dalgor em suas peripécias por

Zândia com Krispinus, Danyanna e Caramir jogavam alguma luz sobre o assunto. Sem revelar o motivo da pesquisa, a Suma Mageia pediu que os assistentes da biblioteca localizassem as obras. A primeira falava da Grande Guerra dos Dragões a partir de relatos dos anões, que usaram o Palácio dos Ventos para caçar os monstros. Eram histórias que o próprio Od-lanor contara para Danyanna quando ela esteve no castelo voador do Dawar Tukok. Se não fosse por aquele rei anão, a destruição em Zândia teria sido muito maior. Infelizmente, e um tanto quanto óbvio, os anões não levavam em consideração o envolvimento dos elfos no fim da Grande Guerra dos Dragões, portanto não havia nenhum registro sobre a Ka-dreogan no livro. Tempo perdido, pensou a Danyanna. A segunda obra era chamada *Dez Poemas Élficos Essenciais*, uma compilação e tradução feita pela famosa menestrel Lusyanna, com dedicatória de Dalgor para a rainha. Danyanna sentiu uma pontada de decepção consigo mesma por nunca ter lido o presente do amigo — ela detestava poesias e só enxergava beleza e harmonia em encantamentos. Mas ali estava o poema épico que a Suma Mageia se lembrava de ter ouvido o velho bardo declamar tantas vezes para irritar Krispinus, *A Balada de Jalael e o Sono de Amaraxas, o Primeiro Dragão*. Ao ler, ela reencontrou o termo élfico que ficou fixo na memória graças à interpretação galhofeira de Dalgor — Ka-dreogan, a Trompa dos Dragões — e a descrição do ato heroico do feiticeiro elfo Jalael, que usou a relíquia para colocar o Primeiro Dragão para dormir. Segundo as estrofes, Amaraxas, a caminho da hibernação, soltou um rugido que fez com que os outros monstros também entrassem em torpor. Mas não havia nada além disso, nada que indicasse que o objeto podia ser usado para despertar Amaraxas e os outros dragões, ou mesmo controlá-los... ou talvez *houvesse* mais alguma coisa, algum significado metafórico escondido, só que Danyanna não conseguia interpretar os versos além da leitura óbvia. A rainha bufou, irritada consigo mesma por ser uma negação com poesias. Ela desejou que o Capitão Blak já tivesse se encontrado com Dalgor e que o velho amigo elucidasse a questão com seu vasto conhecimento sobre tudo.

 Uma sensação mágica tirou Danyanna da terceira leitura insistente do poema. Era a percepção de que alguém cochichava em seu ouvido; uma presença impossível, pois era a voz de Dalgor — que teoricamente estava do outro lado do continente — falando de forma muito cristalina, como se o bardo estivesse confidenciando algo para ela, ali ao lado.

Uma mensagem mística via pendanti.

— Você estava certa sobre o despertar dos dragões, mas o Amaraxas... — a voz de Dalgor falhou e acusou um grande sofrimento — veio... para Dalgória.

A rainha sentiu o duplo impacto da comunicação: a notícia de que Amaraxas havia sido despertado e que provavelmente já estava atacando Dalgória — o tom do duque era uma indicação cruel de que algo terrível havia acontecido com a cidade e com ele mesmo — e a sensação de que aquelas foram as últimas palavras do velho amigo. Danyanna ficou parada diante da mesa da biblioteca com o livro de poemas aberto. O presente de Dalgor que ela nunca chegara a ler. Uma onda de tristeza e desespero ameaçou tomá-la, mas Danyanna era a Rainha de Krispínia, a Suma Mageia do Colégio de Arquimagos. Desespero era um sentimento a ser contido, tristeza era uma emoção que ficava para depois.

O reino tinha uma segunda guerra de dragões para lutar.

JARDINS SUSPENSOS, PALÁCIO REAL

Krispinus observava o esplendor da Morada dos Reis, a cidade perdida que eles se empenharam tanto em reconstruir, o abrigo para os humanos que fugiram do levante dos elfos, liderados pelo cavaleiro que se tornaria o Deus-Rei. Ele olhou para os colossos gigantescos dos monarcas adamares, os imperadores-deuses, distribuídos pela imensidão da cidade como vigias do passado. Quase todos estavam intactos, mas alguns se perderam para a fúria dos dragões que atacaram a capital do império decadente. As estátuas estavam voltadas para o exterior da Morada dos Reis, como se contemplassem com tristeza os territórios que um dia comandaram. Quantas delas seriam destruídas se os monstros atacassem novamente? Se pudessem se virar, será que os colossos encarariam Krispinus com uma expressão de cobrança por sua segurança? Parado em um dos jardins suspensos, o próprio Grande Rei se virou, a fim de ver a pirâmide de onde brotava o terraço verdejante e que abrigava o Palácio Real. Proteger tudo aquilo — o legado adamar, os súditos que o veneram como deus, a corte e Danyanna — era sua missão divina, e nenhum elfo ou dragão jamais colocaria as patas imundas em sua cidade. Nem que ele tivesse que ir aos portões montado em Roncinus, com Caliburnus na mão, sozinho para matar todos eles.

O Deus-Rei estava sentindo o misto de empolgação e energia que os pensamentos de combate e vingança sempre provocavam quando Danyanna surgiu no terraço. De todos os vários jardins suspensos do palácio, ela sabia que aquele era o ponto de contemplação predileto do marido, assim como Krispinus tinha noção de que a esposa gostava de vislumbrar a cidade em seu Aerum, no ápice do conjunto de torres que ocupava o topo da pirâmide. Pelo andar resoluto e ombros empertigados da Suma Mageia, o Grande Rei tinha certeza de que ela vinha com respostas. Danyanna nunca decepcionava, em qualquer campo, em qualquer circunstância. Ele a amava por isso. Porém a notícia que a esposa trouxe atingiu Krispinus como uma lança em uma justa.

— Dalgor... — balbuciou ele sentindo as pernas tremerem. — O elfo desgraçado matou meu amigo.

O Grande Rei se apoiou na balaustrada do terraço. Naquele momento ele não se sentia grande em nada.

Os ouvidos captaram toda a explicação de Danyanna, que não gostava de rodeios, enquanto a mente imaginava Arel sofrendo em suas mãos. Na verdade, a esposa não sabia de muita coisa. Com a mensagem de Dalgor, ficou confirmado que a Ka-dreogan também servia para despertar dragões, ou pelo menos o primeiro deles, Amaraxas. Ainda não havia como saber *se* e *quando* o monstro acordaria os outros de sua espécie. O ataque a Bela Dejanna podia ser uma provocação para tirar Krispinus da Morada dos Reis e deixar a capital do Grande Reino vulnerável a outro tipo de ataque, mas era exatamente isso que o Deus-Reis pretendia fazer.

— Eu preciso matar aquele elfo filho da puta — disse Krispinus. — Eu vou atrás dele.

— Senhor meu marido, as obrigações do trono... — começou Danyanna.

Na crise recente dos Portões do Inferno, a rainha tentou impedir que o esposo fosse ao Fortim do Pentáculo com uma discussão a portas fechadas que, diziam as más línguas, fez tremer o Palácio Real até as fundações. Krispinus acabou indo mesmo assim, mas não estava disposto a ter que negociar a alforria no grito novamente, não com um amigo morto envolvido.

— O trono não vai mais existir se aquele desgraçado mandar dragões contra nós — falou ele. — Sabemos onde o Arel está. Vou lá matá-lo, matar o dragão dele e destruir aquela trompa antes que desperte mais monstros, se já não fez isso.

Danyanna fingiu que não ouviu e preferiu oferecer soluções mais práticas.

— Eu preciso reunir o Colégio de Arquimagos para saber o que podemos fazer contra o dragão e se há algum jeito de reverter o efeito da Ka-dreogan. — Ela olhou para a direção do Ermo de Bral-tor. — É uma pena que o Rei-Mago Belsantar esteja no Fortim do Pentáculo...

— E eu vou reunir uma cavalaria ligeira e rumar para Dalgória — falou Krispinus.

— Senhor meu marido, estamos no outro lado do reino... até que cheguem lá, o dragão e o rei elfo podem ter ido para qualquer outro lugar.

— Um dragão não se esconde facilmente — retrucou o Grande Rei. — As notícias chegarão até nós e ajustaremos o rumo, se for necessário.

— Krispinus... — Danyanna deixou o tratamento respeitoso de lado e começou a elevar o tom de voz.

— Uma pena que aquele castelo voador não esteja mais aqui... — murmurou ele, ignorando a esposa. — Chegaríamos rapidinho.

— O que você disse? — perguntou a rainha.

— Aquele castelo voador do jovem Sir Baldur, o meu mais novo...

— Sim! — exclamou Danyanna. — Para onde ele foi?

— Eu mandei que o Sir Baldur resolvesse um problema lá no Oriente — respondeu o Grande Rei. — Na Beira Leste, logo depois de Dalgória.

— Senhor meu marido, aquele é o Palácio dos Ventos, o castelo *matador de dragões* que os anões usaram há séculos.

O rosto de Krispinus ficou radiante, a primeira expressão de alegria e esperança desde que recebera a notícia sobre Dalgor.

— Você consegue entrar em contato com eles?

— Não — disse a Suma Mageia categoricamente.

Ela sabia que Od-lanor, o novo integrante do Colégio de Arquimagos, estava com Baldur no Palácio dos Ventos, mas não houve tempo hábil desde sua sagração para a confecção de um pendanti. No entanto, havia alguém por perto que possuía um pingente encantado de comunicação.

— Não — repetiu Danyanna, desta vez em um tom mais empolgado. — Porém, tenho o pendanti com a imagem do Capitão Blak que o senhor mandou fazer para eu manter contato com ele. E eu o despachei para Dalgória, a fim de consultar o Dalgor, como já contei. Se meu guarda-costas ainda estiver vivo, estará perto do Palácio dos Ventos e poderá alertar o Sir Baldur.

— Se ele ainda estiver vivo...

A Suma Mageia ergueu o braço, com uma pulseira cheia de pendantis que a conectavam com as pessoas mais importantes do reino — e com Derek de Blakenheim.

— Eu saberei neste exato momento, com o envio da mensagem — respondeu ela com um sorriso que espelhava a esperança do marido.

Danyanna começou o encantamento, visivelmente empolgada. Krispinus também estava animado com a ideia de surpreender Arel com uma arma saída da mitologia dos anões e capaz de matar seu dragão. Mas ele torceu para que o líder dos inimigos escapasse ileso.

Krispinus queria arrastá-lo de Dalgória até a Morada dos Reis, puxado por Roncinus, para pagar pela morte de Dalgor.

CAPÍTULO 19

RIO BAL,
BAL-DAEL

O som da correnteza embalava Borel enquanto ele avançava pela margem do Rio Bal — que Janus chamava de Rio da Lua na língua humana — e deixava para trás a ilha fluvial que abrigava grande parte do povoado élfico de Bal-dael e o palácio da Salinde Sindel, a chefe da comunidade. Naquele momento, a residência ancestral estava ocupada por alguém que o guerreiro alfar jamais acreditou que fosse ver novamente em vida: Arel, o irmão de Sindel e líder de todos os elfos da superfície. Há anos o salim se encontrava lutando bem ao norte de Bal-dael, em um conflito sem fim com os humanos; agora ele estava ali em Bal-dael, sozinho, sem uma tropa ou guardas pessoais, visivelmente desgastado de uma longa viagem. Ao chegar, Arel se limitou a dizer poucas palavras e apenas exigiu a presença da irmã. Antes de partir em busca de Sindel, Borel deu ordens para que o salim fosse atendido em todas as vontades e que gozasse de uma hospitalidade condizente com o cargo. Enquanto se afastava do palácio, o guerreiro ouviu o coral reunido para louvar a chegada de Arel e viu os herbolários catando flores e ervas medicinais para seu banho de boas-vindas. Pelo aspecto de exaustão do salim, Borel pensou que talvez fosse melhor chamar os alquimistas também.

Ele avistou Sindel nas águas do Bal dando aulas de aquamancia para suas alunas. Elas comandavam as águas com gestuais ritualísticos e palavras de poder sob a supervisão atenta de Sindel, que corrigia os erros que via. As elfas nadavam nuas, o que destacava a diferença entre as aprendizes e a preceptora — as primeiras, como todas as alfares, eram esbeltas e delicadas, com braços e pernas parecidos com gravetos frágeis; já Sindel tinha um corpo roliço, com formas generosas e corpulentas. No vocabulário humano, ela seria considerada "gorda", uma palavra inexistente na língua dos alfares. Ao vê-la, Borel pensou em si mesmo, também um caso raro entre os elfos da superfície, praticamente todos esguios, ao contrário de seu corpo grandalhão e muito musculoso. Talvez por isso ele sentisse tanta afinidade com a salinde, além da admiração pela liderança e poderio mágico de Sindel.

Borel empostou a voz para ser ouvido mesmo com o coro de evocações místicas das elfas; na terceira chamada, Sindel finalmente ouviu o guerreiro, pediu licença às alunas e foi para a margem do rio. Após receber a saudação de Borel, ela ficou surpresa ao ouvir que o irmão em pessoa a aguardava no palácio. Se Arel estava ali — sozinho e exausto como o guerreiro descreveu —, as notícias sobre o conflito ao norte não deveriam ser boas. Sindel torceu para que o salim não tivesse sido seguido, pois ela vinha se esforçando muito para manter Bal-dael isolado do resto do mundo, como um último bastião élfico de resistência. O acordo com o administrador humano Janus era apenas uma das providências tomadas pela salinde; ela olhou para o alto de um morro ao longe, em meio ao arvoredo, e pensou na arma secreta que vinha preparando para defender Bal-dael de qualquer perigo.

— Como vai nosso amigo Janus? — perguntou Sindel. — Tivemos outra incursão humana na floresta.

— Ele diz que não consegue impedir que seu povo entre na mata — respondeu Borel.

— E você o lembrou de como ele está sendo bem pago para isso?

— Sim, salinde — disse o guerreiro. — E também ameacei abandoná-lo.

Sindel tocou no braço musculoso de Borel. Ele era um belo espécime de alfar, com uma virilidade rara. Era uma pena ter que desviá-la para o leito do humano, mas todos ali tinham uma cota de sacrifício para manter Bal-dael a salvo.

— Muito bem — falou ela. — Continue a visitá-lo regularmente, para deixá-lo cada vez mais sob nosso controle. Eu confio no seu talento.

A salinde alisou o tronco e a virilha de Borel, que permaneceu impassível e obediente. Que desperdício usá-lo daquela forma. Borel teria sido um bom companheiro, se as circunstâncias fossem outras. Mas a vantagem de ser alfar era ter a eternidade diante de si. Sindel ainda esperava encontrar um amante à altura, mesmo após séculos de busca.

— Vamos — disse Sindel ao retirar a mão do corpo do guerreiro grandalhão. — É hora de saber o que o salim quer comigo.

A salinde se voltou para as aprendizes, mandou que continuassem praticando os encantamentos ensinados, coletou as roupas à margem do rio e se vestiu. Assim que ficou pronta, entrou em um bote, convidou Borel para se juntar a ela, e entoou uma magia para comandar a correnteza, a fim de conduzi-los tranquilamente até Bal-dael. O guerreiro ajustou a capa negra cheia de símbolos arcanos nos ombros e deu um sorriso para Sindel, pois sempre gostava de vê-la exercer seu domínio sobre as águas.

Borel também torceu, pelo imenso amor que nutria por ela, para que tudo corresse bem com a reunião da salinde com o irmão.

PALÁCIO DE EFEL, BAL-DAEL

Com quase todo o corpo mergulhado no banho restaurador, Arel distraía a mente olhando os grandes vitrais por toda a área do domo pontudo do palácio, batizado com o nome de seu pai. Os feitos de Efel e sua linhagem, Gora-lovoel — que se misturava com outros ramos de heróis alfares lendários —, estavam representados nos vidros que pareciam encarar Arel de volta, como se o culpassem pelo fracasso na guerra e condenassem a decisão que ele tomou. Em vez de desviar o olhar e ceder à culpa, Arel manteve uma expressão resoluta de desafio, especialmente voltada para a imagem do pai. Será que Efel teria se saído melhor como salim no conflito contra os humanos? Teria tido a coragem de soprar a Ka-dreogan como o filho fez? Aquilo era um exercício para pensadores e artistas, não para um guerreiro pragmático como Arel. Ele sempre foi rebelde e profano; escolheu a arte mágica proibida da piromancia desde o início da carreira como feiticeiro, mesmo sabendo que era considerada herege por toda a sociedade alfar.

Foi seu domínio do fogo que quase fez com que os elfos da superfície ganhassem a guerra. *Quase*. Arel teria vencido se não fosse pelo surgimento do cavaleiro Krispinus e seu grupo de amigos aventureiros que conduziram os humanos para o refúgio da antiga capital adamar e lideraram uma resistência que acabou por expulsar e encurralar os alfares no Oriente. Subitamente, as forças élficas pareciam estar perdendo em todas as frentes de batalha; os reinos humanos, então isolados e desorganizados, passaram a ouvir uma única voz de comando, e até a população civil pegou em armas e lutou corajosamente, inspirada pelo "salvador".

Não haveria salvação alguma, agora que Amaraxas despertou. Em breve, o Primeiro Dragão acordaria todos os outros de sua espécie e o mundo acabaria em fogo.

E Arel morreria na casa de seu pai, como devia ser.

Ele tirou os olhos fixos dos vitrais com a imagem de Efel quando a irmã entrou nos aposentos reservados a dignatários e visitantes importantes. Em um canto do cômodo, o coral que entoava uma música relaxante interrompeu a cantoria e o pintor que retratava a gloriosa visita do salim a Bal-dael parou de desenhar o esboço e ficou de pé.

— Saiam, por favor — pediu Arel, e todos os artistas obedeceram imediatamente, após cumprimentarem Sindel.

Ela se aproximou do irmão e fez a saudação protocolar.

— A salinde de Bal-dael reconhece a presença do Salim Arel, filho de Efel, do ramo Gora-lovoel da Grande Árvore banhada pelo Surya.

Dentro do tonel de madeira que servia como banheira, Arel subitamente ficou em dúvida como responder, ele ainda não havia considerado a perda do título de salim durante o ataque ao conselho dos anciões. Elofel, a Voz do Manzil, havia retirado seu posto quando Arel lançou o elemental de fogo contra os zelins. Ao chegar a Bal-dael, o ex-salim simplesmente foi tratado e obedecido como sempre esteve acostumado. Agora, porém, diante da irmã — a líder de fato daquele povoado — e da saudação ancestral, a questão o atingiu de forma tão certeira quanto uma flecha.

Mas ele estava ali para esperar o fim do mundo no lar de sua linhagem. Títulos, planos, verdades e mentiras deixaram de ter importância.

— Eu não sou mais o salim, Sindel — disse Arel secamente, sem rodeios. — O manzil retirou meu posto.

A salinde pestanejou, absolutamente chocada. Durante todo o trajeto do Rio Bal até o palácio, ela imaginou várias notícias que o irmão poderia ter trazido; mas *aquela* definitivamente jamais lhe passou pela cabeça. E Sindel mal sabia o que ouviria em breve.

— Você visitou Manzil-dael? — perguntou ela, ainda que a resposta fosse óbvia.

— Visitei, e o Elofel me demoveu do posto de salim dos alfares, em nome do manzil.

— Por quê? — disse Sindel. — O que você fez desta vez?

A salinde conhecia muito bem o espírito contestador do irmão, o histórico de atitudes revoltosas e a visão profana em relação à magia; Arel era um espírito selvagem por excelência. Imprevisível, obstinado, egoísta. De início, ela se surpreendeu quando os zelins o sagraram como líder de todos os alfares, mas depois veio a entender a sabedoria por trás da decisão. Naquele momento do conflito com os humanos, a maneira tradicional de agir e guerrear não estava dando certo. Era preciso alguém que agisse diferente, que pensasse sem as amarras das tradições, que fosse contra tudo que os alfares acreditavam para salvá-los da derrota. E Arel quase venceu o conflito. Será que foi por isso que o manzil o demoveu como salim? Quem, então, os anciões colocaram no lugar?

Arel contou tudo que aconteceu, praticamente de uma vez só, em versão resumida. A ideia para o plano, a jornada até Manzil-dael, o massacre dos zelins, o sacrifício de Sobel, a aquisição da Ka-dreogan e o despertar de Amaraxas.

Nos séculos de vida, ela nunca soube de um ato tão monstruoso como aquele, de uma atitude que fosse tão contra todos os princípios alfares de celebração da vida, da natureza e da eternidade. Sindel jamais imaginou que o irmão fosse chegar a tal extremo. Com uma expressão de choque absoluto no rosto redondo, tão atípico dos elfos de feições angulosas, ela ergueu o olhar para o vitral com a imagem do pai, Elofel, e se perguntou onde falhou como irmã, como alfar, como salinde.

— Mas isso que você fez vai nos extinguir... — foi tudo que Sindel conseguiu falar enquanto lágrimas escorriam pela face.

Arel finalmente saiu da banheira e pegou uma toalha para se secar enquanto foi na direção das roupas limpas empilhadas em cima de um aparador. O corpo esbelto exibia várias cicatrizes de combate, mas nenhuma marca de queimadura. Como mestre piromante, o ex-salim era imune ao fogo.

— Nós já estamos extintos, Sindel — afirmou ele. — Nossa população diminui cada vez mais, estamos sendo caçados e expulsos de nossas terras; estamos sendo *massacrados*.

Arel colocou uma veste de linho bordado, extremamente delicada e bela, como todo o artesanato alfar. Tudo aquilo deixaria de existir agora. Toda aquela beleza viraria cinzas.

— Não nasce um alfar há muitos anos — continuou ele —, enquanto os humanos continuam a procriar como coelhos. Com pouco mais de dez primaveras, um humano já sabe pegar em armas e nos matar, enquanto um alfar não ascendeu ainda. Estamos fazendo *poemas* e *dançando* na mata enquanto eles treinam para nos combater!

— Essa é a nossa cultura, não podemos sacrificar tudo isso para ganhar uma guerra! — gritou Sindel.

— É por isso que *eu* fui escolhido pelo manzil como salim, e não você, minha cara — falou Arel.

— Exato — disse a irmã. — Você foi escolhido para ganhar a guerra, e não para entregá-la.

Sindel queria continuar a argumentar, mas sabia que a discussão estava perdida. Nada que falasse faria Arel mudar de ideia ou, pior ainda, alteraria o que tinha sido feito. O irmão contou que destruiu a Ka-dreogan; mesmo que ele quisesse, não havia como colocar Amaraxas para dormir novamente.

— Você tem se mantido longe da frente de batalha — falou Arel. — Somos melhores em tudo que os humanos, mas eles têm a vantagem numérica e a crença naquele falso deus, aquele genocida travestido de divindade adamar.

— Nosso povo também tem fé em você. — O tom de voz de Sindel saiu amargo e sem esperança.

— É por isso que não pude decepcioná-los. Foi preciso apelar para essa solução final. Nós morreríamos sozinhos ou morreríamos com os humanos. Eu preferi a segunda opção.

— Você não era mais o salim — falou ela secamente. — Não podia ter tomado essa decisão.

Arel ergueu as sobrancelhas. Sua filha Sobel estava certa; Sindel tinha inveja dele por não ter sido escolhida pelos zelins para governar todos os alfares.

— A questão é essa então? Você quer o título? — Ele abriu os braços em um gesto dramático. — Eu sou o alfar mais antigo e os zelins estão mortos; então, pelo poder que essa condição singular me confere, eu reconheço a presença da Salim Sindel, filha de Efel, do ramo Gora-lovoel da Grande Árvore banhada pelo Surya. Satisfeita?

Arel arrancou a tiara com o símbolo do Surya da cabeça e atirou aos pés da irmã; em seguida, deu meia-volta em um rompante e se afastou dela, indo na direção da saída dos aposentos.

— Você me entedia há séculos — disse ele parado na passagem, sem se voltar para Sindel. — Eu tenho o direito de morrer na casa de meu pai sem ouvir sua ladainha de reclamações. O que está feito está feito: nós não seremos extintos sozinhos.

E com isso Arel saiu e deixou Sindel sozinha.

Ela ficou imóvel ali, até que outra vez ergueu o olhar para o vitral com a imagem de Efel. O velho alfar sempre fez vista grossa para a rebeldia e heresia do filho, mas nunca deixou de apontar os defeitos da filha, cujo corpo não estava dentro dos padrões élficos. Ao longo dos séculos, Arel teve cinco filhos; Sindel, nenhum. E nem teria, pois o mundo seria destruído por causa da insanidade do irmão.

Aquilo não podia acontecer. Ela não sabia como impedir uma nova guerra de dragões, nem quanto tempo teria para tentar realizar o impossível, mas precisava fazer algo. Sindel não era dada a fatalismos e drama. A salinde — a *salim*, agora — vinha se preparando há anos para transformar Bal-dael no último refúgio para a nação alfar. Arel tinha razão, de certa forma. Ela tinha se mantido longe da frente de batalha, mas isso mudaria agora. Um novo plano começou a surgir na mente, uma estratégia que provaria que Sindel também era capaz de atitudes radicais.

Ela saiu para o corredor do palácio à caça de Borel. Seu fiel guerreiro colocaria em ação algo que seu irmão jamais imaginaria ser possível.

CAPÍTULO 20

MATA ESCURA, BEIRA LESTE

Caçar elfos na floresta era o mesmo que pescar baleias; ambas as criaturas estavam em vantagem no próprio ambiente natural e sabiam se esconder nele perfeitamente, mas ainda assim um homem habilidoso era capaz de conquistar sua presa no fim do dia. Pelo menos foi esse o argumento que Barney usou para convencer os seis remadores de sua lancha e mais outros dois colegas arpoadores a se embrenhar na floresta que cercava a Praia Vermelha para dar fim aos elfos que aterrorizavam a vila pesqueira. Ele estava cansado das desculpas e da inação do Mestre Janus; a morte do mateiro Milbur, um sujeito tão querido na pequena comunidade, foi a gota d'água. Barney conseguiu até mesmo o reforço de Ealan, o jovem aprendiz de Milbur, que se prontificou a guiar a milícia improvisada pela floresta fechada conhecida como Mata Escura. O velho mateiro tinha sido um pai para ele, e o rapaz estava com sede de sangue.

Os dez homens estavam armados de azagaias — lanças de arremesso feitas de madeira que seriam especialmente letais nas mãos dos três arpoadores, acostumados com os arpões de metal bem mais pesados —, peixeiras e facões de mato. Barney, como sempre, inspirou os marinheiros com um discurso de vingança e sucesso; um dos remadores chegou a dizer que, se eles voltassem da floresta com elfos mortos, Barney seria conhecido não só como o Homem das Águas, mas também como o Homem do Mato. Todos riram, e os arpoadores até combinaram apostas entre si, envolvendo quem acertaria um elfo primeiro e quantos cada um mataria.

Era uma expedição fadada ao fracasso desde o início.

A princípio, o grupo avançou pelas antigas trilhas de caça, sempre à procura de algum elfo escondido na vegetação abundante. Eles chegaram ao local onde Milbur tinha sido flechado e resolveram ampliar a busca a partir daquele ponto, ainda que não houvesse rastro algum do inimigo. Barney sugeriu que a expedição seguisse o curso do Rio da Lua, pois seria natural que qualquer povoado élfico se instalasse em uma das duas margens; Ealan concordou, mas cogitou verificar os córregos também, que seriam pontos naturais de acampamentos, caso os elfos estivessem em menor número ou patrulhando. Foram propostas sensatas, especialmente se estivessem atrás de humanos no mato; porém, em se tratando de alfares com séculos de vivência na floresta e décadas de experiência em caçar e ser caçados, eram ideias bastante amadoras e ingênuas.

Os elfos de Bal-dael não estavam nos pontos em que a milícia da Praia Vermelha julgou que estivessem; suas armadilhas, porém, estavam lá aguardando pelos humanos.

Não havia ninguém nos córregos, e a margem do rio avançava sem revelar qualquer presença élfica. Alguém levantou a hipótese de que os inimigos poderiam estar do outro lado do curso de água; Barney sugeriu que eles voltassem no dia seguinte com lanchas para explorar a margem oposta, pois o Rio da Lua tinha mais de um quilômetro e meio de largura, e todos concordaram efusivamente. Aquele avanço tenso e cauteloso estava sendo frustrante pela ausência de resultados. Um arpoador reclamou que ao menos as baleias eram detectáveis pelos esguichos em alto-mar, mas não havia nada que revelasse os elfos naquele maldito matagal. Barney foi até o colega para lembrá-lo de seus sucessos como arpoador e comentou que no início toda a carreira era difícil, especialmente para aqueles mateiros de primeira viagem. O sujeito riu e concordou com o Homem das Águas.

Subitamente, um silvo breve, quase indistinguível do som de um tentilhão, chamou a atenção de Ealan. Ele colocou todo mundo em alerta e tentou identificar a direção do silvo — aliás, dos *silvos*, pois houvera uma sequência de assovios que indicavam alguma espécie de comunicação dentro da mata fechada. A floresta naquele ponto era especialmente densa, mas havia um caminho natural de passagem entre as árvores e os arbustos.

E era de lá que vinham os sons.

Ealan fez um gesto indicando que iria à frente e que deveria ser seguido em silêncio, com cautela. Os homens do mar tentaram ser furtivos da melhor forma possível no meio do mato, mas aos ouvidos dos quatro elfos que os aguardavam, eles eram como uma caravana de anões avançando com passos pesados ao ritmo de uma cantoria.

O caminho estreito, habilmente aberto para enganar os olhos ainda imaturos do jovem mateiro de que aquilo era uma trilha natural, conduziu a uma pequena clareira com tamanho suficiente para agrupar toda a expedição da Praia Vermelha. Eles vasculharam ao redor, apreensivos, mas antes que percebessem qualquer perigo, as árvores em volta pareceram ganhar vida e prenderam o grupo ali — um sistema de contrapesos foi acionado e cercou a clareira com cipós grossos trançados como uma rede, que formaram uma muralha natural e intransponível ao redor dos humanos.

— Cuidado! — berrou Barney.

Mas já era tarde: de quatro pontos distintos da mata, flechas élficas entraram no espaço onde os humanos estavam contidos. E quatro marinheiros caíram instantaneamente.

— Espalhem-se! — gritou Ealan, que correu para a borda da clareira de facão em punho, com o intuito de cortar a rede de cipós e abrir caminho para a mata.

Ele foi abatido por duas flechas no terceiro passo que deu.

Os cinco sobreviventes tentaram agir da melhor forma que era possível. Um remador deitou ao lado de um amigo morto, enquanto outros dois repetiram a tática de Ealan, no desespero de escapar daquela zona de morte. Barney deu uma rápida olhadela para o único outro arpoador vivo e apontou para um trecho de floresta atrás da rede. O sujeito só viu uma massa verdejante naquele ponto da mata, mas a azagaia arremessada por Barney revelou um elfo, que foi prontamente trespassado pela arma e caiu morto detrás de um arbusto. Esperando um revide, Barney rolou no chão e escapou ileso de uma flechada. Seu colega arpoador disparou a azagaia na direção de onde veio o projétil, mas não foi certeiro como Barney, nem tão ágil para fugir do contra-ataque. Ele desabou morto no chão, assim como os dois remadores que haviam corrido para tentar cortar a rede.

Só restaram Barney e o remador deitado no chão contra o que o jovem arpoador acreditava ser três elfos ainda vivos, pela contagem de disparos que ele vinha fazendo freneticamente. *Dois* ainda vivos, na verdade — Barney catou a azagaia de um marinheiro morto e lançou com precisão no inimigo que ele viu se reposicionando na floresta para disparar novamente. Mas era impossível saber se havia outros arqueiros como reforço, aguardando sua vez. O arpoador fez uma prece silenciosa em nome de Be-lanor para que não houvesse mais elfos naquela emboscada.

O remador encolhido ao lado do colega morto levou uma flechada na perna, a única parte mais exposta. Ao ver Barney vasculhando o chão atrás de outra azagaia, ao mesmo tempo que observava a floresta em volta, o homem ergueu o corpo e jogou a própria arma para o Homem das Águas. O remador morreu com uma expressão de satisfação ao ver seu ídolo pegar a azagaia, agradecer com a cabeça e imediatamente se virar para a direção de onde veio a flecha letal. O homem e o arqueiro elfo que o matou desabaram ao mesmo tempo.

Pelas contas de Barney, só restavam ele e um inimigo. Não havia mais nenhuma azagaia disponível ali perto; o jovem arpoador teria que arriscar uma corrida até a rede que cercava a pequena clareira e pegar a arma de outro remador morto. Instintivamente, Barney encolheu o corpo, diminuiu a silhueta e considerou a tática de se deitar no chão, usando um colega abatido como cobertura. Para sua surpresa, não veio nenhuma flecha em sua direção; em vez disso, um elfo passou por uma brecha praticamente invisível entre os cipós e entrou na clareira com uma expressão desafiadora, falando rispidamente.

Barney entendeu a mensagem mesmo sem compreender a língua. A atitude do sujeito já dizia tudo: ele queria se vingar cara a cara pelos companheiros mortos. Bem, nisso o arpoador concordava com o elfo e dividia o mesmo objetivo que ele. Barney sacou o facão de mato do cinto e aguardou o inimigo que se aproximava com uma espada estranha, parecida com um machete, só que mais delicada. O elfo também era uma figura delicada, tinha um corpo mais estreito e mais baixo do que Barney, e estava vestido de forma esquisita, como se tivesse o corpo coberto por folhas. O inimigo começou a brandir a arma com uma habilidade impressionante e continuou provocando o humano com palavras que soavam rudes.

Barney se cansou daquele joguinho. Com o facão erguido, ele começou a avançar contra o elfo, mas mudou de rumo subitamente e foi para a azagaia que havia localizado perto da rede. O adversário ficou surpreso e hesitou entre persegui-lo e trocar de arma para o arco curto que havia pendurado no braço esquerdo. Quando tomou a decisão e já estava com uma flecha apontada para Barney, a azagaia varou seu tronco posicionado para o disparo de um lado a outro.

A flecha voou do arco por puro reflexo, e o arpoador instintivamente acompanhou o trajeto do projétil até o céu. E ali teve a visão mais fantástica de sua vida.

Uma pedra gigante pairava no ar e lançava uma sombra sobre a clareira ensanguentada.

PALÁCIO DOS VENTOS, MATA ESCURA

Carantir sentia o vento nos longos cabelos como nunca antes em sua longa vida como meio-elfo. Ele se encontrava em um aparato estranho, uma jaula feita por anões que desceu pelo interior da grande rocha voadora e agora estava projetada sobre a floresta, que passava a grande velocidade lá embaixo. Seus algozes chamaram aquela instalação de "elevador" — Carantir estava acompanhado pelo humano grandalhão e pelo adamar, acorrentado àquela jaula para que não pulasse para fugir. Como se a queda não fosse matá-lo instantaneamente... mas o meio-elfo também ouviu o sujeito chamado Baldur se referir ao fato de que ele poderia "flutuar como o Kalannar" até lá embaixo, e aquela declaração absurda provocou uma discussão entre o humano e o adamar. Os dois mandaram que ele observasse a floresta e procurasse por quaisquer sinais de alfares, fossem elfos isolados se deslocando pela mata ou uma possível civilização escondida. De vez em quando, o adamar falava em um tubo de metal, de onde saía a voz que

Caramir reconheceu como sendo de Kyle, enquanto Baldur não arredava o pé do seu lado, desconfiado.

Em termos de trabalhos forçados, aquele era o mais fácil que Carantir fazia há anos. Ele finalmente estava usando suas habilidades naturais, afiadas por décadas de vivência na floresta. Era um pouco doloroso ver a mata — e a liberdade — assim tão de perto, mas era melhor do que o ambiente escaldante da caldeira e o confinamento com o ogro. Carantir só tinha que usar a visão aguçada e a experiência como batedor para detectar alfares na floresta, ainda que a velocidade e a cobertura da copa das árvores atrapalhassem bastante.

Eles estavam sobrevoando a mata por um bom tempo, com Kyle fazendo ajustes para acompanhar o curso de um rio muito largo, quando subitamente os ouvidos apurados do meio-elfo captaram um grande barulho de folhagem, galhos e pássaros em revoada, como se as árvores tivessem sido agitadas por uma força incalculável. Os olhos se voltaram para a direção do ruído, uma clareira ao longe sendo cercada por redes de cipós presas às árvores. Uma típica armadilha alfar.

— Lá — apontou Carantir. — Naquela clareira distante. Está vendo? São redes.

Baldur apertou os olhos e viu alguma movimentação confusa no ponto indicado pelo escravo meio-elfo; de fato *pareciam* ser redes... Ele virou o rosto rapidamente e acenou com a cabeça para Od-lanor, que passou uma correção de curso para Kyle pelo tubo de comunicação. O cavaleiro sentiu a mudança de direção e viu o elevador se alinhar com a clareira, que se tornava mais nítida com o avanço do Palácio dos Ventos.

— Combate! — berrou Carantir, e quase ao mesmo tempo, os ouvidos experientes de Baldur também captaram os sons inconfundíveis de uma batalha.

Gritos de dor, alertas de perigo, chamados de socorro — e o som cruel de carne sendo perfurada.

No meio da pequena clareira, um grupo de humanos — não mais que dez, naquele caos — estava sob ataque de flechas de um inimigo invisível na mata.

— Encontramos nossos elfos — rosnou Baldur, sentindo a impotência da distância. — Od-lanor, mande o Kyle descer o castelo e pousar na clareira.

Ele levou a mão ao espadão e novamente sentiu falta de estar de armadura, como na ocasião em que o ogro se rebelou. Talvez fosse melhor passar a usá-la todos os dias, mesmo na aparente calma e segurança do Palácio dos Ventos.

— Baldur, não vai dar tempo — disse o adamar. — Aquele ponto é pequeno, o Kyle vai demorar a manobrar.

— Então diga apenas para se aproximar — falou o cavaleiro. — Eu pulo daqui.

— Isso é loucura! — exclamou Od-lanor. — Você vai se arrebentar!

— Dê a ordem, caralho! Os caras lá embaixo estão morrendo!

O cavaleiro ouviu Od-lanor repassar a ordem e voltou a observar o combate — ou melhor, o massacre. Quase todos os humanos haviam caído, mas havia um que se movimentava de um lado para o outro e arremessava azagaias com uma força impressionante. E cada arremesso resultava na morte de um inimigo, finalmente revelados na cobertura da mata. Eram elfos, de fato.

Quando o castelo finalmente se aproximou a uma altura que daria para pular, só restava um sobrevivente na clareira — exatamente o arremessador das azagaias. Um elfo se revelou e o desafiou acintosamente para um duelo. Baldur se ajeitou para saltar, mas não viu nenhum arbusto na clareira que pudesse amortecer a queda livre. Porém, quando ergueu os olhos novamente para o combate, viu o homem correr da luta, pegar uma azagaia do chão e lançá-la com tamanha força e precisão que o elfo foi trespassado de pé e ainda soltou uma flecha, que subiu sem perigo em direção à rocha flutuante.

O homem então se deu conta da massa de pedra que pairava quase sobre ele. Havia três figuras dentro de uma jaula que se projetava daquele pedaço de montanha pendurado no céu. Ele continuava olhando estupefato, sem acreditar no que os olhos registravam.

Lá em cima, Baldur cutucou Carantir, que vasculhou o ambiente com os olhos e disse não haver mais perigo. O cavaleiro agradeceu silenciosamente ao Deus-Rei Krispinus por não ter tido que pular; a experiência no Fortim do Pentáculo já tinha sido suficiente para uma vida só.

— Ei, você! — berrou ele para o sujeito paralisado no meio da clareira. — Eu sou Baldur... Sir Baldur, Irmão de Escudo do Grande Rei Krispinus. Eu venho a mando dele. Estamos descendo!

Barney viu o grandalhão barbudo se virar para o interior da jaula e falar alguma coisa com alguém nas sombras, e, em seguida, a pedra voadora começou a descer lentamente. O arpoador se afastou por reflexo, ainda fascinado pela cena, e viu a jaula finalmente tocar no solo. Ele recuou ainda mais, com medo de que tudo aquilo o esmagasse, rezando em silêncio para Be-lanor poupá-lo.

— O rapaz parece meio assustado — comentou Od-lanor baixinho para Baldur. — Quer que eu vá acalmá-lo?

— Não, deixe comigo — respondeu o cavaleiro. — Vigie o escravo aqui dentro. Acho que ver um adamar e um meio-elfo logo agora vai piorar a situação para o pobre coitado.

Baldur saiu da sombra do Palácio dos Ventos e foi até o jovem ainda ofegante. Notou os corpos de humanos espalhados em volta do único sobrevivente e o elfo abatido pela azagaia. De perto, a precisão do arremesso era ainda mais impressionante. Ele decidiu repetir a apresentação com o sorriso mais amigável possível.

— Olá, bom sol. Sou Sir Baldur, Irmão de Escudo do Grande Rei Krispinus.

— Bom sol... — respondeu o rapaz olhando o recém-chegado de alto a baixo antes de voltar o rosto para a rocha imensa. — Sou Barney, arpoador da Praia Vermelha.

— Há mais alguém do seu grupo que tenha fugido ou precise de ajuda? — perguntou o cavaleiro.

— Não, éramos só dez aqui... — Ele apontou para a estrutura gigante atrás de Baldur. — O que é isso?

— É o lendário Palácio dos Ventos de Fnyar-Holl, cedido pelo Dawar Bramok ao Grande Rei Krispinus, sob comando deste seu fiel Irmão de Escudo. — Baldur disse as palavras tão ensaiadas com Od-lanor e emendou:

— Como falei, venho aqui a mando do Deus-Rei para saber como estão as coisas com os elfos da região.

Barney sentiu a euforia do combate baixar, e a surpresa com a chegada abrupta da pedra voadora finalmente passou. A cabeça fria de quem tomava decisões rápidas na proa de uma lancha baleeira estava de volta ao comando.

— A situação é essa que o senhor está vendo, Sir Baldur. — Ele fez um gesto para indicar o massacre e, em seguida, se agachou ao lado do companheiro morto mais próximo. — Estamos sendo atacados por elfos há algum tempo, mas o feitor-mor não faz absolutamente *nada*.

Ao ver aquele amigo assassinado e os outros oito homens que ele convenceu a entrar na mata para caçar elfos, Barney sentiu uma pontada forte de emoções misturadas: culpa por tê-los conduzido à morte, raiva pela inação de Janus, vergonha pela própria arrogância, ódio pelos elfos, tristeza pelos companheiros e pelas famílias arrasadas pelo ataque do inimigo.

— Eu chamei meus colegas... meus *amigos* para resolver a situação — falou o jovem arpoador, com a voz embargada e lágrimas nos olhos.

Baldur foi até ele e tocou no ombro do rapaz. Ele já tinha testemunhado vários combates que resultaram em derrota e visto o pesar na expressão de comandantes que realmente se importavam, como seu mestre Sir Darius, o Cavalgante, o melhor líder que conheceu na vida. O cavaleiro também se lembrou da reação do Grande Rei Krispinus após a luta nos Portões do Inferno, quando eles tiveram que recolher os corpos de todos os pentáculos mortos pelos svaltares. Mesmo o deus da guerra não tinha poderes para reverter um resultado desfavorável no campo de batalha. Nem trazer irmãos de armas de volta à vida.

Baldur respirou fundo, ajudou o arpoador, poucos anos mais jovem do que ele, a se erguer e se empertigou.

— *Eu* vou resolver a situação, Barney. Vamos recolher os corpos dos seus companheiros para levá-los às famílias *e* os corpos dos elfos para confrontarmos esse feitor-mor que não está obedecendo ao Grande Rei. É o tal de Mestre Janus, correto?

— Sim, é ele mesmo — respondeu o arpoador. — O Janus diz que não recebe recursos nem homens de Krispínia para conter os elfos da região.

— Isso é uma grossa mentira que eu vim desmascarar. Venha, vamos ao Palácio dos Ventos. Você precisa descansar depois desse combate... Falando nisso, uau, que arremessos precisos.

— Sou conhecido como Barney, o Certeiro — falou ele dando o primeiro sorriso desde que tudo aquilo começou.

— Bem-vindo então, Barney, o Certeiro — disse Baldur. — Só se prepare porque ando com companheiros... um pouco fora do comum.

Ele considerou o susto do rapaz ao ver o Palácio dos Ventos e pensou no que Barney pensaria ao ver o meio-elfo, o adamar, o ogro, o korangariano, o kobold... pelo menos Kalannar estava fora do castelo voador, a caminho da Praia Vermelha, para invadir a casa do administrador. Baldur se lembrou da ordem de não matar o alcaide, mas, ao dar uma última olhada no massacre na clareira, ele torceu para que seu amigo svaltar assassino descumprisse o comando.

E, sendo sincero consigo mesmo, Baldur não acreditava muito na sobrevivência do tal Mestre Janus.

CAPÍTULO 21

PRAIA VERMELHA, BEIRA LESTE

Para não ser visto no céu, o castelo voador deixara Kalannar em ponto bem distante da Praia Vermelha e prosseguiu para o interior da região chamada nos mapas de Mata Escura, à procura de um possível povoado élfico escondido na floresta. A partir dali, o svaltar teve que avançar pelo litoral usando a cobertura do verde até se aproximar do vilarejo pesqueiro, com o intuito de vigiá-lo durante a noite e escolher o melhor momento para infiltrá-lo sob a proteção da escuridão. Finalmente sozinho, Kalannar pôde demonstrar a apreensão que escondeu dos demais; como detestava surpresas, sempre preferia invadir locais munido de muitas informações, de preferência um mapa ou esboço do lugar. Enquanto se deslocava, o assassino vasculhava as moitas na esperança de encontrar um alfar ou um humano, pois estava preocupado como os venenos que passara nas armas — Kalannar torcia para que estivessem dentro da validade. Havia venenos específicos para humanos e alfares, e ele achava que seria bom testá-los.

O assassino era uma sombra na mata durante o dia e virou parte da escuridão quando a noite caiu. A tinta escura aplicada no rosto extremamente branco impediu que ele virasse uma aparição fantasmagórica no breu, e a velha capa negra encapuzada, companheira de tantas infiltrações, serviu como apoio moral naquela missão sem muita preparação prévia.

Kalannar chegou aos arredores da Praia Vermelha com o sol que ele tanto odiava se despedindo da função diária de iluminar o mundo. Agora era a vez da lua, que sua linhagem svaltar em Zenibar venerava. Ele observou as luzes se acenderem nas casas simplórias à beira-mar; mesmo infinitamente menor que Tolgar-e-Kol, as cidades-estado na fronteira com

Korangar, o vilarejo ostentava uma iluminação muito mais intensa e presente, mesmo nas moradias modestas dos pescadores, por causa da abundância do tal "azeite de peixe" que a comunidade produzia e exportava, segundo a papelada da Coroa. Isto representava um problema; Kalannar decidiu esperar até que todas as luzes fossem apagadas. Ele viu kobolds perambulando pela Praia Vermelha, o que era *outro* problema; aquelas criaturas desprezíveis enxergavam no escuro como um svaltar, ainda que com menos acuidade. Felizmente, eles estavam sendo recolhidos pelos humanos e levados para uma espécie de confinamento em um casebre de aspecto repugnante. A maioria dos kobolds esteve concentrada inicialmente em uma grande construção com chaminés no telhado, de onde brotava uma passarela de madeira que saía da porta e ia até o ancoradouro com barquinhos. O assassino svaltar já tinha visto o mar duas vezes na vida, nas visitas à Morada dos Reis e a Bela Dejanna, mas em ambas as ocasiões ele esteve distante e sem tempo para observá-lo. Agora, porém, Kalannar estava bem perto e tinha que esperar a Praia Vermelha adormecer. Aos seus ouvidos aguçados, o som das ondas quebrando era ao mesmo tempo ensurdecedor e hipnótico; a visão sobrenatural de elfo das profundezas revelava nuances assustadoras naquele volume de água imensurável, praticamente infinito.

Foi olhando o mar que Kalannar viu um humano se aproximar da água. O sujeito veio um pouco cambaleante, sozinho, e começou a urinar ali mesmo na areia. O svaltar avaliou a situação — o pescador estava um pouco distante, em campo aberto, e seria complicado arrastá-lo até o esconderijo na borda da mata, a fim de interrogá-lo sobre a Praia Vermelha. Havia a possibilidade de um colega surgir, de um kobold desgarrado ver e fazer um escândalo. Porém, o homem poderia ter outra serventia... Kalannar levou um tubinho metálico e soprou com força. O pescador sentiu uma fisgada no pescoço e não durou muito tempo em pé, caiu duro de cara na areia. O veneno para humanos estava na validade, pelo visto. Ninguém notou a queda do sujeito, e de longe ele pareceria alguém que dormiu bêbado na praia. Só pela manhã ele seria descoberto.

E pela manhã, Kalannar estaria bem longe dali.

Aos poucos as estruturas foram se apagando. Os casebres e uma outra construção maior, com aspecto de local de reuniões ou um templo, mergulharam na escuridão, e a Praia Vermelha ficou deserta. O svaltar pôde avançar tranquilamente, ainda que com cautela. O vilarejo tinha uma estrutura simples, fácil de perceber, e as preocupações de Kalannar diminuíram. Restava apenas o desafio de entrar na residência do alcaide, que só podia ser o casarão de dois andares ainda parcialmente iluminado em cima de uma elevação, com vista para toda a Praia Vermelha. Havia muitas sacadas que observavam a escadaria um pouco íngreme até as portas. Kalannar só teria a escuridão como aliada se tentasse aquele caminho.

Mas a porta da frente raramente era uma opção para um assassino.

Ele notou que a floresta abraçava a mansão por trás da elevação. Era por ali que Kalannar entraria. Uma vez lá dentro, ele teria que seguir a intuição e conhecimento das habitações humanas para chegar ao escritório do alcaide. O assassino svaltar tinha experiência com a arquitetura de várias raças para melhor entrar escondido em qualquer lugar. Os alfares gostavam de espaços abertos, integrados à natureza, com passagens sem portas que condiziam com seu espírito livre, viviam em construções no topo de árvores ou em elevações para observar vistas deslumbrantes. Já os anões eram mestres das estruturas sólidas de pedra, com aposentos circulares, altos e grandiosos, muitos com função de armazenamento ou ostentação de bens, sem falar nos elevadores e carrinhos que serviam para transportar o povo de um lado para o outro. Os humanos, por sua vez, preferiam cômodos quadrados ou retangulares, que seguiam uma sequência lógica e tediosa: amplas áreas comuns acessíveis por escadas e corredores, que por sua vez conduziam para aposentos privados, com portas trancáveis. Normalmente, em se tratando de uma casa daquele tamanho e do cargo do proprietário, ele manteria um cômodo no térreo para receber e impressionar visitas, com papelada e livros à mostra para evidenciar a importância de seu posto, e no andar de cima haveria um gabinete particular. Kalannar teria que vasculhar ambos para coletar as informações que desejava — e quem sabe visitar Mestre Janus para que o humano complementasse sua investigação

Os fundos da construção estavam mergulhados em uma escuridão que se mesclava à mata próxima. Havia saídas gradeadas no térreo que davam para um quintal amplo, bem cuidado e mobiliado, com uma cerca baixa. Só que as portas não seriam a entrada para Kalannar, e sim o mesmo conjunto de sacadas que também se repetiam atrás do casarão, feitas para observar a natureza exuberante ao redor. As varandas estavam de portas abertas a fim de refrescar a construção, afinal ninguém conseguiria ter acesso à mansão ali por cima.

A não ser um nobre svaltar que era capaz de flutuar.

Após se certificar que os cômodos dos fundos estavam às escuras e cruzar o quintal furtivamente, Kalannar ativou o poder de sua linhagem e flutuou até a sacada que julgou ser a de um quarto de visitas ou mesmo a varanda do gabinete do alcaide. A experiência com arquitetura rendeu frutos de primeira: o svaltar entrou em um aposento com uma mesa de trabalho e cadeiras. Ele conhecia a elite humana suficientemente bem para saber que aqueles móveis eram caros e rebuscados, muito mais do que seria esperado encontrar em uma vila pesqueira. Ou o azeite de peixe deveria render muito ouro ou o sujeito realmente embolsou os fundos da Coroa — ou ambos os casos.

Kalannar começou a revirar arquivos, livros-caixa, cartas e pergaminhos. Registros fascinavam o svaltar. Planejamento e organização eram os meios perfeitos para se exercer controle em longo prazo; força e medo eram instrumentos voláteis, de curto prazo. Os dois últimos davam resultados rápidos, mas os dois primeiros garantiam o domínio por mais tempo. Não demorou muito para Kalannar encontrar o que queria: missivas com o selo real que registravam o envio de fundos para contratação de mercenários ou a formação de uma força armada local; uma carta do meio-elfo desprezível, Caramir, que perguntava ao alcaide se ele confirmava a atividade de alfares na região e se necessitava a presença da Garra Vermelha. Tudo isso serviria para incriminá-lo e ajudaria Baldur a confrontar o sujeito; nem seria necessário arriscar uma busca em outro aposento qualquer. O svaltar deu um sorriso cruel: humanos e sua vaidade estúpida. O administrador guardava aqueles registros inconscientemente, como um troféu à própria esperteza. Agora os documentos seriam sua derrocada.

Subitamente, uma conversa chamou a atenção dos ouvidos aguçados de Kalannar. Havia pelo menos duas pessoas acordadas, falando no cômodo ao lado, acessível por uma porta. Elas não se preocupavam em falar muito baixo, pois se garantiam com o isolamento do casarão à noite e com a distância ali em cima, no segundo andar. A criadagem estaria no térreo, dormindo. E não haveria ninguém no próximo aposento, logicamente.

Só que havia um assassino svaltar.

Ele se afastou silenciosamente da mesa, mas parou quando os ouvidos finalmente registraram um sotaque inconfundível: um *alfar* falando a língua humana. Uma onda de ansiedade e empolgação tomou conta de Kalannar, que começou a considerar o motivo daquela reunião insólita. Ou talvez nem tão insólita assim — o alcaide poderia estar envolvido de alguma forma com os elfos da superfície da região. Era o momento de confirmar essa possibilidade.

Ciente da capacidade auditiva do alfar, o assassino duplicou a cautela ao se aproximar da porta. O diálogo inteiro era audível agora.

E o que Kalannar ouviu fez com que ficasse ainda mais pálido por baixo da tinta negra usada como camuflagem.

Dragões! O alfar anunciou que os dragões foram despertados. O humano ficou histérico e elevou o tom de voz, dizendo que não acreditava. Pelo teor da conversa, ficou claro que os dois tinham uma espécie de relacionamento. Kalannar fez uma careta de repugnância, mas a relação inter-racial era o que menos importava no momento: o alfar repetia que os dragões haviam acordado e que as *duas* comunidades corriam perigo e deviam se unir. A mente do assassino disparou, e ele não conseguiu acompanhar a conversa nervosa que ocorria no outro cômodo. Uma aliança entre inimigos mortais, baseada em uma ameaça improvável? Será que a história dos dragões era um blefe, uma maneira de provocar terror e exercer mais controle sobre o alcaide e o vilarejo humano, sob o disfarce de uma união? Kalannar queria acreditar que sim; naquele momento, Od-lanor seria útil para dizer se despertar os dragões era possível ou não.

Na falta do bardo adamar, seria preciso interrogar o próprio enviado alfar.

A conversa descambou para uma briga entre amantes; o humano esperneava e o alfar tentava acalmá-lo. Os dois estariam distraídos e seriam fáceis de subjugar. Kalannar precisava agir antes que o casal se separasse por algum motivo; ele então seria um só para dar conta de dois alvos em locais opostos. O alfar conhecia o ambiente e poderia despistá-lo na mata, enquanto o humano poderia acordar a Praia Vermelha para evacuar o local. O momento era aquele, com a situação ainda passível de ser controlada. A mente analítica do svaltar tomou uma decisão, ainda que o cenário fosse de dois contra um.

A maçaneta da porta de comunicação entre os dois aposentos cedeu, e Kalannar passou como uma sombra pela brecha aberta, torcendo para que o volume da discussão abafasse um possível rangido da porta.

A porta rangeu, e a discussão não abafou o ruído.

Kalannar viu os dois ocupantes do quarto se virarem em sua direção. O humano era franzino, estava de camisolão e não representava perigo algum, a não ser pela capacidade de acordar todo o casarão. O alfar, por outro lado, era o maior indivíduo da raça que o assassino já tinha visto. Um pouco menor e menos corpulento que Baldur, mas ainda assim um gigante se comparado ao físico delicado dos elfos da superfície. Ele vestia a armadura típica de folhas endurecidas como uma carapaça e uma capa escura que a visão sobrenatural de Kalannar teve dificuldade em registrar no meio da penumbra do aposento. O alfar não era apenas um emissário qualquer, e sim um guerreiro.

E um guerreiro *experiente*, pois não se abalou ao ver um svaltar surgir de surpresa em um vilarejo humano — uma coisa completamente improvável naquelas circunstâncias. O sujeito deu um passo para o lado, de modo que o humano ficasse entre si e o intruso recém-chegado, e cobriu a cabeça com o capuz da capa.

— O que faz um svaltar aqui? — perguntou o guerreiro na língua élfica enquanto sacava a kamba, a espada curta típica dos alfares.

— Eu quero saber o mesmo: o que faz um alfar aqui? — respondeu o svaltar já com duas adagas na mão, pronto para arremessá-las.

Kalannar notou que o humano ficou paralisado com o susto e não representaria problema nos próximos instantes; já o alfar se tornara uma figura difusa na penumbra, as feições e os detalhes do corpo ficaram indistintos. O svaltar se esforçou para enxergá-lo, mas o oponente era uma massa indefinida atrás do alcaide.

— Usando o humano como escudo? — provocou Kalannar, que percebeu que o administrador estava recuperando o controle e parecia prestes a intervir de alguma forma. — A covardia alfar nunca me decepciona. Deixe-me tornar nossa conversa mais direta.

O assassino disparou as duas adagas, uma na direção da figura obscura atrás do humano e a outra no próprio alcaide. A intenção da primeira facada — que ele já sabia que erraria — era apenas colocar o alfar em movimento, para testar uma teoria; o objetivo da segunda era realmente matar o humano antes que ele corresse dali para alertar a mansão. De fato, o alfar não parecia estar exatamente onde estava, a visão que Kalannar tinha dele era estranhamente manchada, o que dificultava a mira; já o alcaide simplesmente desmoronou com o golpe e ficou no chão, agonizando baixinho.

— Eu quero saber seu nome, svaltar — rosnou o guerreiro —, para poder cantar a glória de ter livrado o mundo de sua vil existência.

— Engraçado, eu não me importo com o seu — retrucou o assassino, agora com as roperas na mão. — Mas quero saber tudo sobre os dragões e onde fica seu povoado.

O alfar avançou contra Kalannar e deixou um estranho rastro no ambiente, como um borrão. O svaltar sabia que teria dificuldade em atacar e desviar de um inimigo difícil de ver, então executou uma pirueta, tomou impulso em uma cadeira do quarto, e passou por cima do adversário, que teve a reação de golpeá-lo — a kamba abriu um talho na capa de Kalannar e por pouco não acertou seu pé. Assim que tocou no chão, ele foi imediatamente pressionado pelo alfar e mal teve tempo para aparar a espada élfica com as armas svaltares. Finas, com pequeno gume e feitas para estocar, as roperas sentiram o impacto da kamba e da força do guerreiro musculoso. O oponente atacou outra vez, com um ímpeto selvagem — o fato de ser corpulento não o privou da velocidade e agilidade típicas da raça. Kalannar foi obrigado a se desviar e usar o aposento amplo a seu favor; o guerreiro com certeza tinha experiência em combater na mata, mas o svaltar passou boa parte da vida em ambientes internos como aquele.

— Pare e me enfrente, svaltar covarde — provocou o inimigo.

Essa era a intenção de Kalannar, mas estava difícil confrontá-lo. Ele trocou as roperas por adagas, mas todas que lançou erraram por pouco o alfar — e o svaltar nunca errava um arremesso. Mas seus olhos experientes estavam sempre sendo enganados, o contorno do adversário parecia difuso, o alfar estava ligeiramente fora do foco. O assassino se arriscou a encurtar a distância, para ver se o efeito obscuro diminuía de perto, e tentou uma punhalada no pescoço desprotegido pela letiena. Ele novamente errou por muito pouco, a ponta da lâmina atravessou o vazio, uma imagem fantasma do que era o pescoço do inimigo, que revidou com um ataque vigoroso da kamba. A espada élfica teria rasgado uma loriga de couro comum e revelado as entranhas de Kalannar, mas sua armadura era feita de couro de ogro-das-cavernas tratado alquimicamente. O que não queria dizer que o svaltar não acusou o golpe; ele dobrou o corpo e levou um chute do alfar, que preparou novo ataque com a kamba quando viu o adversário cair.

Kalannar estava derrotado. A kamba desceu para rachar seu crânio. Como um reflexo, o svaltar golpeou às cegas, sem enxergar nada por ter batido a cabeça no chão. Uma das punhaladas passou longe, mas a segunda se cravou na virilha do alfar, por baixo da letiena. O elfo corpulento gritou de dor e errou a espadada em Kalannar, que abriu os olhos negros e torceu a mão que segurava a punhal. Aproveitando que o inimigo desmoronou ao lado, Kalannar apoiou o joelho no peito dele, manteve a pegada firme na arma cravada na virilha e colocou o outro punhal embaixo do queixo do alfar.

— Agora — disse o svaltar recuperando o fôlego —, vamos voltar ao assunto dos dragões e da localização de seu povoado. Mas, antes, quero que me explique essa sua inconveniente capacidade de ser difícil de enxergar.

O guerreiro gemeu de dor, tentou se debater, mas não havia como escapar. Qualquer movimento brusco aumentaria o ferimento e lhe renderia uma garganta cortada.

— Calma, não há pressa — falou Kalannar baixinho, saboreando o momento. — Acho que ninguém nos ouviu, então a nossa conversa vai ser longa. E a sua agonia, mais ainda.

A criadagem da Casa Grande da Praia Vermelha, acostumada aos gritos de prazer de Mestre Janus durante a madrugada, nem se importou com os berros abafados que vieram do segundo andar.

CAPÍTULO 22

PALÁCIO DOS VENTOS, MATA ESCURA

O Palácio dos Ventos continuava parado em cima do ponto onde ocorrera a emboscada contra os pescadores da Praia Vermelha. Baldur mandou que os escravos recolhessem os corpos, tanto dos humanos quanto dos elfos, e agora todos estavam dispostos no pátio do lado de fora do fortim anão. O cavaleiro convocou os residentes do castelo voador para o exterior, incluindo Agnor, Kyle e a criadagem, e colocou a armadura de Irmão de Escudo para fazer uma cerimônia em homenagem aos mortos, com um discurso pré-combinado com Od-lanor. Pela vontade de Baldur, eles teriam partido imediatamente à procura da civilização élfica para se vingar da emboscada, mas o bardo sugeriu esperar pelas informações que Kalannar traria. Quando o sangue baixou por ter visto tantos humanos mortos, Baldur cedeu à argumentação do adamar, ainda que um pouco a contragosto. Ele achava que já tinha provas suficientes para enfiar goela abaixo do tal Mestre Janus.

Sob a supervisão de Od-lanor, Brutus e Carantir amontoaram os elfos em um canto e guardaram as armas e armaduras dos inimigos em baús para reforçar o arsenal do castelo. Os humanos mortos receberam um encantamento de preservação de Agnor, que dissera que todo feiticeiro de Korangar recebia conhecimentos rudimentares de necromancia ainda no início dos estudos arcanos. Os corpos estariam apresentáveis para as famílias e conservados para que o Capelão Bideus, o sacerdote de Be-lanor segundo informou Barney, fizesse os rituais necessários quando chegassem à Praia Vermelha. O jovem arpoador não saía do lado dos companheiros caídos; embora estivesse impressionado com tudo que envolvesse o Palácio dos Ventos — havia cabeças de dragões no salão de entrada! — e seus estranhos habitantes, os sentimentos pela perda daquelas pessoas que ele conheceu a vida inteira ainda eram fortes demais.

Ao lado de Na'bun'dak, Kyle olhou discretamente para Carantir e notou sua expressão desolada ao encarar todos aqueles mortos; desde o dia do ataque da Garra Vermelha que o meio-elfo não via as cenas de uma guerra que nunca tinha ouvido falar enquanto vivia na paz da Vila de Leren. Uma guerra que motivou sua captura e agora o estado de escravidão em que se encontrava. Ele sentiu as mãos tremerem quando foi obrigado a recolher arcos e flechas élficos, as armas que dominava como erekhe. O meio-elfo pensou em usá-las para se libertar, mas os algozes eram numerosos e poderosos demais; além disso, Kyle estava presente e podia se ferir no combate. O saijin humano sempre tinha sido gentil com ele.

Diante dos pescadores mortos, com Barney ao lado, Baldur se dirigiu a todos os presentes:

— Estamos aqui reunidos sob o sol do Deus-Rei Krispinus para honrar os bravos súditos que deram a vida para defender seu lar. — O cavaleiro citou então os nomes que Barney informara. — É por eles que nós estamos aqui, a mando do Grande Rei: para protegê-los de ameaças, para levar a justiça real a todos os cantos de Krispínia, e para garantir que os impostos estejam sendo bem empregados. É em nome de seus habitantes corajosos, que precisaram pegar em armas para se defender, que estamos indo à Praia Vermelha. Este papel é *nosso*; somos *nós* que vamos pegar em armas e protegê-los. Que o Deus-Rei receba suas almas, que a bravura deles jamais seja esquecida.

Ele ergueu o espadão de cavaleiro e apontou para o sol, e quase todos os presentes acompanharam o gesto simbólico com o olhar. Kyle, que estava acostumado a observar o céu na condução do castelo voador, notou cinco pontos distintos que se aproximavam em velocidade.

— Pessoal, tem algo vindo na nossa direção! — apontou o rapazote.

Mal acabou de falar, e uma chuva de flechas caiu sobre a congregação do lado de fora do fortim. Duas acertaram sem efeito a armadura de vero-aço de Baldur e o couro grosso do ogro, mas outras três atingiram aleatoriamente alvos desprotegidos: uma criada, Od-lanor e Kyle. O adamar sentiu o impacto da flecha que se alojou no ombro esquerdo, e o rapazote foi ao chão com um projétil no tronco.

— Kyle! — foi o mesmo berro dado por Baldur e Carantir ao verem o menino desmoronar.

— Todo mundo para dentro do castelo, *vamos*! — gritou Barney, enquanto vasculhava o céu para localizar a ameaça.

Lá estava o perigo: cinco elfos montados em águias gigantes, que se preparavam para soltar uma nova saraivada de flechas enquanto as montarias aliadas executavam uma manobra para circundar o pátio externo da rocha flutuante.

Baldur correu para pegar Kyle no chão e protegê-lo com a massa blindada de seu corpo. Mais duas flechas tentaram romper em vão a proteção do vero-aço, porém os impactos fizeram com que ele perdesse o equilíbrio e caísse ao lado do rapazote.

Um projétil teria acertado Agnor em cheio, mas um feitiço emergencial de proteção fez com que a flecha se fragmentasse a um palmo do peito do korangariano.

— Continuamos sem arqueiros nesta merda! — vociferou ele, já chamando à mente um encantamento decorado e treinado à exaustão, aquele que era seu recurso mais imediato e poderoso de ataque.

Quando o elfo que disparou contra Agnor passou por ele no céu a fim de executar uma nova manobra e flechá-lo novamente, o feiticeiro enunciou o comando místico com ódio nos olhos miúdos. Montado na águia gigante, o corpo do arqueiro alfar enrijeceu e virou pedra, em pose de disparo, quase soltando a flecha contra o korangariano. A montaria sentiu a diferença de peso e teve dificuldades para controlar o próprio voo. Ao ver o resultado do feitiço, Agnor correu para a proteção do fortim.

Mais uma flecha tentou penetrar sem sucesso na pele de Brutus, mas o ogro começou a perder o controle e rosnar furioso para os elfos que passavam voando. Perto dele e de Carantir, Od-lanor correu na direção de Baldur e Kyle para tentar ajudar o rapazote a sair daquele descampado onde certamente seria flechado novamente — e talvez sem a sorte da primeira vez.

— Nós temos... um arqueiro... — balbuciou Kyle, caído ao lado do cavaleiro, ao ouvir a reclamação de Agnor. — Ele...

O braço pálido do rapazote apontou para o meio-elfo. Baldur se levantou, ergueu o corpo de Kyle e se curvou para protegê-lo, enquanto olhava para Od-lanor, que vinha em sua direção; lá atrás estava o escravo, encolhido ao lado de um dos baús para evitar ser alvejado. Antes de correr para dentro do Palácio dos Ventos, o cavaleiro berrou para o meio-elfo.

— Pegue um arco e mate esses desgraçados!

Carantir não acreditou no que ouviu e hesitou. Ele não tinha que tomar partido naquele conflito; na verdade, aquele ataque veio como uma resposta aos anseios que nutriu no cárcere. Desde que Kyle falou que a região estava sendo disputada por alfares e humanos, ele torceu para que algo assim acontecesse. Seria ótimo que seus algozes morressem e que os alfares pousassem; havia uma chance de ele ser libertado da escravidão, mesmo sendo mestiço. Mas o meio-elfo viu o menino ferido, provavelmente morto nos braços do cavaleiro, e se lembrou de Dale, com quem perdeu o contato após um ataque aéreo similar a esse, só que feito por forças humanas. Ambos saijins, ambos vítimas de uma guerra que não era deles, mas que envolvia crianças inocentes mesmo assim. Ele decidiu ajudar, mas talvez conseguisse tirar algo a mais da situação...

— Eu ataco os elfos... se me conceder a liberdade! — gritou Carantir de volta.

Enquanto isso, Barney se certificou de que a criadagem estava abrigada dentro do fortim e voltou para ajudar Baldur. Ele quase tropeçou no kobold, que estava perdido no combate; a criaturinha não sabia se ficava ao lado de Kyle ou tentava salvar a própria pele reptiliana. Uma flecha que errou o alvo original e quase acertou Na'bun'dak ajudou na tomada de decisão: ele correu para o interior do Palácio dos Ventos. O arpoador vasculhou o chão freneticamente — parecia que era só o que ele vinha fazendo nas últimas horas — à procura de uma azagaia que tivesse sido trazida da clareira na mata junto com as outras armas. Elas se encontravam lá do outro lado, com o ogro e o meio-elfo, que estava encolhido atrás de um baú. Assim que deu um passo, uma flecha passou de raspão e rasgou as costas de Barney; se ele não tivesse começado a se deslocar, estaria morto.

Os quatro alfares montados nas águias deram a volta por trás do castelete e surgiram novamente no pátio. Durante a manobra, os elfos agressores se comunicaram e decidiram não atacar os três alvos que pareciam ser invulneráveis às flechas: o ogro, o feiticeiro e o cavaleiro humanos. O mago era poderoso e havia matado um deles com apenas um gesto; os outros dois necessitariam de disparos mais precisos e concentrados para serem abatidos. A intenção dos alfares era causar o maior número de baixas possível naquela estrutura claramente enviada pelo inimigo como uma máquina de guerra e depois ir embora, para reportar a Sindel.

Baldur parou na porta do fortim e entregou Kyle aos cuidados de Od-lanor, que chegou e pegou o rapazote mesmo com o ombro esquerdo flechado.

— Vá, Baldur, faça o que você faz melhor. — A voz do bardo foi modulada para passar o máximo de inspiração, e seu rosto bronzeado e maquiado tinha uma expressão de confiança, ainda que escondesse uma dor lancinante.

O cavaleiro olhou para o meio-elfo, que aguardava uma resposta, tomou uma decisão motivada pelas palavras do adamar e teve uma ideia de como podia colaborar com o combate, mesmo sem possuir uma arma de longo alcance.

— Você está livre! Dou minha palavra como Irmão de Escudo — gritou ele enquanto corria para a ponte levadiça na lateral do topo da pedra flutuante. — Agora fleche esses filhos da puta!

Carantir entrou em ação com uma velocidade impressionante. Ele abriu o baú, catou um arco e uma aljava recuperados dos alfares na mata e se preparou para disparar contra os que voavam. Um deles, notando que o meio-elfo subitamente se tornou um combatente, parou de mirar em Barney — que ainda corria desarmado — e se voltou para Carantir. Mas o erekhe foi muito mais rápido: levou a flecha à boca, falou baixinho uma palavra de poder e disparou. O projétil cortou o céu como um raio de luz e atravessou o alfar como se ele nem estivesse ali, como se não houvesse resistência da letiena e da massa de carne, ossos e órgãos. O reflexo fez o inimigo disparar, mas a seta errou Carantir por dois passos. O meio-elfo já estava encantando um projétil novo; embora as ponteiras das flechas não tivessem gemas mágicas para potencializar seus feitiços, um erekhe era letal o suficiente sem elas.

Ao chegar perto do baú com armas, Barney quase se esqueceu de pegar uma azagaia quando viu o meio-elfo em ação. A princípio, o arpoador achou que seria traído e que o mestiço fosse alvejá-lo, mas o sujeito disparou uma *flecha de luz* contra um elfo no céu. O Homem das Águas sacudiu a cabeça e catou a arma que veio buscar; sem ser ameaçado pelo alfar que acabara de morrer, ele escolheu o alvo com calma e arremessou a azagaia como se fosse arpoar uma baleia. Em vez de mirar na forma esguia do elfo montado que se deslocava em velocidade, Barney preferiu atacar a águia gigante, uma presa muito maior. O Certeiro fez valer o apelido mais uma vez: a azagaia acertou em cheio o peito da ave de rapina, e o impacto fez com que o elfo caísse da montaria. Com anos de experiência nessa manobra, o alfar girou no ar para suavizar a queda, mas estava bem alto. Ele quebrou as duas pernas ao cair, porém preservou o tronco e a cabeça. Tomado por ódio e dor, o elfo olhou ao redor para ver se o arco e as flechas caíram por perto...

... e se deparou com o vulto enorme de um ogro furioso.

Brutus pegou o alfar do chão e se dedicou a esmagá-lo contra o topo rochoso da pedra flutuante. Quando não havia mais nada ali a não ser uma polpa disforme, ele arrancou pedaços e tentou passá-los pela focinheira para comer. Muito precavidamente, Carantir e Barney se afastaram do ogro.

O clarão passageiro da flecha disparada por Carantir chamou a atenção de Baldur, que quase tropeçou a caminho da ponte levadiça. O cavaleiro ficou mesmerizado com o efeito do projétil, e ao mesmo tempo pensou se tinha tomado a decisão correta. Caso o agora ex-escravo decidisse se voltar contra ele, Baldur duvidava que o vero-aço da armadura de placas fosse páreo para *aquele* tipo de flecha. Ao chegar ao controle da ponte levadiça, o cavaleiro praguejou por não ter saído com o escudo para a cerimônia. A estrutura de madeira estava de pé, sempre a postos para ser descida lentamente e servir como uma das formas de acesso ao Palácio dos Ventos. Porém Baldur não pretendia descê-la lentamente. Ele aguardou a aproximação de um inimigo, calculou o momento de sua passagem e chutou a trava da manivela, que girou descontroladamente. O elfo, que esteve mirando no ogro para tentar salvar o colega caído da fúria do monstro, não viu a ponte levadiça que surgiu à frente, descendo a toda a velocidade, e ele e a águia colidiram com a estrutura. Ambos mergulharam para o abismo da floresta lá embaixo.

O alfar sobrevivente viu os três companheiros serem eliminados em questão de instantes e decidiu voltar para Bal-dael, mas não antes de matar alguém. O alvo mais fácil era o humano desarmado que derrubara a águia com um arremesso impossível de azagaia. Ele levou uma flecha ao batente, mas foi seu último ato em vida — Carantir fez outra vítima.

Fora do castelete, Baldur, Barney e Carantir se entreolharam e observaram o céu para ver se havia mais alguma ameaça, ao som terrível do ogro devorando pedaços de elfo esmagado. Da segurança do portão, Agnor também vigiava o céu, próximo a Od-lanor, que estava ajoelhado ao lado de Kyle dentro do salão comunal. As criadas, assustadas por causa do ataque e chorando pela morte da colega, traziam panos e almofadas para deixar o rapazote ferido confortável; uma delas entregou uma bolsa de couro ao bardo, a pedido dele, e ficou ali para ajudá-lo a ministrar os unguentos, enquanto o adamar sussurrava palavras mágicas terapêuticas no ouvido de Kyle. Od-lanor só se lembrou do próprio ferimento, que estava com uma aparência ruim, quando a moça também passou unguento nele.

Diante do cavaleiro blindado, Carantir sentiu que aquele era o momento da verdade. O meio-elfo decidiu entregar o arco e as aljavas para o humano e esperar que ele mantivesse a palavra.

— Precisamos ver como está o Kyle — disse Carantir, na esperança de que a menção ao nome do saijin fosse mais uma prova de que ele era confiável.

Além disso, ele realmente estava preocupado com o rapazote.

— Sim — respondeu Baldur, que ergueu a mão com um gesto para que o meio-elfo ficasse com as armas. — Fique aqui fora, de olho para não surgir mais ameaças.

Acompanhado por Barney, o cavaleiro então correu na direção do portão, intrigado pelo fato de que o ex-escravo sabia o nome de alguém do castelo com quem teoricamente nunca deveria ter tido contato. E pelo fato de que Kyle *sabia* que o meio-elfo era um arqueiro.

Ele fez uma prece silenciosa para o Deus-Rei Krispinus para que o rapazote sobrevivesse. Só para depois levar um tremendo esporro.

CAPÍTULO 23

VAEZA, FRONTEIRA ENTRE DALGÓRIA E BEIRA LESTE

Como o que estava ruim sempre podia piorar, Derek Blak foi atacado por orcs depois que saiu da Serra do Sino para retomar o litoral de Dalgória rumo à Praia Vermelha, como o Duque Dalgor ordenara. Não foram ordens apenas ducais, aliás; a própria Rainha Danyanna entrara em contato mágico com ele, via pendanti, com a mesma exigência: que Derek fosse avisar Baldur para usar o Palácio dos Ventos contra Amaraxas. Ambas as instruções enfatizaram o termo *castelo matador de dragões*. O guerreiro de Blakenheim teve a intenção de acompanhar a costa para não se perder pelo interior de Dalgória; os mapas que ele adquirira indicavam um último ponto civilizado no ducado antes de entrar na mata selvagem da Beira Leste, a cidade de Vaeza, mas a pressa fez com que Derek não tomasse os devidos cuidados e fosse emboscado por orcs. Ele estava em menor número, e mesmo tendo matado dois, outros seis orcs o cercaram na estrada costeira para Vaeza. O guerreiro humano estaria morto agora, sem ter passado o recado que poderia ser a última salvação do reino, se não tivesse contado com o mais improvável dos aliados.

Amaraxas, o Primeiro Dragão.

O monstro surgiu no mar, colocou a cabeça para fora d'água e urrou como se estivesse procurando por algo, da mesma maneira que fizera em Bela Dejanna. Ele ergueu parte do corpanzil e provocou um vagalhão que varreu a costa quase até a estrada onde Derek lutava contra os orcs. Ao verem o dragão, as criaturas perderam o ímpeto de combate e saíram correndo para o interior de Dalgória. O guerreiro de Blakenheim sentiu vontade de fazer a mesma coisa; a cada vez que o monstro berrava e vasculhava a terra firme, Derek quis disparar atrás dos orcs, sem se importar com a má companhia. Mas ele tinha uma missão a cumprir — assim que Amaraxas submergiu, o guerreiro de Blakenheim retomou o caminho para Vaeza, agora a pé, pois o cavalo que pegara em Bela Dejanna tinha sido morto na emboscada.

Foi uma jornada tensa até a cidade, não pelos perigos da estrada, mas sim por causa da silhueta de Amaraxas no mar, que seguia na mesma direção que Derek. Às vezes o rastro do dragão sumia por horas, apenas para surgir abruptamente e romper a superfície da água a fim de procurar por Neuralas. A ausência de resposta por parte da companheira deixava o monstro cada vez mais irritado; em breve ele teria que dar vazão a toda aquela fúria novamente.

Quando chegou a Vaeza, Derek estava exausto e com os nervos à flor da pele pela visão constante de Amaraxas. Ter salteadores na cola de uma caravana ou uma horda de orcs em seu encalço era uma coisa, ser acompanhado por um *dragão* era outra bem diferente. As imagens de destruição de Bela Dejanna jamais deixariam a mente do guerreiro de Blakenheim; até mesmo a visão do demônio Bernikan comandando uma hoste infernal nos Portões do Inferno não o impressionara tanto assim. Aquilo lá tinha sido uma ameaça sobrenatural, algo capaz de ser combatido por aço e magia — como acabou acontecendo, na verdade —, mas o Primeiro Dragão era uma força da natureza, era o arauto do fim do mundo. A cada urro do monstro, Derek sentia novamente o Velho Palácio ruindo aos pés. Até quando teve a alma aprisionada dentro da pedra mágica dos svaltares ele não se sentiu tão vulnerável e impotente.

Felizmente, Vaeza ficava um pouco afastada do litoral; assim sendo, Derek esperava evitar o dragão por um bom tempo. A cidade era um entreposto comercial que distribuía para o resto de Dalgória os produtos dos anões de Unyar-Holl e o azeite de peixe da Praia Vermelha, enquanto fornecia grãos, frutas e verduras cultivados em uma vasta área de plantio ao redor. Por causa da circulação de bens e de ouro, Vaeza era uma cidade murada — o que não significaria nada caso Amaraxas resolvesse atacá-la. Muralhas e construções eram feitas de pergaminho perante o poder de destruição do Primeiro Dragão, como Derek tinha visto em primeira mão na pobre Bela Dejanna.

Assim como aconteceu na capital do ducado, os documentos do Palácio Real garantiram ao enviado da Suma Mageia um pronto atendimento por parte do administrador local, que era um mestre-mercador assim como o finado Dom Mirren, que condenara Derek Blak à morte em Tolgar-e-Kol por se envolver com sua esposa. Aquele fato parecia ter acontecido uma vida atrás. Agora, ele era o guardião da Rainha Danyanna e um grão-anão de Fnyar-Holl, com o símbolo da amizade entre anões e humanos gravado na imensa fivela de vero-ouro do cinturão. Mas foi seu nome que o alcaide de Vaeza, chamado Dom Runey, reconheceu imediatamente. Diante do mestre-mercador estava o Capitão Derek de Blakenheim, o Confrade do Inferno que lutou ao lado do Deus-Rei Krispinus e do Duque Dalgor nos Portões do Inferno. Mesmo ali, na fronteira de Dalgória com a Beira Leste, as lendas espalhadas pela rede de menestréis do duque já eram conhecidas. Derek sentiu uma pontada de pena pelo velho bardo, soterrado pelo próprio palácio. Na audiência com o alcaide, ele requisitou uma montaria, provisões e mapas que indicassem o caminho até a Praia Vermelha, em nome de uma missão dada pela Suma Mageia, sem informar mais nada além disso.

Durante a refeição quente oferecida por Dom Runey, Derek ficou ponderando enquanto comia e observava o cotidiano de Vaeza pelo janelão da mansão do administrador. O homem e o povo dali mereciam saber o perigo que corriam e que seu soberano, o Duque Dalgor, estava morto.

Ele contou para o mestre-mercador tudo que aconteceu em Bela Dejanna e disse que veio acompanhando o dragão até aquelas paragens.

— Espero que o monstro continue no litoral, mas se entrar em terra firme, é possível que venha para cá — alertou Derek Blak. — A última ordem do Duque Dalgor foi para evacuar Bela Dejanna. O dragão não está aqui, e este nem é meu papel, mas consideraria a hipótese de abandonar a cidade. Esses muros não representam proteção alguma contra o Amaraxas.

Dom Runey ouviu tudo aquilo com uma expressão impassível, o sujeito realmente era um negociante dos bons.

— Fosse outra pessoa, Capitão Blak — disse ele finalmente —, eu não teria acreditado. Mas o senhor lutou com nosso duque nos Portões do Inferno, e ele é... *era* um homem muito querido por toda Dalgória. Suas histórias eram grandiosas e certamente nem todas eram exatamente verídicas, mas sempre inspiraram a todos nós de Vaeza e do resto do ducado. O senhor me diz que veio acompanhando um dragão *sozinho* até aqui; por mais absurdo que seja, eu acredito, repito. E também acredito no que os bardos contaram sobre seus feitos.

O alcaide se levantou, com as pernas um pouco trêmulas. A gravidade da situação finalmente abalou Dom Runey.

— Se me dá licença, eu cuidarei da defesa da cidade, Capitão Blak. Mas se meu povo, e isso inclui minha família nesta mansão, tem uma chance de sobrevivência, isso é graças ao senhor. Estou diante de um herói de verdade, muito além do que os bardos contaram.

O homem saiu da sala, e Derek também se levantou, pronto para partir. Para acompanhar um dragão até uma terra desconhecida e provavelmente defendê-la do alto de um castelo voador.

Era a segunda ocasião que alguém o chamava de herói. Só que desta vez o elogio fez sentido, significou alguma coisa.

Para Derek, mais loucura do que seguir e enfrentar um dragão era realmente se sentir um herói.

PALÁCIO DOS VENTOS, MATA ESCURA

Ao avançar furtivamente pela floresta, de tempos em tempos Kalannar arriscava flutuar acima da copa das árvores para tentar localizar o Palácio dos Ventos. Finalmente, o svaltar viu a imagem insólita de uma pedra flutuando no céu. O castelo estava estranhamente parado no mesmo lugar; Kalannar esperava ter que correr para alcançá-lo, mas não demorou muito até que o assassino estivesse praticamente embaixo da rocha imensa, que pairava sobre uma pequena clareira.

Uma pequena clareira com sinais típicos de uma emboscada alfar.

Havia cipós trançados que cercavam aquele ponto da mata e sinais de combate por toda parte. Lá em cima, o castelo parado era um mau sinal. A mente de Kalannar especulou o que poderia ter acontecido, mas só existia uma maneira de saber ao certo: subir e averiguar. Ele invocou seu poder ancestral de svaltar de sangue nobre e começou a lenta subida, flutuando até o topo da pedra. A preocupação e a ansiedade foram companheiras desagradáveis durante todo o caminho.

Nem sua imaginação fértil foi páreo para o que Kalannar viu lá em cima. Ao chegar ao pátio rochoso, ele se deparou com o escravo meio-elfo livre do cárcere e munido de arco e uma aljava com flechas, observando o céu como se fosse um vigia. O ogro também se encontrava solto, só que estava sentado no chão, devorando uma... *ave gigante*? Havia humanos e alfares mortos, agrupados por raça em pontos distintos da superfície de pedra, e no meio desta cena insólita, Agnor fazia o gestual complicado de um encantamento.

Sem tirar os olhos completamente negros do meio-elfo armado, que notou e encarou o svaltar de volta com uma expressão de desafio, Kalannar foi até o korangariano.

— O que houve aqui? — perguntou ele.

— O que acha que ocorreu? — respondeu Agnor sem olhar para o svaltar, conduzindo a magia com gestos para envolver toda a pedra flutuante com um encantamento de proteção. — Mesmo estando aqui em cima, fomos atacados *novamente*. Grande vantagem termos um castelo voador, se *sempre* somos atacados. Felizmente desta vez tínhamos um arqueiro do nosso lado.

Ele apontou para Carantir, que voltou a vasculhar os céus.

— Alguém soltou o escravo e deu uma arma para ele? — indagou Kalannar, indignado. — Quem fez isso?

— O Baldur, quem mais? Vá falar com ele. — Agnor finalmente se virou para o svaltar e ficou surpreso. — Onde conseguiu esta capa?

Kalannar já havia começado a se afastar quando respondeu.

— Com um alfar que matei — disse ele, que voltou a andar.

Instintivamente, Agnor esticou a mão para pegá-lo pelo braço e detê-lo, mas interrompeu o gesto. Kalannar percebeu e encarou o korangariano com uma expressão ameaçadora, mas que escondia cautela. Ninguém em sã consciência se deixava tocar por um feiticeiro.

Agnor, por sua vez, sabia que ninguém em sã consciência tocava em um assassino.

— Esta é uma capa feita em Korangar — falou o mago geomante nitidamente preocupado. — É um item raro e caro, valiosíssimo entre nossa elite de espiões e assassinos. Como isso veio parar aqui, nessa floresta no fim do mundo?

A visão da capa despertou a mania de perseguição de Agnor. Se houvesse agentes de Korangar naquela região, ele não poderia ficar ali. O feiticeiro imaginou que estaria completamente a salvo do outro lado do mundo, no sul de Zândia, longe do alcance do Triunvirato. Mas a presença daquele item indicava que não...

— Eu não sei, mas *este* assassino de elite aqui está muito contente em ficar com ela. — O svaltar se esqueceu momentaneamente da conversa que pretendia ter com Baldur e ficou curioso. — Algum detalhe relevante sobre a capa?

— Ela contém um sortilégio de ilusão... — respondeu Agnor mecanicamente, ainda com um frio na barriga. — A capa engana o olhar de quem vê, como se o dono estivesse em outro lugar próximo, ligeiramente deslocado e difuso.

— E como funciona? — perguntou Kalannar, que já sabia a resposta por ter torturado Borel.

— O efeito é acionado ao subir o capuz, e só. Assim, a capa passa a confundir a visão de todos que olham para quem está com ela.

O svaltar deu um sorriso cruel para Agnor ao se lembrar do alfar impotente, sofrendo em suas mãos. Apesar de gostar de torturar, ele sabia que o suplício não era uma ferramenta eficiente para arrancar verdades. No entanto, neste caso o inimigo não mentiu para aplacar a dor.

— Foi o que o alfar explicou mesmo — disse Kalannar.

— E ele falou onde arrumou a capa? — perguntou Agnor ansioso pela resposta.

— Se eu tivesse sabido que a origem dela era importante, teria perguntado. Agora não há mais como — falou o svaltar novamente com um sorriso. — Bem, vou esclarecer essa situação *absurda* do meio-elfo com o Baldur.

Ele foi a passos largos até o portão do castelete e deixou Agnor plantado ali fora, sendo consumido por delírios de perseguição. Ao entrar no salão comunal, o cenário era ainda mais insólito: Kyle estava deitado no chão, nitidamente ferido, sendo cuidado pelo kobold e por Od-lanor, com o auxílio ocasional das criadas humanas; Baldur se encontrava sentado em uma cadeira, observando a cena com uma expressão triste e consternada. E havia um humano que ele não conhecia, com trajes e aparência de um plebeu camponês... ou pescador. O sujeito reagiu a Kalannar como o svaltar esperava, como se tivesse visto uma assombração.

— Eu não posso me ausentar que vocês perdem o controle de tudo — falou ele para o cavaleiro. — O que houve aqui?

Baldur se levantou e contou o que aconteceu para Kalannar, do resgate de Barney na clareira da mata ao ataque dos elfos montados em águias gigantes.

— E basta eu dar as costas que você recruta qualquer um? Um pescador e um escravo meio-elfo? — Ele apontou para Na'bun'dak. — Eu acho uma injustiça com o kobold, que está conosco desde o início.

Kalannar começou a sair do castelete.

— Ei, aonde você vai? — chamou o cavaleiro. — O que descobriu na Praia Vermelha?

— Primeiro, as coisas mais urgentes. Vou prender o meio-elfo.

— Kalannar, eu dei minha *palavra* como Irmão de Escudo que ele seria libertado caso combatesse conosco.

— Você não pensa quando toma decisões, não é? — Kalannar elevou o tom de voz.

— Temos um *ferido* aqui — interrompeu Od-lanor, que ficou de pé com uma expressão irritada. — O casal pode discutir em outro lugar, por favor?

Bufando, os dois passaram por baixo da tapeçaria com a imagem do Dawar Tukok e entraram no corredor que dava acesso aos cômodos no interior do Palácio dos Ventos. Foi Baldur quem primeiro parou e falou rispidamente.

— Kalannar, esqueça a porra do meio-elfo. Esses ataques já deixaram claro que o Mestre Janus não cumpriu com suas obrigações. O que mais você descobriu na Praia Vermelha para incriminá-lo? Precisamos depô-lo e prendê-lo em nome do Grande Rei.

Subitamente, o svaltar se lembrou de um assunto bem mais sério do que seu ódio contra alfares e mestiços, de uma questão que ia além da perda de controle do castelo voador por ter estado ausente. Um assunto envolvendo dragões.

— O alcaide não é mais uma preocupação — respondeu Kalannar em um tom de voz que fez Baldur revirar os olhos, pois já imaginava o que ocorreu. — Mas eu descobri que os alfares despertaram dragões para usar como arma de guerra contra os humanos.

O cavaleiro fez uma expressão incrédula.

— O quê? Isso não pode ser verdade.

— Foi exatamente o que pensei ao ter ouvido um alfar contar para o nosso bom Mestre Janus, sem saber da minha presença, mas depois ele foi... incentivado a confirmar. E acabei de obter provas de que o alfar não mentiu sobre outra questão, irrelevante no momento. Ou seja, ele foi sincero. Ao que parece, os dragões foram mesmo despertos.

— Mas como? Quem? — balbuciou Baldur.

— *Como* o sujeito não sabia, mas ele disse ter sido o Arel — respondeu o assassino. — Que, aliás, está em Bal-dael, o povoado alfar que fica depois de três curvas do rio, segundo o alfar.

Aquelas eram muitas informações para o cavaleiro processar. O inimigo número um da Coroa se encontrava ali, e não na Caramésia como todos achavam, e ainda por cima havia despertado *dragões* de alguma forma inexplicável. Mas Od-lanor saberia explicar. O amigo bardo tinha vastos conhecimentos e agora era um arquimago. Ele daria um jeito.

— Precisamos reunir todo mundo — falou Baldur baixinho. — E assumir o controle da Praia Vermelha. Eles estão sem liderança.

— E quanto aos alfares? — perguntou o svaltar.

— Porra, tira os elfos da cabeça, Kalannar. — disparou o cavaleiro. — *Dragões* me parecem um problema maior, não acha? O povoado élfico não vai sair de onde está.

— Não, mas os dois problemas estão entrelaçados. E os alfares podem abandonar Bal-dael. Seu rei não gostaria que você deixasse o Arel escapar...

O svaltar tinha razão, pensou Baldur, a contragosto. Mas eles eram um grupo só, e no momento, o pobre vilarejo de pescadores corria perigo. A decisão já estava praticamente tomada, mas o cavaleiro precisava ouvir o que Od-lanor tinha a dizer.

E eles precisavam que Kyle sobrevivesse, ou o Palácio dos Ventos estaria parado ali, inútil, enquanto elfos fugiam e dragões atacavam.

CAPÍTULO 24

PRAIA VERMELHA, BEIRA LESTE

Assim que chegou à Praia Vermelha, Derek Blak viu um cenário de caos no pequeno vilarejo, ao contrário das outras paradas que fez na viagem até ali. Ele perguntou sobre o administrador local, mas recebeu a informação de que o alcaide estava morto e se dirigiu para o epicentro da confusão: uma construção que funcionava como templo, onde um pobre sacerdote tentava controlar os ânimos exaltados dos habitantes. Como o homem era a única figura de autoridade no recinto, Derek se apresentou para o tal Capelão Bideus como agente da Coroa e soube mais detalhes sobre a situação na Praia Vermelha. Aparentemente, o alcaide foi encontrado esfaqueado ao lado do corpo trucidado de um elfo, e além disso, havia um pescador morto na praia, sem falar numa expedição de dez homens que saíra para caçar elfos na floresta e não retornara até então.

Diante daquele ambiente tumultuado, o guerreiro de Blakenheim achou melhor não falar da existência de um dragão. Também evitou citar uma rocha gigante flutuando no céu e preferiu perguntar apenas se outros agentes da Coroa haviam aparecido, especialmente um cavaleiro chamado Sir Baldur. O capelão disse que Derek era o primeiro representante do Trono Eterno que o vilarejo via há muito tempo e que era bem-vindo para assumir o controle da Praia Vermelha na ausência do finado feitor-mor, Mestre Janus. Não havia uma coisa que o guerreiro de Blakenheim menos quisesse na vida naquele momento, mas ele aproveitou a sugestão para perguntar se era possível visitar a residência do alcaide e ver o corpo. Pelo menos seria uma maneira mais produtiva de passar o tempo enquanto esperava a chegada do Palácio dos Ventos. Bideus indicou um casarão de dois andares no topo de uma elevação, e Derek tomou o caminho de lá, contente por se afastar da turba de pescadores que exigia providências.

No meio da escadaria íngreme, ele parou para olhar o oceano com uma pontada de aflição. Dali era possível observar toda a comunidade pesqueira e o mar. Derek não via Amaraxas desde que o dragão o salvara inadvertidamente do ataque dos orcs. A partir daquele momento, ele passou a achar que *não* ver o monstro, não saber seu paradeiro, era uma sensação pior do que avistá-lo. Derek notou a presença de uma série de torres de vigias dispostas na praia, que deviam ser usadas para avistar as tais baleias de onde era extraído o azeite distribuído por Vaeza em Dalgória. Aqueles pontos de observação seriam úteis para ver a aproximação de Amaraxas, se o Palácio dos Ventos não chegasse logo. Ele terminou a subida praguejando; Baldur e os demais já deveriam estar ali. O pobre Duque Dalgor não teve chance de dizer há quanto tempo eles haviam partido de Bela Dejanna, mas certamente eram mais rápidos do que Derek a cavalo.

A criadagem apontou a direção dos aposentos do alcaide, sem maiores perguntas após sua apresentação como Capitão Blak, agente da Coroa. A cena diante de Derek era impressionante até mesmo para quem tinha a violência como profissão: o corpo do elfo da superfície — um sujeito especialmente grande, em comparação com os poucos alfares que ele tinha visto na vida e os svaltares que combatera no Fortim do Pentáculo — exibia sinais de tortura e agonia extrema; já o alcaide humano estava caído com uma perfuração no meio do peito, causada por um arremesso preciso de faca, que fora recolhida. Ficou evidente que um não havia matado o outro; logo havia um terceiro elemento envolvido. Devia ter sido um humano, pois um elfo não torturaria outro daquela forma. Alguém que veio em defesa do Mestre Janus, que teria sido morto inicialmente por uma facada do elfo torturado? Naquele fim de mundo, só poderia ter sido um guerreiro do vilarejo. Provavelmente o sacerdote sabia quem era e, na confusão, não deu mais detalhes para um recém-chegado como Derek. Ele decidiu vasculhar o casarão — talvez o sujeito estivesse escondido ali ou até mesmo fosse um vigia —, mas, como a investigação não rendeu frutos, Derek pediu uma refeição quente para as criadas e ocupou um dos quartos de hóspedes, a fim de descansar da viagem e colocar a cabeça no lugar.

Da sacada do cômodo, enquanto pensava na cena de violência no quarto do feitor-mor, Derek Blak manteve uma vigília ansiosa, à procura de sinais do castelo voador no céu e do dragão no mar, na esperança de ver o primeiro antes do segundo.

PALÁCIO DOS VENTOS, MATA ESCURA

As ameias do Palácio dos Ventos foram testemunhas de uma reunião tensa. Baldur escolheu o lugar para garantir que ele, Kalannar, Od-lanor e Agnor não seriam ouvidos pelo resto do castelo voador. Barney e o kobold ficaram tomando conta de Kyle junto com a criadagem no salão comunal, enquanto o meio-elfo e o ogro continuavam do lado de fora do fortim, vigiando o céu. Od-lanor e Agnor receberam a notícia dos dragões trazida por Kalannar com um misto de incredulidade e espanto. O feiticeiro de Korangar era o que menos acreditava na informação, visto que sabia pouco dos eventos da Grande Guerra dos Dragões que ocorreram fora do território ocupado pela Nação-Demônio. Já Od-lanor estava bem ciente dos fatos e da ameaça que as criaturas representavam, pois sabia que o Império Adamar ruiu de vez por causa dos monstros e conhecia as histórias de como os anões usaram o Palácio dos Ventos como arma para caçá-los e matá-los.

— Você não sabe quais dragões despertaram, quantos foram e onde isso aconteceu? — perguntou Od-lanor novamente.

— Eu já disse tudo que o agente alfar me informou — respondeu Kalannar sem paciência. — Ele veio à Praia Vermelha dar um recado para o alcaide: os dragões despertaram e os humanos e os alfares deveriam se unir no combate.

— Esta história já começa errada aí — opinou Agnor. — Os humanos de Krispínia e os alfares unidos? Vai fazer sol em Korangar antes de esse dia acontecer.

— Pelo visto vai fazer sol em Korangar mesmo — disse Baldur — porque tendo a concordar com o Agnor.

— Eu admito que esse seria um ardil que eu tramaria — falou Kalannar. — Atrair os humanos para uma conversa de paz e matá-los em uma emboscada na mata. E, como o próprio alfar também disse, foi o Arel que despertou os dragões. Por que então os alfares despertariam os monstros em primeiro lugar e depois convocariam uma aliança para matá-los? Seria uma mentira ruim e não faz sentido algum como estratégia para derrotar o inimigo.

— Tem mais feno nesse estábulo aí — disse Baldur. — O Barney falou que os elfos andavam atacando quem entrasse na floresta, e agora surge essa história de dragões e aliança? E como eles teriam despertado os monstros?

Todos se voltaram para Od-lanor.

— *Se* os alfares despertaram os dragões, será uma grande ironia histórica, visto que foram eles que colocaram as criaturas para dormir.

Diante do olhar curioso dos demais, o bardo continuou:

— Pelo visto vocês não conhecem o poema épico alfar *A Balada de Jalael e o Sono de Amaraxas, o Primeiro Dragão*. A obra conta tudo em detalhes; eu vou declamá-la para vocês.

— Se eu ouvir um poema alfar, vou ter que te matar — disse Kalannar com uma expressão séria e as mãos sutilmente pousadas nas roperas.

— Od-lanor, não dá para resumir a história? — falou Baldur olhando feio para o svaltar e se colocando ligeiramente entre os dois.

O adamar baixou os ombros, desanimado. *A Balada de Jalael* era um dos poucos poemas feitos pelos alfares que não era uma ode à natureza e aos sentimentos, tampouco contemplativo e enfadonho, mas aquela turba ignorante não o queria ouvir. Bem, se era um resumo que eles queriam...

— O poema fala de Jalael, um feiticeiro alfar que criou a Ka-dreogan, chamada na famosa tradução da menestrel Lusyanna de "Trompa dos Dragões", cujo sopro fez o Primeiro Dragão, Amaraxas, dormir. Com o sono do líder, todos os demais dragões de Zândia se recolheram à hibernação e o mundo foi salvo da destruição.

— Se eles estão dormindo, como o rei elfo fez com que despertassem? — perguntou Baldur.

— Todo efeito mágico pode ser desfeito — respondeu Agnor —, especialmente se a pessoa tiver acesso ao catalisador do encantamento original. Foi por isso que os svaltares tiveram que estar diante do selo místico dos Portões do Inferno para anulá-lo.

Kalannar ouviu calado a explicação, sabendo que era verdade. Aquelas foram praticamente as mesmas palavras que ouviu de Vragnar, o arquimago da Casa Alunnar, quando ele perguntou se as proteções mágicas do Brasseitan podiam ser anuladas. Seu plano perfeito, posto a perder pela ansiedade e vaidade do irmão.

— Então o Arel pegou essa Ka-dreogan? — indagou o svaltar.

— O poema diz o que aconteceu com a trompa? — perguntou Agnor.

— Não, ninguém sabe o paradeiro da Ka-dreogan, mas sim, imagino que ele esteja de posse da trompa para ter anulado seu efeito, como você disse.

— Talvez o rei elfo estivesse atrás dela na Caramésia por todos esses anos — sugeriu Baldur —, e não apenas se escondendo das tropas do Grande Rei.

— Bem, nós sabemos que ele está aqui perto, em Bal-dael — disse Kalannar com empolgação nos olhos completamente negros. — Eu posso ir até o povoado alfar, pegar a Ka-dreogan e obrigá-lo a usá-la para adormecer os dragões novamente.

Todos se voltaram para Baldur, instintivamente esperando que ele tomasse uma decisão.

O cavaleiro se viu tomado pela mesma dúvida que surgiu quando ouviu o problema pela primeira vez, da boca de Kalannar. O inimigo do Grande Rei estava ao alcance deles e, segundo o que ouviu de Agnor e Od-lanor, podia ser a chave para acabar com a ameaça, ainda não confirmada, dos dragões. Por outro lado, o vilarejo de pescadores ainda estava sob o perigo representado pelos elfos da superfície — essa sim uma ameaça real, confirmada por dois ataques em sequência — e podia ser um possível alvo de dragões. Quanto mais ele se informava sobre a questão, mais aquela dúvida aumentava, bem como a responsabilidade de tomar a decisão correta.

Era em momentos como esse que Baldur sentia saudade de ser apenas um pau-mandado seguindo ordens.

Ele pensou em Krispinus, e como a coroa devia pesar em ocasiões assim. E ao pensar em seu deus, veio a resposta. Quando ainda era um simples cavaleiro, Krispinus escolheu *primeiro* salvar seu povo da ameaça dos elfos, liderando um êxodo até a Morada dos Reis; só *depois*, então, ele empreendeu uma guerra contra os inimigos.

Baldur faria a mesma coisa: sua responsabilidade como cavaleiro, como Irmão de Escudo, como súdito e adorador do Deus-Rei, era com a população em perigo real e imediato.

— Não — falou ele categoricamente. — Primeiro, nós vamos à Praia Vermelha tomar conta do local e proteger os pescadores do perigo dos elfos. Depois veremos o que dá para fazer com os dragões, *se é* que essa ameaça é real. Você mesmo disse que seria um ardil, Kalannar.

— Eu disse — falou o svaltar, irritado. — Mas também sei que o agente alfar não mentiu para mim.

— Ele pode não ter mentido — pontuou Od-lanor — porque talvez acreditasse que estava falando a verdade. O recado mandado por Arel podia fazer parte de seu plano.

— Concordo — disse Kalannar. — Também seria algo que *eu* faria. Então esse é mais um motivo para eu ir a Bal-dael investigar. Sozinho.

Baldur ponderou por um momento. Eles ainda sabiam muito pouco sobre a questão dos dragões, e o svaltar não seria muito útil na Praia Vermelha para auxiliar a população. Mas Kalannar já dera provas suficientes de que conseguia entrar e sair de qualquer lugar — e voltar com informações. Em uma tropa, o bom comandante sabia explorar o melhor de cada homem.

— Vá então, Kalannar, mas tente não se distrair matando elfos — consentiu Baldur. — Precisamos saber tudo sobre essa história esquisita do despertar dos dragões.

— Pode deixar. — O svaltar deu um sorriso cruel. — Mas talvez o Arel não sobreviva ao interrogatório. Quem sabe seu rei não me promova a Irmão de Escudo por eu ter matado o inimigo dele?

Após ver a cara feia de Baldur à provocação irônica, Kalannar deu as costas para o trio e foi se preparar para a missão. A frustração pelo fracasso do plano de abrir o Brasseitan e poder promover uma guerra na superfície contra os alfares estava prestes a passar — se matasse o líder do inimigo, Kalannar poderia retornar a Zenibar sob glória e retomar o controle da Casa Alunnar como primogênito ainda vivo. Aquele exílio terminaria.

— Nós ainda temos um problema que vocês, apedeutas, não consideraram — disse Agnor. — O Kyle está ferido e não temos como conduzir o Palácio dos Ventos até a Praia Vermelha.

— Infelizmente, o Na'bun'dak não consegue operá-lo sozinho em uma emergência — admitiu Od-lanor.

— Não — disparou Baldur. — Mesmo que conseguisse, nem pensar que eu deixaria um *kobold* no comando do voo. Como está o Kyle?

— Essas são as horas mais críticas — disse o bardo. — Se ele...

— Sir Baldur! — interrompeu a voz de Barney, que surgiu nas ameias.

— O que foi, rapaz? — perguntou o cavaleiro, temendo pelo pior, uma vez que as más notícias só se acumulavam.

— O menino acordou e perguntou pelo senhor e um tal de Derek — respondeu o Homem das Águas. — Parece estar delirando, mas está desperto.

Baldur e Od-lanor se entreolharam e passaram correndo por Barney, que seguiu os dois. Agnor veio mais atrás, lentamente, não sem antes olhar para o céu e a floresta lá embaixo. Dragões, elfos em águias gigantes, trompas mágicas, gente morrendo. Tudo era pequeno diante do problema que aquela capa de Korangar, ali naquele fim de mundo, representava.

Ao se aproximar do salão comunal, já era possível ouvir os guinchos empolgados de Na'bun'dak, que, por causa da algazarra, conseguiu afastar a moça que cuidava de Kyle. Quando a figura blindada de Baldur se agigantou diante do kobold, a criaturinha reptiliana se escondeu embaixo da mesa de ferro circular. O cavaleiro se ajoelhou junto com Od-lanor em volta do rapazote, que estava com um curativo besuntado de unguento no ferimento causado pela flechada.

— Derek? — perguntou Kyle, com os olhos semicerrados.

— Não, é o Baldur. O Derek está na Morada dos Reis, lembra?

Od-lanor tocou a testa de Kyle e deu um sorriso.

— Ele está bem menos quente — falou o adamar, baixinho. — Vou dizer algumas palavras para guiar a mente dele à consciência.

O bardo começou a sussurrar de maneira ritmada no ouvido do rapazote deitado no chão, e o encantamento foi fazendo efeito. Kyle abriu os olhos totalmente, enxergou Baldur e arriscou um sorriso, mas, em seguida, fez uma expressão de preocupação.

— Estamos parados? Por que estamos parados? Eu tenho que guiar o castelo.

— Kyle, você não tem que fazer nada — disse Baldur em um tom brando. — Nós fomos atacados e você foi flechado, por isso o castelo parou.

— O Carantir nos salvou? — perguntou ele.

O cavaleiro ficou intrigado, mas Od-lanor veio ao resgate.

— É o meio-elfo...

— Ah, sim, ele se juntou ao combate e nos ajudou... — respondeu Baldur, lembrando que devia uma bronca a Kyle por ter se envolvido com o agora ex-escravo.

O rapazote fez menção de se levantar, mas foi contido pelo braço do adamar.

— Opa, aonde vamos, mocinho? — brincou Od-lanor.

— Conduzir o castelo. Temos... — ele fez uma pausa, sem forças — que sair daqui. Pode vir outro... ataque.

Baldur sabia que Kyle estava certo, assim como sabia que, se quisesse ajudar a Praia Vermelha na questão dos dragões, o Palácio dos Ventos teria que voar até lá. Ele ergueu os olhos e viu as cabeças dos monstros, presas como troféus na parede do salão comunal. Depois se voltou novamente para o rapazote convalescente no chão, quase na idade de virar um homem e pegar em armas para lutar ao lado deles. O cavaleiro sacudiu a cabeça — Kyle *já* lutava ao lado deles mesmo ainda sendo criança, desde Tolgar-e--Kol. E queria lutar agora, mesmo ferido.

— Sir Baldur, se me permite — falou Barney. — Na Praia Vermelha temos o Capelão Bideus, que, pela graça de Be-lanor, poderá cuidar melhor do Kyle. Não me leve a mal, senhor arquimago.

— Não há mal algum, eu realmente tenho apenas conhecimentos rudimentares como curandeiro — disse Od-lanor, que se voltou para Baldur. — Um sacerdote seria mais indicado.

— Kyle, você aguenta o esforço de conduzir o castelo até a Praia Vermelha? — perguntou Baldur.

— Claro — veio a resposta em uma voz fraca. — Estou... pronto.

Ele se levantou com a ajuda de Od-lanor, e o kobold prontamente saiu debaixo da mesa e veio apoiar o amigo. O trio tomou o rumo lentamente da Sala de Voo.

— Eu farei um elixir que te devolverá as forças, Kyle — disse Od-lanor em um tom de voz estranhamente revigorante e convincente, que arrancou até um sorriso esperançoso de Baldur.

Naquele momento de desespero, no meio de uma possível guerra contra dragões e elfos, qualquer palavra de ânimo valia a pena ser dita, por mais mentirosa que fosse, pensou o bardo.

CAPÍTULO 25

PALÁCIO DOS VENTOS, MATA ESCURA

No piso da Sala de Voo, onde ficava o mapa gigante com várias marcações e réguas para calcular distâncias, Baldur e Barney olhavam apreensivos para a figura franzina e ferida de Kyle, empoleirado na gaiola de controle, aonde ele chegou ajudado pelo cavaleiro, que subiu com o rapazote a escada quebra-peito. Na gaiola do lado, o kobold aguardava que o humano mexesse nas alavancas que conduziam o Palácio dos Ventos para acompanhá-lo nas manobras. Agnor também estava presente, concentrado em manter mãos espectrais nos controles de Kyle, para auxiliá-lo caso lhe faltassem forças. No subsolo, na sala da caldeira, Od-lanor observava os medidores feitos pelos anões enquanto Carantir alimentava a fornalha, agora trabalhando como meio-elfo livre; Brutus resolveu cochilar ao relento, após ter comido meia águia gigante, e ninguém pareceu se importar com o ogro à solta. Um problema de cada vez.

De repente, surgiu a voz do adamar pelo tubo de comunicação na gaiola de Kyle.

— Já temos pressão suficiente! — informou Od-lanor. — Kyle, podemos voar quando você quiser. Está se sentindo bem?

A resposta demorou a vir, mas veio firme, ainda que dada com esforço.

— Estou — o rapazote fez mais uma pausa, olhou para o kobold e disse: — Vamos voar.

Em seguida, Kyle fez força para puxar uma das alavancas, mas não foi suficiente para movê-la; a mão espectral comandada por Agnor começou a mexer o controle junto com ele, e o kobold acionou suas próprias alavancas. Com o trabalho integrado de Agnor, Kyle e Na'bun'dak, o Palácio dos Ventos começou a voar, ainda que não de maneira muito suave.

Após observar a operação por um bom tempo, Baldur se voltou para Barney.

— Esse sacerdote é bom mesmo? — perguntou ele, baixinho.

— Be-lanor está com o Capelão Bideus — respondeu o Homem das Águas no mesmo tom. — Se o Navegante quiser que o Kyle continue entre nós, em terra firme, ele será curado pelas mãos de seu sacerdote.

Baldur não deixou de enxergar a ironia de pensar que Kyle estava voando muito acima da terra firme, mas não ia desmerecer a fé do jovem arpoador; ele apenas fez uma prece silenciosa para que o Deus-Rei enviasse forças para o rapazote através do sol que brilhava lá em cima, através da abóbada de vidro e metal.

PRAIA VERMELHA, BEIRA LESTE

Derek Blak acordou assustado de um cochilo, pensando ter ouvido Amaraxas. Que ótimo — agora ele trocou pesadelos sobre sua alma estar presa na gema encantada dos svaltares por delírios com o Primeiro Dragão. O guerreiro de Blakenheim se perguntou se algum dia voltaria a dormir tranquilamente e praguejou pela fraqueza de ter cedido ao cansaço após tanta correria para chegar à Praia Vermelha. Por hábito, olhou para o oceano e para o céu — ainda nem sinal do Primeiro Dragão e do Palácio dos Ventos. Derek lavou o rosto na bacia que a criadagem deixara no quarto e aproveitou para formular um plano. Ficar sentado ali sem fazer nada, esperando a chegada dos aliados ou de um monstro, seria o mesmo que condenar aquele povoado à morte. Se estivesse continuando o trajeto pelo litoral de Dalgória rumo a leste, Amaraxas podia surgir a qualquer momento — e a identidade de quem matou o feitor-mor e torturou o elfo era uma questão irrelevante, algo que não era da alçada de Derek, diante do perigo que o Primeiro Dragão representava. O sacerdote havia sugerido que ele assumisse o controle da Praia Vermelha, e talvez essa fosse a melhor maneira de tirar aquela gente dali.

A situação dentro do templo estava menos confusa; liderados por Marcus, o feitor da praia, os milicianos e alguns pescadores do vilarejo saíram para realizar uma vigília à borda da mata, armados com facões de mato, peixeiras, cutelos, arpões e azagaias, à espera do retorno da expedição que partira para caçar elfos. No interior da construção dedicada ao deus Belanor, o Navegante, havia famílias, mulheres, crianças e idosos sendo confortados pelo sacerdote. As atividades pesqueiras tinham sido interrompidas; nenhuma lancha foi trabalhar em alto-mar naquele dia. Do barracão que continha os escravos kobolds ouviam-se os guinchos das criaturas, que pediam comida e imploravam por liberdade, tendo sido esquecidas no meio do caos.

Derek observou tudo isso durante um passeio rápido pela Praia Vermelha, em que aproveitou para pensar no que diria ao sacerdote. Antes de ir se encontrar com o capelão, ele subiu em uma torre de vigia e vasculhou o mar e o céu uma última vez. Nada. Derek então entrou no templo, ouviu o pranto baixinho de uma mulher — provavelmente a viúva do morto encontrado na praia, ou talvez uma esposa que temesse pelo pior em relação ao grupo de pescadores que se arriscou na mata — e se dirigiu a Bideus.

— Capelão, preciso ter uma conversa séria com o senhor.

Após ser conduzido a um aposento reservado dentro do templo, Derek foi direto ao ponto e disse a desculpa em que vinha pensando desde que saiu do casarão de Janus.

— A Praia Vermelha precisa ser evacuada. O vilarejo está prestes a sofrer um ataque de elfos. Foi isso que vim comunicar ao feitor-mor, a mando da Coroa, mas não esperava encontrá-lo morto. Como o senhor sugeriu, é melhor mesmo que eu assuma o controle da situação, mas preciso que me ajude a falar com seus fiéis.

O homem não pareceu surpreso com a informação falsa; pelo visto, ele vinha esperando ouvir tal coisa há algum tempo. Derek ficou contente consigo mesmo por ter pensado em uma mentira crível.

— Certamente, Capitão Blak — disse Bideus. — Eu reunirei todo mundo diante do templo e passarei a palavra para o senhor.

— Muito grato, capelão. Só peço que seja rápido: os elfos podem surgir a qualquer momento.

E o Amaraxas também, completou Derek em pensamento, ao ver Bideus partir.

Auxiliado pelo feitor da praia, o sacerdote de Be-lanor convocou todos os pescadores e demais habitantes da Praia Vermelha. Derek Blak ficou esperando sentado nos degraus da porta do templo, sempre de olho no mar e no céu. Enquanto as pessoas chegavam, ele ficou pensando como se dirigiria àquele povo simplório; Derek era um líder de soldados e mercenários, sabia falar com aquele tipo de gente, mas inspirar uma população inteira a abandonar seus lares se baseando em uma mentira? Isso era tarefa para um bardo como Od-lanor.

Ao pensar no bardo adamar, ele levantou o olhar para o céu novamente e desta vez viu um ponto inconfundível abaixo das nuvens, vindo por cima da floresta. Quando o sacerdote se aproximou, o guerreiro de Blakenheim apontou discretamente para o Palácio dos Ventos e explicou o que estava prestes a chegar ao vilarejo pesqueiro, para que o homem não se alarmasse. Derek pensou que seria melhor se conseguisse subir no castelo voador para avisar os demais sobre o Primeiro Dragão antes que descessem, mas não havia como o pessoal no Palácio dos Ventos saber que ele estava ali, na Beira Leste; para todos os efeitos, Derek deveria estar atuando como guarda-costas da Rainha Danyanna onde quer que ela se encontrasse, seja na Morada dos Reis ou no Fortim do Pentáculo.

Ainda surpreso pelo que o agente da Coroa falou, Bideus foi preparando a população reunida diante do templo para a chegada de um "castelo voador". O povo da Praia Vermelha já tinha testemunhado milagres de Be-lanor e estava acostumado com os peixes gigantes que habitavam aquela parte da costa e davam seu sustento, mas aquela seria uma visão fora do normal. Mesmo com a preparação feita pelo capelão, quanto mais a imensa rocha flutuante se aproximava, mais a sensação de espanto crescia e se espalhava pelos habitantes do vilarejo baleeiro. Derek também ficou um pouco espantado, mas por outro motivo — o Palácio dos Ventos não vinha se aproximando suavemente; na verdade, o voo era errático e hesitante. A grande estrutura conseguiu parar no meio do vilarejo depois de umas três tentativas e lançou uma sombra sobre várias moradias e o templo em si. Por instinto, o povo se afastou, de olhos arregalados, mas o Capelão Bideus não arredou pé, ao lado de Marcus e Derek.

— E agora, Capitão Blak? — perguntou o sacerdote.

— Agora nós esperamos que os outros enviados da Coroa desçam — respondeu o guerreiro de Blakenheim.

O trio ficou aguardando, assim como a população ao redor, que olhava com surpresa e curiosidade. De repente, a parte inferior da rocha gigante emitiu um ruído metálico, um rangido bem alto que anunciou a saída de uma gaiola do interior da pedra. A estrutura interrompeu a descida um pouco longe do chão — a parada do Palácio dos Ventos não fora tão precisa quanto em outras ocasiões — e revelou a presença de três pessoas: uma delas era Barney, reconhecido imediatamente pelo capelão e feitor da praia, e as outras duas eram um barbudo grandalhão de armadura com uma criança no colo.

— Kyle! — berrou Derek, que disparou na direção do elevador.

— Capelão! — gritou Barney do interior da gaiola metálica. — Temos um ferido!

Sem entender nada, pois o Capitão Blak não dissera que o Homem das Águas viria a bordo daquela *coisa*, Bideus também correu para lá, pedindo a benção de Be-lanor. A Praia Vermelha nunca tinha passado por dias tão insanos quanto aqueles.

E o pobre sacerdote ainda nem tinha sido informado de que um dragão poderia aparecer a qualquer momento.

— Derek? — falou Baldur ao vê-lo se aproximar. — O que você está fazendo aqui?

— Depois eu explico — respondeu o guerreiro de Blakenheim ao chegar e estender os braços para pegar Kyle. — O que aconteceu com ele?

— Foi flechado por um elfo — disse o cavaleiro ao entregar o rapazote aos cuidados de Derek e do sujeito que chegara com ele, com trajes de sacerdote. — Mas veio conduzindo o castelo até aqui. Nunca vi tanta coragem em alguém tão pequeno.

Olhando com curiosidade o indivíduo de cota de malha e túnica com o símbolo de Krispínia, Barney pulou da estrutura de metal e caiu ao lado do capelão, depois ofereceu o braço para ajudar Baldur, todo blindado em uma armadura de placas, a descer.

— Este é o único ferido? — perguntou Bideus para o arpoador.

— Os homens que foram comigo à mata não sobreviveram — falou ele com a cabeça baixa. — Os corpos estão lá em cima, para serem entregues às famílias e a Be-lanor.

— Cuidaremos disso depois — disse o capelão ao acompanhar Derek, que tomara para si o corpo inteiro da criança para carregá-la até o templo.

Os quatro entraram na construção em silêncio respeitoso, e Marcus, o feitor da praia, deu um abraço em Barney quando ele repetiu o que aconteceu com a expedição emboscada na floresta. No interior do templo, o capelão conduziu Derek até um tonel com água trazida do mar e abençoada por ele. Bideus pediu que a criança ferida fosse depositada dentro d'água e que os dois fossem deixados em paz para a realização dos rituais de cura. Assim que o enviado da Coroa saiu, o sacerdote de Be-lanor colocou uma estrela do mar no meio do peito de Kyle e envolveu o corpo do rapazote com um pedaço de rede de pesca; a seguir, começou um longo encantamento, dizendo palavras de poder de forma ritmada, enquanto a mão tocava na estrela do mar, no ferimento e na testa de Kyle.

No meio do templo, com a emergência resolvida, Barney e Marcus ficaram conversando sobre o que aconteceu na Praia Vermelha desde que o Homem das Águas saiu para caçar elfos na floresta e como ele foi parar naquele castelo voador. Já Derek e Baldur se dirigiram para um canto mais reservado, ambos querendo contar a mesma notícia ruim um para o outro, sem saber.

— Como o Kyle se feriu? — indagou o guerreiro de Blakenheim, antes de qualquer coisa; afinal, o amigo era mais importante do que a possível chegada de um dragão. — Vocês entraram na floresta? Ele deveria ter ficado no castelo voador!

— Ele *estava* no castelo voador — respondeu Baldur em voz baixa, indignado com a insinuação de que ele teria colocado o rapazote em perigo. — Nós fomos atacados por elfos montados em águias gigantes, acredite se quiser.

O cavaleiro ignorou o olhar espantado de Derek e repetiu a pergunta feita ao chegar:

— O que você está fazendo aqui?

— A Rainha Danyanna me enviou atrás de vocês. — Ele fez uma pausa e decidiu dizer a verdade de uma vez só. — O Salim Arel despertou Amaraxas, o Primeiro Dragão, que atacou Bela Dejanna e depois foi seguindo o litoral rumo à Beira Leste. Em algum trecho na costa de Dalgória, eu perdi o rastro dele, mas não há garantia de que o monstro não tenha continuado o caminho e esteja vindo para cá.

— Bela Dejanna? — exclamou o cavaleiro. — Nós acabamos de sair de lá!

— Eu sei — continuou Derek. — A cidade ficou em ruínas, e o Duque Dalgor morreu.

— O duque morreu? — interrompeu ele.

— Baldur, vai ficar mais fácil se você não me interromper a toda hora... Tanto o Duque Dalgor, antes de morrer, quanto a Rainha Danyanna disseram para usarmos o Palácio dos Ventos contra o Primeiro Dragão, como os anões fizeram no passado.

O cavaleiro deixou aquelas últimas palavras ecoarem na mente. Aquilo fazia sentido, por mais perigoso que fosse. As cabeças de dragão no salão comunal eram provas suficientes de que o castelo voador era o único recurso disponível no momento contra aquela ameaça. O duque e a Suma Mageia estavam certos. E seu dever como Irmão de Escudo era cumprir as ordens da Coroa, ainda que não tivessem vindo do Grande Rei em pessoa.

— Nós também sabíamos sobre os dragões e o rei elfo — informou Baldur. — Ou pelo menos desconfiávamos. Achávamos que era um ardil inventado pelo inimigo para prejudicar a Praia Vermelha, de alguma forma.

— Não — falou o guerreiro de Blakenheim, tentando não se abalar com as lembranças de Amaraxas. — A ameaça é *bem* real, e você não imagina o tamanho da criatura. O dragão pisava e destruía casas como eu pisaria e quebraria uma ânfora. E cuspiu um jato de fogo que colocou meio Velho Palácio abaixo. Mas você falou "dragões"... sabe de mais algum monstro além do Amaraxas? O Dalgor disse que ele possivelmente teria a capacidade de acordar outros da espécie...

— Na verdade, não. É só a expressão que ouvimos. Bem, temos que subir e contar tudo isso para o resto do pessoal. Especialmente se formos usar o castelo para combater o monstro.

— Sim, mas primeiro é preciso evacuar esse vilarejo — disse Derek com veemência. — Se o Primeiro Dragão não alterou o rumo, vai chegar pelo mar a qualquer momento.

— Concordo. — O cavaleiro fez uma pausa para pensar e, a seguir, continuou: — *Você* tem que subir e contar essa história toda em detalhes, especialmente para o Od-lanor. Ele sabe de um objeto que foi usado...

— A Trompa dos Dragões — interrompeu Derek. — Eu estive no local de onde o salim retirou a relíquia mágica com a intenção de despertar os monstros.

— Ótimo. Mais um motivo para você explicar tudo isso para o Od-lanor. Deixe que eu cuido da Praia Vermelha e fico de olho no Kyle aqui embaixo.

Derek estava de saída, aliviado por não ter que falar com a população. Como Baldur tinha delírios de liderança desde quando eles se conheceram em Tolgar-e-Kol, era melhor então que o cavaleiro cuidasse da evacuação com sua pose de "Irmão de Escudo". Porém, uma dúvida lhe ocorreu, e ele se voltou para Baldur novamente.

— Ei, como vocês souberam do dragão e do rei elfo?

— Pelo Kalannar — respondeu Baldur. — Ele matou o alcaide da Praia Vermelha e interrogou um agente dos elfos que estava mancomunado com o sujeito.

"Interrogou" era uma expressão branda perto do que aconteceu com o elfo, pensou Derek. Ele devia ter sabido que o svaltar estava envolvido ao ver aquela cena sangrenta.

Com um aceno de cabeça, Derek saiu do templo e entrou no elevador do Palácio dos Ventos, parado lá fora.

CAPÍTULO 26

MATA ESCURA, BEIRA LESTE

Patrulhar a grande floresta no entorno de Bal-dael geralmente era uma tarefa tranquila. A salinde — agora salim — havia feito um acordo que mantinha os humanos longe do território alfar, e só de vez em quando um desavisado (ou mal-intencionado) penetrava na mata e tinha que ser repreendido com uma saraivada de flechas. Mas a situação andava muito tensa recentemente — Borel, o melhor guerreiro do povoado, sumira, bem como uma patrulha na mata e uma equipe de rapineiros, que jamais voltaram de suas rondas tanto na superfície quanto no ar. A Salim Sindel colocara Bal-dael em alerta máximo; estavam proibidos saraus de poesia, espetáculos de dança interpretativa, feiras de artesanato, contação de histórias e jograis. As buscas na mata foram intensificadas para descobrir o paradeiro de tantos alfares desaparecidos, e foi por isso que Felael e Luviel estavam embrenhados na floresta. Os dois patrulheiros se moviam como se fizessem parte da vegetação, eram vultos invisíveis e silenciosos que observavam tudo com uma acuidade visual sobrenatural e uma experiência com o terreno que nenhum mateiro humano jamais teria.

A dupla aproveitou para verificar uma das várias armadilhas que se espalhavam por todo o perímetro de Bal-dael, tão integradas à mata quanto os próprios elfos. Na tranquilidade daquele ponto seguro, Felael e Luviel baixaram a guarda e conversaram sobre o assunto que dominava todo o povoado: a chegada de Arel.

— Não dá para acreditar, Luviel...

— O que foi?

— Como as coisas perderam o rumo com a chegada do salim — disse Felael em tom desanimado.

— O Arel não é mais o salim, meu querido — falou Luviel, que parou para beber água do odre e ofereceu ao colega de patrulha. — Mas concordo com você. Por exemplo, o Borel vinha visitando o vilarejo dos humanos e sempre voltou são e salvo... até agora.

— Ele é tão lindo e forte, não acredito que algo tenha acontecido com o Borel — choramingou Felael.

— Louvado seja o Surya, que sua luz o ilumine e ele volte logo, são e salvo, para Bal-dael.

Luviel ergueu os olhos para os raios de sol que furavam a cobertura da copa das árvores e sentiu uma fisgada no pescoço, como se fosse um inseto, só que bem mais incisiva. Por instinto, ele levou a mão delicada ao ponto dolorido e sentiu as pernas amolecerem.

— Luviel? — chamou o outro elfo da superfície, já retomando a prontidão e olhando ao redor.

E viu surgir dos arbustos algo improvável: o inimigo ancestral dos alfares, uma criatura maligna, banida há séculos para as profundezas da terra.

Um svaltar.

— O maldito deus-sol de vocês não vai poder ajudar seu amigo — disse Kalannar, que finalmente soube o nome do alfar grandalhão que ele matou. — O Borel morreu pelas minhas mãos, e agora é a sua vez.

O assassino notou que o veneno não surtiu o efeito desejado no primeiro alvo; a substância com certeza perdera a potência com o tempo sem uso. Kalannar não chegara a testá-lo em Borel por causa do estado moribundo do elfo torturado, e agora estava em desvantagem numérica.

Mas era uma situação reversível.

Ele aproveitou a surpresa provocada por sua aparição e partiu para o ataque antes que a dupla se recuperasse. Ergueu o capuz e acionou a mágica da capa, virando um borrão difícil de ser visto. A flecha do alfar que estava de prontidão errou Kalannar por um palmo de distância, mas a adaga lançada pelo assassino se cravou com precisão no tronco do arqueiro, porém sem força suficiente para varar a letiena; o adversário estava ferido, mas não morto, e conseguiu sacar a kamba para o combate corpo a corpo com o svaltar. O colega envenenado, ainda trôpego, também retirou a espada élfica da bainha e tentou cercar Kalannar.

Mas o assassino não pretendia enfrentar um de cada vez e deixar a guarda baixa para a investida de um segundo inimigo; ele permitiu que os dois se aproximassem o suficiente e girou o corpo entre os adversários; o movimento, que já teria sido rápido demais para acompanhar com o olhar, foi impossível de ser seguido com o encantamento de ilusão. Kalannar tinha um oponente sob efeito de veneno e outro ferido para escolher qual eliminar primeiro. O assassino aproveitou o rodopio, foi para trás do alfar esfaqueado, escapou do golpe de kamba — Kalannar estava começando a *adorar* aquela capa de Korangar — e deu duas estocadas rápidas com as roperas nos tendões das pernas do sujeito, que usava calça de couro leve. O elfo da superfície desabou no chão e o svaltar aproveitou para pisar no cabo da adaga enfiada na letiena, que agora terminou de trespassá-lo e matá-lo.

O alfar envenenado avançou com um ímpeto que demonstrou sua recuperação. Novamente a kamba errou Kalannar por muito pouco, e o assassino se aproveitou para golpear a mão do oponente com a ropera a fim de desarmá-lo; um novo rodopio colocou o svaltar nas costas do inimigo, onde a segunda ropera encontrou uma brecha nas folhas alquimicamente endurecidas que compunham a armadura e perfurou-a em uma estocada *quase* letal. Essa foi sua intenção desde o início.

Luviel acusou o golpe e sentiu as pernas finalmente cederem. Ele foi aparado pelo elfo das profundezas, que colocou uma faca em sua garganta.

— Agora, "meu querido" — debochou Kalannar —, você vai me explicar que história é essa de o Arel não ser mais o salim. Mas seja rápido; infelizmente nós não temos tanto tempo e privacidade quanto tive com o Borel. Sua agonia terá que ser breve, mas é até justo: você me deu muito menos trabalho do que ele.

PALÁCIO DE EFEL, BAL-DAEL

Bal-dael estava em silêncio, e não havia ninguém perambulando pelas alamedas entre as árvores e pelas moradias élficas interligadas por pontes suspensas. Era uma visão rara para o povoado élfico, acostumado a manifestações artísticas e passeios contemplativos e inspiradores. Assim que informou à população que era a nova salim, Sindel mandou que todos ficassem em suas casas, se preparando para um grande acontecimento, e suspendeu as atividades lúdicas que os alfares tanto amavam. Mas ela não disse *o que* aconteceria de fato, apenas alertou os defensores de Bal-dael que seu líder Borel havia sumido e que vários guerreiros não retornaram de suas patrulhas; todos eles precisavam redobrar os esforços para proteger a comunidade, ainda que não soubessem a natureza da ameaça. Os guerreiros, naturalmente, presumiram que o perigo viria do vilarejo humano, localizado na foz do Rio Bal. Sindel não pretendia alarmar o povo com a notícia do despertar de Amaraxas e da traição do próprio irmão; a salim tinha um plano para contornar esses problemas e, caso desse certo, talvez aquela vergonha e heresia de Arel pudessem ser apagadas da linhagem Gora-lovoel.

Aquele cenário de um povoado vazio só facilitou a infiltração de Kalannar.

O svaltar foi de árvore em árvore, encolhido por trás de arbustos e jardins exuberantes, podados como verdadeiras obras de arte, até chegar ao imenso palácio em forma de domo pontudo, construído em comunhão com a natureza, no topo de uma elevação na ilha fluvial que abrigava Bal-dael. O alfar que ele torturou dissera que as defesas estavam de prontidão, mas que a população estava recolhida em suas moradias. Com as alamedas vazias, foi mais fácil escapar dos vigias, por mais alertas que eles estivessem — sem o povo andando por Bal-dael, o número de olhos e ouvidos atentos havia diminuído drasticamente com as ordens da salim. Kalannar avançou com cautela, feliz por não ter que ouvir alfares cantando e rimando enquanto rodopiavam pelo povoado. Teria sido difícil se conter para não matar uma meia dúzia.

Dentro do Palácio de Efel, porém, estava ocorrendo uma espécie de apresentação artística de cunho bastante particular. Como os alfares prezavam mais a transmissão oral do que registros escritos — ainda que mantivessem compilações de poemas, tratados filosóficos e documentos históricos —, Sindel convocara seus três melhores e mais sábios trovadores para que lhe contassem todos os fatos que eles conheciam sobre os dragões, Jalael e a

Ka-dreogan. Sendo uma feiticeira, ela acreditava que deveria haver uma saída mágica para um problema que fora causado por magia. O efeito da trompa podia ser repetido, mas a salim precisava saber como Jalael, que criou e encantou a Ka-dreogan, realizara o ato há quatrocentas primaveras.

Só que Sindel não era a única plateia daquele espetáculo. Atraído pelo som no palácio, Kalannar estava escondido no salão decorado com uma abundância de arranjos de flores e colunas feitas a partir de troncos de árvores magicamente alterados e esculpidos. Eram tantos esconderijos possíveis que o svaltar pôde ficar bem perto e ouvir tudo que estava sendo dito e declamado.

Um de cada vez, os trovadores contaram o que Sindel pediu para ouvir. Um deles explicou tudo que os alfares sabiam sobre dragões, a ligação deles com a própria natureza, a necessidade de hibernar para conter tamanho poder, como eles se relacionavam e procriavam, a destruição que causaram nos povoados élficos quando despertaram pela última vez, até serem induzidos magicamente a hibernar pelo herói Jalael. Assim que o trovador começou a falar, Kalannar obteve a resposta que procurava: o despertar dos dragões *era* real, e não um ardil engendrado pelos alfares. A salim não estaria ouvindo aquele falatório todo se tudo não passasse de uma mentira. E como aquele falatório foi longo: Kalannar não podia acender incensos para marcar a passagem do tempo como os svaltares faziam em Zenibar, mas ele calculou que o sujeito tivesse falado por uns três incensos — ou três horas, como diziam os humanos. Aquilo seria um exercício de paciência e um risco enorme de ser descoberto, mas o svaltar desconfiava que as informações valeriam a pena. Elas eram a base de qualquer bom planejamento.

O próximo trovador falou sobre Jalael, sua linhagem extensa e uma lista de feitos igualmente longa como feiticeiro. Ele era um encantador nato de itens mágicos, o criador do conceito das letienas e do Haia-pasan, um cetro capaz de controlar qualquer animal que o item apontasse. Mas sua criação mais famosa era, sem dúvida, a Ka-dreogan, cuja origem era descrita em uma estrofe de *A Balada de Jalael e o Sono de Amaraxas, o Primeiro Dragão*. Foi o que declamou o último trovador, para a raiva de Kalannar, que odiava poemas alfares. Segundo a obra épica, o herói feiticeiro fez a Ka-dreogan a partir de uma presa de Amaraxas, utilizando um dente que caiu em um combate entre ele e outro dragão, Godaras, que era seu inimigo ancestral na disputa por Neuralas, uma fêmea da espécie. Aquele detalhe chamou a atenção de Sindel — e de Kalannar, que ainda não sabia que a Trompa dos Dragões fora destruída por Arel, mas considerou importante conhecer detalhes de sua criação. O assassino ainda tinha a intenção de pegar a Ka-dreogan e obrigar o ex-líder dos alfares a usá-la para colocar os dragões para dormir novamente.

E ao pensar em Arel, Kalannar viu, da segurança do esconderijo, o antigo salim entrar no salão e se dirigir à irmã.

— Por que esse interesse repentino na história de nosso grande herói Jalael? — perguntou Arel em tom desafiador, com um olhar de desdém para Sindel e os trovadores.

E lá estavam eles, pensou o svaltar, os dois líderes de toda a nação alfar, o antigo e a atual comandante do inimigo, os símbolos de tudo que Kalannar mais detestava. Quando ele concebeu o plano de abrir o Brasseitan, a intenção era cobrir o mundo de trevas para que os svaltares pudessem sair das profundezas da terra e se vingar dos alfares que os amaldiçoaram a não sobreviver sob o sol. Os demônios aliados cuidariam de ocupar os humanos, enquanto Kalannar lideraria o genocídio alfar e caçaria pessoalmente o Salim Arel. Um troféu digno de uma revanche ancestral, como prezavam os costumes svaltares. E, por esses mesmos costumes, Kalannar se viu obrigado a sabotar o próprio plano para humilhar e matar Regnar, seu irmão que tentou assassiná-lo e usurpou seu direito de concretizar a vingança contra os alfares. Aquela era uma teia complexa de revanches dentro de revanches, de planos dentro de planos, de juras de morte dentro de juras de morte — uma espiral de ódio e traição que permeava toda a sociedade svaltar. Kalannar perdera a oportunidade de promover uma guerra na superfície contra os alfares, mas agora estava diante de Arel e Sindel; matar aquela liderança deixaria o inimigo sem comando, facilmente derrotável pelas forças humanas mais organizadas. Seria uma vergonha deixar o genocídio alfar nas mãos dos humanos, mas o catalisador teria sido uma ação svaltar. Kalannar não via problema em enxergar a situação desta forma, ao contrário de Regnar — que agora estava morto e não podia mais se opor ao irmão mais velho.

O problema, porém, era que Arel e Sindel eram feiticeiros com séculos de idade e poder. Alvos que, isolados, já seriam difíceis de matar sem planejamento, que dirá juntos e no improviso. Kalannar resolveu conter os impulsos e interromper o devaneio para prestar atenção à conversa.

— Que o Surya brilhe sempre em suas vidas — disse Sindel para os trovadores a fim de dispensá-los.

Ela esperou que o trio saísse e se levantou do trono que usou por tanto tempo como salinde de Bal-dael para também deixar o salão, mas o irmão a interceptou.

— Eu sei o que você está fazendo — rosnou Arel. — O silêncio em Bal-dael, as patrulhas indo para a mata, seus rapineiros no céu, *A Balada de Jalael*... você está tentando evitar o que é inevitável. Aceite, Sindel, o Amaraxas está vindo e vai despertar os outros dragões. Você pode tentar o que quiser, mas sem a Ka-dreogan, seus planos serão inúteis.

— Eu não lhe devo mais satisfações, Arel — respondeu a irmã no mesmo tom. — Eu sou a salim agora.

— Você está embriagada com o poder, como eu sabia que ficaria.

— E você está *realmente* embriagado! — gritou Sindel.

— Estou bebendo para comemorar a derrota do meu inimigo. — O ex-salim fez um gesto exagerado de alegria. — Eu vou morrer e levar os humanos comigo. Você também deveria passar os últimos dias celebrando. De preferência com algum parceiro. Quem sabe agora, com seu título e no desespero do fim dos tempos, algum alfar se digne a cruzar com você.

— Saia da minha frente — falou Sindel de forma incisiva.

Arel não arredou pé.

— Eu disse que *sei* o que você está fazendo — afirmou ele em tom ameaçador. — E que está perdendo tempo.

— Se o fim é inevitável, então o tempo é meu para perdê-lo como eu quiser — retrucou a salim. — Volte para a bebida e seu fatalismo e nunca mais se coloque no meu caminho.

Os dois alfares ficaram parados um diante do outro, irredutíveis. Kalannar observou as nuances da linguagem corporal de cada um — sim, Arel estava bêbado, e as mãos começaram a emitir uma tênue claridade de fogo, enquanto que o rosto redondo de Sindel indicava uma concentração que ia além da atitude desafiadora; aquilo também era sinal de um encantamento sendo preparado.

De briga entre irmãos o assassino svaltar entendia muito, por experiência própria.

Se tinha sido por efeito do álcool, prudência, medo ou simplesmente cansaço daquela situação, o fato foi que Arel fez novamente uma expressão de desdém e deixou a irmã passar. Ela saiu com passos largos, mas evitou um rompante maior, talvez igualmente com prudência ou medo do que o ex-salim pudesse fazer.

Kalannar observou todo aquele desenlace com a atenção de um predador. Arel agora estava sozinho, parado diante do trono de Sindel, olhando fixamente para o assento com um olhar enfurecido. Ele não usava uma letiena, e sim uma veste delicada, um robe de nobreza, porém diáfano, sem aparência mágica.

Distraído, bêbado, desprotegido.

Presa fácil para um assassino, não importava quem Arel fosse.

Sem sair do esconderijo, Kalannar lançou o punhal dali mesmo. A arma se cravou no meio das costas de Arel que, por reflexo, chegou a soltar os jatos de chama que havia contido na discussão com a irmã, mas eles apenas atingiram dois arranjos florais, que foram imediatamente reduzidos a cinzas. Antes que Arel caísse de joelhos diante do trono do palácio que levava o nome de seu pai, o assassino já havia cruzado o espaço entre os dois e se colocado diante da vítima para dar uma estocada mortal de ropera no pescoço.

— Bem-vindo à escuridão da morte pelas mãos de Kalannar da Casa Alunnar.

A última visão de Arel, após séculos de vida, foi o sorriso cruel de um svaltar.

CAPÍTULO 27

PRAIA VERMELHA, BEIRA LESTE

Durante os anos que viveu como cavaleiro mercenário na Faixa de Hurangar, Baldur viu algumas vezes seu líder e mentor Sir Darius, o Cavalgante, dar ordens de evacuação para vilarejos como aquele. Geralmente, o povoado estava sob a ameaça da passagem de uma força militar inimiga ou de uma tribo de nômades saqueadores, e a pobre população precisava ser levada para o forte do lorde local, que contratara a famosa companhia dos Dragões de Hurangar. Dali dos degraus do Templo de Belanor, Baldur olhou para o Palácio dos Ventos quase tocando o chão da Praia Vermelha. O castelo voador era o único lugar possível para abrigar aquela gente toda; correr para a floresta não era uma opção, uma vez que o território era dominado pelos elfos; subir a costa mais para leste seria continuar sob a ameaça de Amaraxas; o mesmo podia ser dito caso eles rumassem para oeste, na direção de Dalgória. Se correr os alfares pegam, se ficar, o dragão come.

O cavaleiro coçou a cabeça e pensou no Deus-Rei, que liderou um *êxodo* até a Morada dos Reis para salvar o povo das forças de Arel. Krispinus fazia tudo parecer tão fácil, mas esse era o motivo de o Grande Rei ser a inspiração para Baldur. Porém, o Palácio dos Ventos também não era uma opção segura, visto que eles pretendiam usá-lo para combater Amaraxas, como os anões fizeram na Grande Guerra dos Dragões. Ele voltou os olhos para o sol, pedindo uma orientação. O castelo voador *era* um fortim, e mesmo quando Sir Darius abrigava pobres aldeões por trás de muralhas, elas eram atacadas da mesma forma pelos inimigos. Não havia lugar totalmente seguro em uma zona de guerra. Ademais, se o povo da Praia Vermelha simplesmente fugisse, Baldur não teria como acompanhá-los e protegê-los como fez o Deus-Rei até a Morada dos Reis; sua responsabilidade era matar o Primeiro Dragão. Abrigá-los no Palácio dos Ventos era a opção menos pior em meio a várias ruins.

Pensar na Morada dos Reis também levantou outras questões. Derek disse que o dragão estava vindo para o leste, mas que perdera o rastro do monstro. E se Amaraxas tivesse entrado no continente e nem viesse para a Praia Vermelha? Seu dever como Irmão de Escudo não seria proteger a capital do reino, onde se encontrava Krispinus? E a presença do rei elfo ali na região? Seu dever também não seria caçar e eliminar o maior inimigo de Krispínia e acabar com a guerra com os elfos de uma vez por todas? Instintivamente, Baldur olhou para a floresta e torceu para que Kalannar voltasse com algumas respostas. Ele sabia muito pouco sobre toda aquela situação para tomar decisões tão importantes, porém concordava com Derek em um ponto — a urgência era a evacuação da Praia Vermelha, que estava sob duas ameaças possíveis, um ataque de dragão e de elfos. O resto eram suposições ainda sem maior fundamento do que o problema em questão.

A aproximação de Barney e de Marcus tirou o cavaleiro dos devaneios.

— Sir Baldur — disse o feitor da praia. — O povo continua reunido como o Capitão Blak pediu. Devo dispensá-los?

— Temos que resolver a questão dos mortos na emboscada dos elfos, senhor — lembrou Barney.

Droga, praguejou mentalmente o cavaleiro, que havia se esquecido daquele problema. E foi por causa daqueles mesmos corpos que Kyle fora alvejado pelos elfos voadores, se Baldur não tivesse se metido a fazer discursos. Ao pensar no rapazote, ele se lembrou de outra questão: sem Kyle o Palácio dos Ventos não iria a lugar algum. Todos os planos dependiam disso.

— Como está o Kyle? — perguntou Baldur.

— O Capelão Bideus disse que ele não tem febre e que o ferimento está quase cicatrizado completamente — respondeu Barney.

— Ótimo. Bem, eu vou pedir para que os corpos de seus companheiros sejam trazidos para cá, Barney... mas a cerimônia terá que ser rápida, infelizmente. — O cavaleiro se voltou para Marcus. — Eu preciso que você diga para todo mundo recolher seus familiares e pertences essenciais e voltar aqui para subirmos ao Palácio dos Ventos. Nós vamos evacuar a Praia Vermelha.

— O capelão tinha me dito que essa era a ordem que o Capitão Blak daria — falou o feitor da praia. — Os elfos são um problema tão grande assim mesmo?

Baldur olhou com pena para o homem, que tinha a aparência de ser um pescador experiente que só queria produzir seu sustento e dar uma vida digna para a família. Marcus e todos ali teriam que abandonar tudo por causa de uma guerra que chegou à porta deles. O cavaleiro tinha visto aquela mesma expressão, aquele mesmo tipo de pessoa, nos vilarejos que ele e Sir Darius precisaram desocupar. Para Baldur e seu antigo mentor, a *guerra* era seu sustento. Um ofício que tirava a paz dos outros.

— Nós temos um problema maior — respondeu Baldur. — Bem maior.

Ele encarou Barney, o jovem arpoador da mira certeira, mais corajoso do que ditava o bom senso, coisa que o próprio Baldur tinha que admitir que ele mesmo não tinha muito. Assim como o feitor da praia, Barney também não sabia do despertar dos dragões. O cavaleiro decidiu informá-los da maneira mais direta possível, deixando claro que o castelo voador, ainda que fosse servir de abrigo para os habitantes da Praia Vermelha, *seria* usado para enfrentar Amaraxas.

— Mas eles estarão mais seguros conosco lá em cima do que aqui, cercados por elfos e à mercê da fúria do dragão, que já devastou Bela Dejanna, a capital de Dalgória — concluiu Baldur, tentando acreditar no próprio argumento.

Tanto Marcus quanto Barney levavam a vida desafiando peixes gigantes e mares bravios em lanchas frágeis, mas nada daquilo preparou os dois homens para considerar a ideia de confrontar um dragão.

— Essas coisas não existem — balbuciou o feitor da praia. — É que nem a baleia branca que meu avô falou ter visto uma vez, maior que duas das nossas...

— Dragões existem, Marcus — disse Barney antes que o cavaleiro diante deles se pronunciasse. — O castelo voador do Sir Baldur tem umas cabeças de dragão como troféus, da mesma maneira que a gente guarda as ossadas das baleias realmente grandes e difíceis de matar.

O feitor da praia fez uma breve expressão de derrota e se voltou para a população reunida a distância, que observava a conversa e a pedra flutuante no meio do vilarejo com curiosidade e cautela. Em seguida, se voltou para Baldur com um olhar determinado.

— O povo daqui leva uma vida de trabalho duro e nunca fugiu da luta, seja contra elfos ou baleias — disse Marcus com uma voz firme. — A gente não vai se esconder só, não. Do que o senhor precisa para enfrentar dragões?

A pergunta do homem pegou Baldur de surpresa. Tirando a recuperação de Kyle e a urgência na evacuação, do que mais ele necessitava para combater Amaraxas? O cavaleiro se voltou para a imensa rocha parada no ar; daquele ângulo, não era possível ver os pequenos torreões do castelete anão lá em cima, mas ele lembrou que Od-lanor dissera que o Palácio dos Ventos não via combate há séculos. Sua própria inspeção revelara que as balistas usadas para matar dragões precisavam de reforma e quadrelos novos. Baldur vasculhou a Praia Vermelha com o olhar e se virou para Barney.

— Vocês fabricam arpões aqui, não é? — disse ele, com um sorrisão no meio da barba farta.

PALÁCIO DOS VENTOS, PRAIA VERMELHA

Sons de algazarra, prantos e de deslocamento de pessoas estavam tirando a pouca paciência que Agnor possuía. Mesmo em seu cubículo num dos torreões, e portanto afastado da área interna do fortim, o feiticeiro estava sendo incomodado pelo caos da evacuação dos habitantes da Praia Vermelha para o castelo voador. Agnor não conseguia se concentrar na pesquisa dos encantamentos que pretendia lançar para proteger o Palácio dos Ventos e usar contra Amaraxas, caso o Primeiro Dragão realmente estivesse chegando, como Derek Blak acreditava. O guerreiro de Blakenheim tinha voltado para o grupo exercendo o papel de arauto da rainha aeromante, que entendia tanto de magia quanto um kobold; obviamente, caberia a ele, Agnor, a tarefa de resolver o problema... e provavelmente a glória ficaria de novo com Od-lanor, o menestrel charlatão. Pelo menos havia sido prazeroso ver a cara maquiada do sujeito se contorcer de tristeza com a notícia da morte de Dalgor, aquele *outro* menestrel charlatão.

Com a barulheira incessante, o korangariano desistiu de pensar em uma maneira de reverter o efeito da Ka-dreogan; até porque, sem a Trompa dos Dragões na mão, a tarefa parecia impossível. Agnor precisava do item para estudar como o feitiço original havia sido feito e usá-lo como foco da reversão. Sem maiores detalhes sobre a composição da trompa, qualquer tentativa seria uma flechada no escuro. Segundo Derek, o rei elfo estava de posse da Ka-dreogan, e, de acordo com Kalannar, ele se encontrava no povoado alfar da região. Fazia sentido considerar que ambos estavam juntos no mesmo lugar. O feiticeiro torceu para que o svaltar voltasse da nova incursão com a Trompa dos Dragões debaixo do braço; na mente de Agnor, aquela era a única esperança concreta de derrotar Amaraxas.

Pensar em Kalannar fez Agnor se lembrar da capa korangariana que veio parar misteriosamente naquele local distante. A imagem do item provocou um frio na barriga e uma aflição que, somados ao incômodo causado pela confusão no castelo, obrigaram o feiticeiro a sair do espaço exíguo que ocupava. Ele precisava respirar o ar fresco das ameias, onde torcia para que os sons da balbúrdia fossem mais fracos. Agnor surgiu no alto do torreão, com a intenção de se acalmar e raciocinar com a cabeça no lugar, mas viu que não teria paz: Baldur e Derek Blak conversavam sobre as balistas anãs com o pescador que participara do combate com os elfos.

— Por que vocês não escolheram o outro torreão para discutir? — reclamou ele.

— Porque essa balista foi consertada primeiro — explicou Baldur, ao lado de Derek e Barney. — A balista do outro torreão ainda está sendo reformada.

— Ah, agora entendo as marteladas que ocorreram mais cedo, como se já não bastasse *toda* a confusão aqui dentro. Eu não estou conseguindo me concentrar.

— Todo mundo está fazendo sua cota de sacrifício — disse o cavaleiro. — Alguns mais do que outros.

Agnor deu um muxoxo de desdém e foi para as ameias.

— Tudo isso é uma perda de tempo — falou ele com um gesto amplo para fora do fortim, sem se virar para Baldur. — Deveríamos rumar para o povoado élfico, confrontar o rei e pegar a Trompa dos Dragões. Com ela nas mãos, eu consigo reverter o feitiço de hibernação, e o Amaraxas será neutralizado antes mesmo que essa joça de vocês faça o primeiro disparo.

Barney olhou para Baldur com uma expressão esperançosa. Se fosse simples assim, a Praia Vermelha não precisaria ser evacuada, e a população não correria mais riscos. O cavaleiro entendeu o olhar do jovem arpoador, ergueu a mão e fez um gesto negativo com a cabeça.

— Agnor — disse Baldur —, nós não sabemos qual é o tamanho de Bal-dael, quantos elfos armados existem e se o rei ainda está lá. É por isso que o Kalannar foi na frente, para trazer essas informações. Eu não vou liderar um ataque sem saber nada do inimigo.

O feiticeiro se voltou para o cavaleiro com uma expressão caricata de espanto.

— Você tomou uma poção de bom senso? Coisa rara... Enfim, mande essa gentalha fazer menos barulho ou pode esquecer a minha ajuda. Vire-se com o menestrel e seus truques de salão.

Dita a grosseria, Agnor invocou uma mão espectral para abrir o alçapão e desceu a escada do torreão de volta ao aposento minúsculo. Barney olhou para Derek Blak e Baldur com uma expressão um pouco estupefata, sem saber o que dizer.

— Não fique assim, ele sempre age dessa forma — falou Derek, que ergueu um dos arpões usados na pesca de baleia. — A que distância você disse que consegue arremessar isso aqui?

— De dezoito a vinte braças — respondeu o arpoador.

— Isso quer dizer quanto? — indagou Baldur, sem costume com o sistema de medição usado pelos pescadores.

— Entre trinta e 35 metros — disse Od-lanor, chegando acompanhado pelo ogro, e emendou com instruções em uma língua gutural.

A criatura largou um feixe de arpões de ferro no local apontado pelo bardo, ao pé da balista, e depois retornou para o lado do adamar.

— Uma balista anã dispara um quadrelo a mais de seiscentos metros — informou o bardo, que se voltou para Barney. — Isso dá mais de trezentas braças, meu jovem. E nem estou considerando que um quadrelo tem o dobro do peso do seu arpão.

Barney olhou espantado para a arma diante dele, com a mente cheia de ideias.

— Se isso aí coubesse em uma lancha...

— O problema é o espaço em volta para operá-la — explicou Od-lanor. — Vocês precisariam de barcos maiores.

— Isso não vem ao caso agora — falou Baldur, sabendo que o amigo começaria um falatório e fugiria do assunto. — É possível usar os arpões de pesca na balista?

— Sim — respondeu Derek enquanto colocava um arpão na canaleta feita para abrigar o quadrelo. — Mas acho que eles não furariam as escamas de um dragão com tanta potência quanto os projéteis anões.

— E se a gente usasse dois arpões, amarrados um no outro? — perguntou Barney.

— Se fossem dois arpões *fundidos* juntos, eles seriam mais resistentes e eficazes no impacto — sugeriu o bardo.

— O ferreiro de vocês consegue fazer isso? — indagou Baldur.

— O Ebolus e seus filhos fazem os melhores arpões que já vi — respondeu o Homem das Águas. — Eles darão um jeito.

O cavaleiro olhou para Od-lanor, que entendeu o recado e deu novamente uma instrução para Brutus naquela língua gutural, com uma cadência hipnótica no tom de voz, e apontou para o feixe de arpões. O ogro prontamente recolheu as armas.

— Barney, como você conhece o ferreiro, pode coordenar essa operação para mim lá embaixo? — pediu Baldur.

— Certamente, senhor.

O Homem das Águas retirou o arpão da balista e seguiu Od-lanor e o ogro a uma distância segura, pronto para arremessar a arma caso o monstro fugisse ao controle. A imagem do ogro esmagando o elfo invasor e depois o devorando nunca seria esquecida por ele.

— Você arrumou um seguidor — comentou Derek com ironia para Baldur. — Eu vi como o arpoador olha para você.

— O Barney? Ah, bobagem. Ele é somente um jovem impressionável que nunca viu um cavaleiro de armadura na vida, quanto mais um Irmão de Escudo do Grande Rei. Na verdade, *eu* é que estou impressionado. O Barney derrubou uma águia gigante em pleno voo com um arremesso impossível de azagaia.

— Eu ainda não ouvi tudo sobre esse ataque que feriu o Kyle — disse Derek olhando para o mar, procurando pelo rastro inconfundível do Primeiro Dragão ali daquele ponto de observação privilegiado.

O cavaleiro narrou o combate da melhor maneira que se lembrava, pelo menos os detalhes que viu, e terminou apontando para Carantir, que mantinha o céu sob observação perambulando pelo pátio rochoso.

— E você libertou o escravo meio-elfo que veio com o ogro? — falou Derek. — Eu queria ter estado aqui para ver a cara do Kalannar quando soube disso!

— Ele deu o faniquito de sempre, mas não há como negar que é *bom* ter um arqueiro mágico do nosso lado, ainda que seja desonroso matar um inimigo de longe. — Baldur se aproximou de Derek e estendeu e mão. — E, falando nisso, é bom tê-lo de volta também, Derek. Você é um ótimo espadachim e um guerreiro corajoso.

Ele aceitou o cumprimento do cavaleiro grandalhão. Estranhamente, Derek se sentia bem por estar de volta, cercado por aqueles indivíduos que o acaso — quer dizer, Ambrosius — tinha reunido em Tolgar-e-Kol. Não fora fácil encarar sozinho toda aquela jornada de horas de estrada, emboscadas de orcs e ataque de dragão; era bom dividir o fardo do perigo com aventureiros experientes. Aliás, Derek sentiu que tinha *outro* fardo a dividir.

— Diga-me, Baldur, você tem dormido bem? — perguntou ele. — Tem tido pesadelos com sua alma presa naquela gema dos svaltares?

— Hã? Não, eu não sou esse tipo de pessoa — respondeu Baldur, que se interrompeu ao ver um vulto de capa negra surgir da borda da rocha flutuante. — Opa, precisamos descer.

O cavaleiro saiu correndo das ameias. Era melhor interceptar Kalannar antes que o svaltar espantasse toda a população da Praia Vermelha abrigada no Palácio dos Ventos. Derek acompanhou Baldur, remoendo as próprias incertezas.

CAPÍTULO 28

PRAIA VERMELHA, BEIRA LESTE

Durante o retorno pela Mata Escura até a Praia Vermelha, a mente de Kalannar tentou se concentrar no que ele descobriu em Bal-dael, mas a empolgação por ter matado o ex-líder de seus inimigos ancestrais tirava os pensamentos do rumo. Aquele tinha sido um assassinato de oportunidade, mas o senso de oportunismo era exatamente uma das ferramentas de um bom matador profissional. Nem tudo dependia de planejamento, por mais que fosse doloroso admitir essa verdade. Até o cenário havia contribuído para a ação improvisada, pois a sala do trono do palácio élfico era tomado por um matagal de mau gosto que facilitou o esconderijo do corpo e de outras pistas da passagem de Kalannar pelo lugar. Pensar no cenário fez com que ele desejasse que Regnar tivesse estado ali ao seu lado para testemunhar seu triunfo — quem dera que Kalannar tivesse matado o irmão invejoso *depois* de assassinar Arel.

Eram esses devaneios sobre a morte do ex-salim que estavam atrapalhando o raciocínio sobre as descobertas feitas no povoado alfar. Kalannar precisava colocar a cabeça no lugar e ponderar sobre a frase "sem a Ka--dreogan, seus planos serão inúteis", dita por Arel para a irmã. Nas circunstâncias apresentadas, não foi possível interrogar Arel, obviamente. Um feiticeiro poderoso como ele não teria sido facilmente subjugado; uma morte rápida foi a única garantia de sobrevivência a um confronto direto. Nem o lugar teria permitido torturá-lo à vontade. Então, agora só restava a Kalannar especular sobre o destino da Trompa dos Dragões, enquanto avançava cautelosamente na direção do vilarejo humano na foz do Rio Bal. Pelo que Arel deu a entender, Sindel poderia atrapalhar seus planos se colocasse as mãos na Ka-dreogan; logo, ele não levou a relíquia para Bal-dael ou teria sido o cúmulo da estupidez. O ex-salim não sobreviveu décadas lutando contra os humanos — uma guerra que ele quase venceu, aliás — sendo imbecil. Portanto, a Trompa dos Dragões devia estar escondida fora do povoado alfar ou até mesmo havia sido destruída para garantir que ninguém a usaria para reverter o feitiço. Era o que Kalannar teria feito — ele teria jogado a Ka-dreogan na Ravina de Nihraim, perto de Fnyar-Holl e longe de qualquer outro svaltar de Zenibar.

Pensar na antiga cidade natal fez Kalannar novamente cogitar voltar para lá e reivindicar seu devido lugar como líder da Casa Alunnar. Ele considerou o estado da nobre linhagem svaltar após a derrocada no Braseitan — todo o alto comando estava morto, assim como os melhores soldados plebeus que foram destacados para a expedição no Ermo de Bral-tor. Mas ele não viu Zeknar, seu sobrinho, e nem outros integrantes da família fazendo parte daquela operação. Zeknar deveria estar no comando da Casa Alunnar, mas quem garantia que o jovem svaltar não tivesse sofrido um atentado por parte de um parente ambicioso? Kalannar quase soltou um risinho irônico — ele próprio sofreu uma tentativa de assassinato do irmão. A mão foi à adaga usada no atentado, que por sua vez ele cravou em Regnar, como justa retribuição.

Entretanto, no momento os dragões precisavam ser detidos. A cidade svaltar de Nasferin tinha sido destruída por Kisanas, o Terror das Profundezas, e se Amaraxas o despertasse, não havia garantias que Zenibar não sofreria a fúria do dragão subterrâneo. Algum dia, nem que fosse nos próximos séculos, Kalannar queria voltar para sua cidade de origem e assumir o comando que era seu de direito.

Ele passou a mão na cabeça de Arel, guardada dentro de um bolsão. Nenhum plano alfar jamais custaria a vida de um svaltar novamente, não enquanto Kalannar respirasse. O assassino deu um sorriso cruel ao lembrar que o ex-salim, por sua vez, era quem não respirava mais.

Ao se aproximar da Praia Vermelha, Kalannar vasculhou o céu à procura do castelo voador. Nenhum sinal até agora. Finalmente, quando se escondeu no mesmo ponto em que ficou observando o vilarejo pesqueiro na primeira vez que esteve ali, o svaltar viu o Palácio dos Ventos — parado bem no meio do povoado, quase tocando o chão. Baldur dissera que tomaria conta do local e protegeria os pescadores, mas Kalannar não imaginava que ele agiria sem nenhuma sutileza e deixaria o castelo voador bem à vista de todos. O assassino teria que cruzar todo o vilarejo, completamente visível, para subir ao fortim anão no topo da rocha flutuante.

No entanto, o povoado parecia estar *des*povoado, apesar do dia claro. Não havia nenhuma atividade no mar, ninguém circulando entre as moradias — e Kalannar ouviu kobolds guinchando, correndo, fazendo uma algazarra sem serem incomodados. Ele temeu pelo pior, que Baldur tivesse resolvido levar toda a população para o Palácio dos Ventos. O cavaleiro não podia tomar decisões sozinho; era como uma criança humana, incapaz de sobreviver sem supervisão. Od-lanor permitia tudo e Agnor era omisso.

Se de fato os habitantes da Praia Vermelha estivessem lá em cima, Kalannar considerou melhor não usar o elevador, pois chegaria bem nas entranhas do castelo e estaria cercado por humanos cuja reação poderia descambar para a violência. O svaltar não via problema em deixar um rastro de sangue até chegar aos companheiros, mas sabia que a reação de Baldur não seria boa. Vendo que não havia ninguém que pudesse observá-lo, Kalannar simplesmente encolheu o corpo, se aproximou sorrateiramente da rocha flutuante e ativou o próprio poder de flutuação. No meio da subida, ficou claro que o vilarejo estava deserto, e quando o svaltar passou pela borda da pedra e finalmente pousou no pátio rochoso, viu a movimentação de gente pelos grandes janelões do fortim, responsáveis pelas correntes de ar que lhe valeram o nome de Palácio dos Ventos. Para piorar, o meio-elfo continuava de arco e flecha, vigiando o perímetro, em vez de estar a ferros e recebendo chibatadas pelo acinte de andar armado. Pelo menos não havia humanos do vilarejo do lado de fora do castelete; Baldur deve ter tido o raro bom senso de confiná-los no interior, onde estariam mais seguros.

E falando no cavaleiro, Kalannar viu o corpanzil blindado no topo de um dos torreões, e sua visão aguçada também notou... *Derek Blak?* O que o humano que achava que lutava como um svaltar, usando duas espadas de maneira lenta e ineficaz, estava fazendo ali? Da última vez que se viram, o guerreiro de Blakenheim ficara na Morada dos Reis como guarda-costas da rainha humana, do *outro* lado do reino. Kalannar olhou em volta, mas não viu a égua trovejante que indicaria a presença de Danyanna. Só faltava Baldur ter abrigado aquele animal detestável dentro do castelo voador.

O cavaleiro chegou correndo, acompanhado por Derek um pouco atrás, sem tanta pressa. Ele deu um leve aceno de cabeça para o svaltar, que devolveu o gesto e logo se voltou para Baldur:

— Eu não posso mesmo me ausentar deste lugar, pelo visto — disse Kalannar. — Agora viramos refúgio de humanos. Da próxima vez, vou abrir a porta e flagrar você na cama com uma alfar, Baldur; é o que falta acontecer nesta bagunça.

— Vi seu serviço no casarão do alcaide — comentou Derek Blak.

— Você devia ter visto o que fiz no palácio alfar — retrucou Kalannar com um sorriso cruel, passando a mão instintivamente pelo bolsão. — Por que você está aqui?

— Isso é uma das coisas que temos que discutir — interrompeu Baldur antes que Derek e o assassino começassem a trocar farpas. — Vamos para um lugar reservado.

— Isso ainda existe aqui? — provocou o svaltar.

Baldur ignorou Kalannar, pediu que Derek convocasse Agnor e Od-lanor até a Sala de Voo — um dos cômodos com acesso proibido para a população da Praia Vermelha, logicamente —, e conduziu o svaltar para o interior do fortim. Lá dentro, o cavaleiro tentou evitar passar pelas maiores concentrações de pessoas, sendo seguido furtivamente pelo assassino, que puxou o capuz e ativou o poder da capa de Korangar.

— Eu não vou me esconder na minha própria casa — sibilou Kalannar ao entrar na Sala de Voo.

— Eu sei, mas temos uma conversa mais urgente agora do que explicar para toda essa gente assustada que você é nosso aliado *svaltar* — justificou Baldur, que ficou intrigado por não conseguir enxergar Kalannar direito, mas preferiu não comentar nada no momento.

O cavaleiro aproveitou a espera para contar o que Derek estava fazendo ali e que informações trouxera, incluindo a destruição de Bela Dejanna. Pouco tempo depois, o guerreiro de Blakenheim voltou com o bardo e o feiticeiro.

— Ah, a "Confraria do Inferno", reunida mais uma vez — debochou Agnor.

Todos os olhos então se voltaram para Kalannar, o recém-chegado do covil do inimigo. Ele enfiou a mão branca no bolsão, retirou a cabeça de Arel e depositou no chão, visível para todos.

— Eis o ex-líder dos alfares — disse o svaltar, cheio de si, absorvendo os olhares de espanto.

— Tem certeza de que é ele? — perguntou Baldur, que já imaginava que aquilo fosse acontecer, mas ainda assim estava chocado com a possibilidade concreta de estar olhando para a cabeça do inimigo número um de Krispínia.

— Vocês, humanos, também são todos iguais para mim — rosnou Kalannar, irritado. — É *claro* que é ele.

— Calma — falou o cavaleiro, erguendo os braços na defensiva. — Eu só perguntei porque o Duque Caramir me disse que o rei elfo usava sósias para despistar a caçada da Garra Vermelha.

— Só aquele meio-elfo idiota cai em um truque tão amador. E o Arel não é mais o salim — explicou o svaltar com uma expressão de desdém por ter ouvido o nome de Caramir. — A irmã dele, Sindel, assumiu o cargo.

Agnor se aproximou um pouco da cabeça no chão.

— Não devia ser um feiticeiro tão poderoso assim para morrer desse jeito — comentou ele com desprezo no rosto.

— Nenhum feiticeiro é imune ao punhal de um assassino — falou Kalannar. — Ninguém é, aliás.

Antes que a conversa virasse uma disputa de egos e ameaças veladas, Od-lanor perguntou, em tom apaziguador:

— E quanto à Ka-dreogan? Você a encontrou?

O assassino explicou então sua teoria a respeito da Trompa dos Dragões e contou que, ao ouvir *A Balada de Jalael e o Sono de Amaraxas, o Primeiro Dragão*, ele e Sindel tiveram a mesma reação diante do trecho sobre a criação da relíquia, que tinha envolvido uma presa do monstro recuperada e usada pelo lendário feiticeiro alfar. Aquilo provocou uma expressão atônita no rosto maquiado do adamar.

— Um momento... eu não conheço essa parte — disse Od-lanor, que atraiu a atenção dos demais.

— Como assim? — perguntou Baldur.

— Quanto tempo você leva para declamar *A Balada de Jalael*? — indagou Kalannar desconfiado.

— Uns dez minutos, quase uma marca svaltar — respondeu Od-lanor, usando a medida de tempo que o assassino entenderia melhor.

Kalannar não conteve o riso.

— Pelo visto essa versão que você conhece é curta, porque a original levou quase um incenso de duração!

— Uma hora... — balbuciou o bardo. — Quanta informação perdida...

Derek e Baldur se entreolharam, tentando colocar a cabeça no lugar, enquanto Agnor mantinha uma expressão concentrada no rosto, de quem considerava os fatos por outro ponto de vista. O feiticeiro agora sabia que material fora usado para confeccionar a Ka-dreogan; fazia sentido que um objeto criado para influenciar uma criatura tivesse sido feito a partir de um pedaço dela, como uma presa. A potência do encantamento seria muito maior com um catalisador desse gênero. Agora estabelecido o material componente, faltava compreender o feitiço que obrigou Amaraxas a hibernar e ordenar os outros dragões a fazer o mesmo. Se fosse possível adaptar algum conceito de controle de demônios...

A voz do guerreiro de Blakenheim tirou o korangariano do devaneio.

— Você está sugerindo... que a Trompa dos Dragões foi destruída e que essa Sindel pretende recriá-la para deter o Amaraxas? — perguntou Derek, basicamente colocando em palavras o que estava na mente dos demais.

— É basicamente isso — disse Kalannar — pelo que observei.

— Como ela pretende arrancar a presa de um *dragão*? — indagou Baldur.

— Eu não tive a oportunidade de conversar com ela — respondeu o svaltar — ou teríamos *duas* cabeças de alfares no chão agora.

Agnor começou a resmungar em voz baixa até que finalmente se pronunciou em voz alta.

— Eu estive pensando na reversão do feitiço em si que despertou o Primeiro Dragão, mas essa questão da presa indica que seria possível fazer uma nova trompa a partir de um dente de Amaraxas e obrigá-lo a hibernar.

— E você conseguiria criar um item assim? — perguntou Od-lanor um pouco descrente.

O adamar sabia que a Ka-dreogan era uma relíquia e, como tal, consumiria tempo, sabedoria e energia para ser confeccionada. A magia que ele conhecia, pelo menos como bardo, não seria capaz disso. Mas Od-lanor não tinha noção do poder que Jalael, o criador da trompa original, detinha quando resolveu fazer a Ka-dreogan, e muito menos o alcance das habilidades arcanas de Agnor. O feiticeiro de Korangar dizia que era um arquimago sem ser de fato; porém, ele comprovadamente dominava a arte da geomancia e entendia de demonologia a ponto de ter encantado itens poderosos às vésperas da invasão dos Portões do Inferno. E nem era preciso comentar que Agnor soube como fechar a passagem dimensional.

— Sim — disse Agnor secamente com uma confiança que, por dentro, não sentia. — Não há limite para a magia ensinada nas Torres de Korangar. Qualquer coisa que um elfo tenha feito, eu posso recriar de maneira melhor.

Od-lanor enxergou claramente a bravata, ainda que os companheiros parecessem ter acreditado no korangariano, ou apenas estavam considerando outra opção que envolvesse violência, como era do feitio deles. E sem uma presa de Amaraxas à mão para recriar a Ka-dreogan, o bardo era obrigado a concordar com os demais.

Como se tivesse lido parcialmente os pensamentos do adamar, Agnor continuou:

— Mas eu preciso de uma presa do Primeiro Dragão para usar como matéria-prima.

— Aqueles dentes de dragão lá fora no salão não serviriam? — sugeriu Baldur, tentando contribuir para o assunto do qual não entendia nada.

— O foco do feitiço tem que ser algo retirado do próprio alvo, seu imbecil — disparou o feiticeiro. — Ainda assim, vou olhar os dentes para estudar a criação de uma nova trompa, na possibilidade remota de termos acesso a uma presa do Amaraxas.

— Pois é, a possibilidade *é* remota — falou Derek Blak, ciente do tamanho e do poder do Primeiro Dragão. — Acho que deveríamos estar nos concentrando em *matar* o monstro, que pode chegar a qualquer momento, e não ficar perdendo tempo com conjecturas impossíveis.

Ao ouvir isso, Od-lanor sorriu por dentro. Ele jamais se equivocava quando tentava imaginar o que aquele grupo estava pensando.

— Pela primeira vez, tenho que concordar com o Derek — disse Kalannar. — Matar é sempre uma solução melhor e mais definitiva. Como estão os preparativos do castelo sem a minha supervisão?

Finalmente a discussão entrou no caminho que Baldur conhecia e podia opinar; ele simplesmente ignorou a provocação do svaltar e respondeu:

— Uma balista está consertada e a outra, quase pronta, assim como a munição.

— E quem vai operá-las? — perguntou o svaltar.

— Bem — falou o cavaleiro coçando a cabeça —, pelo que vi em combate, levando em consideração a pontaria, acho que o Barney deveria operar uma balista, e o Carantir ficaria com a outra.

— O meio-elfo escravo? — exclamou Kalannar. — Nem pensar!

— Ele não é mais escravo — falou Baldur categoricamente. — E nem eu, nem o Derek, imagino, levamos jeito para arco e flecha, azagaias e armas de arremesso.

Derek torceu a cara, sinalizando que concordava.

— Eu posso ficar municiando e operando as manivelas junto com o Barney — disse o guerreiro de Blakenheim. — Se esse arpoador é certeiro como você diz, é melhor que ele fique mesmo responsável pelos disparos.

— E eu fico na outra balista — falou o cavaleiro.

— Não — disse Kalannar. — *Eu* fico com o meio-elfo.

— Você e ele vão levar uma vida inteira para municiar a balista e girar a manivela com esses bracinhos de elfo — argumentou Baldur.

— Então o ogro faz essa parte sozinho e *eu* superviciono os dois escravos — falou Kalannar com um olhar desafiador para o cavaleiro.

Antes que surgisse uma grande discussão, Od-lanor interviu para apaziguar.

— Baldur, a ideia é boa. O Brutus está sob controle, e sua força de ogro vai tornar a balista mais letal. Ele dá conta do serviço sozinho, enquanto o Carantir apenas se preocupa em apontá-la. Eu sugiro que *você* fique na operação da outra arma com o Derek, para equilibrar as coisas, enquanto o Barney mira e dispara.

O cavaleiro quis teimar, mas agora não era o momento de ser tão cabeça-dura. Uma máquina de guerra como uma balista precisava de dois a três homens para ser operada, especialmente aquelas balistas anãs, cujo mecanismo exigia muita força para ser acionado. Elas foram feitas para varar a pele encouraçada de dragões, e não simplesmente trespassar soldados de armadura e cavalos; sua forma de uso por tropas humanas no campo de batalha, onde eram chamadas de mata-cavalaria. Baldur já tinha visto o efeito devastador que balistas convencionais causavam em combate, mas aqueles modelos feitos pelos anões eram bem maiores e poderosos; ele nem quis pensar no dano que elas provocariam em uma unidade montada.

— Muito bem — disse Baldur. — Faremos assim então: o Derek e eu em uma balista, sendo disparada pelo Barney; o ogro e o meio-elfo na outra, sob sua responsabilidade, Kalannar.

— Toda essa discussão é inútil se não conseguirmos voar — interrompeu Agnor apontando para a gaiola de controle vazia onde Kyle deveria estar.

Os presentes ergueram o olhar para a estrutura que comandava o voo do Palácio dos Ventos. Dentro da outra gaiola, Na'bun'dak dormia como se a Sala de Voo estivesse vazia. Sem o rapazote ali, o castelo voador não daria combate nenhum a Amaraxas; se o Primeiro Dragão surgisse no litoral da Praia Vermelha, eles não teriam como manter distância e estariam à mercê do sopro de energia flamejante que devastou o Velho Palácio de Bela Dejanna, como informou Derek Blak.

Um toque na porta fez com que todos se virassem e vissem duas silhuetas — um adulto e um jovem franzino.

— Com licença, eu sei que não deveria entrar...

— Derek! — Kyle interrompeu o Capelão Bideus ao rever o amigo e disparou correndo para o interior da grande câmara dos mapas.

— Calma! — respondeu o guerreiro, rindo e devolvendo o abraço forte que recebeu. — Você acabou de se recuperar, pelo que estou vendo. Melhor não abusar.

Pego de surpresa pelo ímpeto de Kyle, o sacerdote se distraiu, mas quando finalmente registrou a presença de todos, notou que havia um *elfo das profundezas* entre os enviados da Coroa. Baldur estava ocupado saudando Kyle, com um sorrisão ao vê-lo recuperado, mas Od-lanor percebeu a reação do sujeito e agiu rapidamente.

— Ah, Capelão Bideus, meu bom homem de fé — disse o bardo, modulando a voz. — Deixe-me apresentá-lo ao Kalannar, nosso caçador de elfos, recém-chegado de uma incursão ao covil do inimigo.

Todo sorrisos, Od-lanor apontou para a cabeça de Arel, ainda no chão, para reforçar o argumento.

— Ele é um... — balbuciou o sacerdote.

— Sim, é — interrompeu o adamar. — Assim como o Grande Rei usa um meio-elfo, o Duque Caramir, para caçar elfos, nós temos o Kalannar ao nosso lado, na mesma função.

O svaltar estava apreciando, como sempre, a reação que causava em humanos desavisados, mas a comparação com o meio-elfo o tirou do sério. Ele ia dizer algo e confrontar Od-lanor, quando sentiu a mão pesada de Baldur no braço. O cavaleiro já cumprimentara Kyle pelo retorno e notou a situação em desenvolvimento naquele momento.

— Deixe pra lá — falou Baldur. — A ideia é boa e vai nos poupar de muitos problemas.

— Eu não quero ser comparado àquele verme mestiço — sibilou Kalannar em voz baixa, pelo menos.

— *Deixe pra lá* — repetiu o cavaleiro em tom incisivo enquanto via que Od-lanor continuava entretendo, mesmerizando e convencendo o sacerdote de Be-lanor. — Temos um trabalho impossível para fazer aqui, e preciso da sua ajuda. Você é, afinal, realmente o nosso caçador de elfos.

De repente, um berro animado encheu a Sala de Voo, e Baldur e Kalannar se voltaram para a fonte da algazarra: Kyle já estava dentro da gaiola de controle, acordando o kobold na estrutura vizinha, e se ajeitando na cadeira feita para caber um anão.

— E aí? — perguntou ele lá de cima. — Quando vamos caçar o dragão? Estamos perdendo tempo!

— E, como sempre — disse Agnor se dirigindo para os companheiros —, a criança é mais sensata do que todos vocês.

Ele foi o primeiro a sair, mas os demais não tardaram. De fato, com Kyle recuperado, a caçada a Amaraxas podia começar.

CAPÍTULO 29

MATA ESCURA, BEIRA LESTE

Em um morro com vista para o Rio Bal e Bal-dael, Sindel apreciou a beleza de seu povoado e do trecho da natureza onde ele se encontrava. Mais do que nunca, a proteção daquela comunidade dependia de sua liderança. A subida tinha sido cansativa, mas o cenário e o objetivo da jornada fizeram valer a pena o esforço. A salim pretendia se reunir com seus rapineiros para lhes pedir o impossível e achou que seria justo ir pessoalmente até eles, para provar que ela também estava disposta a fazer sacrifícios, em vez de recebê-los refestelada nos confortos do Palácio de Efel.

Seus rapineiros. Sindel tinha um orgulho imenso da tropa secreta que ajudara a criar e desenvolver quando soube da campanha de terror e do banho de sangue promovidos por Caramir, o meio-elfo de estimação do rei humano, ao norte de Bal-dael. A força especial, montada em águias gigantes, seria a resposta à altura para a chamada Garra Vermelha, e ela, à época, não deixou escapar a ironia de que era a *sua* tropa que, de fato, possuía garras. Agora Sindel sentia o gosto amargo de uma ironia bem diferente — os rapineiros seriam colocados em ação para proteger os alfares da ameaça provocada pelo próprio irmão, pelo ex-salim. Arel acusara a irmã de ter se mantido longe do combate, mas ela sempre esteve atenta aos desdobramentos da guerra e tomou providências para que Bal-dael fosse o último refúgio da nação alfar.

Sindel evitou o irmão desde a discussão entre os dois no palácio. Assim que formulou o plano que envolvia os rapineiros, ela saiu de Bal-dael sem sequer procurá-lo. Era melhor que Arel não soubesse de nada ou, conhecendo bem o irmão voluntarioso, ele tentaria sabotá-la. A salim não queria lutar uma guerra em várias frentes — contra os humanos, contra um dragão, contra o próprio sangue dentro de sua casa.

Os guinchos roucos e poderosos das águias gigantes ao redor tiraram a salim do devaneio. Em vários pontos do morro, as aves majestosas estavam em seus ninhos, cuidando das crias ou sendo cuidadas pelos alfares treinados para montá-las. Algumas águias traziam caças — cervos, em sua maioria, mas um ou outro urso também — para alimentar os filhotes, mas nenhuma estava no céu fazendo manobras, pois todos os rapineiros se encontravam reunidos para ouvir Sindel falar. Ela deu uma última olhada no cenário e se voltou para a tropa.

— Bal-dael corre o maior perigo de sua longa e bela existência — começou Sindel. — E não só Bal-dael, mas a natureza inteira: um dragão despertou e pode estar vindo para a nossa região.

A salim esperou que eles absorvessem a informação, mas felizmente aqueles guerreiros experientes controlaram suas reações e apenas esperaram que a líder continuasse a falar, demonstrando o mínimo de espanto — ou medo.

— É possível que o monstro chegue a qualquer momento — disse Sindel —, e toda defesa que tentarmos organizar será inútil contra seu tamanho e poder... mas há uma maneira de detê-lo. De posse de uma presa do dragão, eu tenho certeza de que consigo fazê-lo hibernar novamente.

— Da mesma forma que o Jalael, salim? — perguntou Kendel, o líder dos rapineiros.

Ele era filho de um dos trovadores que Sindel convocara ao Palácio de Efel, e certamente conhecia o poema épico de trás para frente.

— Sim, Kendel... até porque o dragão que despertou é ninguém menos que o próprio Amaraxas.

Agora a tropa não conseguiu se controlar. Exclamações, olhares espantados, até um gritinho — todos conheciam, de uma forma ou de outra, a fama de destruição do Primeiro Dragão.

— E o que eu peço a vocês — continuou a salim agora em um tom firme de liderança — é que *arranquem* uma presa do dragão e *tragam* para que eu encante uma nova Ka-dreogan.

Os olhos de Kendel brilharam.

— Serão escritos poemas e canções sobre nosso feito! — exclamou ele, que se voltou com uma expressão de júbilo no rosto delicado para seus comandados.

— Sim! — concordou Sindel com a mesma empolgação na voz. — Vocês e suas linhagens entrarão para a história como nossos maiores heróis desde os tempos do Jalael.

Uma mistura de espanto, medo, euforia, tensão e expectativa tomou conta dos rapineiros, que olharam para o comandante e a salim, esperando a ordem oficial. Assim que Sindel acenou com a cabeça, Kendel deu o comando:

— Rapineiros de Bal-dael, aos ares!

— Levamos a vingança em nossas asas! Levamos a morte em nossas flechas! — gritou a tropa em uníssono.

Os rapineiros correram para coletar equipamentos, armas e montarias, e antes que Kendel pedisse licença para a salim a fim de se retirar e fazer o mesmo, ela tocou no braço dele.

— Kendel, eu vou com vocês.

O líder da tropa alada fez a expressão de espanto que conteve ao ouvir sobre o dragão.

— Salim... perdoe-me, mas a senhora não pode! — exclamou Kendel. — É perigoso demais.

— Não vou me esconder em Bal-dael enquanto meus rapineiros arriscam tudo por nosso povo.

O alfar continuou contrariado.

— Se a senhora morrer, não haverá quem possa encantar a presa do Amaraxas como fez o Jalael.

— Eu não pretendo entrar em combate direto, Kendel — disse ela com um sorriso ameno. — Mas quero ver o que vamos enfrentar, e se minha magia ajudá-los e poupar *uma* vida que seja, já valerá o risco. Anda, prepare minha águia.

Como bom militar, Kendel chegara ao limite da contestação das ordens de seu superior. Ele se ausentou para fazer os próprios preparativos e os de Sindel, que novamente se voltou para a vista do povoado e do cenário exuberante ao redor. Mais do que ver Amaraxas em si, mais do que ajudar a enfrentá-lo, a salim queria compreender, cara a cara, o que levou o irmão a cometer aquele desatino contra tudo que os alfares acreditavam.

Naquele momento reservado, a salim entoou baixinho, para si mesma, o lema dos rapineiros e alguns trechos de *A Balada de Jalael e o Sono de Amaraxas, o Primeiro Dragão*, como se fossem os próprios encantamentos que ela fazia. Sindel precisava de forças para impedir que o mundo acabasse em chamas.

INTERIOR DE DALGÓRIA, FRONTEIRA COM A MATA ESCURA

A longa estrada que ligava Unyar-Holl, nas profundezas da Cordilheira dos Vizeus, a Vaeza, no interior de Dalgória, estava acostumada à trepidação das carroças que faziam o trajeto entre as duas cidades. Como de praxe, os anões ajudaram a construir as vias de comércio com povoados humanos para facilitar o escoamento de mercadorias; o mesmo tipo de estrada excelente, com pavimentação sólida e duradoura, unia as distantes Fnyar-Holl e Tolgar-e-Kol, ao norte dos Vizeus, e Unyar-Holl e Vaeza, naquela região ao sul. Mas nenhum pavimento feito por anões era páreo para o peso e força descomunais de Amaraxas. O Primeiro Dragão cruzou a serpente de pedra que cortava o leste de Dalgória como se fosse feita de areia, e de fato só sobrou pó quando ele a deixou para trás. Um dos pequenos vilarejos que ficavam à margem da estrada e ofereciam serviços variados aos caravaneiros foi igualmente destruído em mais um acesso de fúria do monstro. Felizmente, o local estava deserto — um mensageiro de Vaeza havia convocado os moradores para evacuar o local e se abrigar na cidade murada.

Amaraxas tinha um bom motivo para estar tão furioso, pois ainda não havia localizado o ponto de descanso de Neuralas, sua parceira. Assim como o kilifi, o sono sagrado dos elfos anciões, a hibernação deixara o Primeiro Dragão desorientado, especialmente porque fora magicamente induzida e agora cancelada pela Ka-dreogan. Seus instintos estavam embaralhados, e as percepções, confusas... mas lentamente voltavam ao normal. Ele sentiu que deveria continuar para leste e percebeu que aquela subida em direção às montanhas não era o caminho correto, que havia perdido o rumo; ainda assim, Amaraxas urrou mais uma vez, na esperança de despertar Neuralas e ouvir a resposta da fêmea. E nada aconteceu novamente. Ela não estava ali. Havia, porém, uma sensação estranha no ar, que a criatura finalmente compreendeu desde que despertou. O Primeiro Dragão teve um impulso dentro de si e balançou a cabeçorra chifruda, como se quisesse colocar os pensamentos em ordem dentro de uma consciência que não podia ser medida em termos humanos ou de qualquer outra raça senciente de Zândia. Ele sentiu uma mudança na percepção a respeito de Neuralas — a centelha de existência que somente ele era capaz de captar indicou o pior. A parceira não respondia porque estava *morta*... mas sua presença estava perto, muito perto, a leste.

Amaraxas teve um acesso de fúria inigualável, ele pisoteou a terra em volta, o rabo imenso varreu o terreno, e da bocarra cheia de presas saiu um novo sopro devastador, um cone de energia e chamas que arrasou tudo diante do monstro. Felizmente, ele estava em um ponto isolado no interior, e apenas a natureza selvagem foi vítima de sua ira. Quando se acalmou, o instinto o imbuiu de um único objetivo: encontrar a parceira morta e se vingar dos culpados pelo fim de Neuralas.

Com passos pesados que rachavam o solo, o Primeiro Dragão foi atrás do Palácio dos Ventos.

BELA DEJANNA, DALGÓRIA

— Cuidado onde pisa, Deus-Rei!

O aviso do Irmão de Escudo chamou a atenção de Krispinus para um grande bloco de pedra instável em que ele pretendia apoiar o pé. O Grande Rei agradeceu com um gesto, pois estava realmente distraído tentando vasculhar os escombros do Velho Palácio à procura do corpo de Dalgor. Outros três integrantes de sua guarda pessoal e mais dez homens da tropa palaciana andavam com cuidado nas ruínas, com o mesmo objetivo. O prédio era imenso, como todas as construções do auge do Império Adamar, e a busca tomaria um tempo precioso que poderia estar sendo dedicado à caça ao dragão, mas todos sabiam que Krispinus não sairia dali até encontrar o amigo.

Do ar, montada em Kianlyma, Danyanna tentava ajudar o grupo de busca no Velho Palácio após retornar de um sobrevoo completo pela capital parcialmente arruinada de Dalgória. A população estava saindo das cavernas da Serra do Sino, para onde fora evacuada, e voltando aos poucos para os lares que ainda estavam intactos. Aquela era uma gente animada e festiva, que costumava morar em uma cidade alegre e divertida como o bardo que a governara; agora o que se ouvia eram lamentos e o choro de um povo com o espírito tão morto quanto Dalgor.

— Real Grandeza, aqui! — chamou um soldado.

Krispinus foi até o homem, seguido pelos Irmãos de Escudo, e quando chegou, seus olhos confirmaram aquilo que a mente já sabia, mas teimava em não acreditar até enxergar a prova. Dalgor era um corpo no chão, quebrado pela queda, meio soterrado pelo terraço que tinha desabado junto com ele, coberto por poeira misturada ao sangue seco. Junto à boca, uma das mãos segurava uma corrente com os pendantis que o bardo usava para se comunicar com os amigos. Krispinus reconheceu a própria imagem em um dos camafeus e sentiu uma grande culpa, mesmo que irracional, de não ter estado ali quando Amaraxas atacou a cidade. Nem mesmo um dragão teria matado Dalgor, não se ele estivesse por perto com Caliburnus. A ideia era absurda, mas foi todo o sentimento que acometeu o Grande Rei naquele momento. Os Irmãos de Escudo sentiram o estado de espírito do líder e ficaram a uma distância respeitosa.

O trovejar do galope de Kianlyma no ar quebrou o silêncio quando Danyanna se aproximou. A Suma Mageia também deixou a montaria longe e se aproximou com cuidado pelos escombros até o ponto onde estavam o marido e o corpo do duque. Uma brisa leve, evocada por ela, tirou a poeira do cadáver e revelou o rosto envelhecido do bardo, tão contrastante com a juventude perene de Krispinus e Danyanna, que não envelheceram um dia sequer desde que se sentaram no Trono Eterno há trinta anos. Mas Dalgor tinha a expressão serena do dever cumprido. Um herói até o último suspiro, um amigo leal que pensou no reino e nos companheiros nos últimos momentos em vida.

Assim como o marido, a rainha também notou a própria imagem no camafeu perto da boca do duque. Suas palavras derradeiras foram para Danyanna, que sempre soube do amor que Dalgor sentia por ela. À sua maneira, a Suma Mageia também amou o velho bardo. Ela se sentiu como uma viúva de uma paixão perdida naquela instante e fez tudo para ser forte ao lado de Krispinus, que travava o mesmo combate com a emoção. Quando estivessem sozinhos, Danyanna sabia, eles verteriam as lágrimas que o amigo amoroso, implicante e divertido merecia.

— Vamos levar o corpo do Dalgor conosco e depois faremos uma homenagem na Morada dos Reis — disse o Grande Rei finalmente.

— Mas, senhor meu marido, ele não deveria ser velado aqui? — sugeriu a rainha.

— Ele descobriu a cidade perdida conosco, e foi quem desvendou os segredos da antiga capital adamar para nós — argumentou Krispinus. — É para lá que os olhos de todo o Grande Reino estão voltados, e é na Morada dos Reis que todo o Grande Reino vai homenageá-lo. Depois, quando Bela Dejanna estiver reerguida, traremos o Dalgor de volta para ficar com sua *outra* família.

Ele fez um gesto amplo para os escombros.

— E nós *vamos* reerguer Bela Dejanna e tudo que esse dragão tiver destruído a mando dos elfos. Custe o que custar, nem que o tesouro real vá à falência. Estou pouco me fodendo para isso.

— E o que faremos agora, senhor meu marido? — perguntou Danyanna, meio que já sabendo a resposta, pelo que conhecia do esposo.

Krispinus tirou os olhos do amigo morto e se voltou para os três navios de guerra ancorados no mar diante de Bela Dejanna. Eles fizeram uma viagem relativamente rápida do porto de Mobesi, na costa de Ragúsia, até o litoral de Dalgória graças ao poder dos ventos evocados pela Suma Mageia.

— Agora nós zarpamos de vez para a Praia Vermelha — respondeu o Deus-Rei. — Entre em contato com o Capitão Blak e diga que estamos chegando. E que vamos matar todos os dragões e elfos que encontrarmos no caminho.

CAPÍTULO 30

PALÁCIO DOS VENTOS, PRAIA VERMELHA

Como já era costume, Kyle e Od-lanor passaram um bom tempo na Sala de Voo debatendo qual seria a trajetória do Palácio dos Ventos. Desta vez eles não tinham um destino certo, mas sim uma região a ser patrulhada para definir — partindo do vilarejo da Praia Vermelha, o castelo circularia uma área que envolvia o mar, por onde Derek acreditava que Amaraxas surgiria, até um perímetro próximo ao ponto onde foram emboscados pelos elfos no interior da Mata Escura. Ninguém queria chamar a atenção dos alfares e ter que enfrentar dois inimigos ao mesmo tempo. Kalannar, que efetivamente esteve no povoado élfico, marcara no grande mapa onde ficava Bal-dael, após a terceira curva do Rio da Lua — ou Bal, na língua alfar. O assassino achava irônico que tanto os pescadores ignorantes da região quanto os malditos alfares adoradores do Surya — o sol — tivessem batizado o rio que banhava os dois vilarejos em homenagem à lua, foco da adoração dos svaltares, especialmente de sua Casa Alunnar.

Assim que o plano de voo foi definido, Od-lanor partiu para coordenar o trabalho nas caldeiras, que desta vez seria feito pelo ferreiro Ebolus e seus filhos, verdadeiros especialistas em manter o fogo de uma forja aceso. Carantir e Brutus seriam levados por Kalannar para operar uma das balistas, como fora combinado após muita discussão. Sem ter imediatamente o que fazer, Kyle decidiu ver como estava o amigo meio-elfo, agora que soube que Baldur o libertara pela ajuda heroica no combate aos elfos em águias gigantes. O rapazote sentiu pena por não ter visto Carantir agir como um erekhe, já que estava inconsciente por causa da flechada quando o meio--elfo revidou ao ataque. Ao menos ele veria Carantir operar a balista, o que seria *sensacional*. Na verdade, Kyle mal continha a empolgação diante da possibilidade de enfrentar um dragão, por mais que Derek tivesse explicado a devastação causada pela criatura. Lá atrás, quando eles tomaram posse do Palácio dos Ventos, Od-lanor contara as histórias dos anos caçando dragões sob o comando do Dawar Tukok, e o rapazote ouvira tudo de olhos arregalados, com a imaginação correndo sem rédeas. Agora, seria *ele* no comando do castelo voador — Kyle, o Matador de Dragões.

Quando o rapazote chegou, Kalannar estava dando instruções para Carantir e Brutus, do jeito ríspido de sempre, com o flagelo na mão. Kyle pegou o fim da conversa entre os três.

— ... e caso eu veja você fazendo algum movimento suspeito com a balista, eu lhe garanto que será seu último gesto em vida — disse o svaltar.

— Não vai fazer a mesma ameaça para o ogro? — retrucou o meio-elfo com uma expressão de desafio.

— Calado, mestiço, antes que eu decida que você não precisa da língua para disparar a arma — falou Kalannar, que viu Kyle vindo pelas ameias e se voltou para ele. — O que você está fazendo aqui?

— Vim ver meu amigo Carantir — respondeu o rapazote com a inocência de sempre.

— Essa laia mestiça não tem amigos, Kyle — alertou o svaltar. — Eu estarei aqui ao lado verificando a munição com o ogro, mas tome cuidado.

Ele ignorou as palavras de Kalannar e se voltou sorridente para o meio-elfo.

— Você não é mais um escravo!

Carantir deu um sorriso amarelo para a criança humana empolgada diante de si.

— Não sei se sou exatamente livre, saijin, mas obrigado pelo que você fez. O Sir Baldur me contou que você revelou que sou um arqueiro, e assim pelo menos não fico mais acorrentado.

— É — falou Kyle sem jeito. — O Baldur me deu um esporro por causa disso, mas depois me agradeceu. Ele disse que você matou um monte de elfos.

— Dois, mas não me orgulho disso, Kyle. Na hora, fiquei transtornado pelos alfares terem atacado você. — Carantir deu um suspiro. — Crianças não deviam pagar pela guerra estúpida de adultos, sejam humanos ou alfares.

— Mas os elfos são nossos inimigos, e agora soltaram um dragão em cima da gente! — exclamou o rapazote.

— E é por isso que vou combatê-los, Kyle. Não porque um cavaleiro do rei humano ou um feitor svaltar mandaram, mas porque você está aqui, correndo o mesmo perigo que todos, inclusive os pobres pescadores do vilarejo lá embaixo, que não têm nada a ver com este conflito.

Carantir se lembrou da paz da Vila de Leren, onde alfares e humanos viviam em harmonia, longe da guerra, e da pequena Dale, tão jovem e inocente quanto Kyle, e igualmente afetada por um ódio que não lhe dizia respeito.

— Bem — falou Kyle ignorando o tom melancólico e chato da conversa —, eu só vim dizer que estou contente por você estar livre e que quero te ver mandando flechas mágicas no monstro!

— Eu só tenho arpões de pesca aqui comigo... — respondeu Carantir.

Ele então olhou para a pilha de quadrelos novos que Brutus organizava, sob a supervisão do svaltar, e completou o pensamento:

— Mas você me deu uma ideia.

Antes da partida definitiva do castelo voador, Baldur decidiu falar com o povo da Praia Vermelha, acompanhado por Barney, Bideus e Marcus. O cavaleiro passou pelo salão comunal, a grande câmara de entrada com as cabeças de dragão exibidas como troféus, com o intuito de ver o que Agnor estava fazendo. O feiticeiro havia saído do cubículo que ocupava em um dos torreões para estudar as presas dos monstros que estavam à disposição graças aos anéos de Fnyar-Holl. No momento, o korangariano se encontrava diante de seis dentes que foram arrancados da decoração nas paredes e dispostos em cima da mesa circular de ferro fundido, ao lado de ferramentas de artesanato que ele solicitou da Praia Vermelha e vários apetrechos esquisitos, cuja função Baldur nem sequer se arriscaria a adivinhar. Parado embaixo da tapeçaria em frangalhos com a imagem do Dawar Tukok, o cavaleiro viu Agnor entoar palavras de poder e lançar encantamentos sobre as presas de dragão, enquanto se revezava tomando notas em um pergaminho e fazendo medições dos dentes com a palma da mão.

— O que ele está fazendo, Sir Baldur? — perguntou Barney finalmente.

— Explorando uma alternativa mágica à violência — respondeu o cavaleiro, em voz baixa. — Ainda que eu ache a segunda mais eficiente, a primeira pode poupar muitas vidas.

— Silêncio aí no estábulo! — vociferou Agnor. — Você está me desconcentrando, Baldur.

Sem querer discussão, o cavaleiro simplesmente gesticulou para que os três homens da Praia Vermelha o seguissem. O quarteto foi até a população evacuada e abrigada nos amplos aposentos que há quatro séculos foram ocupados pela tropa de anões que guarnecia o Palácio dos Ventos na caçada aos dragões. Agora o espaço estava tomado por civis assustados, famílias de pescadores, moradores do vilarejo com ofícios modestos que não eram voltados para a arte da guerra. Inspirado no velho mentor, Sir Darius, o Cavalgante, que sabia se dirigir ao populacho, Baldur fez o possível para confortá-los e encorajá-los, todo paramentado como Irmão de Escudo, com uma reluzente armadura de placas de vero-aço, e o cinturão de grão-anão recebido em Fnyar-Holl. A presença de Barney, o Certeiro, um ídolo entre os pescadores, do Capelão Bideus, o líder espiritual da comunidade, e de Marcus, o experiente feitor da praia, ajudou o cavaleiro a elevar o moral de todos — alguns arpoadores até se ofereceram para proteger o castelo voador, tanto da ameaça dos elfos em águias voadoras quanto do dragão. Baldur pensou em recusar imediatamente, mas foi Marcus que sugeriu o contrário.

— Esses são bravos e orgulhosos homens do mar, que não querem se esconder e se acovardar diante de suas famílias, Sir Baldur — explicou o feitor da praia.

— Negar a ajuda deles seria ofendê-los, senhor — reforçou Barney.

— Eu não vou poder comandá-los nem recolher feridos — argumentou Baldur. — Estarei ocupado na balista com *você*, Barney.

— Eu farei isso — falou Marcus — juntamente com o capelão.

— Deixe-os conosco, Sir Baldur — disse Bideus.

O cavaleiro considerou a proposta e achou justo que aquele povo ajudasse na própria defesa, ainda que de forma amadora. Ele tinha visto situações iguais a essa quando combateu na Faixa de Hurangar, em que homens comuns pegavam em ferramentas do campo e formavam milícias para lutar contra tropas de invasores, geralmente compostas por soldados profissionais. Mas esses eram indivíduos que se propunham a encarar o mar em lanchas pequenas para caçar e matar criaturas várias vezes maiores e mais forte do que eles, capazes de derrubar as embarcações com um simples choque do corpanzil. Os pescadores da Praia Vermelha não se comparavam a guerreiros de ofício, mas também estavam muito à frente de peões com forcados na mão.

— Muito bem — disse o cavaleiro. — Marcus, distribua azagaias e os arpões que sobraram entre os homens. Capelão, que o Deus-Rei e Be-lanor abençoem cada par de braços que estiver do nosso lado. E, Barney, venha comigo para a balista.

Era o momento de *pescar* um dragão, pensou Baldur.

Sentado na gaiola de controle da Sala de Voo, Kyle tinha uma visão privilegiada de todo o Palácio dos Ventos e dos arredores, dentro da grande abóbada de vidro e metal que se projetava do alto do fortim construído pelos anões. Ele deu uma olhadela ligeira para Na'bun'dak, sempre empolgado em participar da operação de conduzir o castelo voador, e se perguntou se alguém tinha se importado em explicar para o kobold o que a Confraria do Inferno pretendia fazer desta vez. Todo mundo se esquecia de Na'bun'dak, mas talvez fosse bom informá-lo de que eles estavam indo atrás de um dragão antes que o kobold visse o monstro e entrasse em pânico.

Enquanto decidia o que fazer, Kyle observou as equipes nos torreões — Kalannar, Carantir e Brutus em um; Baldur, Derek e Barney no outro — e alguns arpoadores de prontidão na borda da rocha gigante, com armas aos pés. Na lateral, um trio de marceneiros terminava de testar os reparos na ponte levadiça, que Baldur usara para derrubar uma águia gigante. O rapazote olhou para o vidro e o metal que o cercavam e torceu para que fossem suficientes para protegê-lo de outro ataque de elfos — ele pretendia evitar levar outra flechada na vida, se possível.

Um guincho animado do kobold, querendo saber quando o Palácio dos Ventos partiria, chamou a atenção de Kyle, que decidiu contar quais eram os planos. Na'bun'dak torceu o focinho reptiliano com uma expressão de quem não entendeu as palavras do humano — com o tempo, os dois desenvolveram uma comunicação rudimentar para conduzir o castelo voador, mas o vocabulário não incluía o conceito de *caçar dragões*. O rapazote já estava prestes a desistir na quarta explicação quando a voz de Od-lanor surgiu no tubo de comunicação, vindo da sala da caldeira e informando que eles estavam aptos a voar.

— Esquece, Na'bun'dak — disse ele. — Vamos partir!

E vamos torcer, pensou Kyle, que o kobold se controlasse ao ver Amaraxas.

PRAIA VERMELHA, BEIRA LESTE

O Palácio dos Ventos começou a caçada ao Primeiro Dragão pela costa da Praia Vermelha e finalmente se aventurou mar adentro. A ideia de colocar os pescadores na borda pareceu sensata, uma vez que eles tinham experiência em avistar presas no oceano. Os homens do vilarejo, acostumados a ver aquele cenário do ponto de vista das lanchas, estavam maravilhados com a oportunidade de vasculhar as águas do alto e localizaram algumas baleias em poucas horas de voo. Derek, o único ali a ter visto o rastro de Amaraxas, não desgrudava os olhos do mar, mas ficou desanimado quando Barney comentou que a presença de baleias indicava que o dragão não estava ali. Fazia sentido, ainda que o guerreiro de Blakenheim não fosse pescador. Se fosse uma baleia, ele também não gostaria de dividir o oceano com um monstro.

Finda a patrulha pelo mar, Kyle começou a conduzir o castelo voador de volta para o continente, conforme combinado, e apontou o Palácio dos Ventos para a foz do Rio da Lua, a fim de usar o curso de água como guia para a incursão pela Mata Escura até os arredores da primeira curva, quando pretendia levar o fortim caçador de dragões para o interior da floresta.

Este foi o momento em que Carantir e Kalannar ficaram mais atentos, especialmente o meio-elfo, que estava em seu ambiente. Pelo que Derek havia contado, o dragão era muito mais alto do que as árvores e, ao contrário do oceano profundo, Amaraxas não teria como se esconder ali.

Não demorou muito para que a vista aguçada de Carantir, menos prejudicada pelo sol do que os olhos completamente negros do svaltar, notasse um movimento estranho ao longe — *realmente* estranho, pois um morro não deveria ser capaz de mudar de lugar. O meio-elfo creditou a impressão improvável inicialmente a um truque provocado pela luz solar e pelo movimento da própria pedra que se deslocava no céu, mas um segundo movimento da massa no horizonte confirmou que aquilo não era uma colina ambulante.

Era um dragão gigantesco, muito maior do que Carantir havia imaginado, mesmo tendo extrapolado o tamanho de Amaraxas pelas cabeças expostas dentro do Palácio dos Ventos.

O meio-elfo deu o alerta um instante antes de Kalannar também perceber o monstro; no momento seguinte, Kyle e o kobold, dentro na Sala de Voo, e todo mundo nos pontos privilegiados dos torreões viram o dragão ao longe — e quem ainda não havia notado teve a atenção chamada bruscamente pelo urro sobrenatural que ecoou como se o próprio mundo sentisse ódio e tivesse declarado guerra ao Palácio dos Ventos.

E, de fato, a segunda guerra dos dragões estava para começar.

CAPÍTULO 31

PALÁCIO DOS VENTOS, MATA ESCURA

O tamanho de Amaraxas agiu contra ele; não houve elemento surpresa quando o monstro finalmente foi avistado pelo Palácio dos Ventos na região da Mata Escura. Derek Blak ficou aliviado pelo Primeiro Dragão não ter surgido do mar, onde a criatura poderia ter ficado escondida até quando fosse tarde demais. O guerreiro de Blakenheim era o único menos espantado no castelo voador, por causa das experiências anteriores que teve com Amaraxas, mas não o menos nervoso, exatamente por já ter visto a destruição que a criatura era capaz de causar.

— Precisamos voar mais alto e ficar longe do sopro do dragão — alertou Derek ao se certificar de que Baldur, ao lado dele na balista, também tinha avistado o perigo.

O cavaleiro não tirava os olhos do morro que ganhou vida e estava andando. Somente naquele momento Baldur registrara a forma do monstro — o corpanzil bípede, o rabo que serpenteava atrás dele e arrancava a própria floresta do solo, a cabeçorra com três chifres.

— Avise o Kyle — respondeu o cavaleiro.

Derek acenou com a cabeça e se aproximou de um dos tubos de comunicação instalados no torreão.

— Kyle, você viu o dragão a oeste da nossa posição?

— Vi... — balbuciou o rapazote, que então se esforçou para firmar a voz e repetiu: — Vi, sim. E agora?

— Muito bem então — falou o guerreiro de Blakenheim também em tom firme para inspirá-lo. — Suba bem o castelo e nos posicione para que as duas balistas consigam disparar no monstro, compreendido?

Ele fez questão de não alertar sobre o sopro do dragão, ainda que o rapazote já soubesse daquele perigo desde que os dois conversaram sobre Amaraxas. Derek precisava que Kyle estivesse concentrado nas manobras, e não aterrorizado. Explicações em excesso sempre atrapalhavam o comando de soldados; naquele momento, o jovem chaveiro de Tolgar-e-Kol era apenas mais um combatente e devia receber apenas uma ordem simples por vez, nada mais.

— Compreendido! — respondeu Kyle agora em tom mais empolgado.

Enquanto Derek falava com a Sala de Voo, Baldur foi para outro tubo de comunicação, a fim de falar com o torreão oposto.

— Kalannar? — chamou ele.

— Já vi o dragão — respondeu o svaltar antes que a pergunta fosse feita — e estou mirando nele.

— Certo — disse o cavaleiro. — Vamos disparar em conjunto. O Kyle está subindo o castelo e vai nos posicionar.

— Vocês sabem o alcance do sopro? — indagou Kalannar.

Era óbvio que o svaltar teria enxergado o motivo por trás da manobra; nenhum detalhe lhe escapava. Baldur repetiu a pergunta para Derek, que deu de ombros. De fato, quando Amaraxas cuspiu fogo e fúria em Bela Dejanna, a cidade estava literalmente aos seus pés. E na hora em que o Velho Palácio desabou, o guerreiro de Blakenheim não teve cabeça para calcular distâncias, a não ser a que o separava da morte ao ficar pendurado na trepadeira.

— Infelizmente, não — respondeu Baldur.

— Então vamos torcer para que seja menor do que o alcance das balistas — falou Kalannar.

Quando o Palácio dos Ventos finalmente estava a uma altitude maior e voltado para o Primeiro Dragão, Derek deu outra ordem pelo tubo:

— Atrás dele, Kyle!

— Atrás dele! — repetiu o rapazote, que olhou de relance para Na'bun'dak; até o momento, o kobold mexia nas avalancas de sua gaiola de controle sem exibir qualquer sinal de nervosismo.

Na borda da pedra flutuante, a situação era um pouco diferente. Apesar da experiência com baleias, os homens do mar jamais tinham visto uma criatura tão grande, mesmo àquela distância — o que significava que ela se revelaria ainda mais gigantesca quando ficasse ao alcance dos arpões. Eles se entreolharam, visivelmente apreensivos, e alguns se voltaram para o feitor da praia, que comandava a operação ali embaixo. Marcus sentiu que era o momento de dizer palavras de ordem para inspirar os arpoadores, lembrando os feitos de cada um como pescadores de baleias, e acenou com a cabeça para o Capelão Bideus, que começou uma prece para Be-lanor, pedindo coragem para o espírito e força para os braços dos conterrâneos. Em pouco tempo, os arpoadores estavam brandindo as armas como se estivessem na ponta de uma lancha, e os brados de guerra chegaram aos ouvidos de Barney, no alto do torreão ao lado de Baldur e Derek. O Homem das Águas sorriu e repetiu, baixinho, o que seus colegas diziam.

— Queria estar lá embaixo com eles? — perguntou o cavaleiro.

— Não vou mentir dizendo que não, Sir Baldur — respondeu Barney. — Meu lugar é com meus irmãos do mar, mas meu dever é estar aqui, onde sou mais útil.

— Bela resposta. Eu preferia estar bebendo e comendo, mas meu dever também é estar aqui — disse Baldur, rindo, para aliviar a tensão.

— Então espero que carne de dragão seja saborosa, senhor, porque é o que pretendo pescar hoje para o nosso jantar — falou o rapaz.

Os dois começaram a rir, e logo Derek se juntou a eles, enquanto se aproximavam da morte certa.

Assim que a voz de Kyle surgiu no tubo de comunicação para avisar que o dragão fora avistado e que o castelo voador estava indo na direção dele, Od-lanor deixou Ebolus no comando da fornalha e saiu da sala da caldeira para o salão comunal, a fim de verificar como andavam os preparativos de Agnor. Ele odiava ter que falar com o korangariano, especialmente quando dependia do feiticeiro para alguma coisa. Mas aquele era o momento de engolir o orgulho, deixar os impropérios entrarem por um ouvido e saírem pelo outro, e colaborar da melhor maneira possível para que o encantamento fosse executado — *se* fosse possível realizá-lo e *se* eles conseguissem uma presa de Amaraxas para tentar recriar a Trompa dos Dragões.

O adamar encontrou Agnor sentado à mesa circular, aparentemente exausto, conferindo anotações em um pergaminho. No chão, dentro do mesmo pentagrama que o feiticeiro havia entalhado para se proteger da revoada de demônios que atacou o Palácio dos Ventos a caminho do Fortim do Pentáculo, havia um único dente de dragão que emitia um brilho lúgubre, levemente arroxeado. Outras presas ao redor estavam destruídas, aparentemente pela força do feitiço que tentaram conter ou por algum acesso de frustração, impaciência ou raiva da parte do feiticeiro de Korangar.

— Já encontramos o Primeiro Dragão e estamos indo atrás dele — informou Od-lanor ao entrar no recinto.

— Eu inferi isso pela algazarra lá fora — resmungou Agnor. — Aqueles pescadores simplórios não sabem o que estamos enfrentando.

Sem paciência, o bardo não deu corda para o feiticeiro e simplesmente perguntou:

— Teve sorte com as presas de dragão?

— Magia não é *sorte*, menestrel — retrucou o korangariano. — É estudo, comprometimento e sacrifício. E, por meio dos três, descobri como encantar uma presa de dragão para fazer o Amaraxas hibernar. É um processo complexo, mas consegui reduzi-lo a um tempo hábil, ainda que seja preciso repeti-lo em um ritual mais demorado e duradouro assim que a criatura ceder ao sono.

Agnor tomou fôlego e pareceu mais cansado do que antes.

— É um dos preços a serem pagos por uma solução de emergência — disse ele baixinho para si mesmo, como um devaneio. — Um dos preços...

Todo aquele cenário deixou Od-lanor desconfiado. A presa de dragão contida no pentagrama emanava uma energia similar ao poder demoníaco dos Portões do Inferno — uma manifestação sobrenatural que o adamar conhecia muito bem, visto que esteve diante da passagem dimensional para selá-la. Ele se lembrou de que Agnor havia prendido demônios — ou "diabretes inferiores", nas palavras do korangariano — nas fivelas de vero--ouro dos cinturões recebidos em Fnyar-Holl para encantá-los antes que eles invadissem o Fortim do Pentáculo. Será que o geomante estava outra vez apelando para a demonologia?

O bardo decidiu deixar as conjecturas de lado e ser pragmático. A situação era realmente de emergência, e diante do poder de destruição de Amaraxas, um possível pacto infernal para neutralizá-lo seria o menor dos problemas — pelo menos para ele, Od-lanor. Já para Agnor, só o tempo diria quais seriam as consequências.

— Agora resta a questão da confecção da nova Ka-dreogan em si — falou o adamar. — O dente encantado precisa estar na forma de uma trompa para ser soprado.

Agnor gesticulou para as ferramentas de artesanato e uma presa que havia sobrado intacta em cima da mesa.

— Isto é com você e seus dotes artísticos, menestrel — sibilou ele, com energia renovada na voz. — Eu domino a *verdadeira* arte: a feitiçaria de alto nível de Korangar. Você pode brincar de artesão, elfo. Sugiro que comece logo, ainda que eu não acredite que alguém consiga trazer uma presa do Amaraxas.

Od-lanor pensou a mesma coisa que o korangariano. Uma de suas funções como bardo era elevar o moral e dar esperanças aos combatentes ao redor, mas era difícil crer que eles conseguiriam arrancar um dente do Primeiro Dragão. O adamar observou Agnor fechar os olhos para tirar um cochilo ali mesmo, sentado no salão comunal, e se voltou mais uma vez para a presa encantada com poder infernal, contida no pentagrama. Od-lanor pensou na desconfiança de Dalgor e no próprio conhecimento superficial que tinha a respeito do feiticeiro. A que ponto ele tinha ido para conseguir recriar um encantamento élfico de outra vertente da magia, sendo um mero geomante?

O adamar sacudiu a cabeça e admitiu que de "mero" Agnor não tinha nada. Ele pegou as ferramentas para tentar esculpir uma trompa a partir de um dente de dragão, sabendo que todos aqueles questionamentos seriam inúteis se Amaraxas saísse vitorioso.

O instinto de Amaraxas estava cada vez mais afiado. Após a confusão inicial que o levou para Dalgória, o Primeiro Dragão se concentrou em perseguir a presença tênue que sentia de Neuralas, ainda que fosse a emanação de uma criatura morta, que apenas a percepção sobrenatural de Amaraxas era capaz de captar. Quando fora obrigado a hibernar pelo sopro da Ka-dreogan, o monstro sabia que sua parceira ainda estava viva, mesmo que muito distante dele. Ao soltar o rugido que levou os outros dragões ao torpor, Amaraxas inadvertidamente deixou Neuralas sonolenta e fraca demais — e à mercê dos anões no Palácio dos Ventos. O Primeiro Dragão se recolheu às águas do litoral de Dalínia sem saber que a companheira seria caçada e morta pouco tempo depois. Agora, tomado pelo ódio da descoberta, ele entrou em uma grande vastidão florestal e deixou um rastro de devastação enquanto a cabeçorra vasculhava ao redor, tentando localizar o ponto de emanação da sensação da parceira. A mata ancestral sofreu — árvores foram arrancadas das raízes, animais fugiram, clareiras foram pisoteadas. Amaraxas não urrava mais para chamar Neuralas, e sim para extravasar a fúria por saber que ela não estava mais viva.

Subitamente, o Primeiro Dragão parou o avanço destruidor. Ele emitiu um rosnado baixo e longo quando o instinto mandou que se virasse para trás e olhasse para o céu. A estranha presença de Neuralas vinha de um ponto abaixo das nuvens, a sensação era incisiva e incômoda, como se cobrasse vingança, como se sua parceira tivesse sofrido e morrido por causa daquela mancha distante. Novamente, Amaraxas teve um acesso de fúria e descontou no cenário ao redor; ele soprou e calcinou um trecho da Mata Escura com a energia flamejante que emanava da bocarra cheia de presas. A seguir, o Primeiro Dragão rugiu na direção do foco de sua ira e rumou para lá com pisadas fortes que fizeram a floresta queimada tremer.

Do outro lado da imensidão florestal, dentro do castelo voador que acompanhava o curso do Rio da Lua, foi impossível deixar de ver a descarga de raiva do monstro. Os homens da Praia Vermelha perderam quase todo o impulso corajoso, e alguns se desesperaram; do alto dos torreões, olhos se arregalaram e dedos apontaram para a cena inacreditável. Os combatentes do Palácio dos Ventos se entreolharam sem saber o que dizer diante de uma demonstração de força da natureza sem precedentes.

Mas foi dentro da Sala de Voo que a reação foi pior.

Kyle reagiu como os demais, ficou momentaneamente atônito e assustado, mas Na'bun'dak, na gaiola de controle ao lado, entrou simplesmente em pânico — mais pelo rugido do que pelo sopro de Amaraxas. Algo na diminuta mente reptiliana do kobold reconheceu o dragão como o espécime alfa de seu ramo evolutivo e cedeu a um medo primal. A criaturinha desceu a estrutura metálica elevada que comportava as duas gaiolas como se a própria vida dependesse disso e passou pelos mapas em desabalada correria até a porta da grande câmara. Quando Kyle deu por conta, o companheiro já havia saído da Sala de Voo e abandonado o comando do castelo voador.

— Na'bun'dak, não! — gritou o rapazote, que imediatamente se voltou para o tubo de comunicação. — Derek, Derek! O Na'bun'dak fugiu! Eu não consigo manobrar o castelo sozinho! Derek!

— Merda! O dragão está vindo para cá! — respondeu o guerreiro de Blakenheim. — Pare o castelo!

— Não dá! Se eu mexer nas minhas alavancas sem que ele mexa nas outras, vamos perder o controle. Eu vou atrás do Na'bun'dak.

— Não! — berrou Derek, mas a gaiola de controle já estava vazia.

Kyle desceu a escada quebra-peito em um pulo só e caiu rolando no piso da Sala de Voo. Ele tinha que ser rápido, pois, sem operadores, o Palácio dos Ventos continuaria indo na última direção definida pelos controles e não faria mais nenhum outro movimento caso tivesse que fugir do dragão.

No torreão com Derek e Barney, Baldur se recuperou da visão do sopro de Amaraxas e entendeu que havia algum problema na Sala de Voo, que foi rapidamente resumido pelo companheiro, em voz baixa:

— O kobold fugiu dos controles, e o Kyle foi atrás dele.

Derek Blak omitiu a frase "não há ninguém no comando" para o bem de Barney, que finalmente tirou os olhos do dragão e se voltou para os outros dois.

— Algum problema? — perguntou o arpoador.

— Continue mirando no dragão, por favor — falou Baldur, que se voltou para o terceiro homem. — Vamos, Derek. É o momento de acionarmos as manivelas.

Não demorou muito para a voz de Kalannar surgir no tubo de comunicação, com um tom característico de irritação.

— O dragão está vindo pra cima da gente e ninguém responde na Sala de Voo. O que está acontecendo?

— Só um probleminha — mentiu o cavaleiro, sabendo que era um probleminha do tamanho de Amaraxas. — Continue mirando no dragão.

— Que *probleminha*? — insistiu o svaltar, mais irritado desta vez. — Agora não é...

— Agora *não é* mesmo — interrompeu Baldur. — Mire no dragão e atire quando eu der o sinal.

No interior do fortim, o estrondo do rugido despertou Agnor da soneca e tirou Od-lanor da tarefa de entalhar a presa de dragão. Ambos correram para o lado de fora e viram o mesmo espetáculo de destruição de Amaraxas. Uma vida — e, no caso do adamar, uma eternidade — estudando, conhecendo e manipulando o sobrenatural já havia preparado os dois para ver uma cena como aquela, mas, mesmo assim, eles ficaram sem ação por alguns instantes. O korangariano foi o primeiro a voltar a si.

— Acho que a presa não será uma solução de emergência... — murmurou Agnor, antes de partir para a ponta da rocha flutuante.

Assim que recuperou o controle, o bardo percebeu que o Palácio dos Ventos continuava indo em linha reta na direção do dragão, sem ajuste de curso, a toda a velocidade. Aquela não parecia ser uma manobra sensata, especialmente porque o monstro também vinha correndo na direção deles, arrasando a floresta no caminho. Seria uma estratégia sugerida por Baldur, que gostava de cargas de cavalaria? Od-lanor preferiu apostar que Kyle estivesse assustado com Amaraxas...

Ou o kobold.

O adamar entrou no castelo praguejando por não ter levado em conta que Na'bun'dak era, de certa forma, um descendente de dragões. A criatura devia estar catatônica ou ter fugido, deixando Kyle sozinho sem conseguir manobrar o Palácio dos Ventos de forma apropriada. Od-lanor tomou o rumo da Sala de Voo, mas antes ouviu uma algazarra dentro de um dos cômodos do segundo andar que abrigavam a população da Praia Vermelha. Diante de famílias assustadas, o kobold e o rapazote rolavam no chão, brigando, xingando e guinchando. Pela porta aberta, o bardo deu um berro imbuído de poder que paralisou todo mundo no cômodo.

— O que está acontecendo, Kyle? — perguntou Od-lanor, que apenas queria confirmar sua suspeita.

Enquanto o jovem humano explicava o ocorrido e mantinha Na'bun'dak preso ao chão, o adamar começou a controlar o kobold com palavras cadenciadas até que ele finalmente cedeu e ficou dócil. Od-lanor levantou os dois pelos braços e os levou correndo para a Sala de Voo, torcendo que não fosse tarde demais. O povo da Praia Vermelha continuou se entreolhando, sem ter compreendido nada do que aconteceu.

Na borda da pedra flutuante que abrigava o fortim, Agnor passou pelos arpoadores ainda atônitos e encarou o dragão que vinha correndo na direção deles. Amaraxas era realmente gigantesco e exalava poder, uma criatura que só seria derrotada por uma grande confluência de poderes arcanos — ou pela influência infernal de uma nova Trompa dos Dragões, na remota possibilidade de eles conseguirem uma presa do monstro. Enquanto isso não acontecia, o korangariano tinha pouco o que fazer — mas talvez fosse capaz de ajudar na defesa do Palácio dos Ventos, *especialmente* por ele estar em cima de uma rocha. Agnor se abaixou e tocou no chão. Aquela pedra era um híbrido elemental de terra e ar, um símbolo da paz entre os senhores dos dois elementos, seres sobrenaturais que transcendiam a compreensão humana. E sendo um híbrido, Agnor tinha apenas meia influência sobre a pedra flutuante, mas teria que servir. O feiticeiro de Korangar começou a entoar palavras de poder em um tom gutural e fazer um gestual complexo com uma das mãos, enquanto a outra permanecia firme no chão rochoso, que começou a estremecer.

Bem na hora em que Amaraxas parou de correr e abriu a bocarra para despejar seu ódio na forma de um cone de energia flamejante.

CAPÍTULO 32

PALÁCIO DOS VENTOS,
MATA ESCURA

— Estamos voando baixo demais! — exclamou Kalannar ao ver o Primeiro Dragão cada vez mais próximo.

O svaltar chegou a virar o corpo para ir ao tubo de comunicação, mas desistiu; o castelo era lento nas manobras e não desviaria a tempo, mesmo que a Sala de Voo não estivesse com um *probleminha*. Era hora de atacar o monstro. Como o ogro já havia acionado as duas manivelas da balista ao mesmo tempo, dado o tamanho do corpanzil e o comprimento dos braços musculosos, a corda estava suficientemente tensionada e pronta para disparar o quadrelo. O meio-elfo manteve Amaraxas o tempo todo sob mira, desde que fora o primeiro a vê-lo.

— Atire! — ordenou Kalannar, estalando o flagelo perto da orelha comprida de Carantir.

O caçador meio-elfo executou o disparo da grande arma de guerra anã. A balista era tão diferente do pequeno arco leve e delicado que Carantir costumava usar, mas o alvo em questão era igualmente diferente de todos que já passaram por sua mira — era como atirar contra uma pequena colina. O quadrelo voou com uma velocidade impressionante graças à força de Brutus e atingiu Amaraxas bem embaixo do olho esquerdo; na verdade, teria sido um tiro preciso, se o monstro não tivesse acabado de abrir a boca imensa para cuspir fogo na pedra no céu.

O Primeiro Dragão reagiu ao tiro por instinto e virou a cabeçorra reptiliana no momento em que o jato de chamas arroxeadas saiu da boca. O cone de força destruidora pegou de raspão a pedra gigante, que não sofreu quase nada graças ao feitiço de proteção que Agnor acabara de lançar para reforçar a resistência elemental da rocha flutuante. Mas o impacto do sopro foi sentido no castelo voador, que adernou um pouco e perdeu o rumo; quase todo mundo foi ao chão, e um pescador rolou para a morte ao despencar da borda onde o grupo da Praia Vermelha se preparava para arpoar Amaraxas. O próprio Agnor quase encontrou a morte, se não tivesse sido contido pelo feitor da praia, que o agarrou pelo braço antes que o feiticeiro tivesse o mesmo destino do arpoador infeliz.

Sem ninguém ainda ocupando os controles da Sala de Voo, o Palácio dos Ventos colidiu com toda força contra Amaraxas, que havia continuado a investida furiosa na direção da pedra no céu. O golpe violento jogou a cabeça gigante para trás, e o castelo voador adernou mais ainda. Metade do grupo de bravos pescadores caiu sobre o corpo do monstro, e Agnor rolou pela borda junto com Marius. O feiticeiro ficou agarrado a uma protuberância rochosa, enquanto o pobre feitor da praia se juntou aos companheiros na queda. Bideus permaneceu firme no pátio com os arpoadores que sobraram, agradecendo a Be-lanor pela graça alcançada.

Nos torreões, com as mãos nas balistas e um equilíbrio impressionante adquirido pela experiência na mata e nos mares, tanto Carantir quanto Barney se mantiveram de pé. Baldur se segurou em um tubo de comunicação e só caiu sentado, mas Derek ficou pendurado nas ameias, xingando por passar por aquela situação pela segunda vez por causa do Primeiro Dragão. Do outro lado do fortim, Brutus foi lançado no pátio lá embaixo, enquanto Kalannar executou uma pirueta e ativou a própria flutuação para não ter o mesmo destino que o ogro.

— KYLE! — trovejou a voz de Baldur pelo tubo de comunicação na Sala de Voo.

— Estou aqui, estou aqui! — respondeu o rapazote, ofegante pela subida às pressas à gaiola de controle.

Lá de cima, Kyle viu Od-lanor cair sobre o grande mapa no chão, mas sinalizar que estava bem, enquanto Na'bun'dak entrava na gaiola vizinha. Felizmente, os dois estavam se segurando firme na escada quebra-peito quando a rocha flutuante se chocou com Amaraxas. Pela abóbada de vidro e metal, foi possível ver o monstro cambaleando para trás, urrando de dor.

— Tire a gente daqui! — gritou o cavaleiro enquanto se firmava nas ameias para puxar Derek de volta ao torreão.

Movidos pelo susto e pela urgência, o rapazote e o kobold acionaram as alavancas com uma série de gestos rápidos, enquanto ignoravam as ordens de Kalannar que vieram pelo outro tubo de comunicação — essencialmente o mesmo comando dado por Baldur. O Palácio dos Ventos se endireitou no céu e ganhou altura para escapar do contra-ataque do Primeiro Dragão, não sem antes disparar um quadrelo no monstro. Revoltado por ter visto Marcus e tantos outros amigos caírem da pedra voadora, Barney finalmente conseguiu acionar a balista contra Amaraxas e deu um tiro certeiro na carne mais macia do pescoço, nas barbelas salientes onde não havia escamas blindadas. O monstro soltou um novo rugido de dor, frustração e ódio ao ver a pedra voadora se afastar e tentou tomar fôlego para novo sopro, mas o incômodo do ferimento nas barbelas o impediu de gerar a energia destruidora.

— Belo disparo, Barney — disse Baldur ao ajudá-lo a armar a balista outra vez, ao lado do recuperado Derek.

— Por que a outra balista não está disparando? — perguntou o guerreiro de Blakenheim, que tirou os olhos de Amaraxas para ver a situação do torreão vizinho.

Enquanto girava a manivela, o cavaleiro esticou o pescoço para um tubo de comunicação e falou:

— Kalannar? Estamos quase prontos para disparar. Cadê vocês?

— O ogro caiu lá embaixo — veio a resposta do svaltar, que finalmente pousara nas ameias.

— Então arme a balista com o meio-elfo — ordenou Baldur. — Vocês vão demorar mais, porém não podemos parar de atacar.

Um novo rugido e um clarão cegante chamaram a atenção de todos. Amaraxas conseguiu soprar novamente, mas desta vez o cone de destruição não atingiu o Palácio dos Ventos, graças ao ganho de altitude implementado por Kyle e Na'bun'dak.

Um pouco abaixo da borda, Agnor continuava agarrado às imperfeições das rochas, perdendo as forças a cada momento que passava e com medo de que um novo solavanco causasse sua queda. Um encantamento rápido fez com que a pedra engolisse suas mãos; aquele elemento híbrido de terra com ar era sempre mais difícil de controlar, mas o feiticeiro conseguiu uma solução simples para não cair. Com o voo finalmente estabilizado, ele pensou em subir, mas antes olhou para baixo, a fim de ver a distância para o dragão. A criatura acabara de soltar o jato destruidor, que felizmente não o alcançou. Outra coisa, porém, chamou a atenção do korangariano — havia um elemento estranho preso no meio do paredão rochoso, algo que reluziu sob o clarão do sopro do Primeiro Dragão. O ângulo não era favorável, e Agnor teve que apertar os olhos miúdos, mas finalmente reconheceu o que era.

Uma presa de Amaraxas.

RIO BAL,
MATA ESCURA

Os rapineiros nem teriam precisado da aguçada audição élfica para ouvir a destruição causada por Amaraxas, que ecoava pela floresta inteira. Rugidos trovejantes, terra tremendo, trechos da mata sendo pisoteados e arrancados; tudo isso sem falar no som terrível do sopro do dragão. Os elfos montados em águias gigantes localizaram a região de onde vinha os estrondos que interrompiam a tranquilidade da natureza como se fossem o prenúncio do fim do mundo — e, para Sindel, esse era exatamente o significado daquela cacofonia. O mundo acabaria graças a Arel. A cada som de destruição, ela se lembrava da loucura do irmão e achava mais absurda ainda sua decisão de ir contra tudo o que os alfares mais valorizavam.

A voz de Kendel tirou Sindel dos devaneios.

— Lá na frente, salim, perto do rio! — exclamou ele, mal acreditando no que via.

A reação da tropa alada não foi diferente da resposta do contingente no Palácio dos Ventos — Amaraxas era uma visão de tirar o fôlego, de provocar terror e pesadelos, especialmente para quem vivia em harmonia com a natureza. O dragão parecia ser a antítese de tudo que estava vivo, um arauto da morte. Após alguns instantes sem ação, os rapineiros se entreolharam e depois se voltaram para o comandante e para a líder de todos os alfares. Sindel acenou com a cabeça para Kendel, que se dirigiu aos demais:

— Preparem os arcos, todos vocês! Formação de ataque! Miriel, Elaiel, fiquem prontos para arrancar uma presa do dragão.

— Levamos a vingança em nossas asas! Levamos a morte em nossas flechas! — respondeu a tropa, mas sem o mesmo ímpeto de quando partiram para caçar Amaraxas.

Os rapineiros se posicionaram e deixaram as águias de Kendel e Sindel para trás, protegidas pelo perímetro criado no ar. A velocidade aumentou de voo de patrulha para investida, e logo os alfares se aproximaram do Primeiro Dragão.

E de um elemento estranho no céu.

— Comandante, o monstro parece estar enfrentando alguma coisa no ar! — disse o rapineiro na ponta da formação. — O que é aquilo?

— É uma grande rocha voando... com uma construção em cima? — falou Kendel, sem acreditar no que via.

A Salim Sindel também não acreditou de início, mas logo identificou o que era aquela estrutura no céu: algo saído das lendas sobre os anões.

— É o Qualin-dael! — exclamou ela. — O castelo que os anões de Fnyar-Holl usaram como arma contra os dragões!

— Devemos ajudá-los? — perguntou o líder dos rapineiros.

Como se fosse uma resposta, um disparo do Qualin-dael fez Amaraxas berrar de dor. Diante daquela cena, Sindel concordou com a cabeça, e Kendel deu a ordem com voz firme. Os rapineiros alteraram o curso de interceptação e executaram uma grande curva no ar para passar primeiro por trás do castelo voador, longe do alcance do monstro, e oferecer auxílio aos anões.

Os elfos de Bal-dael estavam prestes a ter uma surpresa muito maior do que o próprio Primeiro Dragão.

PALÁCIO DOS VENTOS, MATA ESCURA

Kalannar e Carantir não eram indivíduos exatamente fortes para operar o sistema pesado de torção de uma balista anã. Eles precisavam desesperadamente do auxílio de Brutus, que já havia se recuperado da queda do torreão, mas continuava lá embaixo rugindo de ódio na direção de Amaraxas, furioso por ter sido derrubado pelo monstro. O ogro ignorou todos os chamados para voltar ao posto. Quando o meio-elfo e o svaltar finalmente terminaram a operação, Carantir arriscou oferecer uma sugestão para Kalannar.

— Eu tenho uma ideia para causar mais dano ao dragão.

— Não temos tempo para ideias — sibilou o assassino. — Atire logo!

— Sem a força do ogro, esse quadrelo não causará muito estrago — insistiu o caçador. — Eu consigo torná-lo uma arma bem mais letal.

Kalannar ponderou rapidamente e se lembrou do que Baldur contara sobre as habilidades do meio-elfo como arqueiro. Ele certamente possuía poderes sobrenaturais.

— Se você fizer algum *truque*, mestiço, eu te mato no ato — ameaçou o svaltar.

— Minhas costas estão nuas e voltadas para você — disse Carantir, que foi à frente da balista, tocou no quadrelo e começou a entoar palavras de poder.

Terminado o encantamento, o meio-elfo voltou para a posição de atirador e moveu a arma pesada na direção de Amaraxas, que continuava investindo contra a pedra voadora fujona. Carantir não tinha certeza de que aquilo daria certo, pois o treinamento de um erekhe envolvia apenas flechas, e não outros tipos de projéteis. Mas ele partiu do mesmo princípio e extrapolou ao fazer o encantamento, ainda que tivesse ficado um pouco exausto pela exigência da magia. Somado ao esforço físico de acionar as manivelas, talvez ficasse impossibilitado de fazer mais disparos. Este teria que ser para valer.

— Peça para o Kyle... se aproximar do dragão — falou Carantir, ofegante. — Diga que fui eu que... pedi.

Amaraxas acabara de cuspir outro jato de energia flamejante que passou perigosamente perto do Palácio dos Ventos e levara mais um disparo certeiro nas barbelas, vindo da balista vizinha. A arma do torreão de Kalannar só fora disparada uma vez, e ele estava ficando irritado com as cobranças de Baldur. O svaltar notou a reação do dragão à dor do golpe no pescoço e resolveu arriscar.

— Kyle — chamou no tubo de comunicação. — Seu *amigo* meio-elfo quer que você nos aproxime do monstro. Faça isso *agora*, antes que ele se recupere e sopre novamente!

O castelo voador reverteu o curso com um tranco forte e diminuiu a distância entre ele e Amaraxas. Com a proximidade, os poucos arpoadores da Praia Vermelha que restaram na borda da pedra arremessaram suas armas contra a massa blindada do monstro e abriram diversas feridas, ainda que nenhuma tivesse sido letal. Kalannar deu uma olhadela para o outro torreão e viu Baldur vociferando no tubo de comunicação, com certeza exigindo que Kyle desfizesse a manobra. Ao lado dele, Carantir refez a mira e disparou. O quadrelo saiu da balista como uma grande lança luminosa que penetrou mais fundo na couraça do peito do dragão do que qualquer outro projétil disparado pelas balistas do Palácio dos Ventos até então. O meio-elfo conseguiu sorrir antes de sentir as pernas tremerem e cair sentado no torreão.

Amaraxas cambaleou, acusando um golpe que teria derrubado qualquer outro de sua espécie, mas não o Primeiro Dragão.

— Recue, Kyle, recue — ordenou Kalannar em tom de urgência pelo tubo de comunicação, obviamente um eco da ordem de Baldur.

Desta vez, o rapazote obedeceu e começou novamente a se afastar do monstro ferido... e ainda mais furioso. Dentro da visão privilegiada da abóbada em cima do fortim, ele notou a revoada de águias gigantes se aproximando e imediatamente avisou o cavaleiro e o svaltar, repetindo a mesma informação nos dois tubos de comunicação:

— Temos companhia! Um montão de elfos no céu!

Od-lanor, que permaneceu na Sala de Voo para garantir que Na'bun'dak ficasse sob controle, achou por bem ir às ameias, ainda que tivesse levado uma flechada no último confronto com os alfares em suas águias gigantes.

Era bom ter mais alguém ao lado dos companheiros, já sobrecarregados com o combate contra Amaraxas. Ele deu uma última olhadela para o kobold, que parecia estar compenetrado na condução do castelo, obedecendo às ordens de Kyle, e saiu na direção do torreão de Baldur, praguejando pelo aparecimento de mais um problema. Com eles, nunca era uma coisa de cada vez.

Ainda pendurado perto da borda da grande rocha flutuante, com medo de arriscar subir e ser derrubado pelas manobras do castelo voador, Agnor pensava em como recuperar a presa de Amaraxas cravada lá embaixo. O feitiço de mãos espectrais era fraco demais para arrancá-la das pedras, e qualquer outra manipulação mágica da rocha podia soltar o dente e fazê-lo cair na floresta que estava sendo pisoteada pelo Primeiro Dragão. Porém, quando o castelo se aproximou para que Carantir disparasse o quadrelo mágico, o feiticeiro viu o perigo perto demais para seu gosto e decidiu finalmente sair daquela posição precária. Enquanto os colegas arremessavam arpões, um dos pescadores, um sujeito com trajes de sacerdote, se aproximou da borda e esticou o braço para ajudá-lo. Se estivesse em Korangar, Agnor nunca teria aceitado a mão de um religioso, mas o homem não parecia ser um sacerdote da morte. Ele desfez o feitiço que prendia as próprias mãos no paredão rochoso, subiu o corpo e usou o apoio oferecido pelo sujeito para chegar à segurança do pátio — ainda que *segurança* fosse um termo bem discutível quando um dragão gigantesco cuspia chamas destruidoras na sua direção.

— Pela graça de Be-lanor, você está salvo! — disse o homem, ofegante.

— Estou salvo pela graça da geomancia — retrucou Agnor

Ele tomou o rumo do fortim para dar a notícia sobre a presa aos companheiros, mas parou no meio do caminho quando viu a revoada de águias gigantes surgir no céu. E, por trás, o feiticeiro ouviu a investida furiosa de Amaraxas, enlouquecido pela dor causada pelo quadrelo mágico cravado no peito. Em Korangar, havia um ditado para aquela situação:

Eles saíram da cova para a mesa do necromante.

CAPÍTULO 33

PALÁCIO DOS VENTOS, MATA ESCURA

Assim tão de perto, aquele combate era uma visão formidável, uma cena de uma beleza terrível, algo que Sindel jamais vira em seus séculos de vida — o primeiro e mais poderoso de todos os dragões enfrentando uma arma de guerra feita pelos anões, um fortim construído sobre uma rocha flutuante, que se movia graças a um aparato artificial, criado pela famosa engenhosidade da raça subterrânea. Um confronto inspirador para um longo poema épico, digno de ser composto pelos maiores nomes da cultura milenar dos alfares. Por um breve momento, a salim sonhou ter o talento para descrever o embate entre Amaraxas e o Qualin-dael em verso, de uma forma que fizesse jus à importância histórica do que estava testemunhando, mas aquele não era seu papel. Sindel tinha que acabar com o pesadelo louco provocado pelo irmão, não importava o preço.

Com a aproximação da tropa alada, ficou evidente que os anões precisavam de ajuda, mas aquela mesma proximidade também revelou algo inacreditável. A salim olhou para Kendel e notou que o comandante dos rapineiros havia percebido o mesmo que ela — não havia anões nas ameias. O Qualin-dael estava sendo guarnecido por humanos... *e um meio-elfo e um svaltar*? Lutando lado a lado em uma máquina de guerra? E havia algo no svaltar que era estranhamente reconhecível, mas a velocidade do voo das águias não permitiu que a visão aguçada de Sindel identificasse de imediato. Aquele cenário era tão absurdo que ela e Kendel quase cometeram o erro fatal de esquecer o monstro furioso diante deles. Os rapineiros olharam rapidamente para trás, esperando ordens, e o comandante se voltou para a salim.

Ela tinha uma decisão importante para tomar. Talvez tão histórica quanto o combate que se desenrolava diante de seus olhos. Uma ideia que Sindel nutria desde quando enviou Borel para sugerir uma aliança entre Bal-dael e a Praia Vermelha na questão envolvendo Amaraxas. Mas o administrador do vilarejo humano estava sob controle alfar, e a salim nem sabia quem eram aquelas pessoas lá embaixo e por que estavam em um castelo voador criado pelos anões. Propor uma trégua às cegas era um convite à traição, especialmente para um grupo de humanos que aceitava um svaltar em seu meio. Ela ficou ainda mais reticente quando uma estranha arma de guerra foi apontada para seus rapineiros.

Sindel precisava agir rápido.

— Quem está no comando? — perguntou ela no idioma comum dos humanos, com um sotaque bem carregado. — Repito: quem está no comando?

Ao lado de Barney, que apontara a balista para a massa de águias passando em velocidade, Baldur considerou o que representava a chegada dos elfos. Segundo a hipótese de Kalannar, a irmã de Arel pretendia atrapalhar os planos do rei elfo de usar o Primeiro Dragão contra Krispínia. Porém, se o svaltar estivesse errado, agora era a hora de o inimigo ordenar uma rendição — o Palácio dos Ventos não teria chance contra Amaraxas e tantos guerreiros alados ao mesmo tempo.

— *Eu* estou no comando — disse ele, ignorando a voz de Kalannar no tubo de comunicação, que falou algo sobre "atirar logo na vadia". — Sou Sir Baldur, Irmão de Escudo do Grande Rei Krispinus.

— Eu sou a Salim Sindel, líder de todos os alfares — respondeu a elfa, executando um novo sobrevoo acima das ameias. — Eu proponho uma trégua, Sir Baldur, enquanto lidamos com o problema do dragão.

Como se quisesse marcar presença na discussão, ainda enraivecido pelo disparo de Carantir, Amaraxas soltou o jato de energia flamejante mais forte que conseguiu desde que começara o combate. Nem a distância tomada por Kyle foi suficiente para tirar o Palácio dos Ventos do alcance daquele sopro poderoso movido pela dor do ferimento no peito — o Primeiro Dragão deu tudo de si para destruir o inimigo. As chamas arroxeadas atingiram a rocha flutuante, que só não foi destruída graças ao que restava da proteção mágica feita por Agnor, mas a barreira arcana se desfez como uma cortina jogada em uma fogueira. O castelo voador não resistiria a outro golpe daqueles. O impacto do sopro de Amaraxas, porém, foi devastador: os vidros da estrutura abobadada se estilhaçaram e caíram dentro da Sala de Voo, e só não mataram Kyle e Na'bun'dak porque as gaiolas de controle foram construídas pelos anões justamente para proteger os condutores do Palácio dos Ventos; a ponte levadiça recém-reformada se soltou e despencou para o vazio; e a pedra gigante adernou para trás, derrubou quase todo mundo que estivesse de pé e jogou Baldur para fora das ameias do torreão.

Os rapineiros se espalharam por instinto, para não serem abalroados pelo castelo voador ou por resquícios do sopro do dragão, mas Sindel mergulhou com a águia na direção do humano grandalhão que foi arremessado para a morte. A ave gigante agarrou o cavaleiro em pleno ar, deu uma grande volta e o depositou no pátio rochoso, antes de pousar ao lado dele, e a salim precavidamente manteve um feitiço na ponta da língua.

— E então, Sir Baldur? — perguntou Sindel.

Ainda atordoado, ficando de pé com dificuldade, o cavaleiro deu uma resposta cujo peso histórico ele nem considerou no momento.

— Sim, Salim Sindel. Trégua aceita.

A líder dos alfares imediatamente localizou Kendel no ar e apontou para Amaraxas. O comandante hesitou ao vê-la diante de um adversário armado, com a águia pousada naquela estrutura comandada pelos inimigos, mas obedeceu quando Sindel repetiu o gesto e disse, na língua dos elfos, que eles firmaram uma aliança. Antes de se juntar à salim, Kendel deu ordens para os rapineiros, que retomaram o vetor de interceptação contra o Primeiro Dragão e dispararam uma saraivada de flechas em sua cabeçorra chifruda. Dois elfos se destacaram da formação e rumaram para a boca cheia de presas do monstro.

Passado o susto, Kyle endireitou o castelo voador e ganhou mais altura, porém sentiu dificuldades para manobrá-lo. Fazia séculos que os controles não eram exigidos daquela forma e que o Palácio dos Ventos não enfrentava um combate tão brutal. Nervoso, o rapazote começou a duvidar da própria capacidade como piloto, afinal ele não era um guerreiro anão, só estava ali porque cabia na gaiola. Ele olhou para Na'bun'dak, que também dava sinais de nervosismo outra vez, e fez uma expressão de determinação e coragem, engolindo o choro. Kyle não queria ser o responsável pela morte de Derek, Carantir e os demais.

Outra águia gigante pousou perto de Baldur, com um guerreiro que se manteve na montaria alada, assim como a salim. Eles pareciam prontos para decolar se houvesse algum problema — problema que surgiu na forma do ogro, que viu os dois elfos ali e veio a toda contra eles. O cavaleiro sacou o espadão e se colocou no caminho entre Brutus e os recém-chegados, para proteger a trégua que ameaçava ser a mais curta da história das tréguas.

O ogro investiu furiosamente, irritado por não poder enfrentar o dragão, disposto a descontar a raiva nos alfares que sua mente diminuta lembrava terem lhe atacado em outra ocasião — isso sem falar na recordação do sabor delicioso tanto da carne de elfo quanto da de águia. Alguém surgiu na frente dele, alguém que uma voz insistente na cabeça dissera que era um amigo, que jamais deveria ser agredido, mas essa pessoa agora estava no meio do caminho da comida. Um humano que seria atacado e devorado da mesma forma que os elfos.

Mas eis que a mesma voz surgiu outra vez em alto volume dentro de sua mente e mandou que ele parasse. Que estava tudo bem, que todos aqueles diante dele — o humano, os elfos, as águias — eram amigos intocáveis.

Do alto do torreão, Od-lanor conseguiu deter Brutus com comandos incisivos ditos com uma voz gutural, direcionada para o ogro que estava a poucos passos de atacar Baldur e dois elfos em águias gigantes, a quem o cavaleiro aparentemente estava protegendo. O adamar se virou para Barney, que mantinha os alfares sob a mira da balista, e Derek, que entendeu o olhar curioso no rosto maquiado do bardo e explicou em poucas palavras o que estava acontecendo:

— Os elfos chegaram propondo uma trégua e acho que o Baldur aceitou.

Lá embaixo, o cavaleiro achou por bem deixar isso bem claro antes que outra reação intempestiva arruinasse a aliança. Em sua mente, a verdade era que aquela batalha contra Amaraxas, do jeito com que era travada, não estava sendo vencida. Eles não haviam infligido nenhum dano mortal ao monstro e, a qualquer momento, cometeriam um erro que seria fatal. O castelo voador agora estava bem afastado, mas a distância não parecia ser garantia de que ficariam sempre longe do alcance do dragão. Certamente era garantia de que os combatentes no Palácio dos Ventos não tinham mais como feri-lo. A chegada dos elfos podia pender a balança para o lado deles.

— Nós fizemos uma aliança com os elfos para derrotar o dragão — berrou Baldur a plenos pulmões, para que fosse ouvido das ameias à borda da rocha flutuante, e se voltou para a líder sentada na águia. — Nenhum deles sofrerá qualquer hostilidade. Nós precisamos dos elfos, e eles precisam de nós.

O cavaleiro torceu para que a segunda parte fosse verdade; por outro lado, por que os elfos teriam proposto uma trégua se realmente não precisassem? Só aquelas flechas não deteriam Amaraxas, visto que os quadrelos também não estavam tendo muito efeito.

— Como assim *aliança*? Nós *quem*? — vociferou Kalannar, que havia pulado do torreão quando o castelo virou e flutuou até o chão.

Sindel se voltou para o svaltar e finalmente percebeu o que lhe chamou a atenção em primeiro lugar. Ele estava usando a *capa de Borel*. Um ódio crescente surgiu dentro do peito, mas a salim começou a contê-lo e esperou a reação do líder dos humanos, que havia se colocado diante de um ogro para protegê-la. Ao lado dela, Kendel levou a mão à kamba na cintura e discretamente manobrou a águia para que a ave investisse contra a nova ameaça a qualquer momento.

— Nós aqui, sob meu comando, segundo ordens do Deus-Rei — argumentou Baldur. — Agora não é o momento para isso.

— Duvido que seu Deus-Rei aprove uma aliança com essa laia — disse o svaltar apontando para Sindel.

— Kalannar, agora não é o momento — repetiu o cavaleiro com tom firme, já sem paciência. — Temos um dragão para derrotar!

— Como podemos ajudar? — interrompeu Sindel.

Baldur se voltou para a salim, que ele finalmente percebeu ser linda, com formas generosas. Era um mulherão, bem diferente do padrão de elfa esquelética, e tinha uma pose altiva de rainha montada naquela ave de rapina enorme. O cavaleiro se viu perdido, não só pela beleza de Sindel, mas por não ter exatamente um plano em mente. Tudo que eles fizeram até agora não tinha surtido efeito.

— Você está com a Ka-dreogan, por acaso? — provocou Kalannar.

A salim se voltou novamente para o svaltar e escondeu a expressão confusa por trás de uma máscara de desprezo. Como ele sabia da relíquia de Jalael? Borel não tinha conhecimento daquele detalhe do plano de Arel. Será que todos ali sabiam? Era o mais lógico a presumir; depois ela apuraria os fatos. Era preciso resolver um problema por vez ou eles ficariam discutindo e acabariam se matando, fazendo o serviço por Amaraxas.

— Não — respondeu Sindel, que se dirigiu para o humano chamado Baldur, sem se rebaixar a falar com um svaltar. — Mas meus guerreiros estão empenhados em arrancar uma presa do dragão para que eu possa fazer uma nova Ka-dreogan.

Lá embaixo da rocha flutuante, a tropa de rapineiros, com vinte integrantes no total, se dividiu em cinco grupos para fustigar Amaraxas por direções diferentes, de maneira que o monstro não conseguisse concentrar um único ataque que destruísse todos eles. Os alfares se mantiveram longe do alcance da mordida e não paravam de flechá-lo, mas o sopro era um perigo real e imediato. Um quarteto manobrou a tempo de escapar de um jato, mas outro não teve a mesma sorte e foi colhido pela energia flamejante que reduziu o grupo a pó em menos de um piscar de olhos. Foi aproveitando esse sacrifício que Elaiel e Miriel, os dois rapineiros com a missão de arrancar uma presa de Amaraxas, se destacaram da formação e mergulharam em direção à bocarra. O primeiro cravou uma flecha com uma corda abaixo da linha dos dentes enormes, se agarrou nela e pulou da águia. O segundo tratou de distrair Amaraxas com um rasante no olho, usando as garras da ave de rapina para feri-lo. Elaiel puxou um gancho preso à cintura por outra corda, enfiou entre duas escamas do monstro e tratou de subir pela primeira corda até as presas. Uma vez lá, o rapineiro sacou a kamba e começou a golpear o menor dente que viu ao alcance do braço. Miriel tirou a águia agilmente de uma mordida que teria despedaçado os dois, e o colega pendurado em Amaraxas aguentou firme quando a boca imensa se fechou, ainda que tenha ficado surdo momentaneamente com o estrondo. Os outros quatorze rapineiros continuaram as ondas de ataque; os mais precisos mandaram flechas nas feridas abertas pelos quadrelos, o que arrancou urros de fúria e dor de Amaraxas. Em um desses acessos de raiva, as guinadas da cabeçorra fizeram Elaiel cair dentro da boca e ser mastigado instantaneamente. Caberia a Miriel a segunda tentativa de arrancar uma presa do Primeiro Dragão, que novamente colheu outro quarteto de rapineiros com o sopro destruidor.

Kendel e Sindel assistiram desolados ao sacrifício dos rapineiros. Com um aceno de cabeça, a salim liberou o líder da tropa para que ele se juntasse aos companheiros, a fim de comandá-los em combate. Hesitante, o guerreiro alfar olhou para Sindel cercada por tantos inimigos, mas cedeu ao dever e decolou com a águia gigante. Seus rapineiros precisavam dele.

— Eu adoro cheiro de alfar queimado pela manhã — disse Kalannar na língua dos elfos.

Baldur olhou feio para o svaltar, pois sentiu pelo tom e pelo sorriso cruel que aquelas não eram palavras de apoio.

— Temos que voltar a operar as balistas e ajudar os elfos. Talvez assim eles tenham mais chance de arrancar uma presa do dragão — falou o cavaleiro, que aumentou o tom de voz — Vamos, todo mundo retornando aos postos nos torreões!

— Alguém falou em presa? — disse Agnor, que finalmente se aproximou do grupo reunido no meio do pátio rochoso. — Eu sei onde encontrar um dente do Amaraxas, mas vamos precisar dessa águia aí.

— Como assim? — perguntou Sindel, enquanto avaliava o humano que acabara de chegar e falava com um jeito difícil de compreender.

Os símbolos arcanos nos trajes não deixaram dúvidas de que o recém-chegado era um feiticeiro. Assim como o sotaque do sujeito, eles também eram complicados de entender, pois a magia élfica não usava tantos registros escritos, e aquela simbologia, obviamente, era de outra cultura. Mas algo na roupa indicava um domínio de magia elemental e... *demoníaca*? Que grupo era esse, pelo Surya? A salim começou a se arrepender de ter proposto uma trégua.

— Explique isso, Agnor — falou o cavaleiro.

— Tem uma presa cravada na pedra — respondeu com uma expressão de mau humor. — Ou *tinha* até o último sopro que nos atingiu. Eu não voltei à borda para ver.

— Pode me apontar onde esse dente estaria? — indagou Baldur que, diante do aceno do korangariano, se voltou para a elfa. — Salim, esse bicho aguenta dois cavaleiros?

Sindel mediu o humano de alto a baixo. Ele era ainda maior do que Borel e estava enfiado em uma armadura de metal que parecia ser bem pesada. Mas, de todos os presentes, era o único que fazia sentido acompanhá-la; com ambos os líderes trabalhando juntos, nenhum alfar ou humano ousaria trair um ao outro. A salim afagou o pescoço da águia gigante e respondeu na língua élfica, mais para o animal do que para Baldur:

— Ela fará esse sacrifício, depois será recompensada.

Sendo cavaleiro, Baldur entendeu o gesto, sem precisar de tradução.

— Vá para a borda — disse ele para Agnor e, em seguida, esticou o braço para Sindel, que posicionou a ave para que o humano pudesse subir na garupa.

Quando o feiticeiro chegou ao limite da rocha flutuante e fez um gesto de confirmação, a salim alfar e o cavaleiro humano decolaram para um voo que poderia mudar a história de Krispínia.

CAPÍTULO 34

PALÁCIO DOS VENTOS, MATA ESCURA

Voar no Palácio dos Ventos era uma sensação impressionante, mais pela altura com que se via o cenário lá de cima do que pelo deslocamento de fato. Voar em uma águia gigante, por outro lado, era completamente diferente. O animal esplêndido saltou para o céu e em instantes já realizava um mergulho vertiginoso, paralelo ao paredão rochoso da pedra flutuante. Baldur achou que perderia o elmo e, por instinto, tirou a mão da cintura curvilínea da elfa e levou à cabeça.

— Ali! — apontou Sindel.

O cavaleiro simplesmente acreditou na palavra dela de que "ali" havia alguma coisa, até que seus olhos finalmente captaram a presa de dragão cravada na pedra. Na borda da rocha voadora, Agnor começou a gesticular e entoar palavras arcanas, inaudíveis por causa do deslocamento de ar e pelos urros de Amaraxas, que continuava combatendo os elfos alados. Como resultado do encantamento, o paredão começou a soltar o dente enquanto a águia gigante se aproximava com a salim e o cavaleiro na garupa.

— Eu pego a presa! — disse Baldur.

— A águia consegue pegá-la — afirmou Sindel.

— Então por que eu vim? — perguntou ele.

— Não sei. Imaginei que você quisesse se certificar de que eu não fugiria com ela.

Baldur ficou surpreso por não ter cogitado isso. Na verdade, o cavaleiro somente seguiu o instinto de montar em um cavalo — no caso, águia — e correr — no caso, voar — para resolver um problema. Se Kalannar estivesse ali, provavelmente faria a acusação de sempre, de que ele nunca pensava além do próximo passo. Baldur considerou que um dia provavelmente morreria por causa desse comportamento. Talvez este dia tivesse chegado.

— Não, eu vim... para ajudar — respondeu o cavaleiro, bem na hora em que a salim comandou a águia para que armasse um bote contra o dente de dragão, praticamente solto da rocha.

Com a presa de Amaraxas firme nas garras da ave de rapina gigante, Sindel virou a montaria para a direção do combate com o Primeiro Dragão.

— O que você está fazendo? — indagou o humano atrás dela.

— Salvando meus guerreiros — disse a salim.

— Não podemos arriscar o dente! — exclamou Baldur.

— Nem meus guerreiros! — respondeu ela no mesmo tom.

Assim que localizou Kendel entre os rapineiros que continuavam fustigando a criatura com flechas e se esquivavam bravamente das mordidas e sopros, Sindel apontou para a presa nas garras da águia e mandou que a tropa recuasse para o Qualin-dael. Baldur não captou as palavras, mas compreendeu o significado pelos gestos. O elfo com quem ela falou, que obviamente era o comandante daquele destacamento alado, executou um mergulho corajoso e pegou um guerreiro pendurado na bocarra do monstro. Os dois mal escaparam com vida quando Amaraxas reagiu e tentou devorá-los em pleno ar. Sindel ainda deu outra grande volta para garantir que todos os rapineiros que sobraram — agora apenas nove — estavam vindo atrás dela e retornou com a montaria para o castelo voador dos anões. Com os inimigos fora de alcance, o Primeiro Dragão se limitou a soltar um rugido de frustração e dor por causa dos vários ferimentos. Sem perder de vista o foco do ódio — o lugar onde ele sabia que Neuralas estava morta —, Amaraxas tomou o rumo do rio, para se reidratar e se recuperar.

Praticamente todo o contingente de combatentes do Palácio dos Ventos se encontrava na borda da rocha flutuante esperando o retorno de Baldur e Sindel. Na Sala de Voo, Kyle e Na'bun'dak continuavam lutando com os controles prejudicados pelas exigências do conflito. Os dois aumentaram um pouco mais a altitude do castelo voador, só para garantir.

Assim que viu a águia com o cavaleiro e a elfa se aproximando do castelo voador, Agnor se dirigiu para o interior do fortim.

— Já vou começar o ritual de encantamento — disse ele para Od-lanor. — Pegue a presa e comece a entalhá-la.

Aquele foi o primeiro momento de alívio desde que começara o combate contra o Primeiro Dragão. Os arpoadores da Praia Vermelha receberam o apoio de Barney e do Capelão Bideus pela perda dos companheiros; ainda no torreão, Carantir se recuperava do cansaço por ter encantado o quadrelo e observava a manobra dos rapineiros que se preparavam para pousar, sem acreditar que testemunhara uma ação conjunta entre humanos e alfares desde os tempos na Vila de Leren; Derek e Od-lanor foram receber Baldur e Sindel, enquanto Kalannar ficou cautelosamente atrás, ao lado de Brutus, que o svaltar planejava usar como último recurso caso os elfos da superfície resolvessem aprontar alguma coisa.

Quando as águias pousaram com os rapineiros, houve um impasse do que fazer com o dente de Amaraxas. Sindel considerou que seria ela que encantaria a nova Ka-dreogan — ainda que, de fato, não soubesse *como* faria aquilo exatamente. O plano inicial, quando os elfos saíram de Bal-dael, era achar o Primeiro Dragão, arrancar uma presa e retornar para o Palácio de Efel, onde a salim trabalharia na questão arcana. Mas agora o adamar (sim, havia um *adamar* naquele bando) que controlara o ogro informou que havia um feiticeiro de prontidão para isso: "Agnor", aparentemente o geomante que soltou a presa da rocha flutuante. Eram muitos nomes, sotaques e etnias diferentes para ela absorver tudo de uma vez só, especialmente em uma situação de emergência como aquela, com um dragão ainda ativo e uma trégua frágil entre inimigos históricos — e ainda havia um svaltar no meio, que com certeza matara Borel.

Ao ver a salim novamente diante de tantos adversários, Kendel se aproximou discretamente enquanto ela dialogava com eles. Vendo isso, Kalannar aproveitou para ficar mais próximo também, com o ogro a reboque.

— Esse feiticeiro sabe o que faz? — perguntou Sindel para Baldur.

— Bem, pelo menos em relação à magia, não tenho do que reclamar — respondeu o cavaleiro com sinceridade.

— Ele já realizou um teste bem-sucedido do encantamento, salim — disse o adamar com um sorrisão cativante no rosto maquiado, estendendo a mão para receber o dente do monstro. — Agora só depende de mim e da presa do Amaraxas para o feitiço ser feito pra valer.

— E você quem é? — indagou ela.

— Od-lanor, do Colégio de Arquimagos de Krispínia — falou o sujeito impecavelmente na língua élfica, continuando com o tom fascinante e convincente que fez com que Sindel lhe entregasse a presa sem hesitar. — Muito grato.

— Eu quero participar do encantamento — exigiu Sindel, ainda mesmerizada pelo adamar.

— Certamente, salim — disse Od-lanor, exalando charme. — Eu já contava com a presença de uma feiticeira do seu nível de poder e sabedoria ancestrais.

Ela sorriu — a elfa tinha um belo sorriso no rosto bochechudo, notou Baldur — e se deixou conduzir pelo adamar ao interior do fortim. Quando o cavaleiro ia dar um passo para acompanhá-los, Derek Blak o chamou.

— Baldur, uma palavrinha, por favor — disse o guerreiro de Blakenheim com um olhar de soslaio para os elfos na redondeza, especialmente o indivíduo mais próximo, com jeito de líder. — Aqui no canto, discretamente.

Quando os dois estavam afastados o suficiente da aguçada audição élfica, Derek cochichou com Baldur, sob o olhar atento de Kalannar, que continuava encarando o comandante da tropa alada.

— Enquanto você estava voando com sua nova amiga, recebi uma mensagem da Rainha Danyanna. Ela e o Grande Rei Krispinus estão vindo por mar com as tropas reais.

Aquela informação pegou Baldur de surpresa. Um pequeno desespero tomou conta dele. Se tivesse sabido disso meia hora atrás, talvez não tivesse aceitado a trégua com os inimigos jurados de Krispínia. Por outro lado, se não fosse pela rainha elfa e seus guerreiros alados, eles não teriam a presa agora — sem contar que Sindel salvou sua vida quando ele foi lançado das ameias para o vazio. Ela parecia honrada em relação à aliança proposta, mas o cavaleiro de Krispínia fora enviado ali para cuidar do problema com os elfos — será que o Grande Rei aceitaria aquilo como uma solução viável? Baldur também sentiu um pouco de frustração pelo fato de seu deus estar a caminho e ainda não ter matado o dragão. Por mais que acreditasse piamente que Krispinus derrubaria Amaraxas com Caliburnus, era dever de Baldur, como fiel súdito e Irmão de Escudo, fazer mais do que estava fazendo.

— Eles vão encontrar essa porra de dragão *derrotado* — vociferou para Derek, e a seguir se voltou para os demais, apontando para os torreões. — Todo mundo de volta para as balistas! Vamos matar logo esse monstro filho da puta.

— E quanto à tal trompa que eles foram fazer lá dentro? — perguntou o guerreiro de Blakenheim.

— Você apostaria tudo em uma solução mágica e ficaria de braços cruzados? — indagou Baldur de volta.

Derek fez que não com a cabeça, deu um sorriso e chamou Barney com um gesto também voltado para as balistas. Os dois se dirigiram para o fortim, seguido pelo ogro, que foi dispensado por Kalannar. O Capelão Bideus levou os homens da Praia Vermelha de volta para o limite da rocha flutuante. O cavaleiro ficou ali sozinho, perto do contingente de elfos em águias gigantes e do svaltar, que se aproximou com uma expressão irônica no rosto anguloso e completamente branco.

— Eu ouvi o que acho que ouvi? — disse o assassino.

— Sim — respondeu Baldur secamente para não dar margem à discussão ou contestação. — Você pode me ajudar com os elfos?

— Você diz matá-los antes do seu rei chegar? Claro!

— Não, caralho — esbravejou o cavaleiro. — Você pode dizer para eles *atacarem* o dragão? Eu não sei falar essa merda de língua.

Kalannar pensou nas belas cenas dos alfares sendo colhidos pelas chamas de Amaraxas e deu um sorriso cruel.

— Com imenso prazer — respondeu ele. — Só não sei se o comandante deles vai me obedecer.

— Eu vou com você. Apenas lembre ao sujeito que eu e a salim firmamos uma aliança e que todos nós vamos atacar o monstro enquanto ela e nosso feiticeiro refazem a Trompa dos Dragões.

Aquela foi uma negociação rápida, porém tensa. Em sua longa vida, Kendel jamais ficara diante de um humano e um svaltar ao mesmo tempo, sem estar em combate com nenhum dos dois, ainda que a vontade fosse sacar a kamba e matá-los ali mesmo. Mas ele era um soldado fiel a Sindel, desde quando ela era simplesmente a salinde de Bal-dael, e aquele humano e seus lacaios indignos de confiança — um svaltar, um ogro, um meio-elfo — eram aliados momentâneos por ordem da salim. Kendel aceitou retomar o ataque contra o Primeiro Dragão assim que as balistas voltassem a disparar.

Lá embaixo na Mata Escura, sem tirar os olhos furiosos da pedra flutuante fora de alcance no céu, Amaraxas entrou no Rio da Lua, que era largo o suficiente para abrigá-lo, mas não tão fundo a ponto de cobrir todo o corpanzil gigantesco. A sensação, mesmo assim, foi reparadora; a água matou a sede e banhou as feridas, que doíam muito no pescoço e no peito. Deitado na correnteza, ele sentiu que a fornalha sobrenatural dentro do corpo estava ganhando forças para novamente poder atacar os matadores de Neuralas. O instinto estava voltado agora plenamente para a vingança, mais do que a própria sobrevivência — algo no interior do Primeiro Dragão estava disposto a morrer para matar os inimigos. O monstro começou a soltar um rosnado lento de ódio.

Com as balistas novamente guarnecidas, Kyle recebeu o comando para descer e avançar contra o monstro, que estava estranhamente deitado no rio. O dragão gigantesco notou o movimento no ar, ficou de pé e soltou um rugido de provocação. Como resposta, recebeu um disparo bem no focinho vindo da balista comandada por Barney, o que arrancou gritos de comemoração da parte dos arpoadores da Praia Vermelha. Eles continuavam no limite da rocha esperando a distância diminuir para arremessar suas armas e começaram a berrar o nome do Homem das Águas e do deus Be-lanor. Sem querer ser superados pelos humanos, os nove rapineiros e seu comandante entoaram o grito de guerra da tropa alada e decolaram para enfrentar novamente o Primeiro Dragão. Agora reduzidos à metade, eles se espalharam individualmente para desnortear a criatura e deixá-la sem um grande alvo para as mordidas e os sopros. Novamente contando com a presença do ogro, a balista comandada por Kalannar disparou na área mais vulnerável do pescoço do dragão, para evitar que ele cuspisse — Amaraxas tentou duas vezes evocar o jato de destruição, mas não conseguiu. Ele tentou descontar o ódio em um rapineiro que passou perto demais, mas um quadrelo de Barney no olho do monstro salvou a vida do elfo. O Primeiro Dragão acusou o golpe e recuou, cego temporariamente.

— Precisamos estar mais perto para cegá-lo de vez! — disse o arpoador para Baldur, que repassou a mensagem para Kyle e Kalannar pelos tubos de comunicação.

O svaltar se virou para Carantir e ameaçou-o com o flagelo.

— Precisamos daquele disparo mágico, mestiço.

— Eu não sei se tenho forças — respondeu o meio-elfo. — Encantar todo esse metal consome bem mais energia do que uma ponta de flecha.

Kalannar baixou o olhar para a munição. Havia ainda três quadrelos; chicotear o mestiço para obrigá-lo a disparar uma arma encantada agora poderia prejudicar a cadência de tiros.

— É bom que tenha forças para o último quadrelo — ameaçou o svaltar, enquanto o ogro municiava a balista e girava as manivelas.

Quando Kyle notou que os elfos nas águias gigantes desviaram o foco de Amaraxas novamente, o Palácio dos Ventos chegou mais perto para que as armas de guerra dessem tiros mais precisos e possantes. Um pouco virado de costas, porém, o Primeiro Dragão aceitou os disparos de Barney e Carantir nas escamas blindadas da nuca, e apesar da dor, não sofreu nenhum ferimento letal. Ele ainda tentou devorar um rapineiro, mas se voltou rapidamente contra a pedra voadora, de fôlego tomado e pronto para soprar de surpresa. O jato irrompeu da bocarra em um grande cone flamejante que pegou a base do torreão ocupado por Kalannar no limite de seu alcance e potência destruidora, mas a energia foi forte o suficiente para desestabilizar a estrutura e fazê-la ruir. Por reflexo, Carantir se lançou em direção às ameias do castelo e executou um rolamento para ficar são e salvo; ao se sentir sem chão, o svaltar ativou o poder sobrenatural da raça e flutuou acima da massa de poeira e escombros que estava desabando e levando o ogro novamente para o chão, agora com a balista anã junto com ele.

— Suba! Suba! — veio a ordem de Baldur pelo tubo do outro torreão, mas quando Kyle ouviu o comando dentro da Sala de Voo e tentou executar a manobra, o castelo voador mal se mexeu.

— Nada está funcionando aqui! — exclamou o rapazote com uma voz fina e assustada.

A destruição de um dos torreões abalou parte do sistema de direção do castelo voador, que permaneceu à mesma altura, quase parado diante do Primeiro Dragão, para o desespero de todos os combatentes no Palácio dos Ventos. Os homens da Praia Vermelha arremessaram arpões no pescoço ferido do monstro que se agigantava diante deles. Vendo a ação dos colegas, Barney disparou um quadrelo precisamente no mesmo lugar, com o intuito de impedir um novo sopro devastador. Mas Amaraxas tratou de tomar fôlego novamente, mesmo com a dor lancinante e a energia arroxeada que vazava pelos ferimentos nas barbelas inchadas de poder destruidor.

O instinto lhe indicou que era a hora de acabar com o inimigo.

CAPÍTULO 35

PALÁCIO DOS VENTOS, MATA ESCURA

A cada momento que Sindel passava naquele lugar estranho no céu, ela tinha uma nova surpresa. Nenhuma, porém, foi maior do que ver o interior do Qualin-dael. O adamar conduziu a salim para uma câmara enorme, dominada pela presença imponente de cabeças de dragão que decoravam as paredes como troféus de caça. Elas certamente eram menores do que a cabeçorra de Amaraxas lá fora, mas a quantidade e os formatos impressionavam bastante — um registro inegável do estrago que os anões causaram durante a Grande Guerra dos Dragões. A raça subterrânea era conhecida por contar vantagens, mas Sindel considerou encarar com outros olhos as histórias contadas por eles. Apesar de Jalael ter colocado Amaraxas para dormir, e assim ter provocado a hibernação de todos os outros dragões, os anões certamente também fizeram muitos atos heroicos naquele conflito.

Pensar em Jalael fez com que ela se concentrasse na cena diante dos olhos: o feiticeiro humano estava dentro de um pentagrama entalhado no piso do salão, concentrado em um encantamento que ele executava em uma língua desconhecida, com um gestual complicado. O adamar se aproximou de uma mesa circular de ferro fundido cheia de apetrechos e depositou a presa de Amaraxas ali.

— Como você pretende transformar esse dente em uma trompa? — perguntou Sindel para Od-lanor.

— Com essas ferramentas — indicou o bardo.

Com a noção de que seria um processo demorado, Od-lanor selecionou um serrote entre o material usado pelos pescadores da Praia Vermelha para fazer artesanato com as ossadas de baleia. O bardo serrou a ponta da presa de Amaraxas que se tornaria a nova Ka-dreogan de maneira relativamente rápida, mas sabia que torná-la oca demandaria um tempo que eles talvez não tivessem. Sindel avaliou a situação e chegou à mesma conclusão que o adamar.

— Vocês têm um recipiente grande com água? — perguntou ela fazendo um gesto circular com os braços, sem saber a palavra na língua humana para "tonel". — Eu pretendia usar o rio para fazer a trompa, mas consigo improvisar.

— Como? — indagou o Od-lanor.

— Eu sou uma aquamante. Então, vocês têm algo assim aqui dentro?

Depois de lançar um olhar para Agnor, protegido dentro do pentagrama, ainda concentrado em evocar forças demoníacas, o adamar gesticulou com a cabeça para que Sindel o seguisse e disparou para o interior do fortim, rumo à cozinha. O cômodo estava vazio, pois a criadagem se encontrava recolhida com o resto da população não combatente da Praia Vermelha. Od-lanor passou os olhos pelo ambiente, localizou um barril com água e tirou a tampa.

— Isso serve?

— Sim — respondeu a salim. — Coloque o pedaço do dente aí dentro.

O adamar mergulhou a ponta da presa de Amaraxas, e Sindel entoou palavras arcanas na língua élfica. Ela se aproximou, enfiou a mão na água e começou a agitá-la, dando início a um pequeno torvelinho. A aquamante aumentou a concentração, o ritmo das palavras e o movimento da mão até que o barril pareceu conter um redemoinho de verdade, em alta velocidade. A madeira cedeu e esguichou água com força entre as ripas, quando o barril como um todo se desmanchou. A água encharcou a cozinha inteira e deu um banho forçado em Od-lanor e Sindel. E no meio do barril destruído, boiando na poça, estava o dente de Amaraxas completamente oco. O miolo tinha sido removido e sobrou apenas a casca no formato de uma trompa.

Diante do olhar espantado do adamar, a salim se agachou e pegou a presa esculpida. Não estava digna do artesanato alfar, com certeza estava longe da beleza da original, mas agora eles tinham uma nova Ka-dreogan.

— Vamos levá-la para o encantamento — disse Sindel.

Ao voltar do relativo isolamento da cozinha, o bardo e a líder dos alfares se espantaram com a reverberação do combate titânico que ocorria do lado de fora do salão comunal. Os berros dos combatentes do castelo voador se misturavam ao rugido do dragão e formavam uma cacofonia ensurdecedora mesmo entre quatro paredes. Mas nada daquilo tirava a concentração de Agnor, que estendeu a mão dentro do pentagrama para receber o objeto a ser encantado. Sindel foi à frente, ciente, assim como Od-lanor, das emanações demoníacas contidas pela barreira mágica, e entregou o dente esculpido de Amaraxas. Aquela certamente não era a forma como Jalael fez a Ka-dreogan, mas eles não tinham tempo para empregar outra solução, para tristeza da feiticeira alfar, que teria preferido apelar para poderes mais ligados à natureza e ao controle de criaturas deste plano de existência. O humano estava mexendo com energias negativas e extraplanares para fazer em pouco tempo o que ela sabia que levaria alguns dias de sol para completar. Ele estava ficando visivelmente esgotado, a testa calva porejava sem parar, as mãos tremiam, mas o feiticeiro entoava cada vez mais alto, cercado por uma aura arroxeada; até Sindel, com séculos de domínio de magia, ficou impressionada com tanto poder.

Subitamente, todo aquele espetáculo de som e fúria acabou, e Agnor cambaleou para fora do pentagrama com a presa nas mãos. O objeto agora emanava a mesma aura execrável que antes envolvia o geomante. Ele tomou fôlego e se voltou para os dois presentes, sem reconhecê-los de imediato, até que pareceu recobrar os sentidos.

— Está feito — disse secamente o korangariano. — Eu recriei a Ka-dreogan. Agora vou...

De repente, um clarão cegante brilhou pelos janelões do salão comunal, e o barulho alto e estrondoso do castelo ruindo interrompeu Agnor. Toda a estrutura tremeu, a tapeçaria com a imagem do Dawar Tukok caiu, e uma nuvem sufocante de poeira entrou e engoliu o ambiente em um piscar de olhos. Os três esperaram ser esmagados, mas aparentemente aquela parte do fortim não tinha sido atingida.

— Para fora! — berrou Od-lanor quando conseguiu respirar.

Ao chegar ao pátio rochoso, o adamar viu um dos torreões destruído e Kalannar flutuando acima do caos. Od-lanor imediatamente olhou para o outro torreão, onde Baldur, Derek e o jovem arpoador da Praia Vermelha se reequilibravam após a onda de choque.

— Amaraxas! — exclamou Sindel ao chegar ao lado dele, apontando para frente.

O bardo acompanhou a direção do gesto e viu o Primeiro Dragão tomando fôlego para novamente cuspir fogo contra o Palácio dos Ventos, que estava estranhamente parado. Saindo do fortim, Agnor fez a mesma coisa que o monstro — também tomou fôlego, mas para soprar a nova Trompa dos Dragões. Um som possante se fez ouvir acima do caos do combate, com o mesmo timbre do rugido de Amaraxas, mas potencializado pelas energias arcanas controladas pelo feiticeiro de Korangar. Ele avançou até a borda da grande pedra flutuante, sem parar de soprar a Kadreogan enquanto passava pelos combatentes atônitos da Praia Vermelha, que haviam considerado a morte como certa.

O som da Trompa dos Dragões desnorteou Amaraxas. Com o instinto dizendo que era hora de hibernar, o monstro perdeu o ímpeto de despejar o jato destruidor contra o inimigo no céu. O Primeiro Dragão se sentiu letárgico, a retaliação que o impelia ao combate cedeu espaço para o sono enquanto o próprio rugido continuava ecoando no ambiente, como se Amaraxas estivesse dando uma ordem para si mesmo, mandando que dormisse — o que não fazia sentido, mas era a vontade do instinto. Contida, a energia flamejante brilhava através das várias feridas no pescoço e pelos cantos da boca enquanto o monstro cambaleava novamente para dentro do rio. Toda a presença magnífica e violenta do maior dragão de toda Zândia desapareceu, transformada em uma figura sonolenta e esmorecida, que se encolhia para dormir. Mas a centelha do ódio permanecia dentro dele, a presença de Neuralas clamava por vingança, e algo muito além do instinto — uma consciência sobrenatural, inexplicável em termos humanos — cobrava que ele atacasse o inimigo antes de se recolher. Quase sem forças no corpanzil majestoso, Amaraxas ergueu a cabeçorra que estava baixa e se voltou para o castelo voador, pronto para dar o sopro derradeiro antes de ceder ao sono.

Um quadrelo luminoso cortou o céu, varou o olho do dragão e explodiu dentro de sua cabeça.

O Primeiro Dragão desmoronou sem vida.

Do único torreão de pé no Palácio dos Ventos, Carantir desfaleceu ao lado da balista disparada por Barney, o Certeiro, ao som dos berros de comemoração do próprio arpoador e de Baldur e Derek, que trocaram um abraço de vitória enquanto xingavam Amaraxas com todo um repertório de ofensas aprendido no campo de batalha. Kalannar se junto à comemoração, usando termos equivalentes em svaltar. Sem os vidros na abóbada, os gritos de vitória de Kyle e Na'bun'dak também foram ouvidos sem a necessidade dos tubos de comunicação.

Agnor cedeu à exaustão e caiu de joelhos quando o monstro finalmente desabou dentro do rio. Os poucos rapineiros sobreviventes se juntaram à salim, que continuara parada ao lado do adamar, hipnotizada pelo espetáculo da morte de Amaraxas. Todos eles, em conjunto, conseguiram fazer o impossível — não só derrotar, como fizera Jalael, mas efetivamente *matar* o Primeiro Dragão. Algo dentro de Sindel se revoltou contra aquele ato que ia contra as leis da natureza, mas ela se lembrou de que Amaraxas teria sido a morte da própria natureza como todos os alfares conhecem. A loucura e vergonha do irmão estavam encerradas; agora ele teria que enfrentar o exílio pelos crimes que cometeu, assim que a salim voltasse a Bal-dael. Instintivamente, a elfa olhou para o cavaleiro no alto do castelete anão, que celebrava a conquista ao lado de seus iguais — e do svaltar com a capa de Borel. Dado o poderio marcial e mágico daquele grupo, e o menor número em que os alfares se encontravam, será que a trégua seria mantida, agora que o inimigo comum estava morto?

Sindel se aproximou na própria montaria alada, que se juntara aos demais rapineiros, e subiu na águia gigante, continuando com o olhar fixo em Baldur. O cavaleiro, que estava ajudando a colocar o meio-elfo de pé, finalmente notou os alfares lá embaixo e, percebendo a intenção da salim, aquiesceu. Ela disse algo para seus guerreiros, e todos alçaram voo rumo a Bal-dael, deixando para trás o cenário de destruição do combate com Amaraxas — a floresta e arredores arruinados, o castelo voador e seu torreão demolido, os corpos dos combatentes que caíram e as cinzas que sobraram daqueles que foram incinerados.

Ao lado da balista, ao notar a saída em massa dos alfares, Kalannar se desesperou. Ele foi pra cima de Barney com o flagelo na mão.

— Dispare naquela vadia! Derrube todos eles!

Baldur colocou o corpanzil blindado entre o svaltar e o arpoador atônito.

— Eles vieram como aliados e sairão como aliados — disse o cavaleiro.

— Eles podem sair como *mortos* e você dará uma vitória completa para o seu rei, que está vindo aí — retrucou Kalannar.

— Eu dei minha palavra como cavaleiro. Nós lidaremos com os elfos depois. — Ele se voltou para Barney. — Nada de disparar em ninguém, a não ser que aquele maldito dragão se levante novamente.

Antes que a discussão recomeçasse, a voz de Kyle irrompeu pelo tubo de comunicação.

— Alguém pode consertar o castelo para a gente voar de novo?

Com os elfos já longe no horizonte, Kalannar simplesmente se deu por vencido e tratou de se retirar para coordenar a operação de recolocar o Palácio dos Ventos em movimento. Ele deixou Baldur pensativo, considerando que Krispinus estava vindo, e o que diria para o seu Deus-Rei.

PRAIA VERMELHA, BEIRA LESTE

O bote levava Krispinus, os Irmãos de Escudo e Roncinus, o cavalo de pedra do Deus-Rei, cercado por outras embarcações apinhadas de soldados, todos envergando túnicas com o brasão de Krispínia — o sol dourado brilhando acima da pirâmide da Morada dos Reis e da espada mágica Caliburnus — cobrindo as cotas de malha. Na praia, a primeira leva das tropas reais já estabelecia um perímetro de segurança para o desembarque do Grande Rei, enquanto no céu a Rainha Danyanna sobrevoava o vilarejo pesqueiro, montada em Kianlyma. No trajeto entre Bela Dejanna e a Praia Vermelha, Krispinus se manteve concentrado no luto por Dalgor e nos pensamentos de vingança contra o rei elfo e o dragão — e também na sensação maravilhosa de voltar à frente de batalha, na liderança de soldados, em vez de gerir a guerra sentado no trono, vendo seus generais terem toda a glória. O Grande Rei não usava Caliburnus desde a luta com Bernikan nos Portões do Inferno e sempre dizia que a arma estava impaciente para ver combate novamente, quando na verdade era ele mesmo que sentia muita vontade de empunhá-la. Krispinus apertou o cabo da espada com força e olhou para os Irmãos do Escudo com um pequeno sorriso no rosto barbado, gesto prontamente retribuído pelo contingente de homens em armaduras de placas ao redor dele. O sentimento geral era o mesmo: busca de vingança e sede de sangue.

Quando o bote se aproximou da areia e chegaram soldados para ajudar Krispinus a desembarcar, o comandante que veio com os homens informou:

— Real Grandeza, o povoado está deserto. Só vimos a presença de kobolds na área.

— Kobolds? — perguntou o Deus-Rei. — Eles foram exterminados, presumo.

— Não, Real Grandeza — disse o homem com pesar. — As criaturas saíram correndo para a mata assim que nos viram e achamos que podia ser uma armadilha. Decidimos que era melhor tomar o vilarejo primeiro.

Krispinus vasculhou os arredores com olhos treinados em muitas campanhas de guerra e absorveu o cenário rapidamente. Viu as torres de vigia na areia, a grande construção com chaminés onde a gordura da baleia era processada para produzir o azeite de peixe, a choça que abrigava escravos — os kobolds fujões, com toda certeza —, as moradias modestas dos pescadores, um templo a um deus antigo dos adamares — Be-lanor, pelas imagens iguais ao colosso encontrado na Morada dos Reis —, e o casarão de dois andares em destaque, no topo de uma elevação com vista privilegiada para todo o povoado.

O capitão da tropa continuou o relatório:

— Não vimos sinais de deslocamento de pessoas na direção da mata. Portanto, ninguém fugiu para a floresta, Real Grandeza. No entanto — o homem indicou o meio do vilarejo —, várias pegadas convergem para um único ponto e depois desaparecem. Ali também foram abandonados carrinhos de mão e charretes.

Baldur devia ter evacuado a população para o castelo voador dos anões, pensou Krispinus, contente com seu novo Irmão de Escudo. Sábia decisão. Era a atitude que ele também teria tomado diante da possibilidade de haver um dragão na área. Aquartelar a população civil consigo tirava mais uma preocupação da lista de coisas que um comandante precisava considerar antes de um combate. Ele interrompeu os pensamentos quando o estrondo de trovões anunciou a chegada da esposa.

— Senhor meu marido — falou Danyanna montada na égua trovejante —, não há sinal do Palácio dos Ventos nos arredores. Eu pretendo ampliar a área de busca. O Duque Caramir entrou em contato e informou que a Garra Vermelha já se encontra na Beira Leste, a caminho daqui.

Caramir. O Grande Rei sabia que o meio-elfo estaria vindo com sangue nos olhos por causa da morte de Dalgor e por ter deixado o rei elfo escapar de seus domínios na Caramésia. Krispinus tinha muito que cobrar do amigo, mas isso ficaria para depois. Agora era hora de direcionar os sentimentos de Caramir e usá-lo como seu apelido indicava, como o Flagelo do Rei. Os elfos sentiriam na pele de uma vez por todas o preço de manter uma guerra com Krispínia.

— Não é necessário que você se arrisque nos céus com um dragão por aqui — disse o Grande Rei. — Avise o Capitão Blak que chegamos e mande o castelo voador retornar à Praia Vermelha enquanto nos instalamos. Vamos caçar os elfos e o Amaraxas juntos.

Ele disse a última frase em alto e bom som para toda a tropa ouvir enquanto erguia Caliburnus. Os Irmãos de Escudo e soldados repetiram o gesto com suas espadas e bradaram o nome de Krispinus e o título de Deus-Rei.

CAPÍTULO 36

BAL-DAEL,
MATA ESCURA

O voo de retorno a Bal-dael foi feito em silêncio. O regozijo da vitória contra Amaraxas diminuiu frente ao sacrifício dos rapineiros. Haveria poemas e canções para cada alfar que caiu diante do Primeiro Dragão, mas, naquele momento, eram as bocas fechadas que homenageavam os heróis. Sindel não tirava a imagem de cada guerreiro morto da cabeça; a ideia da tropa alada partiu dela, para conter uma possível chegada do comando aéreo liderado por Caramir, o meio-elfo sanguinário que caçava seu irmão, então salim, ao norte de Bal-dael. Por causa do plano suicida de Arel, agora o povoado estava praticamente desguarnecido — sem falar que ela desconfiava que os humanos já conheciam sua localização. O lacaio svaltar do cavaleiro grandalhão ostentava a capa de Borel, e havia ainda vários alfares, entre rapineiros e patrulheiros, que também não voltaram de suas rondas. Eles podiam estar mortos ou presos, tanto no Qualin-dael quanto no vilarejo pesqueiro. Se tivessem sido capturados, Bal-dael seria descoberto por um interrogatório... ou coisa pior, com o svaltar envolvido.

E mesmo com esse possível cenário de violência, a primeira coisa que Sindel fez ao ver o inimigo foi propor uma trégua. Ao final, acabou sendo a decisão acertada; apenas com a colaboração entre alfares e humanos tinha sido possível derrotar Amaraxas. A salim queria muito ver o rosto de Arel ao ouvir essa informação. No âmago, Sindel sabia que sua ideia radical de paz estava certa. Ou pelo menos *esteve* certa naquelas circunstâncias que envolveram um inimigo em comum. Sem o Primeiro Dragão entre eles, seria possível viver em harmonia com os humanos? Se dependesse de mais homens como o cavaleiro Baldur, talvez sim. Por outro lado, o sujeito mantinha um svaltar como animal de estimação. Aquele pobre humano não viveria muito; cedo ou tarde, haveria uma adaga cravada em suas costas. Era o modo de vida svaltar.

O Rio Bal revelou a ilha fluvial onde Bal-dael continuava lindo e intocado. Sindel pousou a águia na elevação que abrigava o palácio em forma de domo pontudo e viu os rapineiros seguirem para o morro onde ficavam aquartelados. Ao entrar, ela foi recebida pelas aprendizes e pelos integrantes da corte, todos exultantes ao ver o retorno da salim sã e salva, mas ao mesmo tempo com expressões de pesar. Quando perguntou o motivo da tristeza, um alfar no meio do comitê de recepção irrompeu em lágrimas — Burlel, o paisagista e decorador do palácio. Ele informou que encontrara o corpo de Arel escondido entre os arranjos florais na sala do trono.

Sindel rumou para lá imediatamente e pediu que Burlel, ainda com os nervos abalados, indicasse onde estava o irmão morto. Foi uma cena forte, e o paisagista quase desmaiou ao vê-la pela segunda vez. A salim sentiu um vazio estranho de sentimentos ao ver Arel naquele estado e se deu conta de que o irmão já havia morrido para ela quando anunciou o que tinha feito em Manzil-dael. Ainda assim, aquele era um ato ignóbil, de uma maldade hedionda e covardia atroz: o ex-líder dos alfares sofrera um golpe perfurante nas costas e fora decapitado. Continuando a chorar, Burlel disse que havia procurado por toda parte, mas a cabeça de Arel não estava em lugar algum da sala do trono. Ainda lidando com o distanciamento emocional diante da morte do irmão, Sindel começou a ponderar os fatos. A cabeça de Arel serviria como um troféu para provar a morte do inimigo número um de Krispínia, da mesma forma que os anões fizeram com as cabeças de dragão exibidas no Qualin-dael? Ninguém em Bal-dael teria sido capaz de matar Arel; além disso, para todos os efeitos perante a população, ele era o grande líder que apenas tinha transferido o poder para a irmã recentemente e, por isso, continuava sendo amado e respeitado por todos. Ninguém fora informado sobre o massacre dos zelins ou o plano de despertar os dragões usando a Ka-dreogan. Como suspeitos, só restavam então os humanos da Praia Vermelha e o estranho grupo que comandava o castelo voador. Nenhum deles questionou o fato de ela ter se apresentado como a salim, sendo que *Arel* era o líder público e notório de todos os alfares. Bem, aquele tinha sido um momento de emergência diante do perigo de Amaraxas, mas, ainda assim...

A imagem do svaltar com a capa de Borel voltou à mente de Sindel. Nenhum humano teria sido capaz de entrar sorrateiramente em território alfar e matar um feiticeiro do poder de Arel em seu próprio palácio. Na pior das hipóteses, o assassinato era obra do meio-elfo que ela viu no castelo voador, mas Sindel continuava desconfiando do svaltar com vários punhais e adagas na loriga de couro.

O som de trovoadas ao longe tirou a salim do devaneio. Mas não havia indícios de tempestade no céu quando ela se aproximou... Sindel subiu a escada que conduzia ao pináculo do domo do palácio e saiu para a sacada, de onde viu uma estranha revoada no horizonte que emitia clarões e sons de relâmpagos.

Eram as éguas trovejantes do meio-elfo que servia ao rei humano.

Imediatamente, a salim pensou na tropa de rapineiros exaustos e reduzidos em número pelo combate com Amaraxas. Eles não conseguiriam conter o inimigo que se aproximava, e seus patrulheiros, mesmo sendo arqueiros treinados, estariam em desvantagem sendo atacados pelo ar. Porém, se Bal-dael não fosse visto, talvez escapasse da fúria do inimigo. Como aquamante, Sindel era capaz de fazer o Rio Bal gerar um nevoeiro denso o bastante para esconder não somente o povoado, mas também os arredores da mata, caso Bal-dael precisasse ser evacuado. Não haveria como encontrar elfos na floresta, especialmente com o terreno encoberto por neblina espessa. Seria um encantamento exaustivo, mas a salim já tentara antes como treino; agora seria pra valer, e ela precisaria da ajuda de suas aprendizes.

Sindel saiu para tomar as providências para o feitiço, enquanto pensava no perigo representado por Caramir. Será que o meio-elfo estava ali por ter sido chamado pelo estranho grupo no Qualin-dael? Foi por isso que o humano Baldur permitiu que ela e os rapineiros fossem embora do castelo voador, sem represálias? E mesmo que Caramir não visse Bal-dael agora, o que o impedia de descobrir a localização depois? Com ele, não haveria pedido de trégua; o meio-elfo era um animal raivoso sob controle do rei de Krispínia, com um histórico de massacrar os povoados alfares por onde passava. Mesmo desconfiando do cavaleiro e seus lacaios no Qualin-dael, a salim considerou que a única chance de diálogo com o inimigo seria através de Baldur, que honrou a palavra dada até o fim.

Após esconder Bal-dael com o nevoeiro mágico e se certificar de que seu povo estava protegido, ela rumaria outra vez para o castelo voador.

PALÁCIO DOS VENTOS, MATA ESCURA

— Vamos, Kyle, tente mais uma vez — veio a voz de Od-lanor pelo tubo de comunicação.

Dentro da gaiola de controle, o rapazote insistiu novamente com as alavancas, que continuaram sem tirar o castelo voador do lugar.

— Nada feito, Od-lanor — informou ele.

— Certo, eu vou continuar estudando aqui, já falo com você — disse o adamar no tubo de comunicação de seus aposentos, cercado pelos óstracos e pergaminhos de pele de bode-das-escarpas que trouxera de Fnyar-Holl e ensinavam o funcionamento do Palácio dos Ventos.

A manufatura anã era bem sólida e resistente, e havia registros de o castelo voador ter sofrido sopros de dragão durante a Grande Guerra, mas nenhum deles veio do maior de todos, nem destruiu uma parte da estrutura do fortim em si. Felizmente, eles perderam apenas um torreão, que teoricamente era um elemento afastado do sistema de propulsão. Od-lanor achava que a incapacidade de voo estava sendo causada por um dano colateral em alguma parte secundária do conjunto. Esse tipo de problema era coberto pelo que ele estava chamando de "manuais de operação", com sugestões dos construtores originais para consertá-lo ou contorná-lo. Como não havia especialistas anões ali para os reparos, o bardo estava tentando implementar uma segunda solução, uma sequência de atalhos para que o sistema voltasse a funcionar.

— Progressos? — indagou Kalannar, sem entrar pela porta aberta.

— Acho que estou quase lá — respondeu Od-lanor. — Mas é difícil sem termos um construtor anão por aqui. E as coisas lá fora?

— O ogro acordou da queda e, mesmo tendo sido soterrado, está inteiro. Acho que devíamos usar seu couro para cobrir o castelo da próxima vez. Ele está se divertindo com os escombros, e ninguém tem coragem de tirá-lo de lá. Já o sacerdote humano está cuidando do cansaço do Agnor... e do meio-elfo, a mando do Baldur, apesar da minha sugestão de jogá-lo na fornalha. E, falando nos humanos da Praia Vermelha, eles me evitam ou se encolhem diante da minha presença, o que acho prudente.

— E quanto ao Baldur e Derek? — questionou o adamar.

— O Derek e os arpoadores estão recolhendo os vidros quebrados da Sala de Voo — disse o svaltar. — O Baldur anda de um lado para o outro, dando ordens desconexas que tenho que desautorizar, obviamente preocupado com a vinda do rei humano.

— É — concordou Od-lanor. — Ele me pediu pressa para voarmos novamente. A Rainha Danyanna mandou uma mensagem do marido para o Derek.

— E foi justamente nossa condição de voo que o Baldur me pediu para verificar aqui. Eu também sei ler anão e conheço a cabeça dura da raça; deixe-me ajudá-lo. Estou ansioso para chegar à Praia Vermelha e despejar todo esse populacho humano para fora.

Od-lanor fez um gesto para o material diante dele convidando Kalannar. Com duas mentes trabalhando em conjunto, o svaltar e o adamar descobriram novidades sobre o sistema de condução e propulsão do Palácio dos Ventos que eles nunca tinham visto na correria anterior da ida para os Portões do Inferno e nos voos tranquilos subsequentes — havia uma maneira emergencial de pilotar o castelo usando uma única gaiola de controle, só que a capacidade de manobra caía drasticamente. Em cada uma, havia um sistema principal e um secundário, e os dois pediram que Kyle testasse ambos na gaiola que ele sempre ocupava e que depois fizesse o mesmo na do kobold. A gaiola de controle de Na'bun'dak saiu premiada — enquanto nada funcionava na do rapazote, o sistema emergencial do kobold respondeu aos comandos. Seria possível conduzir o Palácio dos Ventos até a Praia Vermelha, mesmo com dificuldades.

— Vamos partir então — disse Baldur, que fora convocado aos aposentos do bardo para ser informado da solução. — Od-lanor, vá para a caldeira coordenar o trabalho dos carvoeiros.

Assim que recebeu a autorização do bardo para voar, Kyle disse para os arpoadores que limpavam a Sala de Voo que era hora de voltar para casa. Os homens comemoraram, e Derek Blak reagiu com um sorriso. Com a Rainha Danyanna chegando, ele voltaria a ocupar o cargo de seu guarda-costas e esperava que a vida entrasse no rumo tranquilo outra vez, em que o máximo de agito seria entre os lençóis com Zarinna, a dama de companhia da Suma Mageia. Chega de elementais de fogo, bandoleiros orcs e dragões. Que Danyanna ficasse na Morada dos Reis estudando sem se envolver em problemas.

Lá em cima na gaiola de controle, se acostumando com o novo conjunto de alavancas secundárias que usaria, Kyle notou um ponto conhecido no céu que se aproximava em alta velocidade.

— Derek! — berrou ele. — Tem uma águia gigante chegando! Acho que é a amiga elfa do Baldur. É muito gorda pra ser um elfo normal.

O guerreiro de Blakenheim sentiu os ombros caírem com a dúvida de que toda aquela situação realmente estivesse encerrada.

Baldur decidiu receber a rainha elfa — o apelido pessoal que o cavaleiro dera para Sindel, uma vez que ela agora ocupava o posto que tinha sido de Arel, então conhecido como "o rei elfo" — sozinho nas ameias, sem ninguém que pudesse intimidá-la, especialmente Kalannar. Com o castelo voador ensaiando os primeiros movimentos para longe do Rio da Lua e do corpo gigante de Amaraxas caído lá embaixo, todos estariam ocupados o bastante com o retorno à Praia Vermelha, e os dois ficariam em paz. Algo lhe dizia que a salim queria conversar alguma coisa particular e delicada ou teria vindo com uma escolta de elfos em águias gigantes. Baldur já tinha visto um número suficiente de negociações de batalha em sua vida de campanha para reconhecer quando um líder se aproximava de outro sem toda a pompa e circunstância do poder. *Líder*, ele pensou novamente com um sorriso irônico no meio da barba arruivada. Como seria bom que Sir Darius, o Cavalgante, visse o que seu pupilo se tornou: um cavaleiro que várias pessoas aceitavam como comandante, um Irmão de Escudo do Deus-Rei. E se lembrar de Krispinus fez o sorriso desaparecer. Aqui estava ele, novamente de conluio — ou prestes a ficar — com o inimigo. Baldur torcia para que o Grande Rei, em sua infinita sabedoria da arte da guerra, entendesse aquela situação. Adversários precisavam conversar, até para negociar a paz.

Paz? Seria possível paz com os elfos?

A grande águia deu uma volta e pousou majestosa nas areias, perto de Baldur. Já Sindel, que durante o combate com Amaraxas chegara altiva e imponente, parecia muito cansada, da mesma forma que Agnor quando realizava algum encantamento de monta. Ela continuava bela e formosa, mas estava visivelmente esgotada. O cavaleiro pensou que estava convivendo *demais* com feiticeiros para começar a prestar atenção nesses detalhes.

A salim desceu da águia e agradeceu mentalmente pelo fato de o cavaleiro humano estar sozinho. Ao menos isso. O lacaio svaltar não era alguém que ela quisesse encarar naquele momento, especialmente ao sentir as pernas vacilarem quando pisou nas areias. Sindel nunca havia coberto uma parte tão grande do rio e da floresta com bruma, e o sortilégio quase fez com que desfalecesse. Se não fosse pela beberagem mágica revigorante que tomou, ela não teria tido forças para o voo.

— Salim Sindel — cumprimentou o humano grandalhão, usando a armadura que o tornava ainda maior.

— Sir Baldur — respondeu a líder dos alfares.

— Precisa de ajuda? — indagou ele com a mão estendida, ainda afastado.

— Sim... mas não desse tipo de ajuda que você oferece — respondeu ela. — Porém, antes de qualquer conversa, eu preciso saber de uma coisa... Você mandou seu lacaio svaltar matar meu irmão?

Baldur não esperava ouvir isso logo de cara, mas respondeu com firmeza para esconder a surpresa.

— O Kalannar não é meu lacaio, é meu amigo.

— Isto não vem ao caso — falou Sindel —, ainda que tenha certeza de que você se arrependerá de dizer essas palavras. Repito: você mandou o svaltar matar meu irmão?

— Não exatamente, mas o Kalannar foi atrás do Arel para descobrir onde estava a Trompa dos Dragões... e não costuma deixar testemunhas quando sai para investigar alguma coisa.

Pronto, eis a confirmação do que ela sabia no íntimo. Nem fazia sentido perguntar sobre Borel, visto que o monstro svaltar ostentava a capa dele. E também não havia tempo para aquilo. Era preciso tratar de uma questão mais urgente e difícil. Bal-dael e seu povo estavam em perigo.

— Além disso — continuou o cavaleiro —, nós estávamos... nós *estamos* em guerra.

— E este é exatamente o assunto que me trouxe aqui. Sir Baldur, a tropa alada do meio-elfo Caramir acabou de passar por Bal-dael. Imagino que tenha sido você o informante da localização de meu povoado.

Novamente uma surpresa. Caramir *e* Krispinus convergindo para o mesmo ponto, e ele conversando com o inimigo? De repente, o cavaleiro se viu despreparado para aquela conversa e se arrependeu por não ter chamado Od-lanor para acompanhá-lo.

— Não, não fui eu, isso eu lhe garanto.

Aquela informação trouxe um pequeno alívio para Sindel. Talvez Baldur fosse realmente confiável, afinal de contas; tudo dependia disso, na verdade.

— Muito bem. — Ela esperou um pouco para continuar a falar. — Sir Baldur, Bal-dael não tem condições de enfrentar as forças do meio-elfo após o combate com o Primeiro Dragão. Ele é conhecido por não ter misericórdia, e certamente seremos massacrados. Como líder de meu povo, devo impedir que isso aconteça a qualquer custo. Assim sendo, em nome da palavra que você manteve quando sugeri uma trégua entre nós, gostaria que intermediasse minha *rendição* como salim perante ele, com a garantia de que nenhum alfar seja morto. Repito: quero me render às forças de Krispínia e que você leve minha intenção ao meio-elfo lacaio do rei humano.

Ainda que um pouco surpreso pela terceira vez seguida, Baldur teve que admitir que seu instinto inicial não estava tão errado assim. De certa forma, a salim queria paz, porém por meio de uma rendição. Ele notou a dor por trás daquelas palavras, o orgulho ferido da líder altiva que foi obrigada a reconhecer a derrota e se render, mas também percebeu a mesma responsabilidade de liderança que obrigava Sindel a engolir a humilhação para que seus súditos sobrevivessem. Uma rainha de verdade, ainda que o termo alfar não fosse esse. E linda demais.

— Salim... — Baldur custou a achar as palavras. — Salim, a questão não envolve mais o Duque Caramir. Ele certamente está aqui a mando do Deus-Rei, que se encontra presente na Praia Vermelha. Estamos indo ao vilarejo pesqueiro para devolver a população aos seus lares e comunicar a derrota do Amaraxas ao Grande Rei em pessoa.

Agora foi a vez de Sindel se surpreender. Ela não esperava que o líder inimigo estivesse ali, que a rendição pudesse ocorrer perante Krispinus em pessoa; por outro lado, talvez o humano fosse mais razoável do que o meio-elfo sanguinário... e Baldur tinha dito alguma coisa de ser cavaleiro do rei. A salim rogou silenciosamente ao Surya e aos senhores elementais da água que tudo desse certo.

— Minha decisão não muda — disse ela. — Eu desejo então me render perante ao seu rei e que você seja o intermediário.

De repente, o rosto barbudo de Baldur ficou radiante. O jovem cavaleiro estava prestes a se apresentar ao seu deus com as notícias de que o rei elfo estava morto, que o Primeiro Dragão fora derrotado, que a população da Praia Vermelha estava a salvo e que a nova líder dos elfos pretendia se render — uma rendição intermediada por *ele*. Tudo isso sem ajuda alguma da Coroa, a não ser pela cessão do escravo meio-elfo que acabou por possibilitar o disparo derradeiro em Amaraxas. Baldur confiava na fé que tinha em Krispinus e no peso que seus êxitos teriam na negociação. O que mais poderia dar errado?

Sindel ficou um pouco confusa diante do sorrisão do humano, mas considerou que era uma espécie de bom sinal.

— Então... — começou ela.

— Sim, salim. Eu negociarei sua rendição com o Grande Rei Krispinus. Agora, por favor, deixe-me instalá-la no castelo. É melhor do que voar por aí na sua águia com a Garra Vermelha do Duque Caramir por perto.

Baldur ofereceu o braço para Sindel, que finalmente cedeu ao cansaço do feitiço e à tensão da conversa e se apoiou completamente no humano grandalhão e forte. Ambos saíram das ameias para o interior do Palácio dos Ventos, prestes a fazer história outra vez.

CAPÍTULO 37

PRAIA VERMELHA, BEIRA LESTE

A Praia Vermelha jamais tinha visto tamanha agitação, mesmo na alta temporada de pesca de baleias. A areia estava tomada por tendas de campanha, as moradias vazias foram ocupadas por oficiais, e uma cacofonia tomava conta do ambiente formada pelo som de ordens e hinos de guerra, pelo clangor de espadas se chocando em escudos como exercícios de combate, e pelo martelar na forja para últimos ajustes em armas e armaduras. Da sacada da Casa Grande, Krispinus observava os preparativos para o combate final da guerra contra os elfos; com ou sem o castelo voador de Baldur, ele entraria na Mata Escura atrás do inimigo, enquanto Danyanna e a Garra Vermelha de Caramir cuidariam do dragão pelos ares, montados nas éguas trovejantes. Assim que o meio-elfo chegasse, eles partiriam para a campanha que ainda não tinha nome. O Grande Rei pensou em Dalgor naquele momento, pois o velho bardo sempre batizara suas operações militares. Krispinus considerou chamá-la de "Vingança de Dalgor" e ficou satisfeito com a ideia, ainda que soubesse que não possuía a criatividade do menestrel.

Ele estava repetindo o nome da campanha em voz alta para sentir o efeito quando Ramus, seu ajudante de ordens, entrou no recinto do casarão.

— Real Grandeza, avistamos o castelo voador se aproximando.

Krispinus sorriu. Já não era sem tempo. Uma vez que Amaraxas não era visto desde a destruição de Bela Dejanna, talvez o jovem Baldur estivesse chegando com boas notícias. Ele acreditava no potencial de seu mais novo Irmão de Escudo e do castelo voador; afinal, quando fez a viagem entre os Portões do Inferno e a Morada dos Reis, o monarca viu as cabeças de dragão exibidas como troféus e ouviu as histórias de Dalgor e do bardo adamar sobre a caçada aos monstros. Se Amaraxas estivesse chegando, não seria páreo para tanto poderio reunido. O Deus-Rei torceu para que Arel permanecesse vivo até ver seu plano ser desfeito diante de seus olhos. Depois o elfo maldito sentiria a Fúria do Rei — Krispinus tocou no cabo de Caliburnus, ainda sorrindo.

— Avise a Rainha Danyanna e chame meu escudeiro — ordenou ele.

Era hora de colocar a armadura de vero-aço de Grande Rei de Krispínia.

PALÁCIO DOS VENTOS, MATA ESCURA

— Você *enlouqueceu*? — esbravejou Kalannar, que a seguir praguejou em svaltar.

Baldur já sabia que o assassino teria essa reação e que seria o primeiro a se manifestar entre os companheiros, reunidos nos aposentos do cavaleiro. Ele evitou convocar a reunião no salão comunal por causa da circulação de pessoas da Praia Vermelha. Ali estavam Derek, Agnor, Od-lanor e Kalannar, enquanto Kyle conduzia lentamente o Palácio dos Ventos para o litoral, seguindo o Rio da Lua.

— Não vejo nenhuma loucura aí — argumentou o cavaleiro. — É o típico caso de um inimigo propondo se render diante de uma derrota iminente.

— Ou massacre iminente — opinou Od-lanor. — Pelo que você disse, a salim está correta em presumir que o Duque Caramir não teria clemência diante de Bal-dael.

— Ao menos aquele mestiço sabe obedecer ao mestre — disse Kalannar. — Ou você, Baldur, se esquece do lema das tropas de seu rei humano? "Nenhum elfo deve ser deixado vivo." Há outra interpretação para essa ordem? Porque eu não enxergo outro significado.

Baldur bufou e passou a mão no rosto.

— Kalannar — disse ele, tentando ser paciente —, isso é uma ordem de batalha. Você não entenderia, você vem de um povo que vive de escaramuças em cavernas... O Grande Rei jamais aprovaria o massacre de mulheres e crianças. O lema quer dizer "nenhum *soldado* elfo deve ser deixado vivo". E mesmo assim, não se aplicaria a um inimigo rendido, pelas regras de conduta da cavalaria.

Foi a vez de Kalannar fazer uma careta de desdém.

— "O inimigo vivo hoje é o inimigo vitorioso de amanhã". Você tem muito que aprender com o povo que vive de escaramuças...

— Baldur — chamou Derek, finalmente se metendo na discussão. — Não é melhor simplesmente entregar essa líder dos elfos para a justiça do Grande Rei e encerrarmos nossa participação nesta confusão toda? O dragão foi vencido, o alcaide corrupto foi morto... Fizemos tudo que nos foi pedido; para que arrumar problema? A não ser que você esteja de olho na elfa cheia de curvas...

O svaltar fez uma expressão como se tivesse bebido um veneno, enquanto Od-lanor e Agnor deram sorrisos e risinhos.

— Ouvi dizer que as elfas não engolem — comentou Agnor.

— Que nada — retrucou Derek. — Elas se assanham com humanos porque os machos elfos não são muito firmes.

— Chega disso! — trovejou Baldur. — Eu só chamei vocês aqui para comunicar que *eu* vou levar o pedido da Salim Sindel para o Grande Rei antes que surgisse uma discussão como essa quando me vissem descendo do castelo voador com ela.

Kalannar encarou o cavaleiro humano.

— E *eu* comunico que sou contra e espero que seu rei humano aja como sei que vai agir.

— Eu tenho fé no Deus-Rei — retrucou Baldur secamente.

— Eu também tenho fé no seu Deus-Rei — falou Kalannar com um sorriso cruel.

Agnor se levantou e também encarou Baldur.

— Eu vou voltar para meu merecido descanso. Da próxima vez que ele for interrompido por uma besteira dessas, *você* pode tentar encantar sozinho uma trompa que faça um dragão hibernar. Ou então peça ajuda para sua concubina elfa.

O korangariano foi o primeiro a sair, seguido pelo svaltar e por Derek. Apenas Od-lanor permaneceu com o amigo humano.

— Eu torço sinceramente para que você esteja certo a respeito do Grande Rei Krispinus, Baldur — disse o adamar. — Mas ele arruinou uma conversa de paz com Korangar no passado e só tem demonstrado muita vontade de exterminar os alfares de Zândia no presente. E, se as histórias de amizade entre ele e o Duque Dalgor forem verdadeiras, e o próprio bardo me garantiu que eram, o Deus-Rei não vai esquecer a morte do amigo por causa do dragão despertado pelo Arel.

— A Sindel não é o irmão dela — argumentou Baldur, ainda teimoso.

— Parece que não — concedeu Od-Ianor. — O que só tornaria mais trágica uma reação violenta da parte do Grande Rei. Eu volto depois para conversarmos melhor.

Dito isso, o bardo tocou no antebraço do cavaleiro e depois se retirou, a fim de deixá-lo com seus pensamentos.

Baldur se deixou cair pesadamente em uma cadeira de ferro e bufou de novo. Derek Blak, de certa forma, estava correto: tomar decisões era arrumar problemas. Ser o líder — ou *ser visto* como o líder — era um convite para confusão. Ele invejou a mente puramente mercenária do guerreiro de Blakenheim e buscou conforto na fé que tinha no Deus-Rei de que havia tomado a decisão correta.

PRAIA VERMELHA, BEIRA LESTE

Do janelão do aposento anão onde Sir Baldur a colocara, Sindel teve uma visão desanimadora da máquina de guerra instalada pelo rei humano no vilarejo à beira-mar. Pior ainda: um pouco antes da aproximação final do Qualin-dael, ela ouviu as trovoadas que anunciavam a chegada do comando aéreo do meio-elfo sanguinário. Todos os inimigos dos alfares estariam reunidos para ouvir, e possivelmente negar, sua declaração de rendição. Mas, vendo todo aquele aparato belicoso, que outra escolha a salim teria de fato? Evacuar a pacata comunidade de pensadores, artistas, amantes da paz e da natureza para a floresta e tentar se esconder? Seus guerreiros eram poucos diante da força reunida lá embaixo. Ela pensou em Baldur e na esperança que depositava nele, justamente quando o cavaleiro humano abriu a porta construída por anões, que era pequena demais para seu corpanzil blindado.

— Chegou o momento, Salim Sindel — anunciou ele.

— Sim, chegou — concordou ela, sem querer se arriscar em alguma fala dramática e poética; Sindel não levava jeito para aquilo e nem dominava tão bem o idioma dos humanos para tentar.

Kyle manobrou o Palácio dos Ventos com dificuldade até o mesmo ponto no vilarejo onde havia parado da última vez. O povo da Praia Vermelha lotava a borda da grande pedra flutuante, comemorando a volta para casa, ao mesmo tempo em que sentia um pouco de espanto com a ocupação militar em larga escala. Barney, o Certeiro, transmitiu a palavra de Sir Baldur de que aquela situação certamente era temporária, de que aquelas tropas estavam ali para matar o dragão que eles — *todos* eles — haviam matado com a coragem que era esperada de um bravo povo pescador. Carantir saiu do fortim ao ouvir as trovoadas típicas da Garra Vermelha; por um instante, a mente sonhou em poder operar a balista sozinho e abater o líder da tropa em pleno ar. Ele pensou em pegar de volta o arco que usou no combate com as águias gigantes, pois, afinal de contas, ninguém o desautorizou a andar armado novamente. Mas um ataque contra um lacaio do rei, especialmente *aquele* lacaio e naquelas circunstâncias, era no mínimo a garantia da volta à escravidão, isso se não fosse morto no ato — possivelmente pelo svaltar. Com esses pensamentos, Carantir apenas se limitou a manter a visão aguçada voltada para a Garra Vermelha, que pousara lá embaixo.

Assim que o castelo voador parou, Ramus foi recepcionar Sir Baldur para conduzi-lo ao Grande Rei, que o aguardava na Casa Grande. Qual não foi a surpresa do ajudante de ordens do Deus-Rei quando não só o Irmão de Escudo desceu pelo elevador ao lado do resto da Confraria do Inferno — o Capitão Blak e o Arquimago Od-lanor, como era esperado —, mas também surgiram uma alfar, um svaltar, uma criança e um humano com trajes de feiticeiro. Ramus era um sujeito acostumado a tomar decisões rápidas e encarar as situações absurdas que envolviam cuidar dos afazeres de Krispinus, mas se viu subitamente sem ação. Os soldados ao redor ficaram de prontidão, mas não agiram por verem três autoridades do reino — um Irmão de Escudo, o capitão da guarda da Suma Mageia e um integrante do Colégio de Arquimagos — aparentemente no controle do que só podiam ser dois elfos prisioneiros.

— Bom sol, Sir Baldur... — cumprimentou Ramus. — O Deus-Rei aguarda a sua presença, mas certamente não espera uma comitiva tão grande...

— Bom sol, Ramus — respondeu o cavaleiro. — Sei que o Deus-Rei entenderá meus motivos diante das boas notícias que trago. Vamos?

O sujeito aquiesceu e conduziu o grupo inusitado na direção do casarão com vista para o vilarejo. Baldur não quis dar margem para discussão com Ramus, mas concordou com o ajudante de ordens — nem *ele* esperava ter vindo com uma comitiva tão grande, porém Kalannar e Agnor insistiram que desceriam de qualquer forma. E, afinal de contas, não havia como negar os feitos realizados pelos dois. Seria injusto comunicar a morte do rei elfo e a derrota de Amaraxas sem a presença de Kalannar e Agnor, mesmo que, no papel, eles fossem inimigos da Coroa. Além disso, desde o triunfo nos Portões do Inferno, o Grande Rei sabia que o cavaleiro contava com os dois como aliados. Assim sendo, no momento de sair do Palácio dos Ventos, ficou claro que o bravo rapazote condutor do castelo voador também teria que ir, fechando então o grupo originalmente reunido por Ambrosious há tanto tempo em Tolgar-e-Kol — Baldur, Od-lanor, Agnor, Kalannar, Derek e Kyle. Eles encararam a escadaria íngreme para a moradia do ex-alcaide, agora ocupada pelo Deus-Rei e decorada com os estandartes de Krispínia. O desfile diante de olhares hostis das tropas humanas foi difícil para Sindel, mas a visão do símbolo do inimigo a quem ela pretendia se render, em uma aposta pela sobrevivência da nação alfar, foi ainda mais penosa.

Um dos salões da antiga residência de Janus foi convertido em sala de guerra e estava ocupado por Krispinus, Danyanna e Caramir, que discutiam futuras ações diante de um mapa da região, pousado sobre uma mesa elegante comprada pelo ex-alcaide com o suborno dos elfos. Ironicamente, a responsável por garantir a inação do administrador humano estava prestes a entrar no recinto. Ela e o grupo do Palácio dos Ventos esperaram em uma antessala até que Ramus anunciasse a presença dos recém-chegados e recebesse autorização para chamá-los. Assim que foram convidados a entrar, Baldur deu um último olhar para Sindel e um pequeno sorriso confiante antes de se adiantar à frente dos demais. Dentro do salão, ao ver as expressões de Krispinus, Danyanna e Caramir, o cavaleiro teve a certeza de que o ajudante de ordens havia informado ao trio de nobres do reino sobre a natureza inesperada de sua comitiva.

— Bom sol, Real Grandeza, Suma Mageia, Excelência — cumprimentou Baldur. — É com grande prazer que comunico que a ameaça do dragão não existe mais. Nós matamos o Amaraxas.

Como fora sugerido por Od-lanor, o cavaleiro ofereceu a informação mais importante de maneira simples e direta na esperança de desviar o foco inicial das presenças estranhas. De fato, o casal real se entreolhou espantado, mas Caramir não parou de encarar os dois elfos que entraram com o Irmão de Escudo. Por trás de Baldur, Kalannar também só tinha interesse no meio-elfo que o havia deixado para morrer ao sol no Fortim do Pentáculo, sem saber que ele era capaz de resistir aos efeitos nocivos da luz do dia. O olhar trocado pelos dois teria perfurado uma placa de vero-aço.

— Como assim? — perguntou Krispinus.

— Nós usamos o Palácio dos Ventos em sua função original de matador de dragões como o senhor sugeriu, Real Grandeza — explicou Baldur. — Nós caçamos e matamos o monstro... com a ajuda dos elfos de Bal-dael, o povoado perto daqui.

A informação desnorteou Krispinus, como Od-lanor também previra. E foi o momento de o adamar se meter na conversa.

— E o Amaraxas não conseguiu despertar nenhum outro dragão, Real Grandeza, Suma Mageia, Excelência — falou o bardo em um tom de júbilo contagiante, cumprimentando as três autoridades. — O Agnor e a Salim Sandel encantaram uma nova Trompa dos Dragões que deixou o Amaraxas sonolento antes de o golpe final ser dado.

— *Arquimago* Agnor — corrigiu o feiticeiro de Korangar, mas a intervenção se perdeu com a explosão do Deus-Rei.

— *Salim* Sindel? — vociferou Krispinus. — Que história é essa? Um conluio com o inimigo? E onde está o rei elfo?

Baldur abriu a boca para seguir com o roteiro pré-combinado com Od-lanor, mas Kalannar se adiantou.

— O rei elfo foi morto por mim — disse o svaltar, continuando a olhar fixamente para Caramir.

Kalannar retirou a cabeça de Arel do bolsão e jogou no meio do salão, entre o grupo do Palácio dos Ventos e os três nobres atrás da mesa. Irritado, Baldur olhou para trás e viu a tensão em Sindel, que instintivamente fechou os olhos ao ver a cabeça do irmão rolar pelo chão. O cavaleiro se voltou para o Grande Rei, mas o svaltar continuou falando.

— Eu fiz em poucas luas o que seu meio-elfo não conseguiu em décadas. — Kalannar agora se virou para Krispinus. — Eis o seu inimigo morto.

— Você *ousou* tirar de mim o direito de me vingar em nome do Duque Dalgor! — trovejou o Deus-Rei, com a mão indo ao cabo de Caliburnus. — Você morre agora, criatura dos infernos!

— Grande Rei, por favor! — falou Baldur, se aproximando ainda mais, com os braços abertos. — O Kalannar agiu sob minhas ordens, seu fiel Irmão de Escudo. Ele trouxe a informação necessária para recriarmos, como disse o Arquimago Od-lanor, a Trompa dos Dragões. E teve a oportunidade de eliminar o maior inimigo de Krispínia. Eu certamente teria feito o mesmo, Real Grandeza. Se alguém merece morrer por atrapalhar sua vingança, sou eu. Mate-me então no lugar dele, eu lhe rogo.

O resmungo de Agnor, comentando que Od-lanor não passava de um menestrel, se perdeu na tensão do momento. Conhecendo os humores voláteis e intempestivos do marido, que bem podia passar pelo jovem cavaleiro para chegar ao svaltar, Danyanna desviou a atenção para outro assunto, com os olhos fixos em Sindel.

— Arquimago Od-lanor, você chamou esta alfar de *salim* — disse a rainha em um tom firme para que todos se voltassem para ela. — Isto significa então que ela é a nova líder dos alfares?

— Sim, Suma Mageia — respondeu o adamar, percebendo a intenção de Danyanna e ampliando a voz em um tom envolvente e apaziguador, quase melódico. — A Salim Sindel responde pela nação alfar e veio oferecer sua rendição por intermédio do Sir Baldur.

— Exatamente, Grande Rei — confirmou Baldur enquanto ignorava o muxoxo de Kalannar, que ele pretendia esfolar vivo depois daquela reunião. — Além da morte do Primeiro Dragão, eu também lhe apresento a derrota dos elfos e a vitória de Krispínia na guerra.

O cavaleiro usou os termos que ele e Od-lanor haviam combinado para melhor apresentar o caso de Sindel. Como líder militar, Krispinus certamente gostaria de saber da *derrota* dos inimigos e receber uma *vitória* de bandeja.

Mas ele nunca foi o líder militar das lendas que Dalgor espalhava. Krispinus era um ex-aventureiro em busca de vingança.

— *Rendição?* — Ele riu e trocou um olhar com Caramir, que soltou um riso malévolo. — Não haverá rendição alguma. Os elfos serão caçados e exterminados até a penúltima criatura... pois *essa aí* com vocês vai permanecer viva e presa em Bron-tor como o último inimigo que se levantou contra Krispínia.

Aquela declaração foi como o sopro de Amaraxas em quase todos os presentes. Sindel sentiu o chão sumir aos pés e murmurou algo desconexo na língua élfica, olhando para a rainha humana. Baldur e Od-lanor trocaram um olhar desesperado, e o próprio Kyle sentiu um aperto no coração e pegou no braço de Derek, que finalmente se interessou por toda aquela discussão. Agnor permaneceu indiferente, em contraste com a empolgação que fez o corpo de Kalannar tremer.

O inimigo vivo hoje é o inimigo vitorioso de amanhã. O ditado svaltar ecoou na mente de Baldur, que viu a fé no Deus-Rei desmoronar. Krispinus, o herói salvador das lendas, o maior cavaleiro de todos os tempos... ele seria capaz de descer Caliburnus no pescoço de um oponente rendido? Baldur não queria acreditar naquilo.

— Real Grandeza... o inimigo está se rendendo... — Ele agora falava o que vinha à mente e ao coração, sem seguir qualquer roteiro combinado com Od-lanor. — Deus-Rei, isso não é digno de um cavaleiro... Os soldados elfos vão baixar as armas, só haverá mulheres e crianças...

Antes que Krispinus explodisse novamente e repetisse seu mantra "sem trégua, sem piedade", Danyanna, que também continuava olhando fixamente para a elfa, interveio novamente em um tom firme:

— Salim Sindel, como nova líder dos alfares, você ates... rendição de seu povo, não só deste povoado chamado Bal-dael?

— Como salim, eu falo por todos os alfares e ofereço nossa co... rendição — disse Sindel, quase na língua dos elfos por engano, e com u... sotaque ainda mais carregado. — Eu quero a paz.

Ela agora encarou o rei humano e depois baixou os olhos para a cabeça do irmão.

— Chega de ver meu povo morrendo. E o *seu* povo morrendo. — Sindel encarou Krispinus novamente. — Repito: eu quero a paz.

— Não dê ouvidos a essa rampeira, Krispinus — falou Caramir, esquecendo o protocolo de tratar o amigo por Real Grandeza na frente de outras pessoas.

— Pela primeira vez eu concordo com um meio-elfo — disse Kalannar baixinho para Agnor, que estava no ápice do tédio.

As palavras do Irmão de Escudo e da elfa não pareceram comover muito Krispinus, que se virou para Caramir com a intenção de dar alguma ordem. Agora foi a vez de Baldur sentir o chão sumir embaixo de si. Od-lanor tomou fôlego para imbuir de magia algum argumento, mas Danyanna continuava afiada.

— Salim Sindel, um casamento com um humano daria lastro às suas palavras e firmaria essa aliança de paz entre nossos povos, não concorda? — A Suma Mageia não esperou por uma resposta e então se voltou para o cavaleiro do outro lado da mesa. — Então, Sir Baldur, você aceita a Salim Sindel como esposa para confirmar a rendição dos alfares e estabelecer nossa paz?

Krispinus nem tinha começado a falar com Caramir e ficou sem palavras. Baldur se agarrou à sugestão da rainha como se fosse uma corda que veio salvá-lo da ausência de chão.

— Sim, Suma Mageia, eu aceito a Salim Sindel como esposa — respondeu ele, que recuou e estendeu a mão para trás; para seu alívio, a mão da elfa veio ao seu encontro.

Todos estavam improvisando agora, visando conter a fúria do rei — a literal e a própria Caliburnus, que Krispinus deu a impressão de querer sacar naquele exato momento.

Que absurdo! Eu não vou auto...

— Krispinus — falou a rainha também sem qualquer protocolo, em um tom de perigosa intimidade. — O Grande Reino vai saber que você refutou uma rendição e um pacto de paz selado por um matrimônio. Toda a imagem que o *Dalgor* conseguiu criar será desfeita por uma vingança tola em nome dele. Nosso amigo estaria com *vergonha* se estivesse aqui.

O grande incêndio que Danyanna debelou em Dalínia não esteve mais incandescente e vermelho do que o rosto do marido naquele momento. Pela primeira vez, ela temeu que não fosse possível conter a ira e a teimosia do esposo, que por si só já eram lendárias. Krispinus pareceu ficar com o dobro do tamanho e desferiu um soco na mesa com a mão nua que abriu uma rachadura na madeira de lei.

— Com mil *caralhos*! — trovejou ele, porém não disse mais nada, nem pegou a espada mágica para matar alguém.

Por enquanto.

A reação do Deus-Rei deixou todo mundo esperando pelo pior; até Agnor, o menos interessado no desenlace daquela situação, chamou um feitiço à mente. Puxando Kyle pelo braço, Derek Blak deu dois pequenos passos para longe do grupo, na esperança de que sua condição como guarda-costas da rainha o poupasse da raiva de Krispinus. Os demais estavam paralisados.

O Grande Rei passou os olhos por todos os presentes. Pela corja reunida por Ambrosius, que conseguiu salvar os Portões do Inferno, matar o Primeiro Dragão e derrotar Arel; por Caramir, que o decepcionou por não ter matado o rei elfo *antes* de ele provocar toda aquela situação desagradável; e por Danyanna, que ele amava e conhecia tão bem a ponto de ela oferecer os argumentos certos que o faziam mudar de ideia.

Mas mudar de ideia não significava ter que gostar da mudança.

— Muito bem — disse Krispinus. — Elfa, aceito sua rendição com a condição de que você se case com o Sir Baldur e jure lealdade a ele, a mim e ao Grande Reino de Krispínia. Você e todos os elfos sob seu comando agora são *meus* vassalos e estão sob *meu* comando. Se eu ouvir um *ai* que seja de um humano em relação a um elfo, eu volto aqui com todas as tropas e só descanso até o Ermo de Bral-tor parecer um paraíso perto da Beira Leste.

Eu não serei tolerante uma segunda vez. Suas orelhas compridas me ouviram bem?

Engolindo todo o orgulho de uma sabedoria centenária diante daquele humano grosseirão desprovido de cultura, Sindel concordou com a cabeça e apertou mais a mão de Baldur.

— Sim, Real Grandeza — falou ela, repetindo o termo que ouviu durante a discussão e tocando na tiara com o disco dourado. — Eu, Sindel, filha de Efel, do ramo Gora-lovoel da Grande Árvore banhada pelo Surya, a salim de todos os alfares, ofereço a rendição do meu povo e juro lealdade ao meu futuro marido, Sir Baldur, ao Grande Rei Krispinus e ao Grande Reino de Krispínia.

O Deus-Rei se voltou para Baldur e apontou com a mesma mão que socara a mesa, visivelmente vermelha e com farpas cravadas na pele.

— E *você* vai permanecer aqui para cuidar dessa paz, não apenas como meu súdito e Irmão de Escudo, mas também como *nobre vassalo*. É bom que eu também não ouça um *ai* vindo dessa região, Barão Baldur, ou eu enfio esse seu castelo voador em um lugar tão escuro que nem o Ambrosius vai conseguir tirá-lo de você.

Ele saiu detrás da mesa em um rompante, mas depois parou e se voltou para Caramir.

— Cuide da questão da fronteira com o novo território... e aproveite a vizinhança com o svaltar — disse Krispinus com ironia.

O Grande Rei passou pela cabeça de Arel, finalmente sacou Caliburnus e espetou a espada mágica no pescoço cortado.

— Essa merda vem comigo — falou ele. — Alguma alegria e motivação eu tenho que dar às tropas.

Foram decisões tão rápidas e atos tão intempestivos que o salão ficou em silêncio por um bom tempo até Kyle interromper a mudez geral.

— Então todo mundo agora é amigo e vai ter festa de casamento? — perguntou o rapazote para Derek, que ainda estava atônito demais para responder.

Danyanna foi até Sindel, deu parabéns em élfico e perguntou se ela era de fato uma aquamante como sugeriam os símbolos bordados na roupa. Elas começaram a conversar sobre feitiçaria e os elementos da água e do ar para aliviar a tensão. Já essa mesma tensão só aumentou quando Kalannar e Caramir novamente cruzaram o olhar e se aproximaram um do outro.

— Eu deveria ter matado você e não tê-lo deixado amarrado a um estábulo — rosnou o meio-elfo.

— Um erro que lhe custou o favor de seu dono — sibilou o assassino. — E quem sabe o que mais pela frente...

— Você está ameaçando um Duque de Krispínia, svaltar?

— Ah, eu sabia que você se esconderia atrás de um título. — Kalannar deu um sorriso cruel. — Não se preocupe, não farei nada no momento. Aproveite a folga que lhe dei, já que fiz seu serviço matando o rei elfo. Ainda estou saboreando muito essa vitória para perder tempo pensando em um mestiço.

Caramir quis se aproximar e dar a última palavra, mas sabia que o svaltar estava preparando uma armadilha. Um combate ali poderia ter consequências desastrosas para a Coroa, especialmente se Baldur resolvesse intervir naquele cenário delicado; o cavaleiro já tinha se oferecido para morrer no lugar daquela escória svaltar, afinal. O duque tinha uma longa vida pela frente, assim como Kalannar... e ele pretendia seguir o conselho de Krispinus e aproveitar a vizinhança entre os dois. Com um último olhar de desprezo para o svaltar, Caramir saiu do salão.

Agnor foi finalmente cobrar reconhecimento por parte da Rainha Danyanna, que estava ouvindo de Od-lanor os feitos oriundos da colaboração entre humanos e elfos contra Amaraxas, salientando a coragem de Kyle na condução do castelo durante o combate inteiro. O rapazote olhava embevecido para as duas lindas monarcas e cutucava Derek, que finalmente respirava aliviado depois de todo o nervosismo.

Praticamente esquecido no meio do salão, Baldur ficou com o olhar perdido no mapa daquela região sobre a mesa. Ainda sem se atinar para o fato, o recém-sagrado barão olhava para Baldúria.

EPÍLOGO

BALDÚRIA, GRANDE REINO DE KRISPÍNIA

Eles descobriram que a paz é mais difícil de conduzir do que a guerra — ou pelo menos mais difícil de conduzir do que um castelo voador avariado. O Palácio dos Ventos fora afastado do centro do vilarejo, mas permanecia parado em um canto da orla da Praia Vermelha, acessível pelo elevador. Era preciso chamar uma equipe de construtores anões para refazer o torreão destruído por Amaraxas e consertar o sistema de propulsão, mas aquilo demandava tempo, deslocamento da mão de obra capacitada e *muito* ouro. E, naquele momento, o castelo voador não estava no topo da lista de prioridades.

O casamento de Baldur com Sindel foi marcado pelo choque de culturas. A tradição matrimonial da Faixa de Hurangar, de onde vinha o cavaleiro, em que os noivos tinham que derrubar uma árvore a machadadas na cerimônia para provar que eram capazes de trabalhar juntos e superar obstáculos, foi considerada ofensiva pelos elfos; já a tradição alfar de o casal pegar um galho caído e esculpir uma miniatura de árvore simbolizando o surgimento de uma nova linhagem não pôde ser cumprida pela inabilidade artística de Baldur. Ambos concordaram que uma festa seria suficiente, mas nem isso deu muito certo — a salim queria um festival de danças típicas e declamações de poemas, e o barão insistiu em uma justa que acabasse em um festim. No fim, eles se limitaram a um almoço em Bal-dael e um jantar na Praia Vermelha; em ambos os eventos, a única ausência sentida foi a de Kalannar, que se isolou no Palácio dos Ventos.

O enlace também serviu para oficializar a condição de Sir Baldur como barão e lorde de Baldúria — o território até então chamado de Beira Leste e que incluía a Praia Vermelha, a Mata Escura, o Rio da Lua e Bal-dael — e de Sindel como baronesa dos humanos e salim dos alfares. Ambos os povos viram a paz com desconfiança — os pescadores perderam muitos homens para os elfos da floresta, e vice-versa. Apenas a vitória contra o Primeiro Dragão os unia, mas esse era um bálsamo de efeito lento em uma ferida que permaneceria aberta por muito tempo. O corpo de Amaraxas, aliás, também foi uma questão de contenda, mas ficou definido que a comunidade pesqueira usaria a experiência com as baleias para extrair tudo que fosse possível do monstro, à exceção do couro duríssimo, que ficaria a cargo dos elfos para produzir armaduras a serem usadas pela futura tropa de defesa do baronato, cujos moldes de organização ainda seriam definidos. Baldur pensava em criar uma ordem de cavalaria a ser chamada de Dragões de Baldúria; já Kalannar insistia na necessidade de haver uma força de espionagem, infiltração e assassinato nos moldes svaltares, cujo nome deveria ser Guarda Negra.

O svaltar, aliás, foi um problema que custou a ser contornado. Ele era motivo constante de discussão entre Baldur e Sindel, que não aceitava a presença do assassino de Arel e Borel no solo sagrado da comunidade alfar; por outro lado, o povo da Praia Vermelha era contra alguém que, em sua visão supersticiosa, era uma versão demoníaca dos elfos da floresta. Só quando Baldur colocou Kalannar como administrador da armação, e o lucro com a pesca de baleia duplicou por causa disso, foi que o svaltar passou a ser tolerado pela maioria da população humana — e até admirado pela minoria diretamente beneficiada. Sem planos imediatos de voltar a Zenibar para reconquistar seu posto na Casa Alunnar — até porque o gesto de vaidade e provocação lhe custou a cabeça do rei elfo como troféu —, Kalannar preferiu permanecer em Baldúria e ficar de olho nos súditos alfares de Bal-dael e no território ao norte, a Caramésia do meio-elfo Caramir, seu inimigo jurado.

As discussões do casal e as diferenças de cultura mantiveram o barão e a baronesa dormindo não apenas em quartos separados, como também em *vilarejos* separados. Baldur ficava na Praia Vermelha, comendo, bebendo e comemorando os feitos de Barney em alto-mar que tanto engordavam os cofres de Baldúria, enquanto Sindel permanecia em Bal-dael, treinando suas aprendizes e supervisionando a reconstrução da tropa de rapineiros. Ainda que os dois se vissem muitas vezes, apesar da distância e do deslocamento, e sentissem uma forte atração sexual, o convívio por mais do que alguns dias sempre acabava em gritaria. Inicialmente disposto a permanecer em Baldúria para ajudar no processo de paz entre as duas raças, agindo como uma espécie de mediador imparcial, Od-Ianor acabou ficando em Baldúria para apaziguar as coisas entre o casal. Baldur estava aprendendo a língua élfica muito lentamente com o bardo, e Kalannar sempre ensinava algo inapropriado para o amigo com o intuito de ofender Sindel.

Derek de Blakenheim nem ficou para ver tudo isso; assim que Krispinus e Danyanna foram embora com as tropas reais, ele retomou o cargo de guarda-costas da Suma Mageia e partiu com o casal de monarcas de volta à Morada dos Reis — felizmente em uma viagem de navio até o porto de Mobesi, na costa de Ragúsia, e não na garupa de Kianlyma. Assim como no fim da crise dos Portões do Inferno, o guerreiro de Blakenheim chamou Kyle novamente para vir com ele à capital do reino, mas já sabia a resposta de antemão — o rapazote, em vias de se tornar um homem, queria aproveitar ao máximo enquanto ainda tinha tamanho para conduzir o castelo voador. Em breve, ele não caberia mais na gaiola de controle, mas já tinha a ideia de treinar outro kobold para assumir seu lugar, uma vez que a Praia Vermelha era cheia deles, embora duvidasse que Baldur e Kalannar fossem permitir tal coisa. Derek se despediu dizendo para Kyle não dar ouvidos àqueles dois idiotas e que um dia ele governaria o próprio reino; o rapazote deu uma gargalhada e falou que o amigo seria o general da futura Kylésia ou Kylínia. Ambos riram e trocaram um abraço afetuoso.

Com a ideia fixa de erigir uma "torre de alta magia", cobrando a promessa feita por Baldur ainda na viagem para a Dalgória, Agnor passou a perambular por Baldúria atrás do ponto ideal para construí-la, contando com Carantir como guia nas áreas silvestres e Brutus como carregador de pedras pesadas para estudos (o ogro ficara bem mais dócil depois de se recuperar do soterramento). Como a situação ainda estava tensa entre alfares e humanos, o feiticeiro preferiu adiar a investigação sobre o surgimento da capa mágica oriunda da Nação-Demônio naquelas paragens. Ele insistiu que Baldur o apresentasse para as populações da Praia Vermelha e Bal-dael como "arquimago-geomante de Baldúria" e sempre salientava que Od-lanor já tinha cumprido sua função de menestrel e deveria retornar para a barra da saia da Rainha Danyanna, na Morada dos Reis. No tempo que sobrava, Agnor conduzia estudos sobre a pedra flutuante embaixo do castelo, cuja integridade mística ele desconfiava ter sido abalada pelos sopros do Primeiro Dragão.

Até concluir sua torre, esse seria um problema para outra ocasião.

APÊNDICE I

TERMINOLOGIA DE ZÂNDIA

Em um mundo coabitado por várias raças, o excesso de termos particulares e sua apropriação indevida por uma ou por outra cultura podem confundir qualquer um, do viajante ocasional ao erudito da corte. Essas são definições com as quais a maioria dos bardos, magos e estudiosos concorda, ainda que haja distorções e inverdades, dependendo da fonte.

AEROMANTE
Feiticeiro que controla o elemento ar.

ALFAR
Elfo da superfície. Ver "Elfos".

AMARAXAS
O primeiro de todos os dragões, descoberto no Atol de Amara durante as viagens do Imperador-Deus De-lanor, o Expansionista (2620 a.K. – 2334 a.K.). Seu rugido controla o estado de hibernação dos outros dragões, sendo capaz de fazê-los dormir ou despertá-los. Teve o sono induzido pela Trompa dos Dragões, em 430 a.K., no ato que é considerado como o fim da Grande Guerra dos Dragões. Ver "Grande Guerra dos Dragões" e "Trompa dos Dragões".

AQUAMANTE
Feiticeiro que controla o elemento água.

AZEITE DE PEIXE
Óleo de baleia.

BOM SOL
A saudação matinal em Krispínia, adotada desde o Império Adamar, quando era "bom sol que irradia do Imperador-Deus" em sua versão completa no antigo idioma. Em Korangar a saudação é tida como ofensa grave.

BRAL-TOR
Antigo fortim adamar que selava os Portões do Inferno, localizado na região então conhecida como reino de Reddenheim. Foi abandonado por ocasião do fim do Império Adamar, em 430 a.K. Quando o jovem nobre Malek de Reddenheim herdou a ruína e tentou reformá-la, os Portões do Inferno foram abertos acidentalmente e causaram a destruição de Reddenheim e do reino vizinho, Blakenheim. Em 30 d.K., a passagem dimensional foi aberta uma segunda vez e fechada pelo grupo de heróis conhecido como Confraria do Inferno. Ver "Confraria do Inferno".

BRASSEITAN
O nome dos Portões do Inferno em svaltar. "Bra" foi herdado do adamar "bral", inferno.

BRON-TOR
A temida ilha-prisão da Morada dos Reis, desde os tempos do Império Adamar até o Reinado de Krispinus. Algumas celas têm proteção contra magia e outras são capazes de conter seres de outros planos de existência. O Imperador-Deus Ta-lanor, o Profeta Louco (1830 a.K. – 1791 a.K.), foi o mais ilustre prisioneiro de Bron-tor, retirado do Trono Eterno e condenado à prisão perpétua após alegar ter previsto a queda do Império Adamar quando os dragões despertassem.

BUKARA
Caravana em anão. Tanto os humanos quanto os anões chamam de Caminho de Bukara a rota comercial entre Fnyar-Holl e Dalínia.

BUSCANTE
Integrante da ordem de sábios adamares que exploram Zândia à procura de Mon-tor, a biblioteca perdida do império. Ver "Mon-tor".

CALENDÁRIO

Na cultura humana, a contagem do tempo oficial toma como marco zero a sagração de Krispinus como Grande Rei. O calendário anterior seguia a contagem determinada pelos adamares, cujo império ruiu há 430 anos antes da posse de Krispinus. Por mais de quatro séculos, a civilização humana, na forma de novos reinos e regiões, simplesmente deu continuidade à contagem adamar. O atual calendário é dividido em a.K. (antes de Krispinus) e d.K. (depois de Krispinus).

CALIBURNUS

O montante de Zan-danor, o primeiro imperador-deus adamar, e desde então a espada dos monarcas adamares. Também conhecida como Corta-Aço, Relíquia das Relíquias, Fúria do Rei, estava desaparecida desde a queda do Império Adamar junto com a Morada dos Reis.

COLUNA DE NAPAN

Monumento na Morada dos Reis dedicado aos mortos na guerra contra os elfos, batizado com o nome de um dos primeiros companheiros do Grande Rei Krispinus na campanha contra os alfares.

CONFRARIA DO INFERNO

O trio de heróis responsável pelo fechamento dos Portões do Inferno em 30 d.K., composto pelo Arquimago Od-lanor e os guerreiros Sir Baldur e Capitão Derek de Blakenheim.

CORDILHEIRA DOS VIZEUS

Grande cadeia de montanhas a leste de Zândia que incorpora três comunidades subterrâneas: a cidade svaltar de Zenibar e as cidades anãs de Fnyar-Holl e Unyar-Holl.

DAEL

Sufixo alfar para designar "lugar".

DAMAS GUERREIRAS DE DALÍNIA

Ordem marcial estritamente feminina criada pela Rainha-Augusta Denúzia para homenagear as 42 mulheres que defenderam o vilarejo de Aguarre contra escravos orcs foragidos de Blakenheim, depois que seus maridos, pais e irmãos foram mortos. O alistamento militar feminino era facultativo até o reinado da Rainha-Augusta Nissíria, que decretou que toda segunda filha das famílias de Dalínia se alistassem na tropa. Para se manter sempre de prontidão, as guerreiras fazem voto de não gerar filhos — o que não quer dizer que sejam necessariamente castas. A maternidade é considerada alta traição e punida com a morte.

DAWAR
"Aquele que aguarda", em anão. É o título dado ao monarca dos anões, basicamente um rei em exercício que espera o retorno de Midok Mão-de-Ouro, considerado o único e verdadeiro rei dos anões.

GRANDE GUERRA DOS DRAGÕES
Conflito ocorrido entre 429 a.K. e 430 a.K., que resultou na destruição parcial da Morada dos Reis e marcou o fim propriamente dito do Império Adamar. Foi encerrado com o sopro da Trompa dos Dragões pelo herói alfar Jalael, que provocou a hibernação de Amaraxas, o Primeiro Dragão, e o sono subsequente dos outros monstros. O despertar dos dragões foi previsto séculos antes pelo Imperador-Deus Ta-lanor, o Profeta Louco (1830 a.K. – 1791 a.K.). Ver "Amaraxas" e "Trompa dos Dragões".

ELFO
É o termo humano que engloba, no mesmo conceito, tantos os alfares (os elfos da superfície) quanto os svaltares (os elfos das profundezas). Estudiosos humanos reconhecem as duas espécies, mas o grosso da população usa apenas "elfo" de maneira pejorativa. Curiosamente, o termo svaltar acabou virando sinônimo de assombração ou de "elfo mau", ainda que a sociedade humana considere mau qualquer tipo de elfo, seja originalmente alfar ou svaltar.

EREKHE
Arqueiro élfico capaz de imbuir flechas com encantamentos e aumentar o poder de destruição dos projéteis.

FACÃO
Em uma armação, o responsável por arrastar a carcaça de uma baleia para os estrados onde ela deve ser fatiada.

FEITOR DA PRAIA
Em uma armação, o gerente de operações de todo o processo da pesca da baleia.

FEITOR-MOR
O administrador de uma armação.

FNYAR-HOLL
Reino anão a noroeste de Unyar-Holl, também na Cordilheira dos Vizeus. Regido pelo Dawar Bramok, reposto no trono pela Confraria do Inferno após uma tentativa de golpe de estado.

GARRA VERMELHA
A tropa de caçadores de elfos comandada por Caramir, que usam éguas trovejantes como montarias. Os integrantes são chamados de garranos. "Minha mão não vacila/Minha mira não erra/Enquanto houver um elfo sobre a terra" é sua canção de batalha.

GEMA-DE-FOGO
Pedra preciosa imbuída de forte magia piromântica, capaz de criar uma grande explosão mediante uma palavra de comando e um choque físico. Usada como arma terrorista por alfares por ser facilmente camuflada entre joias comuns. Rubis são as pedras preferidas graças ao maior poder de destruição.

GEOMANTE
Feiticeiro que controla o elemento terra.

GRANDE SOMBRA
Região ao norte da Faixa de Hurangar, assim chamada por causa do céu eternamente nublado e da claridade crepuscular. Abriga o reino de Korangar.

HAIA-PASAN
Cetro criado pelo feiticeiro alfar Jalael, capaz de controlar qualquer animal apontado pelo objeto.

INCENSO
Svaltares usam incensos para marcar a passagem de tempo. As marcações ("marcas") são uniformes e equivalem a quinze minutos; um incenso inteiro leva uma hora para queimar. Certas fragrâncias estão associadas a determinadas ocasiões, festividades ou mesmo atividades corriqueiras da sociedade svaltar.

IRMÃO DE ESCUDO
A guarda pessoal do Grande-Rei Krispinus, formada apenas por cavaleiros. "Somos o escudo do Deus-Rei para que suas mãos estejam livres para empunhar Caliburnus" é o lema da tropa.

KA-DREOGAN
O nome élfico para a Trompa dos Dragões. Ver "Trompa dos Dragões".

KAMBA
Espada parecida com um facão de mato usada pelos alfares.

KHOPISA
Espada com lâmina de meia-lua usada pelos adamares.

KILIFI
O Sono Sagrado dos anciões alfares e svaltares, uma forma de suportar a monotonia da imortalidade, dar espaço para uma nova geração de elfos, sonhar com futuros possíveis e comungar plenamente com a natureza. Embora adormecidos, os anciões mantêm um certo grau de consciência com os eventos do mundo em geral, que acabam permeando seus sonhos.

KIANLYMA
Égua trovejante pessoal da Rainha Danyanna.

KORANGAR
Reino fundado em 474 a.K. após o êxodo de escravos da Morada dos Reis, em 507 a.K., no interior da região que ficou conhecida como "Grande Sombra". Korangar também é chamado de Império dos Mortos e Nação-Demônio, pela quantidade de desmortos e pelos pactos mantidos com criaturas infernais.

LETIENA
Armadura de folhas endurecidas alquimicamente usada pelos alfares.

MANZIL
O conselho dos anciões da raça élfica, os zelins.

MANZIL-DAEL
Vale arborizado que abrigava o conselho de anciões da raça élfica e era chamado pelos humanos de Santária de "Floresta dos Sonhos", por causa do estranho efeito que os ares da mata provocavam na mente.

MON-TOR
A biblioteca perdida do Império Adamar. O Imperador-Deus Al-lanor (525 a.K. – 506 a.K.) retirou sua coleção de livros da Morada dos Reis para um local secreto antes de abandonar o Trono Eterno.

PALÁCIO DOS VENTOS
Fortim anão criado pelo Dawar Tukok para ser usado como arma na Grande Guerra dos Dragões, em 430 a.K. Foi instalado em uma grande rocha flutuante criada em conjunto pelos senhores elementais da terra e do ar para celebrar a paz entre eles, mediada pelo Dawar Bokok em 748 a.K. O nome élfico é Qualin-dael. Ver "Qualin-dael".

PENDANTI
Pingente encantado de comunicação contendo camafeus com imagens de pessoas que podem receber uma breve mensagem mística, enviada uma vez por dia. Para que haja uma comunicação de mão dupla, é necessário que ambas as pessoas possuam pendantis com representações artísticas uma da outra. Nem sempre um camafeu é usado para o encantamento; Ambrosius, por exemplo, utiliza um ônix negro para representá-lo nos pendantis que distribui para seus agentes.

PENTÁCULOS
A ordem de cavaleiros-paladinos criada pelo Grande Rei Krispinus para defender os Portões do Inferno. O nome vem do formato em pentagrama do Fortim do Pentáculo. A tropa rotativa é formada por homens dos Qua-

tro Protetorados, que servem no isolamento do Ermo de Bral-tor e são rendidos após três anos por uma nova leva de pentáculos.

PINGADEIRA
Período menstrual.

QUALIN-DAEL
O nome élfico para o Palácio dos Ventos. Ver "Palácio dos Ventos."

QUATRO PROTETORADOS
O termo para os reinos independentes de Dalínia, Nerônia, Ragúsia e Santária quando a questão envolve o Ermo de Bra-tor, o Fortim do Pentáculo e os Portões do Inferno.

RAPINEIRO
Arqueiro de elite do povoado élfico de Bal-dael que monta em águias gigantes. A tropa de rapineiros foi criada pela Salim Sindel como uma força capaz de se opor à Garra Vermelha do Duque Caramir. "Levamos a vingança em nossas asas, levamos a morte em nossas flechas" é seu lema.

REAL GRANDEZA
Tratamento dedicado apenas ao Grande Rei de Krispínia.

REAL PRESENÇA
Tratamento dedicado aos monarcas de Krispínia, vassalos do Grande Rei.

ROPERA
Espada fina e curta dos svaltares, feita essencialmente para estocar nos ambientes confinados do subterrâneo.

RUSHALIN
O termo élfico para demônio.

SACO-DE-OSSOS
Jogo de azar em que ossos de dedos, pintados ou decorados com números e símbolos, são retirados às cegas de dentro de uma bolsinha de couro ou pano pelos jogadores, mediante apostas entre eles. Cada região ou cultura favorece um tipo de regra ou combinação de dedos, mas todas as variações

contêm um elemento em comum: a falange premiada, que vence todas as demais. "Tirar a falange premiada" é uma expressão que significa ter extrema sorte em uma empreitada.

SAIJIN
Criança em alfar.

SALIM
"Aquele que guia" em alfar. É o mais alto título entre os elfos da superfície, sempre conferido ao líder, e, portanto, equivale ao rei dos humanos.

SALINDE
"Aquele que comanda" em alfar. O líder de um povoado dos elfos da superfície.

SOKSINNI
Jovem svaltar recém-apresentado à sociedade como adulto.

SURYA
"O fogo no céu", nome dado ao sol pelos alfares, venerado como fonte de vida das florestas.

SVALTAR
Elfo das profundezas. Ver "Elfo".

SOVOGA
Gema necromântica de Korangar capaz de sugar almas. Usada pelos exilarcos, oficiais da justiça de Korangar que coletam as almas dos condenados ao exílio extracorpóreo; o corpo do réu é animado por necromantes e posto a serviço da família prejudicada por ele ou a serviço do Estado.

TAL-DAEL
O nome élfico para a Cordilheira dos Vizeus. Ver "Cordilheira dos Vizeus".

TORRES DE KORANGAR
O conjunto de torres-escola dedicadas ao estudo da magia em suas várias manifestações, cada uma especializada em um ramo de feitiçaria, da conjuração à necromancia.

TOSSE VERMELHA
Doença respiratória infectocontagiosa caracterizada por violentos e dolorosos acessos de tosse que levam o doente a expelir sangue e morrer por hemorragia cerebral.

TROMPA DOS DRAGÕES
Relíquia élfica feita a partir de uma presa de Amaraxas, o Primeiro Dragão, e usada para forçá-lo a hibernar. A trompa foi criada pelo feiticeiro alfar Jalael, que encantou um dente perdido por Amaraxas durante o conflito contra Godaras, outro dragão. Ver "Ka-dreogan."

TRONO ETERNO
O trono dos imperadores-deuses do Império Adamar consiste em uma grande plataforma de mármore, sustentada por estátuas que representam as raças subjugadas pelos adamares, com um assento do mesmo material sobre elas. Desde que assumiu como Grande Rei, Krispinus mandou colocar outro assento para Danyanna e substituir as estátuas que representavam humanos pelas estátuas de elfos.

UNYAR-HOLL
Reino anão a sudeste de Fnyar-Holl, também na Cordilheira dos Vizeus.

VERO-AÇO
Liga metálica tratada com elementos alquímicos na fundição, de conhecimento exclusivo dos anões, cujo resultado é um aço mais leve e muito mais resistente, com propriedades mágicas.

VERO-OURO
Liga de ouro puro tratada com elementos alquímicos na fundição, de conhecimento exclusivo dos anões, que o tornam condutor de magia.

ZELIM
Ancião alfar.

ZIMOI
Termo svaltar para um ogro-das-cavernas.

APÊNDICE II

OS ALFARES DE ZÂNDIA

Os alfares, ou elfos da superfície, são uma das raças mais antigas de Zândia. As linhagens são chamadas por eles de "ramos da Grande Árvore". Para melhor estudar os eventos que levaram à inédita paz entre alfares e humanos, sagrada com o casamento de Sir Baldur com a Salim Sindel em 30 d.K., é fundamental ter em mente os integrantes recentes do milenar ramo Gora-lovoel, listados abaixo.

Efel, pai de Sindel e Arel, arquiteto (morto)
    Sindel, salim, feiticeira aquamante, baronesa de Baldúria
    Arel, irmão de Sindel, ex-salim, feiticeiro piromante (morto)
        Dorel, filho de Arel com a esposa Luziel, guerreiro (morto)
        Larel, filho de Arel com a esposa Luziel, filósofo e ceramista (preso em Bron-tor)
        Martel, filho de Arel com a esposa Luziel, guerreiro (morto pelo pai)
        Natiel, filho de Arel com a amante Talael, guerreiro (morto)
        Sobel, filha de Arel com a esposa Luziel, piromante (morta)

Dois outros ramos se juntaram ao Gora-lovoel por meio do envolvimento de Arel com as seguintes elfas:

Luziel, do ramo Lira-durvoel, esposa de Arel, mãe de Dorel, Larel, Martel e Sobel, aderecista (morta)
Talael, do ramo Dara-tevoel, amante de Arel, mãe de Natiel, salinde e feiticeira (morta)

Como os povoados dos alfares foram sendo sistematicamente destruídos ou abandonados durante a guerra com os humanos de Krispínia, há uma grande dificuldade de manter registros sobre esses locais, porém alguns são dignos de nota:

Bal-dael, Mata Escura, Baldúria, lar ancestral do ramo Gora-lovoel
Otin-dael, Caramésia, que deu abrigo a Arel, Sobel e Martel (destruído)
Sang-dael, Nerônia (destruído)
Vas-dael, norte de Dalínia, último ponto de peregrinação dos alfares até chegar ao Manzil-dael (destruído)
Zori-dael, centro de Dalínia, onde Arel mantinha a salinde Talael como amante (destruído)

Embora não sejam povoados, há dois pontos de interesse recente nos estudos sobre a paz entre alfares e humanos, resultante das ações de Arel:

Dreogan-dael, o ponto na costa de Dalínia onde repousava Amaraxas, o Primeiro Dragão
Manzil-dael, o vale escondido que abrigava o manzil (destruído)

AGRADECIMENTOS

Chegamos àquela parte que a maioria dos leitores pula, mas que é uma das mais prazerosas de escrever. Afinal, a jornada do escritor nunca é feita sozinha, não existe nada da imagem romântica do sujeito trancafiado no sótão de um belo chalé, isolado do mundo e de todos, que sai de lá com um livro pronto, sem ter nenhum contato humano. Romances fantásticos são histórias de pessoas fictícias que só são possíveis e autênticos quando feitos com a colaboração de pessoas de verdade. Então, você aí que pula essa parte, que vergonha! (E ainda fica sem ler a pequena "cena pós-créditos" da saga de Baldúria.)

Quando escrevi os agradecimentos de *Os Portões do Inferno*, eu ainda não tinha leitores para demonstrar minha gratidão, a não ser os leitores-beta que encararam as mal traçadas páginas de um autor estreante. Agora que descobri que havia uma gente maluca a ponto de investir tempo e dinheiro para conhecer a saga que nasceu das aventuras de RPG que eu jogava, o primeiro agradecimento vai para esses lunáticos. Muito obrigado pela chance e apoio que vocês me deram, pelos elogios e críticas, pela divulgação, pelas cobranças sobre o segundo livro. Sem vocês, ele não existiria. Se é verdade que o maior bem de um escritor são seus leitores, então eu me sinto rico. (Joguei esse papo para a pilha de boletos, mas, infelizmente, não colou.)

Eu dediquei o livro a ela, mas não posso deixar de mandar aqui também todo amor à minha noiva Barbara Bieites Dawes, que acompanhou o processo criativo, sempre pedindo por um spoiler, ouvindo o falatório sobre a trama com uma paciência enorme e dando uma força tão grande que seria capaz de fazer o Palácio dos Ventos voar sozinho. Obrigado por ter me dito várias vezes nos momentos de desespero que o projeto do livro era um sonho nosso, e não só meu.

Falando em força, muito obrigado a Zander Catta Preta não só pela campanha de RPG que originou as Lendas de Baldúria, como também pela licença do software Scrivener que me deu de presente para que eu escrevesse a continuação do primeiro livro. É uma ferramenta poderosíssima que recomendo a qualquer escritor, do aspirante a quem já possui inúmeros títulos publicados. Além de (espero) ter evoluído como autor desde *Os Portões do Inferno*, a tarefa de fazer a sequência se tornou muitíssimo mais fácil com a capacidade de organização e visualização da obra que o Scrivener proporciona. Eu só lia elogios ao programa e até mesmo um agradecimento como esse feito por Marcus Sakey em um livro dele que traduzi (*Um mundo melhor* — Série Brilhantes — Volume 2). Para vocês verem como é prazeroso usá-lo, já estou ansioso para abrir um novo projeto no Scrivener.

Agradeço ao melhor leitor-beta de todos os tempos, Oswaldo Chrispim Neto, que participou desde a montagem da escaleta em um quadro branco na minha varanda (regada a *mojitos* e charutos) até a leitura de cada capítulo saído fresquinho do forno. Espero que dessa vez tenham sido menos furos na história que você incansavelmente vinha tapar com sugestões e broncas sempre bem-recebidas (os bravos arpoadores da Praia Vermelha têm uma eterna dívida de vida contigo).

Muito obrigado aos companheiros de mesa de RPG que participaram das aventuras de Baldúria ao meu lado, seja quando atuei como mestre de jogo ou como personagem: Nei Caramês (Derek Blak, Caramir), Ronaldo Fernandes (Od-lanor), Luiz Guilherme (o finado Regnar), Rodrigo Zeidan (Barney), Alexandre Mandarino (Brutus), Felipe Diniz (Brutus, Bideus), Ricardo Gondim, Tito Arcoverde, Laetitia Plaisant e — mais uma vez — Oswaldo Chrispim (Baldur, Kyle, Krispinus, Carantir) e Zander (Ambrosius, Janus, Na'bun'dak, Arel e Sindel, todos como mestre de jogo). Há ainda uma nova geração de jogadores a qual devo agradecer por ter fornecido inspiração para outros personagens e situações que ainda aparecerão nos próximos volumes, como Alan Barcelos, Cláudio Solstice, Felipe Lima, Marcelo Tapajós, Ricardo Herdy, Victor Apocalypse e Viktor Barreiro.

Agradeço ao talento e generosidade sem tamanho dos ilustradores Daniel Lustosa, Manoel Magalhães e Daniel de Almeida, que emprestaram seu traço e tempo valiosos para fazer desenhos do sexteto de protagonistas das Lendas de Baldúria. As artes estão em meu site oficial (andregordirro.com.br) e redes sociais, mas recomendo ir atrás de seus nomes na internet para conhecer o resto do portfólio desses monstros. O que eu tento mal e porcamente colocar em palavras, eles acertam com meia dúzia de traços e vão muito além dos limites da minha imaginação. O Lustosa, em especial, topou fazer o belo mapa que abre *O despertar dos dragões* aos quarenta e cinco do segundo tempo. Esperem por um território batizado em homenagem a ele em um volume futuro da série.

Muito obrigado ao grande amigo, editor, revisor e neo-trekker Guilherme Kroll, que revisou o prólogo deste volume para que eu pudesse soltá-lo como teaser na revista de RPG *Dragão Brasil*. E muito obrigado ao seu xará Guilherme Dei Svaldi, editor da revista eletrônica, pelo espaço para o texto e pelos bons papos na Bienal do Rio e CCXP, em São Paulo.

Em momentos de dúvida sobre os rumos da carreira, tive o privilégio de contar com os conselhos de verdadeiros gurus do mercado editorial. Muito obrigado a Affonso Solano, Alessandra Ruiz, Amanda Orlando, Mariana Rolier (editora original de *Os Portões do Inferno*) e Pedro Almeida pela luz lançada nas trevas da minha ignorância.

Agradeço a todos os escritores de fantasia do Brasil, colegas de trincheira nessa missão inglória, em especial ao Danilo Sarcinelli, responsável por divulgar *Os Portões do Inferno* sempre que podia nas redes sociais. Confiram o livro dele, *Passagem para a escuridão*.

E muito obrigado aos mestres estrangeiros cujas obras me inspiram sempre: Robert E. Howard, Michael Moorcock e Fritz Leiber, pela fantasia brutal, suja, psicodélica e engraçada, e Frank Herbert, pelas lições valiosas de construção de mundos.

Mesmo à noite, aquele silêncio no Palácio Real era fora do normal. Há dias que Krispinus dispensara a corte, e Danyanna se encontrava no Fortim do Pentáculo para finalmente terminar de refazer as proteções místicas dos Portões do Inferno. O casal real teve uma grande discussão a bordo do navio que os levou ao porto de Mobesi, e ela partiu sozinha do sul de Ragúsia para o Ermo de Bral-tor montada em Kianlyma, sem dirigir a palavra ao marido. O Grande Rei sabia que os dois voltariam às falas, que era apenas uma questão de tempo, mas agora estava aproveitando o sossego para digerir o que acontecera na Beira Leste — agora Baldúria.

A guerra estava vencida. Ele venceu. E foi uma vitória vazia.

Esses pensamentos atormentavam Krispinus nas andanças a esmo pela imensidão da antiga pirâmide adamar. Seus pés o levaram à Sala do Conselho Real, totalmente apagada. Ele pensou em evitá-la e seguir para um terraço onde o luar e o ar fresco na noite eram mais convidativos, mas sentiu uma presença dentro da escuridão que era mais negra do que o próprio breu.

Ambrosius.

— Você quase fodeu tudo — disse o cacarejo desrespeitoso saindo do interior das trevas.

— Até você? — disparou o Grande Rei.

— Sim, até eu, porque às vezes é necessário um comitê para algo entrar na sua cabeça dura. A pobre Danyanna nem sempre dá conta sozinha.

O vulto escuro fez uma pausa dramática e viu que Krispinus não saiu do cômodo em um rompante. Ele sabia que o Grande Rei queria conversar, mas era orgulhoso demais para se abrir sozinho.

— Você quase fodeu tudo — repetiu Ambrosius —, mas, felizmente para o reino, tomou a atitude correta, ainda que amarga. Como eu lhe disse há três décadas, este seria seu cotidiano como monarca: tomar decisões desagradáveis. É o que faz de você um rei, e dos outros, súditos. É o que faz de você um deus, e dos outros, fiéis.

— E como posso ser o deus da guerra se obtive a paz por intermédio de um acordo que deixou os inimigos do reino vivos, sem castigo? — indagou Krispinus. — Como posso permitir que o Dalgor não seja vingado?

A voz de velho moribundo soltou algo parecido com um muxoxo.

— Você é o deus do que quer que as pessoas atribuam a você — resmungou Ambrosius. — O reino precisava de uma guerra, e você foi idolatrado como deus da guerra. Agora, com a paz, outro tipo de fé virá com a prosperidade que a bonança trará. O povo atribuirá a boa fase a você e vai venerá-lo de outra forma. E, quanto à vingança, não banque o svaltar obtuso. Deixe essa mesquinharia para as raças inferiores.

— Essa paz não vai durar para sempre — disse Krispinus em tom de desafio, mais para a própria ideia da trégua entre humanos e elfos do que para a figura mergulhada nas trevas.

— Não — concordou secamente Ambrosius. — Nenhuma paz dura para sempre. O estado natural dos seres, não importa a raça, é o conflito. A guerra é eterna... e você é eterno, Krispinus. E, por sua vez, os elfos são imortais. Este é o cenário que a sua cabeça dura ainda não compreendeu.

O vulto invisível na escuridão fez outra pausa dramática, antes de concluir:

— Haverá ainda muitas guerras em Krispínia.

GRANDE REINO DE KRISPÍNIA
MAR DE BE-LANOR
MORADA DOS REIS
PASSO DE SANTARIA
ERMO DE BRAL-TOR
SANTÁRIA
PORTÕES DO INFERNO
RAGÚSIA
PORTO DE MOBESI
NERÔNIA

ARAMÉSIA
LL
BEIRA
LESTE
PRAIA
VERMELHA
EL
DALGÓRIA
BELA DEJANNA

O Duque Caramir comanda o voo da Garra Vermelha no ataque à Vila de Leren.

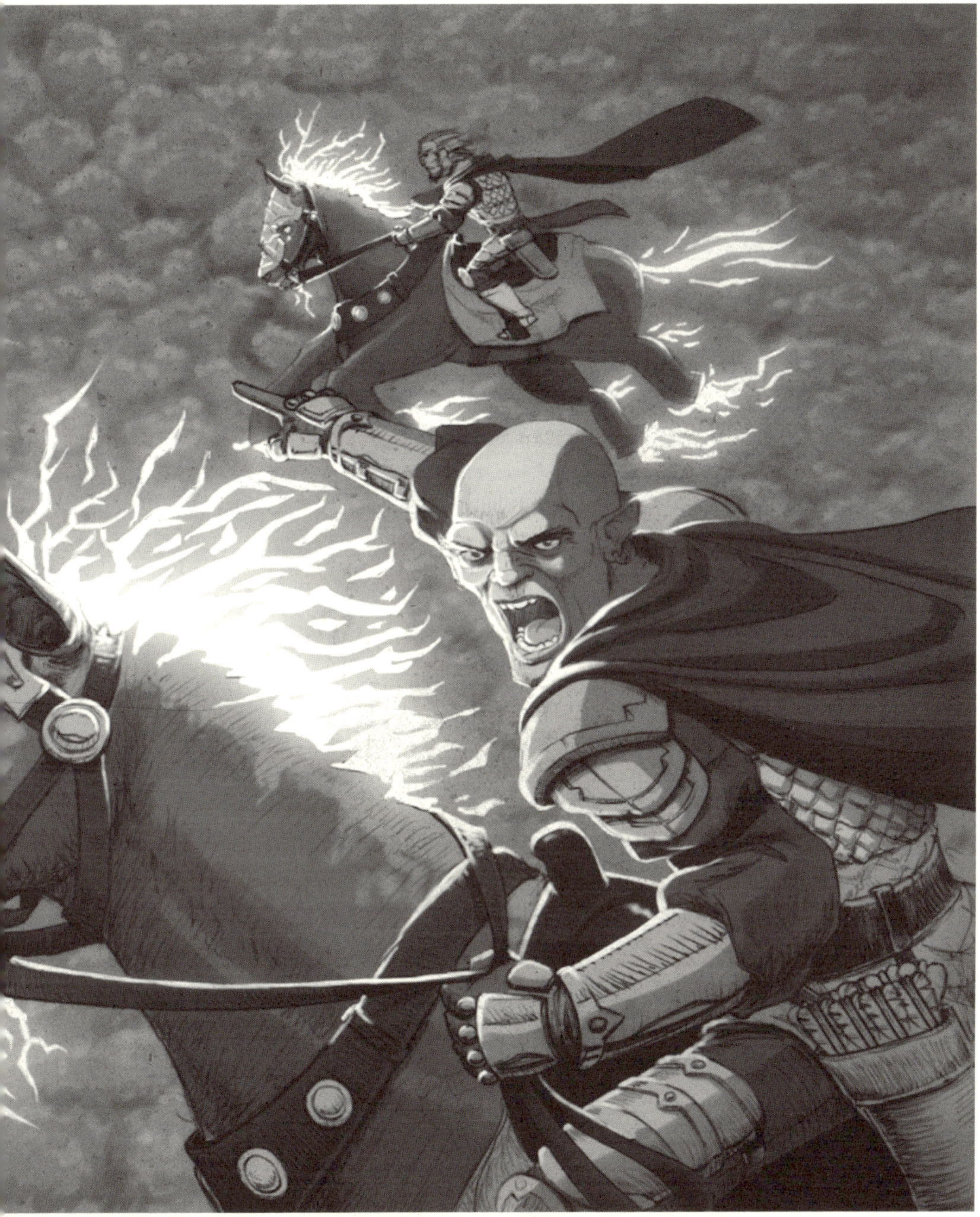

AGNOR

BALDUR

DEREK BLAK

KALANNAR

KYLE

OD-LANOR

Impressão e Acabamento:
LIS GRÁFICA E EDITORA LTDA.